*Das Buch*

2051: Die Zukunft birgt bahnbrechende Technologien, die die Gesetze von Raum und Zeit neu definieren. Zeitreisen sind zu einem boomenden Geschäft geworden, das wohlhabenden Menschen ungeahnte Möglichkeiten eröffnet.
Als Spezialist begleitet Agent David Singer diese Reisen jeden Tag. Ein Job, durch den er internationale Berühmtheit erlangte.
Singers Leben ändert sich schlagartig, als er während einer Mission ins Jahr 1969 in einen Hinterhalt gerät.
Gefangen in einer Zeit, die nicht die seine ist, deckt Singer eine tiefgreifende Verschwörung auf. Mächtige Feinde planen, eine neue Weltordnung herbeizuführen – und haben es dabei nicht nur auf Singers Leben abgesehen, sondern auch auf das seiner zukünftigen Eltern.

*Der Autor*

Nikolas Rovint, geboren 1993 in Wien, studierte in München Medizin. *Wester* ist sein Debütroman. Inspiriert wurde der Text durch die Lektüre verschiedenster Zeitreise-Geschichten, die ihn von Kindheit an fasziniert haben.

# WESTER

Wenn Vergangenheit und Zukunft verschwimmen

THRILLER

NIKOLAS ROVINT

Für meine Familie und meine Freunde – danke für alles!

# 1969

## 1

Singer schloss die Augen, bevor er durch die Öffnung trat. Augenblicklich begann seine Haut zu kribbeln. Der Druck auf seinem Brustkorb wurde mit jedem Schritt größer.

Es dauerte nur einige Sekunden, bis Singer nicht mehr dagegen ankämpfen konnte. Alle Luft wurde aus seinen Lungen gepresst, und die Atemnot setzte ein.

Die Beklemmung wurde größer, der Raum um ihn herum wirkte zunehmend enger. Die Stille war vollkommen. Singer hörte nichts, nicht einmal seine eigenen Schritte.

Er zwang sich, dem Atemreflex trotz des Drucks nicht nachzugeben.

Wenn er jetzt Luft holte, würden seine Lungenbläschen zerbersten, und er wäre ein toter Mann. Von einem Augenblick auf den anderen würde er sich hier, in diesem Tunnel zwischen den Zeiten, in all seine einzelnen Atome auflösen. Verschwunden in der Unendlichkeit, innerhalb einer Millisekunde auf die nächste.

Singer hatte schon einige Kameraden auf diese Weise verloren. Hatte den Tunnel mit ihnen auf der einen Seite betreten und war auf der anderen allein wieder rausgekommen. Zivilisten, die sich wünschten, selbst einmal eine Passage durch einen Zeittunnel mitzumachen, hatten keine Ahnung, wovon sie sprachen. Sie wussten nichts über die Gefahren der Durchschreitung und nichts über die Gefahren, die am Ende des Tunnels lauern konnten.

Die meisten Leute, die solche Wünsche aussprachen, hatten eine Auffassung von den chaotischen Zuständen, die vor nicht einmal einem Jahrhundert auf der Welt geherrscht hatten.

Dann war der Punkt erreicht, an dem jede einzelne Faser in Singers Körper nach Sauerstoff schrie. Das Schlimmste an der Reise - und gleichzeitig das Beste, denn Singer wusste, dass es gleich vorbei war.

Bei keiner einzigen Tunnelpassage in den letzten fünf Jahren war das anders gewesen.

Er ging weiter. Schaffte vier große Schritte, ehe er den Atemdrang nicht länger unterdrücken konnte.

Die einströmende Luft entfaltete seine Lungen, der Druck war verschwunden.

Er war aus dem Tunnel raus und am Leben.

Singer nahm die Schutzbrille ab und öffnete die Augen.

Der Raum, in dem er sich befand, war dunkel. Es roch nach Staub, dem Holz der Dachbalken und dem Schafwollteppich unter Singers Füßen. Zudem hing ein intensiver Vanillegeruch im Raum. Jemand mochte anscheinend Duftkerzen.

Singer machte einige Schritte nach vorn, um Sergeant Garcia Platz zu machen, der gleich hinter ihm aus dem Tunnel kommen würde.

Das Mondlicht, das durch die Dachfenster schien, war spärlich. Der Garten, der sich vor dem Haus erstreckte, riesig. Es war das Jahr 1969. Noch gab es eine ganze Menge solcher Grundstücke mitten in der Stadt. Bis 2051 würde sich dies drastisch ändern. Je mehr Menschen in die Städte drängten, desto beengter und teurer wurde der Wohnraum.

Singer drehte sich um.

Die Tunnelöffnung schwebte lautlos hinter ihm. Die davon ausgehende Energie war deutlich zu spüren. Als würde man direkt vor dem Schlund einer tiefen Höhle stehen.

Singer wartete. Starrte auf die Öffnung. Versuchte, Garcias Gestalt in dem Tunnel auszumachen, der dunkel war bis auf die sporadisch auftretenden Funken und Lichtblitze.

Eine halbe Minute verging. Eine ganze.

Sergeant Garcia kam nicht.

Singer merkte, wie seine eigene Atmung schneller wurde, und fokussierte sich darauf, sie ruhig und tief zu halten.

Es war Garcias erste Mission und seine erste Passage durch einen Zeittunnel. Aber er hatte die letzten sechs Monate hart trainiert, hatte seinen Körper und Geist auf das Level eines Elitesoldaten gebracht. In der Theorie gab es keinen Grund, warum er die Passage durch den Zeittunnel nicht überstehen sollte.

Doch Singer wusste, dass man hier auf Theorie nicht viel geben konnte. Die Technologie des Zeitreisens steckte noch in den

Kinderschuhen. Noch hatte man längst nicht alle Erklärungen gefunden, warum etwas passierte, wie es passierte.

Singer wartete. Vor seinem geistigen Auge sah er Garcias Gesicht klar vor sich: der gewissenhafte Blick, in dem sich die Neugierde für seinen Job widerspiegelte. Sein strammes, soldatisches Auftreten, unter dem immer wieder jugendliche Begeisterung durchschien. Der Mann war gerade erst achtundzwanzig und für einen der begehrtesten Jobs der Welt ausgewählt worden. Und er war sich dessen bewusst, welche Chance er damit bekommen hatte.

Einer der begehrtesten Jobs – aber auch einer der gefährlichsten.

Die zugrundeliegende Theorie hatten Physiker und Ärzte aufgestellt: Körperzellen aus der einen Zeit konnten in einer anderen nicht mehr richtig arbeiten. Man stellte sich eine Art kosmischen Druck vor, der Zellen aus einem einer anderen Zeit irgendwann einfach zerstörte.

Eine Stunde galt als Obergrenze, in der noch keine Zellschäden auftraten. Aber das war nur ein Richtwert, der nichts über die Einzelfälle aussagte, in denen Zeitreisende dem Druck auch schon früher erlegen waren.

Fünf volle Minuten verstrichen, ehe Singer das Offensichtliche einsehen musste. Etwas war schiefgelaufen.

Vielleicht hatte Garcia doch Panik bekommen. Vielleicht hatte er zu früh geatmet. Vielleicht hatte seine Schutzbrille nicht richtig gesessen. Vielleicht war er aus irgendeinem Grund im Tunnel stehen geblieben oder gestolpert.

Singer fluchte.

Für einen Augenblick überlegte er, zurückzugehen, aber die Chancen, Garcia im Tunnel zu treffen, waren gleich null.

Wenn er zusammengebrochen war, gab es keine Möglichkeit für seinen Körper, dem kosmischen Druck standzuhalten.

Singer war anfänglich oft zurückgegangen, wenn er einen Kameraden im Tunnel vermisst hatte. Was in der Anfangszeit nicht selten passiert war, als man noch nicht viel Erfahrung mit der Tunnelpassage besaß.

Kein einziges Mal hatte Singer jemanden im Raum-Zeit-Tunnel wiedergefunden.

Singer wusste aus den Unterlagen, dass Garcia mit seiner Familie noch in der Vorstadt lebte. Dass Garcias Frau schwanger mit ihrem zweiten Kind war.

Wenn er auch nur einen Hoffnungsschimmer gehabt hätte, Garcia zu retten, wäre er ohne Zögern zurückgegangen. Aber er hatte das Ganze schon zu oft erlebt.

Nicht nur das. Die Stabilität des Tunnels war mit jeder zusätzlichen Passage mehr gefährdet. Das Gleichgewicht zwischen den von außen auf den Tunnel einwirkenden Kräften und der dunklen Materie, die ihn offen hielt, wurde mit jeder Passage mehr gestört.

Wann die Belastungsgrenze erreicht war, konnte niemand vorhersagen, nicht einmal der Quantencomputer.

Singer schloss die Augen für einen Moment und atmete tief durch.

Er würde das tun, was er tun musste: die Mission allein durchführen. In seiner Bauchtasche trug er den Chip, auf dem das Bewusstsein der Kundin gespeichert war.

Eine hundertelfjährige Frau mit dem Namen Elsa Meredith hatte Millionen dafür gezahlt, ihr Bewusstsein aus dem Jahr 2051 in ihren jungen Körper im Jahr 1969 einsetzen zu lassen. Was für Menschen der einzige Weg war, langfristig in einer anderen Zeit zu überleben, ohne dem kosmischen Druck zu erliegen.

Singer war hergekommen, um diese Insertion zu ermöglichen, und er würde nicht wieder gehen, bevor er seine Mission erfüllt hatte. Er konnte nichts mehr für Garcia tun, aber er konnte der Kundin zu einem neuen Leben verhelfen.

Singer setzte das Nachtsichtgerät auf, das er um seinen Hals trug, und das Innere des Raums erschien in grünem Licht vor ihm.

Schon mal ein Gerät, das funktionierte. Natürlich war die Sicht im Gegensatz zu modernen Geräten katastrophal, aber sie hatten Glück, dass es im Jahr 1969 überhaupt schon welche gab.

Die Regel, nur an die Zielzeit angepasste Gegenstände durch den Zeittunnel mit sich zu nehmen, diente ausschließlich zu ihrer eigenen Sicherheit. Moderne Technik wurde durch die Zeittunnelpassage nicht nur funktionsunfähig. Es gab Berichte über Explosionen, die den Zeittunnel bei der Passage komplett kollabieren lassen hatten.

Der Chip für den Bewusstseinstransport bestand hauptsächlich aus Magneten und funktionierte mit weniger Elektrizität als das menschliche Gehirn - der wahrscheinlichste Grund, weshalb die Technologie trotz des Erhaltungsgesetzes der Zeiten bisher noch nie versagt hatte.

Die Abstellkammer, in der Singer sich befand, sah genau so aus, wie die Kundin sie aus dem Gedächtnis beschrieben hatte.

Singer warf einen letzten Blick auf das frei schwebende Loch hinter sich. Nichts passierte.

Er ging los, setzte die Füße ganz vorsichtig auf die Holzdielen auf, durchquerte den Raum bis zur Tür. Er lauschte, lange und angestrengt.

Er hörte nichts, umfasste die Klinke und wollte sie hinunterdrücken.

Aber plötzlich hielt er inne.

Jetzt hörte er Schritte. Nicht durch die Tür, sondern direkt hinter sich.

Er wandte sich um.

Eine Gestalt taumelte von der Tunnelöffnung weg in den Raum hinein, stützte sich auf den Knien ab und sog gierig die Luft ein.

Garcia.

Erleichterung durchflutete Singers Körper.

»Major … Singer?«

»Ich bin hier.«

Garcia richtete sich langsam auf.

»Ich bin … durch?«, flüsterte er.

»Ich dachte schon, Sie hätten es nicht geschafft«, sagte Singer.

»Es tut mir leid, Major.«

»Sie hätten direkt hinter mir sein sollen«, sagte Singer, und diesmal schwang Ärger in seiner Stimme mit. »Waren Sie aber nicht. Was zur Hölle hat so lange gedauert?«

Singer hörte ihn schlucken. Sah durch das Nachtsichtgerät, wie er den Blick verlegen zu Boden richtete.

»Ich weiß es nicht«, sagte Garcia leise. »Bevor ich in den Tunnel rein bin, hatte ich auf einmal so ein seltsames Gefühl. Eine plötzliche Angst. Ich konnte nicht weitergehen.«

»Angst wovor?«

Garcia zuckte mit den Schultern.

»Ich weiß es nicht, Major«, sagte er noch einmal. »Ich habe mich gefühlt wie jemand mit Flugangst vor dem Einstieg in ein Flugzeug. Ich wusste, dass das irrational ist, aber ich konnte nichts tun.« Er hob entschuldigend beide Hände. »Bitte glauben Sie mir das. Wenn ich etwas wirklich will, dann ist es dieser Job. Ich werde Sie von jetzt an nicht mehr enttäuschen.«

»Ich möchte, dass Sie mir etwas versprechen«, sagte Singer.

»Natürlich, Major.«
»Konzentrieren Sie sich voll und ganz auf die Mission. Alles andere ist unwichtig. Die Zeit läuft. Verstanden?«
»Verstanden, Major.« Garcia nickte und setzte sein eigenes Nachtsichtgerät auf.
»Positiv. Es funktioniert.«
»Kameras?«
Garcia berührte seine lederne Umhängetasche und die Kamera in seiner Oberschenkeltasche.
»Beide griffbereit.«
Singer nickte.
»Dann los.«
Vor der Abstellkammer war alles unverändert ruhig. Der Vanillegeruch war stechend, ohne dass Singer die Quelle lokalisieren konnte.
Der Raum sah aus wie ein Wohnzimmer in einem Schloss, mit gut vier Meter hohen Decken. Das Mondlicht fiel durch ein riesiges Fenster im hinteren Teil ein. Es gab einen Kamin, einen Ohrensessel, hohe Bücherregale und einen Billardtisch.
Die Kundin war in der aktuellen Zeit noch keine dreißig Jahre alt und bereits eine der reichsten Frauen Europas. Sie war 1940 in einem bayerischen Dorf geboren worden, hatte mit achtzehn den greisen Londoner Bauunternehmer-Milliardär Rudolph Meredith geheiratet und ihn schon acht Jahre später als Alleinerbin seines Imperiums beerdigt. Sie war nach München gezogen und lebte dort bis 1973.
Das Zimmer, in dem ihr junges Selbst in diesen Augenblicken schlief, lag am anderen Ende des Raums.
Die Tür ließ sich lautlos öffnen. Das Zimmer dahinter war nicht viel stärker abgedunkelt als der Vorraum. Es hatte hohe Decken und war annähernd so groß wie ein Einfamilienhaus.
Der Duft von Orangen lag in der Luft und neutralisierte den Vanillegeruch von draußen ein wenig. Eine Wand bestand nur aus Spiegeln, in denen sie sich durch den Grünfilter des Nachtsichtgeräts selbst sehen konnten.
Das Bett befand sich im hinteren Teil, in einer Ecke direkt unter zwei Fenstern. Die junge Version der Kundin lag darin und schlief.
Das Licht von draußen war ausreichend, sodass Singer auch durch das Nachtsichtgerät ihre Umrisse klar erkennen konnte. Sie hatte sich von der Decke befreit und lag auf dem Rücken, die

Arme über dem Kopf. Sie trug ein langes weißes Nachthemd. Ihre Haare waren offen und breiteten sich wie ein Fächer über das Kissen aus.

»Wow«, entfuhr es Garcia.

Selbst durch den Grünfilter des Nachtsichtgeräts wurde deutlich, dass die Bilder der jungen Elsa Meredith ihre tatsächliche Schönheit nur unzureichend dargestellt hatten.

Vorsichtig öffnete Singer das Fach des Bauchgurts. Er holte die Schatulle hervor und reichte sie Garcia. Garcia hielt sie, als Singer sie öffnete und den Magnetchip hervorholte.

Um in ihrem jungen Körper in der Vergangenheit weiterleben zu können, hatte die hundertelfjährige Elsa Meredith im Jahr 2051 den Tod ihres alten Körpers in Kauf genommen. Das war der Preis, den ein Bewusstseinsupload auf einen Chip erforderte.

Ihr Körper im Jahr 2051 würde bald begraben werden, aber ihr Geist befand sich auf dem Datenträger in der Größe einer 50-Cent-Münze in Singers Handfläche.

Singer trat vor. Setzte jeden Schritt mit Bedacht, um nicht das geringste Geräusch zu verursachen. Wenn sie jetzt aufwachte, würde das ihre gesamte Mission gefährden. Die junge Version der Kundin hatte keine Ahnung davon, was gleich passieren würde. Erst wenn ihr Geist überschrieben war, war die Gefahr gebannt.

Singer stellte sich auf die Höhe von Elsa Merediths Kopf.

Sie atmete leise, tief und gleichmäßig.

Singer nahm den Magneten zwischen Daumen und Zeigefinger und beugte sich über sie. Er roch den Duft, der von den Haaren der Frau ausging: eine Mischung aus Orangen und frischen Blumen.

Der Magnet haftete von selbst, als er ihre Stirn berührte. Innerhalb einer Millisekunde glich der Magnet seinen abgespeicherten Inhalt mit den Hirnströmen der Zielperson ab. Ohne ausreichende Übereinstimmung würde der Transfer nicht funktionieren. Die Position von Elsa Merediths Körper veränderte sich nicht.

Nur ihre Lider begannen augenblicklich zu zucken. Eine halbe Minute, nicht länger.

Dann, mit einem Mal, riss sie die Augen auf – und stieß einen gellenden Schrei aus.

# 2

Sie sprang aus ihrem Bett auf. Machte Anstalten, auf Garcia zuzulaufen, um ihn mit der Schulter zu rammen.

Singer hielt sie von hinten fest.

Sie schrie und trat aus.

Garcia umgriff ihre Beine, und zusammen fixierten sie die Kundin in ihrem Bett, um zu verhindern, dass sie sich selbst verletzte.

In den Anfangsjahren der Bewusstseinsübertragung hatte es Kunden gegeben, die in den Augenblicken nach der Insertion aus dem nächsten Fenster gesprungen waren.

»Es ist alles gut Ma'am«, sagte Singer. »Der Anpassungsschock dauert nur einen Moment und wird gleich vergehen.«

Elsa Meredith schrie und wehrte sich noch eine lange Minute, ehe sie allmählich ruhiger wurde. Ihre Gegenwehr wurde schwächer und hörte schließlich ganz auf. Ihr Atem wurde regelmäßiger.

Garcia und Singer ließen sie los und machten einige Schritte zurück.

Singer betätigte den Schalter der Nachttischlampe. Der Raum wurde hell. Sie nahmen ihre Nachtsichtgeräte ab.

Die Frau vor ihnen setzte sich vorsichtig in ihrem Bett auf und blickte sie an.

Nicht länger agitiert, sondern interessiert.

Es war das Jahr 1969, und sie war neunundzwanzig Jahre alt.

Ihr Körper war neunundzwanzig Jahre alt.

Der Blick jedoch war derselbe, mit dem ihr hundertelfjähriges Selbst Singer im Jahr 2051 vor weniger als einer Stunde gemustert hatte.

Ein Lächeln umspielte Elsa Merediths Lippen.

»Gute Arbeit.«

Sie drehte ihren Körper zur Seite. Setzte die nackten Füße auf den Boden neben das Bett. Ganz vorsichtig, als könnten sie jeden Augenblick zerbrechen.

Singer ging auf sie zu.

»Geht es Ihnen gut, Ma'am?«, fragte er. »Leichte Desorientierung und Schwindel sind nach erfolgter Insertion vollkommen normal. Das sollte sich in den nächsten Minuten zurückbilden.«

Elsa Meredith hob den Blick langsam vom Boden und richtete ihn geradeaus.

»Mir ist es noch nie besser gegangen«, sagte sie.

»Darf ich?«

Singer beugte sich zu ihr hinunter und löste den Magneten von ihrer Stirn. Er steckte ihn zurück in die Schatulle und die Schatulle zurück in den Bauchgurt. Im Institut würde er vor dem nächsten Einsatz neu aufbereitet werden.

»Würden Sie mir auf die Beine helfen, Major? Ich traue meinem Körper noch nicht so ganz.«

Singer stellte sich neben sie und stützte sie am Arm. Ihre Oberarme waren muskulöser, als sie auf den ersten Blick ausgesehen hatten. Ihre Haut war weich und sanft. Ihr Nachthemd war aus weißer Seide.

Nach einigen wackeligen Schritten gewannen Merediths Bewegungen schnell an Sicherheit. Sie ging einmal zur Zimmertür und wieder zurück. Auf ihrem Gesicht lag ein strahlendes Lächeln.

»Es ist genau so, wie ich es mir vorgestellt habe«, sagte sie. »Einfach wundervoll.«

Sie bewegte sich mit einer Eleganz, die ihrer Figur entsprach. Ihre Beine waren lang und schlank, ihre Haltung aufrecht, der Kopf leicht erhoben.

Sie hatte ein schmales Gesicht und hohe Wangenknochen. Ihr blondes Haar reichte bis knapp über die Schultern, wo es in dichten Wellen auseinanderging.

Ihr Geist war über einhundert Jahre alt, aber sie hatte nicht vergessen, wie es sich anfühlte, eine junge Frau zu sein.

»Mrs Meredith«, sagte Garcia. »Wir brauchen noch einige Foto- und Videoaufnahmen von Ihnen, bitte.«

Elsa Meredith nickte, lächelte und sagte:

»Natürlich.«

Garcia holte die Nizo-Filmkamera aus seiner Umhängetasche.

»Wir brauchen Stift und Papier«, sagte Singer.

Elsa Meredith nickte und ging hinüber zum Tisch. Zog eine Schublade auf, holte einen Block und einen Bleistift hervor.

»Okay«, sagte Singer. »Sehen Sie in die Kamera, und sprechen Sie deutlich.«

Garcias Hände zitterten, während er die Kamera ans Auge hob und die Aufnahme startete. Singer konnte das Gefühl gut nachvollziehen. Auch er war bei seinen ersten Missionen in die Vergangenheit überwältigt gewesen.

»Gut«, sagte Garcia. »Sprechen Sie jetzt.«

Elsa Meredith setzte ihr strahlendes Lächeln auf.

»Mein Name ist Elsa Maria Meredith, geboren am 2.5.1940, zuletzt wohnhaft in 53 Park Lane, London, und zwar im Jahr 2051.«

Sie sprach weiter, all die Sätze, die vor der Insertion besprochen worden waren. In Filmkameras eingebaute Mikrofone für Audioaufnahmen würden erst in einigen Jahren auf den Markt kommen, und so hatte das Institutsgremium beschlossen, dass Lippenbewegungen ausreichten. Bis vor knapp einem Jahr hatte es ohnehin nur Fotos als Beweis einer erfolgreichen Insertion gegeben. Sie würden die Filme mit sich zurück nach 2051 bringen und entwickeln lassen. Jeder Angehörige, der wollte, konnte dann nach dem Filmmaterial fragen. Konnte die Aufnahmen von jeder beliebigen KI analysieren lassen, um sich zu versichern, dass sie keine Fälschungen waren.

Nachdem Elsa Meredith alles gesagt hatte, bat Singer sie, einige Zeilen auf ein Papier zu schreiben, was Garcia ebenso filmte.

Die Kamera klickte, als der Film zu Ende war. Garcia sah Singer an, und Singer nickte.

Garcia verstaute die Kamera wieder in der Umhängetasche und holte die Fotokamera hervor. Sicher war sicher. Manchmal überstanden nicht alle Geräte die Rückpassage durch den Tunnel.

»Nur zu«, sagte Elsa Meredith und stellte sich neben Singer hin.

»Sie gestatten, Major?«, sagte sie und schlang den Arm um seine Hüfte.

Singer atmete ihren Geruch ein. Die Seife auf der Haut, der Orangenduft in den Haaren.

Er legte den Arm um ihre Schultern und lächelte in die Kamera, die Garcia ans Auge hielt.

Das Licht blitzte auf. Auch die Fotokamera funktionierte.

Garcia schoss einige Fotos. Elsa Meredith posierte lächelnd und so professionell, als hätte sie nie etwas anderes getan.

Sie ließ Singer auch dann nicht los, als Garcia die Kamera schon wieder eingesteckt hatte.

Sie lehnte sich in seine Richtung.

»Bleiben Sie, Major«, flüsterte sie. »Ich möchte noch nicht allein sein mit der Gewissheit, dass mein ganzes Leben wieder vor mir liegt. Der Gedanke daran macht mir Angst, und ich kann niemand anderem davon erzählen.«

Ihr Blick war fast flehentlich. Sie stellte sich vor ihn und brachte die Lippen ganz nah an sein Ohr.

»Gehen Sie nicht«, flüsterte sie. »Nicht gleich.«

Singer sah sie an. Ihre Augen waren von tiefem Blau. Der Blick war klar und durchdringend, und trotzdem sah Singer die plötzliche Verwundbarkeit darin.

Er dachte an den Aufpreis, den sie dafür gezahlt hatte, dass er ihren Bewusstseinstransfer als leitender Offizier durchführte. Geld, von dem er sich eine weitere Wohnung kaufen konnte. Oder das kleine Schloss in Irland, das ihm seit Längerem nicht mehr aus dem Kopf ging.

Singer hob den Blick. Garcia sah ihn fragend an.

»Sergeant Garcia«, sagte Singer. »Gehen Sie schon mal vor. Bleiben Sie beim Tunnel und bewachen Sie ihn. Ich bin gleich bei Ihnen.«

Garcia blickte von Singer zu Meredith und wieder zurück. Dann nickte er.

»Jawohl.«

»Gute Arbeit, Sergeant.«

Garcia lächelte. Er nickte Singer noch mal zu und verließ den Raum.

»Er vertraut dir blind«, sagte Elsa Meredith.

»Weil ich sein Kommandant bin.«

Aber Meredith schüttelte den Kopf.

»Er vertraut dir, weil du der Beste bist«, sagte sie. »Deshalb wollte ich mich auch nur von dir und keinem anderen insertieren lassen.«

»Ich fühle mich geehrt«, sagte Singer.

»Du weißt nicht, wie lange ich mir diesen Moment vorgestellt habe«, sagte Elsa Meredith. »Ich, so jung wie ich jetzt bin, mit dir in einem Raum. Allein.«

Sie streckte die Hand aus. Betastete seine Brustmuskeln.

Singer lächelte höflich und machte einen Schritt zurück. Er war keinen halben Meter mehr von der hölzernen Kommode und der Wand hinter ihm entfernt.

»Ich habe deine Verwandlung mitverfolgt«, sagte sie. »Ich mochte immer schon Menschen, die es von ganz unten nach ganz oben geschafft haben.«

»Ich hatte Glück«, sagte Singer.

»Glück gibt es nicht«, sagte Elsa Meredith. »Wir Menschen machen unser eigenes Glück.«

Sie kam einen weiteren Schritt auf ihn zu.

»Ich mag die Vorstellung, dass niemand jemals erfahren wird, was hier in dieser Zeit passiert«, flüsterte sie.

Singer wandte seinen Blick ab.

»Abgesehen davon, dass ich eine Schwäche für grüne Augen habe, hast du ein sehr ausdrucksstarkes Gesicht«, sagte Elsa Meredith. »Das war früher anders. Ich habe alte Bilder im Virtual Social Network gesehen.«

Früher.

Vor der Tumoroperation an seinem Gehirn. Bevor sich die in seinem Gehirn schlummernden Westerzellen aktiviert hatten, fast wie aus einer Laune des Schicksals heraus, und ihn zu einem anderen Menschen hatten werden lassen. Bevor sie seinen Körper verjüngt und alles daran auf unglaubliche Weise verbessert hatten: seine Sinne, sein Gedächtnis, die Koordination von Nerven und Muskeln.

Bevor Professor Murakami ihn zum Leiter der Bewusstseinstransfers im Institut gemacht hatte.

Früher, als jeder Tag sich kaum von dem vorherigen unterschied und Singers Leben nichts als eine einzige, ausweglose Aneinanderreihung von sich endlos wiederholen Ereignissen gewesen war.

Singer blickte Elsa Meredith an.

»Ich habe verbraucht ausgesehen«, sagte er. »Zwanzig Jahre älter, mindestens.«

»Vielleicht«, sagte Elsa Meredith. »Aber in erster Linie hast du unsicher ausgesehen.«

Sie lehnte sich etwas vor.

»Wie fühlt es sich für dich an?«, flüsterte sie. »Das Wissen, dass einem in deiner Position die ganze Welt zu Füßen liegt?«

Singer lächelte.

»Es fühlt sich um einiges besser an als das, was davor gewesen ist«, sagte er und dachte an die schäbige Wohnung in den Vororten, in der er bis zur Operation gelebt hatte. An den widerlichen Schimmelgeruch, der von Wänden, Boden und Decke gleichermaßen ausging. An seine Arbeit als SEK-Polizist in der Zeit der massenhaften Migrationsbewegungen aufgrund der Hitze und der Erdbeben, aber noch vor der flächendeckenden Überwachung. Eine Zeit, in der die Kriminalität genauso explodiert war wie die Slums vor den Großstädten. Er hatte in einem der härtesten Jobs auf der Welt gearbeitet und sich trotzdem nichts leisten können.

Und trotzdem war das noch immer besser gewesen als die Alternative: gar nicht mehr zu arbeiten.

Er hatte so sehr in seiner Blase gelebt, dass er nicht einmal gemerkt hatte, welcher Trümmerhaufen sein Leben war.

Elsa Meredith kam näher, ohne den Blick von seinen Augen abzuwenden.

»Ich sollte jetzt gehen«, sagte Singer.

Das Lächeln auf ihrem Gesicht verschwand. Es wich einem Ausdruck von Verletztheit.

»Bin ich dir nicht schön genug?«

»Sie rauben Ihrem Gegenüber den Atem«, sagte Singer. »Aber ich glaube, das wissen Sie selbst sehr gut.«

»Was ist es dann?«

»Sie sind eine Kundin, deren Bewusstsein gerade transferiert wurde«, sagte Singer.

»Und du sagst, dass ich deshalb keinen freien Willen haben kann?«

»Ich sage nichts, als dass ich zurückmuss. Mein Kamerad wartet draußen vor dem Tunnel. Er trägt keine Westerzellen in sich. Nach einer Stunde wird es in einer anderen Zeit für ihn gefährlich.«

»Ich bin keine Hundertelf mehr«, sagte Elsa Meredith. »Falls es das ist, was dich abhält. Ich bin jetzt neunundzwanzig, und damit um vieles jünger als du.«

Das Lächeln kehrte zurück auf ihr Gesicht.

Sie streckte die Finger aus. Berührte seine Wangen.

»Ich weiß, wie gerne du mit jungen Frauen zusammen bist«, sagte sie. »Und niemand kann es dir verübeln. Jeder Mensch, der halbwegs bei Verstand ist, würde seine zurückgekehrte Jugend in vollem Maße genießen. Lass es zu. Versuche nicht, es zu unterdrücken.« Sie lächelte erneut. »Niemand wird jemals erfahren, was wir hier tun.«

Ihr Atem zitterte. Singer drehte den Kopf weg.

Mit der Nasenspitze berührte Elsa Meredith seinen Hals. Fuhr mit ihren Lippen sanft die Haut entlang.

Singer erlaubte sich für einen Moment, die Augen zu schließen und sich auf ihre Berührung zu konzentrieren. Nur ein kurzer Moment, in dem er seiner Schwäche nachgab, und er ärgerte sich augenblicklich über sich selbst.

Er öffnete die Augen.

Und sah im Spiegel gerade noch rechtzeitig, wie die Spritze in Merediths Hand auf ihn herabfuhr.

# 3

Singer reagierte aus Reflex und sprang zurück. Wich so der Spritze gerade noch aus.

Er starrte Elsa Meredith an, die ihm nun gegenüberstand. Die Spritze in der Hand hielt sie wie ein Messer von sich gestreckt. Ihr gerade eben noch so anmutiges Gesicht hatte sich zu einer wütenden Grimasse verzerrt.

»Ich habe dich unterschätzt«, sagte sie. »Ich dachte, dass du dich leichter einlullen lassen würdest.«

Sie griff an. Wie eine Kobra machte sie einen Satz nach vorn und stach mit der Spritze nach Singer.

Singer sprang zur Seite.

»Was soll das? Was ...«

Aber Meredith schrie auf und griff erneut an. Sie deutete einen Schlag mit ihrer Linken an, ließ aber stattdessen ihr Bein in einer blitzschnellen Bewegung in Richtung seines Kopfs schnellen. Als Singer dem Tritt auswich, stach sie noch mal mit der Nadel zu.

Singer blockierte den Schlag und griff nach Merediths Handgelenk. Er bog es um und zwang sie dadurch, die Spritze fallen zu lassen.

Sie schrie wütend auf und riss ihr Knie hoch. Um einem Stoß in den Schritt zu entgehen, ließ Singer sie los und machte zwei große Schritte zurück, wobei er die Nadel auf dem Boden in eine Ecke des Raums kickte.

Auf Elsa Merediths Gesicht war keine Spur mehr von Wärme oder Freundlichkeit zu sehen. Ihr Blick war hasserfüllt. Ohne Singer aus den Augen zu lassen, schrie sie laut:

»Kann mir hier drin mal jemand helfen?«

Es dauerte nur einen Augenblick, bis die Schlafzimmertür aufgerissen wurde und sie in den Raum kamen.

Ein ganzer Trupp. Fünf Leute, drei Männer, zwei Frauen. Sie alle hatten Pistolen in den Händen und zielten damit auf Singer.

Ein weiterer Mann betrat den Raum. Er war jung, schlank und sehnig muskulös. Er hatte seine schulterlangen roten Locken an einer Seite des Kopfes abrasiert. Eine schwarze Tätowierung kletterte unter dem Kragen seines T-Shirts den Hals hinauf bis kurz unter den Kieferknochen. Sein Blick war wild und starr. Er trat zur Seite.

Machte den zwei Männern Platz, die hinter ihm ins Zimmer kamen. Einer von ihnen hatte ein blaues Auge, dem anderen lief Blut aus der Nase.

Sie zerrten den gefesselten Garcia mit sich und zwangen ihn vor Elsa Meredith auf die Knie.

Garcias Gesicht war zerschunden. Sein rechtes Auge war komplett zugeschwollen, er blutete aus mehreren tiefen Wunden und aus dem Mund. Sie mussten ihn mit Schlagstöcken bearbeitet haben.

Garcias Atem ging schwer. Möglich, dass auch sein Hals zugeschwollen war und er deshalb nur schwer Luft bekam. Möglich, dass sie seine Luftröhre direkt verletzt hatten.

Singers Gedanken rasten. Es war eine Situation eingetreten, die nie hätte eintreten dürfen. Erstens war Elsa Meredith offensichtlich nicht allein in dem Haus gewesen, wie sie angegeben hatte. Zweitens hatten Merediths Handlanger mit ihnen gerechnet.

Elsa Meredith war gerade eben noch ein komplett anderer Mensch gewesen. Niemand im Jahr 1969 konnte von der Insertion wissen.

Niemand hätte davon wissen dürfen.

Und trotzdem waren sie vorbereitet gewesen.

Elsa Meredith hatte ihm gerade den Inhalt der Spritze verabreichen wollen. Die Spritze, die offensichtlich auf der Kommode bereitgelegt worden war.

Dann die Ruhe in dem Haus und die Tatsache, dass Singer die Falle nicht gerochen hatte.

Von all seinen Sinnen, die die Westerzellen verbessert hatten, war sein Geruchssinn am meisten geschärft. Der stechende Vanillegeruch war kein Zufall gewesen. Er hatte alles überdeckt.

Die Bewaffneten mussten vorab von seiner Ankunft informiert worden sein, um den Hinterhalt zu planen. Sie wussten, wer er war, daran bestand kein Zweifel.

Singer blickte von Garcia zu den Bewaffneten und dann zu Meredith.

»Was soll das Ganze?«, fragte er. »Was willst du?«

Meredith schüttelte den Kopf.

»Keine Möglichkeit, 2051 an dich heranzukommen«, sagte sie. »An so eine Berühmtheit wie David Singer. Aber hier ist das etwas anderes. Kein Internet, keine Kameras, keine digitalen Fotos. Niemand hier, um dich zu schützen.«

Sie ging an Singer vorbei ans andere Ende des Raums. Wandte den Blick kein einziges Mal von ihm ab. Sie blieb vor der Bande stehen. Streckte die Hand nach hinten aus. Einer der Männer reichte ihr umgehend seine Pistole.

»Das Einzige, was mir leidtut, ist, dass ich deinen Kameraden hier in die Sache reinziehen musste«, sagte Meredith und richtete die Pistole auf Garcia. »Ich hasse unnütze Anwendung von Gewalt.«

»Bitte«, hauchte Garcia. »Bitte.«

Die Prüfungsabteilung hatte Elsa Merediths gesamte Lebensgeschichte durchgecheckt. Jede Dokumentation, die es über ihr Leben gab. Singer selbst hatte den Bericht am Vortag gelesen. Jede einzelne der vierundachtzig Seiten. Es gab keine Auffälligkeiten. Keinerlei Straftaten in ihrem hundertelf Jahre langen Leben. Sie war eine Volksheldin. Eine Philanthropin, von den Medien und der Onlinewelt geliebt und gefeiert.

Singer spürte, wie ihm die Schweißperlen über die Stirn liefen.

»Ich weiß nicht, was du willst«, sagte er. »Aber du hast mich. Lass ihn gehen.«

»Das kann ich leider nicht tun«, gab Meredith mit unbewegter Miene zurück. »Meine Mission ist zu heikel, um sie durch Zeugen zu gefährden.«

»Major Singer«, schrie Garcia auf einmal. »Sagen Sie meiner Frau, dass ich sie liebe. Sagen Sie meinem Sohn …«

Der Mann mit der Halstätowierung zog ihm mit dem Knauf ihrer Pistole eins über die Schläfe.

Singer machte unwillkürlich einen Schritt vor, aber in diesem Augenblick schoss Elsa Meredith. Der Knall hallte durch den Raum, die Kugel schlug keinen halben Meter vor Singer in den Holzboden.

»Du bleibst, wo du bist«, sagte Elsa Meredith.

Der Typ hatte so brutal zugeschlagen, dass ein neuer Cut auf Garcias Gesicht entstanden war, aus dem augenblicklich Blut troff.

Garcia stöhnte auf und fiel zur Seite, nur um von einem der danebenstehenden Bewaffneten aufgefangen und wieder in Position gebracht zu werden.

»Wenn es dich beruhigt«, sagte Meredith zu Singer gewandt, »dein Kamerad gibt sein Leben für einen guten Zweck. Für Gerechtigkeit müssen Opfer gebracht werden.«

Singer sah Garcia auf dem Boden knien.

Die Westerzellen verstärkten das, was davor schon da gewesen war. Sinne, Gedächtnis, Koordination von Nerven und Muskeln.

Vielleicht hatte er eine Chance. Vielleicht war er schnell genug, und die Kugeln verwundeten ihn nicht stark genug, um ihn zu stoppen.

Singer setzte sich explosionsartig in Bewegung und rannte vor.

Die Bande schoss.

Aber es waren keine Kugeln, die ihn trafen.

Es waren kleine dartartige Pfeile.

Sedierungspfeile.

Zwei blieben in seinem Rumpf stecken, einer in seinem Bein. Den anderen wich er aus.

Aber er war zu langsam.

Er sah noch, wie Meredith die Pistole an Garcias Kopf hielt. Keine Sedierungspistole, sondern eine Glock 17.

Garcia bewegte die Lippen, wollte etwas sagen, aber in diesem Augenblick drückte Meredith ab.

# 4

Der Knall war ohrenbetäubend. Noch bevor die Kugel auf der anderen Seite seines Schädels wieder austrat, hatte Garcias Körper jegliche Spannung verloren und kippte zur Seite.

Die Wut, die Singer packte, leitete seine Bewegungen. Merediths Leute stürmten auf ihn zu.

Singer erreichte den ersten Mann, schlug ihm ins Gesicht und spürte, wie sich dessen Nasenbein ins Gesicht schob.

Noch während er zu Boden ging, riss Singer ihm die Sedierungspistole aus der Hand und feuerte sie auf die Frau, die ihn angriff. Er traf sie in die Brust und gab ihr zusätzlich einen Fußtritt, der sie zurückstolpern und auf dem Rücken landen ließ. Dem nächsten Mann schlug er in den Bauch und erwischte die Frau daneben am Hals, sodass beide zu Boden gingen. Er warf die leere Waffe in seiner Hand auf den Mann dahinter und traf ihn an der Stirn. Der Mann verlor das Gleichgewicht und ging zu Boden.

Seinem heranstürmenden Kollegen rammte Singer das Knie in den Unterleib und brach ihm gleichzeitig mit einem gezielten Ellenbogenschlag die Mittelgesichtsknochen.

Übrig blieben der Rothaarige mit dem Halstattoo und Elsa Meredith.

Der Rothaarige riss ihre Waffe hoch. Auch er hatte keine Sedierungspistole, sondern eine Heckler & Koch Neun-Millimeter.

»Jona, wir brauchen ihn lebend!«, schrie Elsa Meredith und stürzte sich auf Singer. Sie sprang in die Luft und verpasste Singer einen Tritt, der ihn zurücktaumeln ließ.

Elsa Meredith hob die Pistole und zielte damit auf Singers Bein.

Singer sprang vor, so schnell, dass sie nicht mehr abdrücken konnte. Er riss ihren Arm zu Boden. Ein Schuss löste sich.

Elsa Meredith schrie auf und stürzte, ein blutiges Einschussloch in ihrem nackten Fuß. Die Waffe fiel zu Boden und schlitterte in eine Ecke.

Als Singer sich umdrehte, verpasste ihm der Rothaarige einen Schlag ins Gesicht. Er holte ein weiteres Mal aus, aber Singer rammte seinen Körper gegen die nächste Wand.

Wieder schlug der Typ zu, diesmal mit dem Griff ihrer Pistole. Singer wich aus und versetzte ihm einen Kopfstoß. Er hörte das Knirschen und roch das Blut, noch bevor es aus der Nase des Mannes geschossen kam. Die Waffe fiel ihm aus der Hand.

Singer schlug ihm in den Magen, stieß ihn zu Boden und rannte los.

Aus dem Zimmer, durch den Vorraum. Sein Blick war verschwommen, und er taumelte. Er zog sich die Pfeile aus dem Körper, obwohl es keinen Unterschied machte. Der Inhalt hatte sich längst in seine Blutbahn entleert.

Der Schweiß lief ihm in Strömen den Rücken hinab. Er hörte, wie Elsa Meredith ihm etwas hinterherschrie, aber er verstand nicht, was sie sagte. All seine Konzentration war darauf gerichtet, einen Fuß vor den anderen zu setzten.

Kurz vor der Abstellkammer gaben seine Beine nach, und er stürzte. Er fing sich mit seinen Händen ab und übergab sich in einer Welle aufkommender Übelkeit.

Sie liefen ihm nach. Zwei von ihnen kamen heran, packten ihn an Beinen und Jacke.

Singer trat liegend zu. Er spürte den Widerstand unter der Sohle seines Schuhs und im nächsten Augenblick ließ der erste

Angreifer von ihm ab. Singers Blick war zu verschwommen, um ein Gesicht zu erkennen.

Der zweite Angreifer versuchte, Singers Arm nach hinten zu biegen. Singer holte aus, um ihm einen Kopfstoß zu geben, aber er traf ins Leere. Erneut verlor er sein Gleichgewicht, was ihm dieses Mal das Leben rettete.

Er rollte sich über den Boden und entriss dabei seinen Arm der Umklammerung des Angreifers. Er wusste nicht, wie es ihm gelungen war, auf die Beine zu kommen, aber letzten Endes stand er.

Der nächste Angreifer vor ihm hatte lange Haare, viel mehr erkannte Singer nicht mehr.

Er schrie, lief direkt auf die Gestalt zu und rammte sie stark genug mit der Schulter, dass sie stöhnend zurückwich. Nur ein paar Schritte, aber die Zeit reichte aus, um Singer den nötigen Vorsprung zu geben.

Er riss die Tür zur Abstellkammer auf und stürzte hinein.

Sah die unregelmäßige Öffnung des Zeittunnels in der Dunkelheit vor sich.

Er machte einen letzten tiefen Atemzug, zerrte die Schutzbrille aus der Tasche, setzte sie auf und taumelte dann in den Tunnel hinein. Die Dunkelheit vor seinen Augen verstärkte den Schwindel, der Druck auf Singers Brust war so heftig wie nie zuvor.

Jetzt nur nicht stehen bleiben, stolpern oder Luft holen. Also lief er weiter. So lange, bis ihn seine Beine nicht mehr trugen. Er stürzte, schlug auf etwas Hartem, Kaltem auf und holte tief Luft.

Der Sauerstoff strömte in seine Lungen. Er konnte atmen. Er hatte es aus dem Tunnel geschafft.

Singer zog sich die Brille vom Gesicht und drehte sich um, aber er erkannte nichts außer Dunkelheit. Der Schwindel war so stark, dass er kaum aufstehen konnte.

Und das war nicht gut, denn die Frage war, ob sie ihm folgten.

Noch befand er sich nicht in Sicherheit. Erst musste er raus aus der Schleuse.

Aber er war unfähig, einen einzigen weiteren Schritt zu tun.

Im letzten Moment, bevor er ohnmächtig wurde, drangen die Worte, die Elsa Meredith gerade geschrien hatte, in sein Bewusstsein.

»Ich hole mir deine Eltern, Singer.«

# 2051

## 5

Singer fuhr hoch.

Er sah die deckenhohen Fenster neben und die Lichter der Institutsskyline unter sich. Der Himmel über ihm war immer noch schwarz, der Mond hinter einer dicken Wolkenschicht verborgen.

Gerüche von Reinigungs- und Desinfektionsmittel stiegen ihm in die Nase. Er lag in einem Bett und trug ein weißes Nachthemd. Er spürte die Infusionsnadel in seiner Ellenbeuge, hörte das Piepen des holografischen Monitors auf dem Kästchen neben sich und wusste, dass er sich an dem Ort befand, den er von allen Orten am liebsten für den Rest seines Lebens gemieden hätte: das Institutskrankenhaus.

Professor Murakami saß auf einem Stuhl an seinem Bett. Allein.

Das bedeutete, dass im Institut noch niemand von den Vorfällen wusste. Andernfalls hätten sie sein Bett alle schon belagert, von der Institutsleitung angefangen bis zu den Leuten des Sicherheitsdiensts.

Murakamis Bart sah immer noch aus, als wäre er mit der Schablone getrimmt worden, und seine weiße Mähne umrahmte sein Gesicht kunstvoll wie immer. Aber da waren tiefe dunkle Ringe unter seinen Augen. Er trug denselben dreiteiligen Tweedanzug, den Singer das letzte Mal gesehen hatte – aber das weiße Hemd darunter war zerknittert, und er hatte die Krawatte abgelegt.

»Du bist wach«, sagte er mit seinem beruhigenden Lächeln auf den Lippen.

»Professor«, sagte Singer und setzte sich aufrecht hin. »Wie lange habe ich geschlafen?«

»Keine vier Stunden«, antwortete Murakami, und sein Gesicht wurde ernst. »Obwohl die Toxscreens einen so hohen Spiegel von Neuroleptika in deinem Blut gezeigt haben, dass die Ärzte nicht vor Mittag mit dir gerechnet hätten. Außerdem haben sie die Einstichstellen an deinem Oberkörper entdeckt.«

Singer sah Elsa Meredith vor sich, wie sie die Pistole hob und auf Garcia zielte. Er sah Garcias geweitete Pupillen und dann seinen Körper, wie er leblos wegsackte.

Singer zwang sich, tief durchzuatmen.

Murakami legte seine Hand auf Singers Arm. Die Wärme, die davon ausging, ließ Singer ruhiger werden.

»Sieh mich an, David.«

Singer sah ihn an. Er registrierte die Fältchen auf dem Gesicht des Professors, die wie Sonnenstrahlen von den Augenwinkeln abgingen und ihm zusammen mit seinem verständnisvollen Blick ein freundliches Aussehen gaben. Er vermittelte Sicherheit, das hatte sich in all den Jahren nicht geändert.

Der Professor war es, der Singer damals einen Weg gezeigt hatte. Der ihn durch seine dunkelsten Stunden geführt hatte, nachdem der Tumor aus seinem Kopf operiert worden war. Als noch niemand wusste, ob die freigesetzten Westerzellen ihn retten oder noch schneller umbringen würden, als der Tumor es getan hätte.

»Sie wussten, dass wir kommen«, sagte Singer. Und dann erzählte er Murakami alles, was vorgefallen war.

Die braunen Augen des Professors waren die ganze Zeit über auf ihn gerichtet.

Sein Blick war ernst und durchdringend. Die Falten auf seiner sonst so glatten Stirn wurden immer tiefer, je länger Singer erzählte.

Die Ärztin war zwischendurch mit dem Diagnoseandroiden ins Zimmer gekommen, aber Singer hatte sie weggeschickt. Er wusste, dass ihm nichts fehlte.

Nachdem er fertig erzählt hatte, schwiegen sie eine lange Zeit.

Die Infusion auf dem Ständer neben Singers Bett lief langsam, Tropfen für Tropfen. Sie erinnerten ihn an Tränen.

»Ich trage die Schuld an allem«, sagte Singer leise. »Wenn ich gleich mit Garcia zusammen aus dem Zimmer gegangen wäre …«

»Sie hätten euch trotzdem aufgelauert«, sagte Murakami. »Und wahrscheinlich wäre auch dann alles so gekommen, wie es gekommen ist.«

»Alles war vorbereitet«, sagte Singer. »Diese Leute wussten genau, was passiert.«

»Das bedeutet, Elsa Meredith muss es gelungen sein, noch von unserer Zeit aus mit 1969 zu kommunizieren«, sagte Murakami.

»Und das kann sie nur über einen einzigen Weg getan haben: über die Fakultät für angewandte Physik des IARIA.«

Murakamis Blick wanderte hinüber zum Fenster. In seinen Augen stand tiefe Trauer.

»Du bist nicht für den Tod von Sergeant Garcia verantwortlich«, sagte Murakami. »Aber einer meiner Kollegen. Jemand aus meiner eigenen Abteilung muss hinter meinem Rücken einen illegalen, unprotokollierten Zeittunnel geöffnet haben. Diese Person muss mit den Verbrechern in der anderen Zeit kommuniziert und sie über eure Ankunft in Kenntnis gesetzt haben. Sie ist es, die mit Meredith und ihren Leuten für den Mord an Sergeant Garcia verantwortlich ist.«

Singer dachte an die Kälte in Elsa Merediths Blick, und seine Hände ballten sich unwillkürlich zu Fäusten.

»Ich werde die Sache untersuchen«, sagte Singer. »Ich werde jeden einzelnen Mitarbeiter prüfen, der etwas mit der Insertion zu tun hatte. Ich werde ihn finden, und er wird sich vor Gericht verantworten müssen. Das schwöre ich bei meinem Leben.«

Murakami legte die Fingerkuppen beider Hände übereinander und rieb sie leicht gegeneinander, wie er es oft tat, wenn er nachdachte.

»Elsa Meredith hat wirklich nichts über ihre Absichten erwähnt, warum sie dich angegriffen hat?«, fragte Murakami.

»Nein«, sagte Singer. »Vielleicht wollte sie das Institut erpressen.«

»Fragt sich nur, was dahintersteckt«, sagte Murakami. »Geld wohl kaum. Sie verfügte schon 1969 über immense finanzielle Ressourcen. Ihr Mann hat ihr vor seinem Tod sein Imperium überlassen.«

Er schüttelte leicht den Kopf.

»Der Grund muss jedenfalls wichtig genug gewesen sein, um dafür über Leichen zu gehen.«

Singer wandte den Kopf in Richtung Fenster. Alrouillers lag unter ihm, die Hochhäuser, in denen die verschiedenen Fakultäten des IARIA, des Institute of Applied Researches International Alrouillers, untergebracht waren. Drohnen flogen zwischen den hell erleuchteten Gebäuden umher, und im Sekundentakt landeten Taxis und Transporter auf den Flugdecks.

»Sie hat meine Eltern erwähnt«, sagte Singer. »Und Elsa Meredith hat auf mich nicht den Eindruck gemacht, als würde sie bluffen.«

Murakami schwieg eine lange Zeit.

»Deine Eltern haben 1969 schon in München gelebt?«, fragte er schließlich.

Singer nickte.

»In Elsa Merediths Stadt sozusagen.«

Murakami blickte eine ganze Zeit lang zum Fenster hinaus.

»Wie alt waren deine Eltern 1969?«, fragte er.

In Singers Kindheit hatte es Fotos gegeben. Fotos, die seine jungen Eltern auf ihrer Hochzeit zeigten. Er erinnerte sich an das pechschwarze, streng gescheitelte Haar seines Vaters und die blonde Föhnfrisur seiner Mutter. Er erinnerte sich nicht an ihre Gesichter auf den Fotos, egal wie sehr er nachdachte.

Was eigenartig war. Durch die Westerzellen konnte er eigentlich alles abrufen, was er jemals gesehen, gehört, gespürt und gerochen hatte.

Hatte er zumindest bisher geglaubt.

Vielleicht kam die Erinnerungslücke durch eine Art Schutzmechanismus seines Gehirns zustande. Vielleicht blockte es alle Erinnerungen an seine Eltern absichtlich. Eine mögliche Theorie.

»Mein Vater war siebenundzwanzig«, sagte Singer. »Und meine Mutter neunzehn.«

Murakami nickte leicht.

»Wir dürfen eines nicht vergessen, David, und das ist das Selbsterhaltungsprinzip der Zeiten. Es wird deine Eltern aller Wahrscheinlichkeit nach schützen. Bis zu einem gewissen Grad jedenfalls.«

Professor Murakami hatte das Selbsterhaltungsprinzip einmal als das »große Gleichgewicht« bezeichnet. Ein Gleichgewicht, das von einer unsichtbaren Kraft erhalten wurde.

Regierungen hatten ihre Agenten durch den Zeittunnel geschickt mit dem Ziel, Kriege und Terroranschläge zu verhindern, Mörder zu stoppen, Wahlen zu manipulieren, den Lauf der Dinge zu ändern.

Es war ihnen nicht gelungen.

Man hatte festgestellt, dass mit den großen Ereignissen der Geschichte zu viel Energie einherging, um sie abändern zu können. Und die Berechnungen der KI bestätigten das.

Kleine Änderungen im Zeitablauf waren zwar möglich, aber sie hatten keine Auswirkung auf die Gegenwart.

Wäre das anders, hätte das IARIA wohl Schwierigkeiten, die Insertionen ethisch zu rechtfertigen.

Es gab keinen Schmetterlingseffekt.

Zumindest nicht in der etablierten akademischen Theorie.

»Sie haben Elsa Meredith nicht gesehen, wie ich sie gesehen habe«, sagte Singer. »Da war etwas in ihr. Eine Energie, wie ich sie noch nie zuvor bei einem Menschen erlebt habe.«

»Die Frage ist, was du jetzt tun möchtest, David.«

»Tue ich nichts, riskiere ich, nicht geboren zu werden.«

»Das ist sehr unwahrscheinlich.«

»Unwahrscheinlich, aber nicht unmöglich, richtig?«

Murakami sagte nichts.

Singer dachte lange nach.

»Was geistert dir im Kopf herum?«, fragte Murakami irgendwann.

»Die Frage ist: Wenn meinen Eltern tatsächlich etwas geschieht, würde ich wirklich nicht geboren werden, oder löse ich mich von einem Augenblick auf den anderen in Luft auf? Vergisst die Welt dann einfach, dass ich jemals existiert habe?«

Er schüttelte unwillkürlich den Kopf.

»Es mag unwahrscheinlich sein, vielleicht sogar irrational. Aber ich mag den Gedanken an das Restrisiko nicht. Ich will nicht so von dieser Welt abtreten. Das ist nicht mein Weg.«

»Du überlegst wirklich, zurückzugehen«, sagte Murakami.

»Die am wenigsten riskanteste Option ist es aller Wahrscheinlichkeit nach, meine Eltern einfach zu warnen«, sagte Singer.

Murakami stand auf und begann, im Zimmer auf- und abzugehen.

Wie viele ältere Menschen, die sich regelmäßig verjüngenden Stammzell- und CRISPR-Transfusionen unterzogen, bewegte er sich so anmutig, als wäre er um Jahrzehnte jünger. Ein Alter von neunzig im Jahr 2051 entsprach einem Alter von sechzig im Jahr 2020. Murakami rieb sich den Bart, während er ging und nachdachte.

»Du bist der wichtigste Inserter, den das Institut hat und wohl jemals haben wird«, sagte er. »Wenn du jetzt zurückgehst, ist das ein großes Risiko für uns alle. Sehr wahrscheinlich größer, als wenn du hierbleibst und auf das Selbsterhaltungsprinzip vertraust. In der Vergangenheit könntest du immer noch Meredith und ihrer Bande in die Hände fallen.«

Als er sich umdrehte und Singer ansah, verrieten seine Augen den Schmerz in seinem Inneren. Die bald neunzigjährigen Augen hinter der Halbmondbrille glitzerten.

»Du bist wie mittlerweile wie ein Sohn für mich geworden, David«, sagte Murakami leise. »Ich möchte dich nicht verlieren.«

Singer schluckte. Es war das erste Mal, dass jemand so etwas zu ihm gesagt hatte.

Murakami setzte sich neben Singer ans Bett. Er sah Singer an und seufzte.

»Deshalb ist das der Punkt, an dem ich noch mal mit Nachdruck sagen sollte: Vergiss das mit dem Zurückgehen.«

Singer hob den Blick.

»Aber das ist es nicht, was Sie mir sagen?«

Murakami sah Singer lange an.

»Du möchtest die Wahrheit wissen? Nicht als dein Vorgesetzter, sondern als Freund, der sich aufrichtig um dein Wohlergehen sorgt?«

Singer nickte.

»Du hast sehr eindrücklich beschrieben, wozu diese Elsa Meredith imstande ist. Möglich, dass das Selbsterhaltungsprinzip verhindern wird, dass sie deinen Eltern das Leben nimmt. Sehr wahrscheinlich sogar, wenn wir auf das Wissen vertrauen, aufgrund dessen Insertionen überhaupt erst durchgeführt werden dürfen.

Aber es ist trotzdem nun mal so, dass kein wissenschaftliches Prinzip zu hundert Prozent unumstößlich ist.

Wir wissen nicht, was Elsa Meredith von dir wollte, und auch nicht, was sie von deinen Eltern will, aber eines wird uns keine KI versichern können: dass deine Eltern davor bewahrt sind, dass Elsa Meredith ihnen dennoch etwas antut. In welchem Ausmaß auch immer.«

Er atmete tief ein und wieder aus, und Singer sah das Mitgefühl in seinem Blick.

»Und ich denke, niemand sollte mit diesem Wissen leben müssen, nichts getan zu haben, wenn es die Möglichkeit dazu gegeben hätte. Auch wenn ich mir sehr über deine problematische Beziehung zu deinen Eltern bewusst bin – es sind trotz allem deine Eltern.«

Singer wandte seinen Blick zum Fenster. Sah die Lichter über dem IARIA und den schwarzen Nachthimmel darüber, und für ein paar Augenblicke dachte er an absolut nichts.

»Heißt das, Sie unterstützen mich?«, fragte er schließlich.

»Ein weiser Mensch hat mal gesagt: Wenn du nichts riskierst, riskierst du alles«, sagte Murakami lächelnd. »Wahrscheinlich trifft das auf uns beide zu. Deine Intuition sagt dir, dass du zurückgehen sollst. Deine Intuition, die dich als Inserter so erfolgreich macht. Ich vertraue dir, David. Ich habe dir immer vertraut. Und wer weiß, was dich in der Vergangenheit erwartet. Wer weiß, was du dort lernst. Wer weiß, vielleicht wird dich das letzten Endes auch zu einem noch besseren Inserter machen.«

Singer schnaubte.

»Ich habe mit der Vergangenheit lange abgeschlossen. Wenn ich zurückgehe, tue ich das, um meine Eltern zu warnen und meinen eigenen Arsch zu retten. Nichts weiter.«

Murakami lächelte. »

»Also helfen Sie mir, Professor?«

Murakami nickte.

»Ich riskiere Kopf und Kragen, aber ich helfe dir, David. Die Frage ist nur, wie schnell sich der Particle Collider für eine weitere Benutzung einsatzbereit machen lässt. Wenn wir uns an die üblichen zwölf Stunden Abkühlung zwischen zwei Tunnelöffnungen halten, dann könnte das zu spät sein.«

Singer nickte.

Der Professor dachte nach.

»Ich habe die Regel für die Abkühlung in der Anfangszeit der Technologie aufgestellt«, sagte er schließlich. »Aber das war vor mehr als einem Jahrzehnt. Möglich, dass sich eine stabile Tunnelöffnung mittlerweile in weit weniger als zwölf Stunden programmieren lässt.«

»Wie schätzen Sie die Chancen ein?«

»Achtundachtzig Prozent«, sagte Murakami. »Aber die große Unsicherheit ist die tatsächliche Stabilität der Verbindung.«

»Und wann könnten Sie eine solche Verbindung aufbauen?«

Wieder versank Murakami in Gedanken. Sein Blick dabei war starr, sein rechter Mittelfinger schlug unaufhörlich gegen seinen Oberschenkel. Zwei volle Minuten verstrichen, ehe er sagte:

»In drei Stunden. Eine gewisse Abkühlung braucht der Collider, und ebenso eine gewisse Zeit für den Neustart. Drei Stunden sind realistisch.«

»Okay«, sagte Singer und griff nach dem kleinen Etui, das auf dem Tisch neben dem Bett bereitlag, und öffnete es. Er nahm seine QuantumVision-Linse heraus und setzte sie sich ins Auge. Das Interface erschien zeitgleich mit dem Gewebekontakt in seinem Blickfeld.

Dann stand er auf. Seine Beine fühlten sich träger an als sonst, aber seine Kraft würde bald vollends zurückkehren. Er kannte seinen Körper.

Er ging zum Waschbecken auf der anderen Seite des Raums und blickte in den Spiegel. Seine Haut war bleich, die Augen waren blutunterlaufen. Er sah um fünf Jahre gealtert aus.

»Du solltest dich ausruhen, David«, sagte Murakami. »Du hast drei Stunden Zeit.«

Garcias Gesicht blitzte vor Singers geistigem Auge auf. Optimismus und jugendliche Euphorie in seinem Blick.

»Ich mag dieses Krankenhaus nicht«, sagte Singer. »Und ich habe noch etwas zu erledigen.«

Er riss ein Papiertuch aus dem Spender an der Wand, zog die Kanüle aus seinem Arm und drückte die Vene mit dem Tuch ab. Dann öffnete er den Schrank neben dem Waschbecken. Ein weißer Kasack und eine Krankenhaushose befanden sich darin. Singer zog das Nachthemd aus und die Krankenhausklamotten an. Besser als nichts.

Über das Linseninterface bestellte er Kleidung in den krankenhauseigenen 3D-Druckraum. Er hielt inne und dachte nach, bestellte dann ein Taxi zum Flugdeck auf Tower C.

Singer drehte sich um und blickte Murakami direkt in die Augen.

»Danke, Professor.«

Murakami ging auf ihn zu und legte Singer die Hand auf die Schulter. Nicht nur sein Mund, sondern auch seine Augen lächelten.

»Manchmal eröffnet uns ein Blick in die Vergangenheit ungeahnte Möglichkeiten. Vielleicht sogar inneren Frieden.«

»Ich hatte inneren Frieden. Bis Elsa Meredith ihn mir genommen hat.«

Murakami lächelte, tätschelte Singers Schulter und wandte sich zum Gehen.

»Drei Stunden«, sagte er. »Ich werde unten an der Schleuse auf dich warten.«

# 6

Es war der 1. Juli hier, im Jahr 2051. Die einzige Verbindung, die der Lightspeed Particle Collider ins Leben rufen konnte, führte auf die Minute genau zweiundachtzig Jahre in die Vergangenheit zurück. Nicht früher und nicht später. Das war bei keiner Insertion jemals anders gewesen. Der genaue Grund war immer noch Gegenstand heißer Diskussionen und Forschung.

Es war damit zwar unmöglich, in die Zeit der Weltkriege zu reisen oder ins Mittelalter - aber besser, sich zweiundachtzig Jahre bewegen zu können, als gar nicht.

Was bedeutete, dass, würde jetzt ein Tunnel geöffnet werden, es auf der anderen Seite der 1. Juli 1969 wäre.

Singer wusste, dass seine Eltern zu dieser Zeit nicht zu Hause gewesen waren.

Er erinnerte sich ziemlich genau an die Geschichte, die ihm seine Mutter nicht nur einmal erzählt hatte, als er noch ein Kind war. Seine Mutter hatte ihm oft Geschichten erzählt, aber das war ihre liebste gewesen. Vielleicht, weil es das erste Mal war, dass sie mit ihrem Ehemann allein unterwegs war. Sie hatten damals nicht das Geld für eine Reise nach der Hochzeit gehabt.

Seine Eltern hatten sich also ein verlängertes Wochenende genommen. Es war ihr erster Hochzeitstag, und sie verbrachten ihn auf der Hütte eines Freunds. Singers Mutter hatte erzählt, dass sie erst im Lauf des Dienstags zurückkommen würden, und das konnte ihnen jetzt womöglich das Leben retten.

Sein Vater würde Singers Mutter zu Hause absetzen, dann zu seinem Polizeirevier weiterfahren und sich dort zum Dienst melden.

Was seine Mutter nie erwähnt hatte, war, wo die Hütte lag, und Singer hoffte, dass auch Elsa Meredith davon nichts ahnte.

Singer würde erst in drei Stunden mehr herausfinden, wenn er zurück im Jahr 1969 war. Auch würde er in diesen drei Stunden nicht damit anfangen, Nachforschungen über den ganzen Vorfall anzustellen. Damit würde er nur unerwünschte Aufmerksamkeit erregen.

Jede Öffnung eines Zeittunnels kostete das Institut eine knappe Million aufgrund der immensen Energie, die dazu benötigt wurde. Deshalb gab es Regeln. Wie zum Beispiel, dass die Zustimmung des Institutsgremiums eingeholt werden musste.

Aber dafür blieb keine Zeit. Abgesehen davon, dass die Einhaltung der Zwölf-Stunden-Frist zwischen zwei Tunnelöffnungen unverändert galt und dass das Gremium niemals so kurzfristig eine Ausnahme erlauben würde.

Aber da war etwas anderes, was Singer zu erledigen hatte, bevor er zurück in die Vergangenheit ging.

Sagen Sie meiner Frau, dass ich sie liebe. Sagen Sie meinem Sohn …

Die Flugzeit seines Taxijets betrug zwanzig Minuten. Erst über den Ärmelkanal, dann über die Betonwüste der Vororte.

Er flog in Richtung London, da sein Ziel nahe an der Stadtgrenze lag. Nah genug, um die Linie zwischen Stadt und Vororten aus der Luft sehen zu können. Sie erinnerte Singer jedes Mal an die Trennung Berlins im Kalten Krieg. Auch wenn hier keine physische Mauer verlief, war die Grenze ähnlich unüberwindbar.

Innerhalb der Stadt wechselten sich glitzerndes Glas und Grün überall ab – von Dächern und Wänden der Hochhäuser über die ungenutzten Straßenflächen, wo sich vor Einführung der selbstfahrenden Autos noch Parkplätze befunden hatten.

Auf den Straßen der Vororte wuchs kein Grün, und schon gar nicht auf den Häusern. Es gab kaum Flugtaxiunternehmen, die in den Vororten operierten, und auch kaum Drohnen, was bedeutete, die Leute mussten ihre Besorgungen selbst machen. Statt selbstfahrender Autos verkehrten alte Benziner, für diejenigen, die sich den teuren Treibstoff leisten konnten – wegen der häufigen Stromausfälle hier immer noch das verlässlichste Transportmittel.

Orte wie dieser waren seit den frühen 2030er-Jahren überall im Städtedreieck von London, Paris und Brüssel entstanden, damit man den Massen von Flüchtlingen und Joblosen billige Unterkünfte zur Verfügung stellen konnte. Im Lauf der Jahre waren sie immer mehr zusammengewachsen.

Wohnblock neben Wohnblock, mithilfe des 3D-Druckverfahrens innerhalb kürzester Zeit fertiggestellt. Es gab viel zu viele Leute für viel zu wenige Jobs. Deshalb hatten die Staaten das bedingungslose Grundeinkommen für Menschen in den Vororten eingeführt sowie kostenfreien Wohnraum, kostenfreie Krankenversicherung und das Wichtigste: einen kostenfreien Zugang zur Virtual Reality rund um die Uhr, große Teile davon auch offline verfügbar.

Es reichte trotzdem nicht aus, um die Leute auch nur im Ansatz zufriedenzustellen.

Während in den Städten Gewaltverbrechen nach Etablierung der flächendeckenden Überwachung zu einer Seltenheit geworden waren, war die Rate in den Vorstädten höher als an jedem anderen Ort auf der Welt. Die Polizeiwagen waren Panzerfahrzeuge, und immer mehr Androiden wurden als Polizisten eingesetzt, weil es immer weniger Menschen gab, die diesen Job machen wollten.

Zwei vollkommen unterschiedliche Welten, die direkt nebeneinander existierten. Die Grenze war streng überwacht, und Singer war froh darüber.

Schon aus der Luft sah er den dichten Rauch, der über den Straßen lag, was alles andere als ein gutes Zeichen war.

Je weiter sich der Taxijet absenkte, desto mehr konnte Singer erkennen. In den Straßen unter ihm herrschte Aufruhr, noch mehr als sonst. Es war noch nicht einmal halb sieben Uhr morgens, und es waren so viele Menschen unterwegs, dass überhaupt keine Autos mehr fahren konnten.

Sie hielten brennende Fackeln und Schilder hoch, ihre Gesichter größtenteils vermummt. Singer hörte ihre Schreie als lautes, bedrohliches Dröhnen. Mülltonnen und sogar einzelne Polizeiwagen brannten.

Ausgerechnet heute fand wieder einmal eine Großdemo mit gewalttätigen Ausschreitungen statt.

Die Bereitschaftspolizei formierte sich weiter hinten auf dem Hauptplatz des Viertels. Immer mehr Lufttransporter landeten dort. Immer mehr Polizisten stiegen aus. Bewaffnete Polizeiandroiden in den ersten Reihen, menschliche Polizisten dahinter.

Die Menschenmasse bewegte sich auf den Hauptplatz zu, der umsäumt war von großen Wolkenkratzen mit neonbeleuchteten Fassaden. Es war nur noch eine Frage der Zeit, wann die Polizisten ausschwärmen und mit den Festnahmen beginnen würden.

Der Taxijet landete auf dem Dach eines der Gebäude in der Nähe der Zieladresse, ein Parkplatz, den die KI als sicher bewertete. Singer stieg aus.

Neben dem stechenden Rauchgestank wurden die Gerüche des Hauses durch die Lüftung nach oben getragen und schlugen ihm entgegen: eine Mischung aus Staub, Zigarettenrauch, harschem Waschmittel, frittiertem Fett, Gummi, Sonne auf Beton und Müll in den Gassen um das Haus herum. Singer atmete so flach er konnte. Am liebsten wäre er wieder in den Taxijet eingestiegen und zurückgeflogen. Es gab gute Gründe, warum er aus der Vorstadt zum frühestmöglichen Zeitpunkt weggezogen war.

Stattdessen setzte er die mitgebrachte Atemmaske mit abgedunkeltem Visier auf - sowohl um sich vor dem Rauch zu schützen, als auch um zu verhindern, dass ihn jemand erkannte. Er würde auf den Straßen damit nicht auffallen.

Singer nahm die Notausgangstreppe hinunter bis ins Erdgeschoss. Er kannte Bilder aus den Straßen in den Vororten, die normalerweise Basaren ähnelten. Bunt und voll, und an jeder Ecke verkauften Leute ihre selbst gefertigten Dinge oder Essen, normalerweise auch schon am frühen Morgen. Diese Straße war jetzt wie leergefegt, grau und trist.

Der Lärm der Demonstration nur ein paar Straßen weiter hallte auch hier zwischen den Gebäuden wider.

Ein analoges Plakat mit dem breit grinsenden Gesicht von Vizepremierministerin Blackwell hing an einer Häuserwand. »Hoffnung für die Vororte - Hoffnung für die Menschen«, stand darunter.

Die derzeit beliebteste Politikerin des Landes, mit höchsten Zustimmungswerten in den Vororten. Singer sah das Plakat, und sein Atem begann zu zittern.

Vizepremierministerin Blackwell war niemand anderes als die Ehefrau von Elsa Meredith gewesen. Möglich, dass sie von Merediths Plänen gewusst hatte. Wenn dem so war, dann würde Singer persönlich dafür sorgen, dass sie hinter Gitter kam, das schwor er sich.

Das Wohnhaus, das er suchte, lag direkt auf der anderen Seite der Straße, und er wollte gerade darauf zugehen, als mehrere Dinge gleichzeitig geschahen.

Eine kleine Gruppe bog um die Ecke und kam laut redend und lachend die Straße herunter. Drei Männer, vermummt, in abgetragener, ungewaschener Kleidung. Zwei von ihnen normal groß, der dritte zwei Meter und so breit wie ein Schrank. Einer von ihnen hielt ein Brecheisen in den Händen, der andere einen Baseballschläger, der dritte eine Fahrradkette.

Sie blickten Singer an, aber sie interessierten sich nicht sonderlich für ihn. Vielleicht, weil Singer automatisch eine leicht gebückte Haltung eingenommen hatte. Vielleicht, weil er sich im Institut extra billig aussehende Kleidung hatte 3D-drucken lassen, bevor er losgeflogen war.

Wofür sich die Männer aber sehr wohl interessierten, waren die zwei Personen, die im selben Augenblick das Haus auf der anderen Straßenseite verließen.

Eine junge Frau mit zusammengebundenen Haaren, Leggins und Schlappen. Ihr weißes Tanktop spannte sich über einem Kugelbauch. Sie hatte ein Kind an der Hand, einen Jungen, ungefähr vier Jahre alt.

Die Frau wirkte verängstigt, trotzdem trat sie zu genau dem Zeitpunkt aus dem Haus, als die Gruppe bewaffneter Demonstranten an ihr vorbeizog. Sie musste sie durch das Sicherheitsglas der Tür gesehen haben. Sie hätte abwarten können, bis die Luft rein war.

Hätte sie das Haus nur eine halbe Minute später verlassen, hätten die Männer sie nicht gesehen. Wahrscheinlich aber war sie in Gedanken woanders gewesen – ihr Junge sah nicht nur verschlafen aus, sondern auch sehr bleich und ging leicht gekrümmt, als hätte er Bauchschmerzen.

Singers QV-Linse war nicht mit dem Internet verbunden. Es gab keinen Empfang, entweder weil wegen der Demonstration das Netz überlastet war oder weil die Polizei jegliche Kommunikation unterbinden wollte. Singer erkannte die beiden, noch bevor die Linse ihre Gesichter mit dem Offlinespeicher abgeglichen hatte und sie als seine Zielpersonen identifizierte.

Er hatte sich die Akten angesehen, und die Gesichter auf den Bildern hatten sich in sein Gehirn gebrannt. Genauso wie das Bild von Louis Garcia. Gefesselt, auf dem Boden kniend, mit flehendem Blick.

Er hatte alles auf sich genommen. Die harte Ausbildung, das Risiko, das mit Reisen in andere Zeiten einherging – nur um seiner Familie ein besseres Leben bieten zu können.

Garcias Frau trug den Namen Estela. Sie war einundzwanzig. Garcias Junge hieß Jamie, geboren 2047.

Und innerhalb weniger Augenblicke machte Estela Garcia jetzt einen weiteren Fehler, nachdem sie das Haus verlassen hatte: Sie kehrte nicht um und verbarrikadierte sich in ihrer Wohnung, als sie die bewaffneten Männer vor sich sah. Stattdessen ging sie einfach los. Bog von der Hauptstraße in die Nebengasse ein und zog den kleinen Jamie mit sich.

Die Bewaffneten blieben stehen und sahen sich an. Dann nickten sie einander zu und rannten Estela hinterher.

Auch Singer lief los. Er überquerte die Straße, lief der Gruppe in die Gasse nach.

Die Männer hatten Estela schon überholt. Sie schnitten ihr den Weg ab und drängten sie und den Jungen gegen eine Wand.

Der Junge hatte den Kopf an Estelas Oberschenkel gepresst und blickte zu ihnen hoch.

»Bitte«, hörte Singer Estela sagen. Ihre Stimme klang verängstigt. »Lasst uns einfach durch. Jamie muss ins Krankenhaus.«

»Ruf doch deinen Mann an, Estela«, sagte der Mann, der die Fahrradkette trug, mit kalter Stimme. »Er ist doch jetzt ein hohes Tier und holt euch alle aus der Vorstadt raus.«

»Bitte«, sagte Estela noch einmal, diesmal flehend.

»Denkt wohl, ihr seid was Besseres«, sagte der Zwei-Meter-Riese. »Dass ihr etwas Besseres verdient habt als wir.«

Der Dritte von ihnen machte einen Schritt auf Estela zu, hob seinen Baseballschläger und deutete damit direkt auf ihren Bauch.

»Dein geliebter Louis hat sein Maul in letzter Zeit weit aufgerissen«, sagte er. »Vielleicht kann er die Vorstadt verlassen, aber die Vorstadt wird ihn niemals verlassen. Das wird er schon noch sehen.«

»Ich schwöre bei allem, was mir lieb ist«, sagte Estela. »Egal was Louis gesagt hat, er hat es sicher nicht so …«

Jamie schluchzte laut. Er kämpfte sichtlich mit den Tränen.

»Maul halten!«, herrschte der Vermummte mit der Fahrradkette ihn an.

»Hey«, sagte Singer laut.

Alle drei Männer drehten sich gleichzeitig zu ihm um.

»Weg von der Frau und dem Kind«, sagte Singer. »Und zwar schnell.«

Der Riese lachte abschätzig.

»Verpiss dich, oder ich brech dir die Nase. Versprochen.« Und er wandte sich wieder zu Estela um.

»Wie klingt das: Verpisst ihr euch, oder ihr werdet es bereuen, heute morgen aufgestanden zu sein«, sagte Singer ruhig. »Versprochen.«

»Wie du willst«, sagte der Typ mit der Fahrradkette. Er und der Riese setzten sich gleichzeitig in Bewegung und kamen auf Singer zu. Der Dritte mit dem Baseballschläger hielt Estela in Schach. Alles wirkte ein bisschen wie eine einstudierte Choreografie. Als hätten sie ihre Reaktion schon oft geübt, um Menschen zu bedrängen.

Singer hob den Blick zur Hauswand. Eine der Überwachungskameras hing an einem einzigen Kabel von der Halterung, die andere war mit Graffiti besprüht.

»Halten Sie dem Kleinen die Augen zu«, rief Singer Estela zu. Estela folgte der Aufforderung.

Der Mann mit der Fahrradkette griff in seine Jackentasche und zog blitzschnell ein Springmesser hervor.

Singer wartete gar nicht erst auf den Angriff. Er machte einen schnellen Schritt vor und trat dem Mann direkt in den Bauch, was diesen augenblicklich zusammenklappen ließ. Messer und Kette fielen gleichzeitig zu Boden.

Der Riese brüllte und rannte direkt auf Singer zu. Es sah aus, als wollte er Singer mit seinen hundertdreißig Kilo einfach wegrammen. Singer machte einen Schritt zur Seite, sodass der Mann ihn nur an der Schulter erwischte.

Was schmerzhaft war, aber ohne Frage um vieles weniger schmerzhaft, als wenn der Mann ihn voll erwischt hätte. Außerdem konnte Singer sein Gleichgewicht halten – im Gegensatz zu dem Riesen, der unkontrolliert ins Leere stolperte. Das Brecheisen ließ er dabei nicht los.

Es dauerte, bis er die Balance wiedergefunden hatte, sich umdrehte und erneut auf Singer zugerannt kam. Wie ein Bulle, der in Rage geraten war. Er holte aus und schlug zu. Einmal, zweimal, dreimal, seine Arme so muskulös wie die eines Profiwrestlers. Aber seine Masse machte ihn langsam.

Singer wich den Schlägen mit dem Brecheisen aus und merkte, wie schnell der Mann ermüdete.

Beim nächsten Ausholen trat Singer ihn dorthin, wo dem Riesen all seine Muskeln nichts halfen. Die Augen des Mannes wurden groß, und er gab ein kehliges Stöhnen von sich.

Singer verpasste ihm einen doppelten Kinnhaken. Einen Aufwärtshaken mit der rechten, einen Seitwärtsschwinger aus der Hüfte mit der linken Faust. Die Augen des Riesen verdrehten sich nach oben, dann fiel sein bewusstloser Körper wie ein Baumstamm zu Boden.

Das Eisen schlitterte klirrend über den Boden.

Singer stieg über ihn hinweg und ging direkt auf den dritten Mann zu.

»Komm näher, und ich bring dich um«, schrie der Mann. »Und ich werde das Weib und das Kind auch nicht verschonen. Ich bring euch alle um.«

Singer blieb nicht stehen.

Der Mann schrie und rannte auf Singer zu, den Baseballschläger dabei hoch über seinen Kopf erhoben.

Kurz bevor er in Reichweite des Schlägers war, machte Singer einen Ausfallschritt zur Seite und trat dem Mann seitlich gegen die Knie. Der Mann knickte ein, stolperte und stürzte. Der Schläger flog durch die Luft und landete auf dem Boden.

Singer nahm ihn auf, stellte sich über den letzten Angreifer und holte mit dem Schläger aus.

Der Mann schrie voller Angst und hielt die Hände schützend über sein Gesicht.

»Willst du leben?«, fragte Singer, ohne den Schläger abzusenken.

Der Mann antwortete nicht. Singer blickte auf ihn hinab und verspürte nichts als Abscheu. Singer war fast dreißig Jahre bei der Polizei gewesen, fünfundzwanzig davon beim Sonderkommando. Jeden Tag aufs Neue war er mit dem Abschaum der Menschheit konfrontiert gewesen. Mit Menschen, die so etwas wie Reue und Skrupel nicht kannten. Er zweifelte nicht daran, dass diese Männer vor ihm die schwangere Estela vor den Augen ihres kleinen kranken Jungen aufs Übelste verprügelt hätten. Und wer wusste, ob das alles gewesen wäre, was sie mit ihr gemacht hätten.

Singer ließ den Schläger auf den Mann hinabfahren.

Der Mann stieß einen gellenden Schrei aus.

Singer stoppte weniger als fünf Zentimeter vor Körperkontakt.

»Willst du leben?«, fragte Singer noch einmal.

»Ja!«, rief der Mann in flehentlichem Ton.

»Dann gib mir deine Linse«, sagte Singer. »Sofort.«

Der Mann starrte Singer an.

»Ich werde dich nicht noch mal bitten«, sagte Singer.

Mit zitternder Hand fasste sich der Mann ins Auge und nahm seine QV-Linse heraus. Dann sah er Singer fragend an, während er sie auf dem Zeigefinger balancierte.

»In dein Etui damit.«

Der Mann nickte, holte das flache Linsenetui aus der Tasche und legte die Linse hinein.

»Steh auf und leg die Linsen deiner Kameraden gleich mit dazu«, befahl Singer.

Der Mann tat wie ihm geheißen. Keiner der anderen Männer regte sich, als er ihre QV-Linsen aus den Augen holte.

»Bring mir das Etui.«

Wieder folgte der Mann der Aufforderung.

Singer riss ihn am Kragen herum und drückte ihn gegen die nächste Hauswand.

»Wenn ihr dieser Familie auch nur nahe kommt, werde ich davon erfahren«, sagte er leise, aber unmissverständlich. »Dann werde ich diese Linsen nicht nur an die Polizei weiterleiten, sondern euch alles nehmen, was ihr habt. Ihr werdet den Rest eurer Tage in einer einsamen Gefängniszelle verrotten und nie, nie wieder auf die Virtual Reality zugreifen.«

Der Mann jaulte auf.

»Habe ich mich klar ausgedrückt?«

»Jawohl«, sagte der Mann.

»Das richtest du auch so deinen Freunden aus. Nicht nur denen dort, wenn sie wieder aufwachen, sondern allen.«

Er hob das Etui mit den drei QV-Linsen hoch.

»Ich weiß jetzt, wer ihr seid, wo ihr wohnt und kenne all eure Geheimnisse. Ihr nähert euch dieser Familie nie wieder, verstanden?«

»Jawohl, verstanden, Sir.«

Singer schlug ihm in den Solarplexus.

Nicht so fest, dass er ersticken würde, aber fest genug, dass der Mann zusammenbrach und bewusstlos auf dem Boden liegen blieb.

Dann hob er den Blick.

Estela und der kleine Jamie standen wie erstarrt da, ohne sich vom Fleck bewegt zu haben. Estela hatte sich schützend vor ihren Sohn gestellt.

»In welches Krankenhaus müssen Sie?«, fragte Singer.

Estela sah ihn zwar an, aber sie wirkte abwesend. Sie hatte Jamie fest an sich gezogen. Der Junge sah Singer ängstlich an. Aus seinen Augen liefen die Tränen, aber er machte keinen Mucks.

»Alles wird gut, Kleiner«, sagte Singer. »Versprochen.«

Zu Estela sagte er:

»Sie haben gerade Ihr Haus trotz der Demo nur zwei Straßen weiter verlassen, weil Sie ins Krankenhaus müssen. Richtig?«

Estela nickte.

»Ja«, sagte sie, und dann noch einmal: »Ja. Jamie hat schon seit zwei Tagen Bauchschmerzen. Das ist heute Nacht schlimmer geworden. Ich muss mit ihm ins Krankenhaus, aber ich kann keine Rettung rufen, weil das Netz überlastet ist.«

Singer suchte über die Offlinekarte seiner Linse nach dem nächsten Krankenhaus und hatte innerhalb eines Sekundenbruchteils einen Treffer.

»St. James?«, fragte er.

Estela nickte nur.

»Okay«, sagte Singer. »Gehen wir. Ich bringe Sie dorthin.«

Estela sah ihn misstrauisch an.

»Sie können mir vertrauen«, sagte Singer. »Ihnen geschieht nichts.«

Woraufhin Estela wieder nickte.

Das Krankenhaus war nur ein paar hundert Meter entfernt, doch der schnellste Weg dorthin führte über eine breite Straße am anderen Ende der Gasse.

Dort schob sich eine Menge von Protestierenden langsam voran. Sie trugen Schleier oder Schals ums Gesicht und Sonnenbrillen. Nicht wenige von ihnen waren mit Schlagwaffen und Ketten bewaffnet. Die Menschen riefen ihre Parolen unkoordiniert und durcheinander.

»Nieder mit der Ungleichheit!«

»Schluss mit Polizeigewalt in Vorstädten!«

»Hört auf, uns kleinzuhalten!«

»Lasst die Städte brennen!«

Singer bahnte sich einen Weg zwischen den Demonstranten hindurch und achtete darauf, dass Estela und der Junge jederzeit dicht hinter ihm waren. Sie erreichten das Krankenhaus ohne weiteren Zwischenfall. Auch wenn Singer im ersten Moment seinen Augen nicht trauen konnte. Das, was in der Stadt als abbruchreifes Gebäude gegolten hätte, war eines der größten Krankenhäuser in der Vorstadt.

Wenigstens gab es eine gute Zahl an Security-Androiden, die den Haupteingang bewachten.

»Danke«, sagte Estela und sah Singer an. Ihr Blick war klarer und durchdringender geworden. »Sie haben uns das Leben gerettet.«

Singer winkte ab.

»Wer sind Sie?«, fragte Estela. »Und wie können wir uns jemals revanchieren?« Sie sah ihn lange an.

Sagen Sie meiner Frau, dass ich sie liebe. Sagen Sie meinem Sohn …

Singer wusste, dass das der Moment war, in dem er seine Maske hätte abnehmen sollen. In dem er seinen Namen nennen und das tun sollte, weshalb er eigentlich hergekommen war: Louis Garcias Witwe über Louis' Tod informieren, bevor sie es über offizielle Statements des IARIA und das Virtual Social Network erfahren würde. Ihr sagen, dass es seine Schuld war. Dass er als Kommandant der Mission die Verantwortung für Louis' Tod trug.

Aber als sie so vor ihm stand, brachte Singer kein Wort hervor.

Und auf einmal wusste er nicht länger, was er sich gedacht hatte. Nichts würde es ändern, wenn er ihr alles erzählte und die Schuld auf sich nahm. Nichts – außer dass er alles riskierte. Sie musste ihn nur anklagen. Seine Karriere wäre womöglich am Ende, sein Ruf ruiniert, und er würde alles verlieren, was er hatte. Dazu hatte er zu lange gekämpft, um dort hinzukommen, wo er war. Wenn er seinen Ruf verlor, verlor er alles, was er hatte.

Besser, er wartete ab, bis er wieder zurück war und die PR-Abteilung des IARIA eine Strategie für den ganzen Vorfall ausgearbeitet hatte.

Er sah Estela an. Sah den kleinen Jungen an, der sich wieder hinter den Beinen seiner Mutter versteckte und Singer anstarrte. Er hatte die großen fragenden Augen seines Vaters.

»Wie können wir uns jemals revanchieren?«, fragte Estela ein zweites Mal.

Wieder tauchte Garcias Bild vor Singers innerem Auge auf. Sein lebloser Körper, in einer Lache seines eigenen Bluts auf dem Boden liegend, in einer anderen Zeit.

Es machte keinen Unterschied, ob sie es von ihm oder aus anderer Quelle erfuhren.

Es tut mir leid, dachte Singer.

Was er sagte, war:

»Schon gut. Passen Sie auf sich auf.«

Er ging zu einem der Security-Androiden und deutete auf Estela und den Jungen.

»Wenn die beiden das Krankenhaus wieder verlassen, möchte ich, dass du sie sicher zu ihrer Wohnung begleitest.«

Der Androide nannte Singer seinen Preis und generierte einen holografischen Code, auf den Singer anonym die Gebühr mit Trinkgeld überwies.

»Sie sind sicher«, sagte Singer dann zu Estela gewandt.

»Ich weiß nicht, wie ich Ihnen danken kann«, sagte Estela.

Singer wandte den Blick ab.

»Gute Besserung, Kleiner«, murmelte er, und damit drehte er sich um und verschwand in der Menschenmenge auf der Straße.

# 7

Als die Insel Alrouillers unter ihm in Sicht kam, war es kurz vor halb neun. Das Glas und das Metall der Institutshochhäuser glitzerten in der Morgensonne. Die schwarzgrauen Wellen des Ärmelkanals unter Singer peitschten gegen die dreißig Meter hohen Inselklippen.

Der Großteil ihrer vierundsechzig Quadratkilometer war dicht bebaut. Die einzige Ausnahme bildete das Areal um das frei stehende Generatorgebäude am Nordwestzipfel, das durch einen fünf Meter hohen Sicherheitszaun vom Rest der Insel abgetrennt war. Ohne dieses Gebäude hätte der Light Speed Particle Collider in zwanzig Meter Tiefe keinen Strom. Ohne ausreichende Stromzufuhr könnten die Elementarteilchen in den riesigen Röhren mit sechs Meter Durchmesser nicht ausreichend beschleunigt werden. Ohne die hohe Geschwindigkeit konnte bei einer herbeigeführten Teilchenkollision nicht genügend Energie frei werden, um ein

Wurmloch zu öffnen, das den Grundstock für den Tunnel in andere Zeiten bildete.

Singers Flugtaxi landete direkt auf dem Dach von Tower A, dem Flugdeck der Fakultät für angewandte Physik. Es war Samstag, und es war beinahe leergefegt. Singer zählte nur drei weitere Flugzeuge, eines davon der weinrote Jet von Professor Murakami.

Im Gegensatz zu den anderen Transportflugzeugen war der Jet des Professors ein Blickfang. Das Modell war einer Lockheed SR-71 nachgebaut, und nur Murakamis Sonderstellung ließ die Institutsbehörden über die sehr bekannte Tatsache hinwegsehen, dass der Jet immer noch über eine Selbststeuerungsfunktion verfügte.

Fliegen war das einzige Hobby, das Murakami neben seiner Arbeit hatte. Nach unzähligen Verwarnungsversuchen, über die sich Murakami konstant hinweggesetzte, hatte die Behörde irgendwann aufgehört, die mittäglichen Ausflüge des Professors zu hinterfragen.

Singer ging zum Deckaufzug hinüber. Die Kabine öffnete sich automatisch, als er sich näherte.

Er fuhr nach unten. Der Himmel war so klar, dass durch die gläsernen Kabinenwände sowohl die Weißen Klippen von Dover auf der britischen als auch der Hafen von Calais auf der französischen Ärmelkanalseite gut zu erkennen waren.

Singer spürte eine Unruhe in sich wie seit Jahren nicht mehr.

Damit sie das Unterfangen starten und hinter dem Rücken des Gremiums einen Zeittunnel öffnen konnten, durfte in der Zwischenzeit niemand etwas mitbekommen haben.

Das war die erste große Frage. Möglich, dass ihn gleich Hunderte von Leuten belagern würden, um ihn und Murakami auszufragen über die Ereignisse mit Meredith und Garcia, und dass Singer gar nicht wegkam.

Die zweite große Frage war die Mission selbst. Vor jeder Insertion, die Singer bisher durchgeführt hatte, war immer eine genaue Planung erfolgt. Anhand der Schilderungen von Reisenden und computergenerierten 3D-Simulationen hatte Singer bisher wenigstens immer eine ungefähre Ahnung gehabt, wohin er sich begab und was ihn erwartete.

Dieses Mal war alles anders.

Er musste versuchen, seine Eltern abzufangen, bevor sie in ihr Haus zurückkehrten, wo Elsa Meredith mit ihrer Bande auf sie warten würde. Vielleicht plante Meredith, sie zu entführen. Vielleicht Schlimmeres.

Singer musste versuchen, seine Eltern zu warnen. Aber wie würden sie reagieren, wenn ein wildfremder Mensch auf sie zukam?

Gerade seine Eltern. Was die ganze Sache weiter verkomplizierte, war die Tatsache, dass sein Vater Polizist war. Einer von der Sorte, die meinten, die Weisheit mit dem Löffel gefressen zu haben. Singer zweifelte daran, dass er in seinen jungen Jahren anders gewesen war.

Der Aufzug fuhr am Erdgeschoss vorbei und senkte sich unter die Erde ab. Nur einige Augenblicke später kam er im zwanzigsten Untergeschoss zu einem sanften Halt.

»Time Door Level«, verkündete die Computerstimme.

Die Türen öffneten sich, und Singer roch das moschushaltige Rasierwasser, noch bevor er um die Ecke trat. Er fluchte innerlich.

Als Professor Nowak ihn bemerkte, ging ein Zucken über sein Gesicht.

»Singer«, sagte er, teils überrascht, teils verärgert. »Was tun Sie hier?«

Singer sah ihn an. Wie immer trug Professor Nowak einen weißen Kittel und eine rundliche Brille, deren Gläser viel zu klein für sein grobschlächtiges Gesicht waren. Sein Kopf war kahl. Nicht, weil er keine Haare hatte, sondern weil er sie sich abrasierte, um seinen asketischen Lebensstil zu unterstreichen. Singer sah die Verachtung in seinen Augen und kam nicht umhin, an Murakamis Worte zu denken.

Jemand aus meiner eigenen Abteilung muss hinter meinem Rücken einen illegalen, unprotokollierten Zeittunnel geöffnet haben.

Vielleicht war Nowak ein guter Wissenschaftler – gut genug jedenfalls, dass sie ihn im IARIA hielten. Trotzdem stand der Professor als stellvertretender Institutsleiter zu jeder Zeit in Murakamis Schatten. Die Wahrscheinlichkeit, dass Nowak eine auch nur ansatzweise so bahnbrechende Entdeckung wie die Erzeugung und Stabilisierung eines Wurmlochtunnels machen könnte, war verschwindend gering. Murakami war der Star, der den Nobelpreis erhalten hatte. Nowaks Bekanntheit ging kaum über einige Wissenschaftskreise hinaus.

Verbitterung konnte Menschen zu einer ganzen Reihe von Dingen bewegen - möglicherweise auch zu Verrat und zu Beihilfe zum Mord.

»Was tun Sie hier?«, wiederholte Nowak seine Frage. »Heute finden keine Insertionen statt.«

Singer antwortete nicht, sondern sah sein Gegenüber einfach nur an. Er versuchte, Nowaks Blick zu lesen, der feindselig war wie immer. Aber Singer zweifelte daran, dass Nowak etwas von ihrem Vorhaben ahnte.

»Ich habe etwas mit Professor Murakami zu besprechen, und dafür soll ich hier runterkommen«, sagte Singer. »Die Frage ist, was machen Sie hier unten?«

»Geht Sie nichts an«, gab Nowak zurück, rempelte Singer beim Vorbeigehen an, stieg in den Aufzug und fuhr aufwärts.

Singer durchquerte den Vorraum. Die Tür öffnete sich automatisch.

Er trat in die Arbeitshalle mit ihren sechs Meter hohen Decken. Neonleuchten warfen taghelles Licht. Die Schleuse befand sich am anderen Ende des Raums. Sie trennte ihn von jenem Seitenarm des Light Speed Particle Colliders ab, in dem die Zeittunnel geöffnet wurden.

An jeder Wand waren Screens aufgehängt. Davor standen Tische, die sich in mehreren Reihen von der Raummitte bis kurz vor die gewaltige Schleuse erstreckten. Normalerweise saßen über dreißig Mitarbeiter an den Tischen oder standen davor und starrten auf die Monitore vor sich.

Zu Singers Erleichterung hielt sich jetzt nur eine einzige weitere Person im Raum auf, und das war Professor Murakami. Er stand vor dem Kontrollfeld neben der Schleuse. Auf Bildschirmen über ihm waren Zahlenfolgen, Programmierungscodes, Berechnungen und Maschinenvisualisierungen zu sehen.

Professor Murakami hatte ihm einmal erklärt, dass es im Prinzip keinen einzigen technischen Mitarbeiter zum Öffnen eines Zeittunnels bräuchte, dass eine einzelne Person ausreichte, die dem Computer Befehle gab, und dass die Mitarbeiter nur zu Kontroll- und Protokollierungszwecken vor Ort waren - und für den Fall, dass einmal wirklich etwas schieflief.

Als Professor Murakami Singer kommen hörte, drehte er sich um und lächelte.

Singer stellte sich neben ihn und blickte auf die Monitore.

Auf zwei davon waren Karten von München zu sehen, beide mit der Jahreszahl 1969 versehen. Eine Übersichtskarte und eine, in der Aubing als damals westlichster Stadtteil von München stark vergrößert war. Auf einer Straße war eine rote Fahne als Markierung gesetzt.

»Um alles noch mal zusammenzufassen«, begann Murakami. »Dein Vater war 1969 siebenundzwanzig Jahre alt, deine Mutter neunzehn. Sie haben 1968 geheiratet. Da du 1994 geboren wurdest, bist du für sie ein fremder Mensch.«

Singer nickte.

»Kurz nach ihrer Hochzeit haben deine Eltern ein Haus am Stadtrand von München im Bezirk Aubing gekauft und sind dort eingezogen.«

»Korrekt«, sagte Singer.

»Das aktuelle Datum ist Samstag, der 1. Juli, und damit ist es das gleiche Datum im Jahr 1969, ein Dienstag. Wenn du gleich bei uns um kurz nach neun Uhr vormittags in den Tunnel gehst, wirst du dort um kurz nach neun Uhr vormittags ankommen. Du, David, weißt, dass deine Eltern um die Mittagszeit zu ihrem Haus zurückkehren werden, nachdem sie ihren ersten Hochzeitstag im Rahmen eines verlängerten Wochenendes auf der Hütte eines Freunds verbracht haben; du weißt aber nicht, wo sich diese Hütte befindet.«

»Im Süden der Stadt, tendenziell«, sagte Singer. »Wenn wir als Familie in den Bergen waren, dann dort.«

Murakami nickte.

»Das Haus deiner Eltern befindet sich dort, wo die rote Fahne auf der Karte gesetzt ist, korrekt? Ich habe mir die Freiheit genommen, den Computer zu befragen.«

»Ja«, sagte Singer. »Aus südlicher Richtung werden sie wahrscheinlich über die Stadtautobahn kommen.«

»Diese hier?«, fragte Murakami, und ließ die Autobahn auf der Karte aufleuchten.

Singer nickte.

»Das wiederum bedeutet, dass es für sie nur eine sehr wahrscheinliche Route gibt, um zu ihrem Haus zurückzugelangen«, sagte Murakami.

Der Weg von der Autobahnausfahrt bis zu der roten Fahne leuchtete auf. Er führte über die Hauptstraße in dem Viertel, von der die Anliegerstraße abzweigte, in der das Haus stand.

»Es ergibt am meisten Sinn, hier auf sie zu warten«, sagte Singer und deutete an eine Stelle auf der Hauptstraße, die ungefähr einen Kilometer vor der Abzweigung lag. Außer Sichtweite von Elsa Merediths Leuten, die ohne Zweifel um das Haus seiner Eltern und um die Einfahrt zur Anliegerstraße herum Posten beziehen würden - wenn sie halbwegs ausreichenden Verstand hatten.

»Genau das dachte ich auch«, sagte Murakami. »Ich nehme an, du weißt, welches Auto dein Vater zu dieser Zeit gefahren hat?«

Singer nickte.

»Dir muss es irgendwie gelingen, den Wagen deiner Eltern zum Halten zu bringen, bevor sie von Merediths Leuten entdeckt werden«, sagte Murakami. »Und dann musst du es auch noch schaffen, dass sie dir zuhören.«

»Und ich muss ihnen klarmachen, in welcher Gefahr sie schweben, ohne dass sie mich für verrückt halten«, sagte Singer.

»Es bleibt leider keine andere Möglichkeit«, sagte Murakami.

»Dafür brauche ich Zeit«, sagte Singer. »Sie müssen mit mir gemeinsam verschwinden. Ich kann sie nicht gleich mit der ganzen Geschichte konfrontieren.«

»Ja«, sagte Murakami. »Wie lange wirst du dafür brauchen?«

»Ich dachte, dass vierundzwanzig Stunden genügen«, sagte Singer. Er sah das Misstrauen in Murakamis Blick und fügte hinzu:

»Die Westerzellen werden mich vor dem kosmischen Druck schützen. Haben sie auch bei den Tests.«

»Die Tests, die über sechs Stunden gingen«, sagte Murakami.

Singer lächelte.

»Machen Sie mir nur Mut, Professor.«

»Es ist gut möglich, dass die Zellen dich auch nach sechs Stunden schützen«, sagte Professor Murakami. »Die Chancen dafür stehen gut, aber sicher können wir nicht sein.«

»Ein weiser Mensch hat mal gesagt: Wenn du nichts riskierst, riskierst du alles.«

Murakami atmete tief ein und wieder aus.

»Du bleibst also vierundzwanzig Stunden und überzeugst deine Eltern. Das ist die Aufgabe.«

Singer nickte.

»Und vergiss nicht: Dein Hauptziel ist es, deine Eltern zu schützen, nichts anderes.«

Singer nickte.

»Da ist ein leer stehendes Haus direkt an der Hauptstraße«, sagte Murakami und öffnete ein Bild auf dem Monitor.

Es war kein großes Haus. Es stand frei und war zweistöckig. Der Putz war abgebröckelt, der Garten davor verwildert.

»Können wir uns darauf verlassen, dass es unbewohnt ist?«, fragte Singer.

Murakami nickte.

»Der Eigentümer hat sich 1967 darin erschossen. Seitdem ist es auf dem Markt, aber keiner will es kaufen.«

»Gutes Omen«, sagte Singer.

»Ich lege die Öffnung des Zeittunnels dahin«, sagte Murakami. »Nach vierundzwanzig Stunden werde ich ihn dort auch wieder öffnen. Wenn ich könnte, würde ich ihn durchgehend geöffnet lassen, aber das würde, wie du weißt, die Energieressourcen halb Europas aufbrauchen.«

Singer nickte.

»Was hatte Nowak hier unten eigentlich zu suchen?«, fragte er dann. »Heute finden keine Insertionen statt. Keine offiziellen.«

Murakami zog die Augenbrauen zusammen.

»Das habe ich ihn auch gefragt. Es war offensichtlich, dass er nicht erwartet hat, mich hier unten anzutreffen.«

»Was haben Sie ihm gesagt, warum Sie hier unten sind?«

»Wartungsarbeiten«, sagte Murakami.

»Ich traue Nowak nicht«, sagte Singer. »Er wird der Erste sein, den ich vernehme, wenn ich wieder zurück bin.«

Murakami nickte.

»Es ist nicht sicher für Sie im Institut«, sagte Singer. »Jeder Mitarbeiter hier stellt eine potenzielle Gefahr dar.«

Murakami nickte wieder.

»Während du weg warst, habe ich eine Nachricht für das Gremium aufgezeichnet«, sagte der Professor. »Sollte meine QV-Linse feststellen, dass ich in Gefahr bin, wird die Nachricht umgehend an alle Gremiumsmitglieder geschickt. In jedem Fall wirst du zur vereinbarten Zeit einen Tunnel finden, der dich zurück nach Hause bringt.«

»Sie sollten sich in der Zwischenzeit in Ihren Büroräumen verbarrikadieren und nicht rausgehen«, sagte Singer.

»Ja«, sagte Murakami. »Genau das habe ich vor. Und jetzt sollten wir fortfahren. Wer weiß, vielleicht kommt Nowak zurück und beginnt, Fragen zu stellen.«

Murakami deutete er auf ein zusammengeschnürtes Paket von Kleidung, das auf einem Stuhl bereitlag.

»Das ist vorhin für dich gekommen«, sagte er.

Singer hatte dieselbe Kleidung, die er während der Insertion getragen hatte, noch aus dem Taxi ein weiteres Mal 3D-drucken lassen.

Er zog sich um. Alles passte wie angegossen. Das synthetische Material von Jeans und Hemd war noch warm. Aus einer Tasche seiner Kunstlederjacke holte er die anderen Gegenstände hervor, die er bestellt hatte.

Ein Feuerzeug.

Fünftausend deutsche Mark in Scheinen.

Einen Ausweis, ausgestellt auf David, Stefan, Geburtsdatum 1.3.1934, Bundesnachrichtendienst.

Der Computer hatte menschliche Handschrift imitiert und ein Foto von Singer hinzugefügt. Schwarz-weiß und so bearbeitet, dass es zeitgemäß aussah.

Einen Führerschein mit den gleichen Daten, aber ohne Bild.

Deutsche Führerscheine zu dieser Zeit hatten kein Bild. Anders als die Bundesnachrichtendienstausweise.

Er steckte alles wieder ein.

Zum Schluss entfernte er noch seine QV-Linse aus seinem Auge. Es hatte Vorfälle gegeben, wo diese während der Tunnelpassage explodiert war. Singer steckte sie in das Etui und legte sie in den dafür vorgesehenen Spind und verschloss diesen durch seinen Fingerabdruck.

»Ich bin bereit.«

Murakami musterte ihn und nickte dann.

»Und Sie sind sicher, dass ein weiteres Wurmloch so kurze Zeit später wieder sicher geöffnet werden kann?«

»Meine Berechnungen bestätigen das«, sagte der Professor ernst. »Dennoch befinden wir uns in einer extremen Ausnahmesituation, David.«

»Klingt gut«, sagte Singer.

»Ich würde dich nicht gehen lassen, wenn ich nicht erwarten würde, dass alles wie gewohnt funktioniert«, sagte Murakami.

»Wünschen Sie mir Erfolg.«

»Das tue ich«, sagte Murakami. »Von ganzem Herzen.«

Singer stellte sich vor der Schleusentür auf, die sich einen Augenblick später öffnete. Die Schleuse selbst war nur spärlich beleuchtet.

Er trat ein. Die Tür hinter ihm ging mit einem schmatzenden Geräusch zu. Metall klickte, als sie luftdicht verschlossen wurde. Die Luft roch nach dem Eisen der Bodenplatten. Kein Laut von draußen drang in die Kammer. Singer wartete, bis die Lampe über der zweiten Schleusentür vor ihm grün aufleuchtete.

Er atmete tief ein und wieder aus. Wiederholte den Vorgang einige Male, um sein Blut mit Sauerstoff anzureichern.

So lange, bis sich die Tür vor ihm öffnete. Die Dichtungsgummis wurden mit einem Ploppen auseinandergerissen. Eine Welle kalter Luft schlug ihm entgegen. Es roch stark nach erhitztem Metall. Die Kammer, die zwischen zwei Röhrenabschnitten lag und diese verband, war komplett dunkel.

Die Öffnung des Tunnels war trotzdem klar zu erkennen. Sie hatte eine andere Struktur als der Rest des Raums, die nicht nur sichtbar war, sondern auch deutlich spürbar. Immer wieder zeigten sich Millisekunden andauernde, winzige Blitze in der Öffnung.

Singer setzte die Schutzbrille auf und nahm einen letzten tiefen Atemzug, bevor er die Luft anhielt. Er schloss die Augen, bevor er den Tunnel betrat. Spürte, wie der Druck auf dem Brustkorb größer wurde.

Dieses Mal war die Passage kürzer als sonst. Der Druck ließ schnell wieder nach.

Zu schnell.

Als Singer einatmete, wusste er, dass etwas schiefgelaufen war.

Der Duft von Orangen lag über allem, aber er war nicht intensiv genug, um die anderen Gerüche zu verdecken.

Schweiß, Blut und Schießpulver.

Schon bevor Singer die Augen öffnete und sich die Schutzbrille vom Gesicht riss, wusste er, wo er sich befand.

Nicht wie geplant in dem leer stehenden Haus.

Er war zurück in Elsa Merediths Wohnzimmer – auch nicht ein paar Stunden später, sondern nur wenige Augenblicke, nachdem er vorhin geflüchtet war.

# 1969

## 8

Singer sah die Menschen in dem Raum. Dieselben Menschen, die ihn vor etwa acht Stunden verfolgt hatten. Er zählte sechs davon. Zwei Frauen, vier Männer. Singer bemerkte zum ersten Mal, wie ähnlich sie alle aussahen: schulterlanges offenes Haar, bunte weite Hemden, verwaschene Jeans und Militärparkas, die Männer mit Bart.

Ihre Kleidung war blutig, einige von ihnen hinkten. Jeder von ihnen war bewaffnet.

Etwas war beim Öffnen des Zeittunnels mächtig schiefgelaufen.

Elsa Meredith stand trotz ihres verletzten Fußes mit einem Mal in der Schlafzimmertür. Sie sah ihn und hielt inne. Ihre Pupillen weiteten sich, und die Lippen verzogen sich zu einem triumphierenden Lächeln. Dann hob sie ihre Pistole und feuerte, ohne zu zögern. Keine Sedierungspfeile, sondern scharfe Munition.

Singer sprang zur Seite. Es blieb ihm keine andere Wahl, als sich weg von der Tunnelöffnung zu bewegen. Aber Meredith hatte nicht auf Singer gezielt, sondern auf den Tunnel, der von einem Augenblick auf den anderen einfach verschwand.

Was Singer die Möglichkeit nahm, an seinen Ausgangsort und in seine Zeit zurückzukehren.

Elsa Meredith richtete die Pistole auf Singers Beine, aber Singer rannte los.

»Haltet ihn!«, schrie Meredith.

Die Kugeln schlugen hinter Singer auf dem Boden ein. Im Vorbeirennen warf er einen der Ohrensessel um.

Es gab nur eine einzige mögliche Richtung für ihn, also rannte er direkt auf das Fenster zu. Er sah die Bilder der 3D-Simulation des Grundstücks klar vor sich. Das Stockwerk befand sich in fünf Meter Höhe. Es war nicht ausgeschlossen, dass er sich bei einem Sprung mehrere Knochen brechen würde.

Doch in der Simulation sah er auch die große Eiche, die sich direkt vor dem Fenster befinden musste. Wenn Singer entkommen wollte, musste er es riskieren.

Er hatte nach wie vor keine Ahnung, was Elsa Meredith von ihm wollte oder wie viele ihre Anhänger waren. Was feststand, war ihre Entschlossenheit, ihn in die Finger zu bekommen - und dass er alles tun würde, um das zu verhindern.

Einen halben Meter vor dem Fenster sprang er vom Boden ab, mit der Schulter voran.

Er hatte Glück. Er befand sich in einer Zeit, bevor bruchsichere Fenster in Deutschland zum flächendeckenden Standard geworden waren.

Als er gegen die Scheibe sprang, barst das Glas augenblicklich. Er fiel hinab in die Dunkelheit. Weniger als eine Sekunde lang.

Er wurde vom Geäst aufgefangen, hart und schmerzhaft. Mit der Schulter knallte er gegen einen größeren Ast und versuchte, sich daran festzuhalten. Er bekam nur Zweige zu fassen, die nachgaben, und rutschte ab. Fiel erneut, wieder auf einen Ast. Aber jetzt war der Boden nur mehr zwei Meter unter ihm. Singer ließ sich nach unten gleiten, landete auf den Beinen und rollte sich über dem Gras ab.

Er stand auf, so schnell er konnte. Bewegte Kopf, Beine, Arme. Alles fühlte sich heil an. Nichts war gebrochen, nicht einmal gezerrt.

Singer blickte hoch. Haupt- und Nebenhäuser des Anwesens waren hell erleuchtet. Er hatte nicht lange Zeit, seinen Vorsprung zu nutzen.

Die Einfahrt mit dem Tor zur Straße lag vor ihm. In hundertfünfzig Meter Entfernung. Singer rannte.

Nur einige Augenblicke später wurde die Eingangstür des Haupthauses aufgerissen, und sie kamen hinter ihm hergelaufen. Schreie.

Das knirschende Geräusch ihrer Schritte auf dem Kies. Die Lichter entlang der Einfahrt gingen an und blendeten Singer. Er wurde ihnen präsentiert wie auf dem Serviertablett. Noch schossen sie nicht, aber es war nur eine Frage der Zeit.

Singer wusste nicht, ob sich das Tor öffnen ließ oder ob er klettern musste. Mauer und Tor waren gut drei Meter hoch, und das konnte ihm zum Verhängnis werden.

Und dann war da noch die Frage, was weiter passieren würde, wenn er es tatsächlich hinaus auf die Straße schaffte. In diesem Wohnviertel standen große Villen auf großen Grundstücken. Keine gute Voraussetzung, um leicht unterzutauchen.

Die Meute war knapp hinter ihm.

Als die Abzweigung der Kiesstraße nur wenige Meter vor dem Tor zu seiner Linken auftauchte, überlegte Singer nicht lange und lief hinein. Die Nebenstraße ging im rechten Winkel von der Zufahrtsstraße zum Haus ab. Sie war dreißig Meter lang und endete an einem Carport mit hölzernen Säulen. Auf jedem der vier Stellplätze parkte ein Auto. Weitere fünf Autos standen davor, vier davon mit der Frontseite direkt zur Zubringerstraße ausgerichtet.

Singer erreichte das erste Auto und riss am Griff der Tür, die sofort aufsprang.

Es war das Jahr 1969. Autos waren weder selbstfahrend, noch ließen sie sich mit QV-Linse oder Fingerabdruckscanner starten. Wollte Singer mit einem der Wagen entkommen, brauchte er einen Schlüssel. Er tastete am Zündschloss und klappte die Sonnenblende herunter. Nichts.

Auch beim nächsten Wagen ließ sich die Tür öffnen. Wieder kein Schlüssel. Der dritte Wagen war ein schwarzer Jaguar E-Type und er war verschlossen. Hinter Singer hatten die Verfolger die Abzweigung erreicht und kamen näher. Vier, fünf oder noch mehr. Es blieb keine Zeit, sie zu zählen.

Er stürzte zum nächsten Wagen. Der letzte, dessen Frontseite in Richtung des einzigen Fluchtwegs zeigte. Singers letzte Chance.

Die Tür des BMW 02 war unverschlossen. Singer tastete nach der Sonnenblende und riss sie herunter.

Er sah nicht, wie der Gegenstand herausfiel. Hörte nur das leise metallene Klirren, als er auf dem Fahrersitz landete. Singer tastete und bekam den Schlüssel zu fassen. Ohne zu zögern, warf Singer sich hinter das Lenkrad. Er fand das Zündschloss auf Anhieb.

Es war mehr als zwanzig Jahre her, dass er einen Wagen mit Schaltgetriebe gefahren hatte. Er streckte sein Bein komplett durch, um die Kupplung drücken zu können. Der Schalthebel war lang, ohne Stoffüberzug und fühlte sich starr an.

Singer drehte den Schlüssel im Zündschloss um.

Der Motor heulte in dem Moment auf, in dem die Fahrertür von außen aufgerissen wurde.

Ein großer Typ mit Lederjacke, der nach Tabak und Marihuana stank, schrie »Aussteigen!« und hielt Singer gleichzeitig eine Pistole ins Gesicht.

Singer packte die Waffe und schlug dem Angreifer mit der anderen Hand direkt in den Magen. Der Mann taumelte zurück und ließ die Waffe los.

Singer riss den Schaltknüppel grob in den ersten Gang. Der Wagen machte einen Satz vor und wäre um ein Haar abgestorben, hätte Singer nicht das Gaspedal durchgedrückt.

Durch die plötzliche Beschleunigung schlug die Fahrertür von selbst zu. Ein Stapel Papierzettel auf der Rückbank wurde aufgewirbelt.

Singer fuhr direkt auf die Verfolger zu. Er sah den Typen mit dem seitlich kahl rasierten Kopf und dem blutverschmierten Gesicht mit Pistole in der Hand. Hinter ihm liefen bewaffnete Frauen und Männer. Fünf, acht, zehn. Immer mehr kamen von der Einfahrt hergestürmt.

Sie sprangen zur Seite, als Singer den Weg entlangjagte. Er drosselte die Geschwindigkeit auch kurz vor dem Hauptweg nicht. Er riss das Lenkrad mit aller Kraft zur Seite und bekam die Kurve nur mithilfe der angezogenen Handbremse. Das Tor lag nun vor ihm, und er fuhr direkt darauf zu. Singer duckte sich unwillkürlich, als das Heckfenster plötzlich mit einem Knall zersplitterte.

Im Rückspiegel sah er Elsa Meredith mit erhobener Pistole. Aber es war zu spät. Sie war zu langsam gewesen, um ihn zu stoppen.

So etwas wie einen Sicherheitsgurt im BMW gab es nicht. Verfluchte Vergangenheit, dachte Singer, kurz bevor er in das Tor hineinraste.

## 9

Die Flügel des Gittertors sahen antik aus und waren zu Singers Glück nicht sonderlich robust. Sie hielten der Geschwindigkeit des Wagens nicht stand. Im Augenblick des Aufpralls flogen sie auf, und der BMW schoss auf die Straße hinaus.

Zu schnell.

Die Straße bestand aus zwei schmalen Spuren, dahinter lag die Backsteinmauer des gegenüberliegenden Grundstücks. Singer drückte das Bremspedal voll durch. Der Wagen stoppte wenige Zentimeter vor der Mauer.

Rückwärtsgang, dann wieder Gaspedal. Singer wendete den Wagen in einer raschen Drehung und beschleunigte.

Er fuhr vorbei an Häusern mit riesigen Grundstücken davor. Nirgendwo brannte Licht.

Die Straße, auf die Singer zuschoss, war breit und verlief von Ost nach West. Singer kannte sie. Bog er nach links in Richtung Osten ab, fuhr er in die Peripherie. Noch mehr Herrenhäuser, die immer weiter auseinanderlagen, je weiter man fuhr. Aber er brauchte kleine Straßen und enge Gassen, um entkommen zu können.

Singer bog nach rechts ab und beschleunigte erneut. Im Rückspiegel sah er den schwarzen Jaguar aus dem Carport direkt hinter sich.

Es roch nach dem verbrannten Gummi der Reifen. Er wandte den Blick auch dann nicht von der Straße ab, als sie das Feuer eröffneten. Schüsse aus mehreren kleinkalibrigen Pistolen schlugen im Heck des BMWs ein.

Singer hielt die Spur.

Er schlitterte auf eine Hauptverkehrsstraße hinaus, ohne abzubremsen. Zwei andere Autos wichen hupend aus. Er beschleunigte weiter und fand sich auf der Ringstraßenbrücke wieder. Die Brücke führte über die Isar hinüber nach Schwabing.

Schwabing. Ein Viertel, das Singer als teuer und gediegen in Erinnerung hatte. Anfang der 2010er-Jahre ruhig und so spießig, dass die Leute eine Minute nach zehn die Polizei riefen, wenn jemand zu laut Musik spielte. Aber das war nicht immer so gewesen.

Singer dachte zurück an die Menschen in dem Haus gerade eben. Langes Haar als Statement, Anti-Establishment-Kleidung, um sich von den Eltern aus der Weltkriegsgeneration mit ihren Anzügen und Krawatten und braver Hausfrauenkleidung abzugrenzen.

Singer erinnerte sich an Fernsehbeiträge und Zeitschriften und an den Geschichtsunterricht in der Schule. Wenn es eine Zeit gab, in der die westdeutsche Hippiekultur blühte, dann war es diese.

In den Sechzigern war Schwabing das bekannteste und verruchteste Viertel in München gewesen. Ein Viertel von Studenten und

Künstlern. Ein Ort, an dem Menschen von überallher zusammenkamen, um zu feiern, als würde es kein Morgen geben.

Wenn Singer irgendwo untertauchen konnte, dann hier.

Er überholte einen schwarzen VW Käfer und einen Renault, der Jaguar blieb die ganze Zeit dicht hinter ihm, beschleunigte dann plötzlich und rammte Singers Auto von hinten.

Er wurde nach vorn geworfen, der BMW driftete zur Seite. Singer riss das Lenkrad herum. Hielt den Wagen nur mit Mühe gerade. Eine Kugel zerfetzte ihm den Seitenspiegel.

Als er das nächste Mal gerammt wurde, verlor Singer die Kontrolle über den Wagen. Alles passierte rasend schnell, und doch kam es ihm vor wie in Zeitlupe.

Der BMW schleuderte. Drehte sich um dreihundertsechzig Grad.

Nach der Hälfte blickte Singer auf einmal direkt auf die Front der Verfolgerwagen.

Singer zählte fünf davon, allen voran der Jaguar.

Er riss die Pistole hoch, schoss durch die Windschutzscheibe.

Sieben Mal, bevor sein Wagen die Drehung vollendete und sich wieder geradeaus zur Fahrbahn richtete.

Hinter sich hörte er berstendes Glas und das schrille Quietschen von Reifen, dann das hässliche Krachen von Metall auf Beton und von rieselnden Scherben. Singer hörte, wie sich einer der Wagen hinter ihm dreimal überschlug, ehe er liegen blieb. Er sah nicht mehr, welcher es war, denn die nächste Ausfahrt der Schnellstraße lag nun direkt vor ihm. Er nahm sie, jagte um die Kurve, überquerte eine Hauptstraße - und befand sich mit einem Mal mitten in einem Wohngebiet.

Die Straße vor ihm war leer. Er überfuhr eine rote Ampel, die die Bundesstraße von dem direkt angrenzenden Wohngebiet trennte.

Er fuhr an einem kleinen Park vorbei und an einer Reihe von Wohnhäusern. Die Straßenschilder waren anders, als Singer sie aus den 2010er-Jahren kannte. Ampeln, an die sich Singer von früher erinnerte, fehlten, und auch Bodenmarkierungen.

Er raste an einer Kirche vorbei und bog scharf ab. Zwei junge Frauen auf der Straße sprangen mit einem Schrei zur Seite.

Hatte die Stadt gerade noch wie ausgestorben gewirkt, war sie jetzt mit einem Schlag voller Leben.

Singer drosselte das Tempo etwas. Je weiter er fuhr, desto mehr verschmolzen die einzelnen Grüppchen von Menschen auf den Gehsteigen zu einer einzigen Masse. Es war unklar, ob sie in die Lokale auf beiden Straßenseiten hineindrängten oder herauskamen. Männer mit Lederjacken, Schlaghosen und schulterlangen Haaren. Frauen mit Stirnreifen, knielangen Stiefeln und kurzen Röcken.

Die Straße war hell erleuchtet, teils durch die Laternen, teils durch die Reklametafeln vor den Lokalen.

Immer wieder liefen Leute über die Straße. Ein Polizeiwagen parkte am Straßenrand, flaschengrün in der Mitte, weiß an den Seiten. Singer reduzierte sein Tempo drastisch und nahm die nächste Abzweigung in eine Seitengasse hinein. Im Gegensatz zum Getümmel gerade eben war sie wie ausgestorben.

Singer stellte das Auto ab und stieg aus.

Eine 1800er-BMW-Limousine rollte langsam in die Straße ein. Das Wort POLIZEI in Großbuchstaben prangte sowohl auf der Motorhaube als auch an den Seitentüren.

Dasselbe Auto, an dem Singer gerade vorbeigefahren war.

Singer senkte den Blick und ging weiter. Hoffte, dass sie einfach an ihm vorbeifahren würden, ohne ihn weiter zu beachten.

Als der Wagen jedoch auf Singers Höhe war, bremste er ab und stoppte. Die Vordertüren öffneten sich gleichzeitig, und zwei Polizisten sprangen heraus.

»Hey, Sie«, sagte einer. »Stehen bleiben.«

Singer ging weiter.

»Polizei!«, schrie der andere. »Stehen bleiben, und zwar sofort!«

Singer atmete tief ein und drehte sich um. Setzte eine verblüffte Miene auf.

»Meint ihr etwa mich?«, rief er den Polizisten zu.

Einer der Polizisten deutete auf Singers zerschossenen Wagen.

»Sie sind gerade daraus ausgestiegen?«

»Nein«, sagte Singer.

»Interessant«, sagte der ältere der Polizisten. Mitte dreißig, groß, braune Haare und Schnurrbart. »Wir haben Sie gerade in dem Auto an uns vorbeifahren sehen.«

»Das muss eine Verwechslung sein«, sagte Singer. »Ich bin die ganze Zeit zu Fuß unterwegs gewesen.«

Die Polizisten tauschten Blicke aus.

»Sie behalten Ihre Hände dort, wo wir sie sehen können«, sagte der Typ mit Schnurrbart und legte die Hand auf die Pistole in seinem Seitenholster.

Der Jüngere, schmächtigere von beiden klippte die Handschellen von seinem Gürtel und kam näher.

»Sie sind verhaftet«, sagte er mit zitternder Stimme. »Wir wissen genau, wer Sie sind.«

»Sie verwechseln mich.«

»Verschränken Sie die Hände hinter dem Kopf«, sagte der Ältere.

Singer folgte der Anweisung. Er hörte die Schritte des jüngeren Polizisten hinter sich. Roch sein billiges Rasierwasser.

Er konnte sich nicht leisten, das Spiel mitzumachen. Dafür war das, was er vorhatte, zu wichtig. Es ging um das Leben seiner Eltern.

Das Problem war nur, dass es seine Aufgabe nicht unbedingt vereinfachen würde, wenn die Münchner Polizei nach ihm suchte. Dieselbe Einrichtung, der auch sein Vater angehörte.

Singer würde die Polizisten so außer Gefecht setzen müssen, dass sie bis zum Mittag brauchten, um sich zu erholen. Sie hatten sein Gesicht gesehen, was bedeutete, es würden Phantombilder angefertigt werden.

Aber es war das Jahr 1969. Keine sozialen Medien, keine E-Mails, noch nicht mal Fax. Mit etwas Glück würde sich Singers Bild in der Stadt erst verbreiten, wenn er längst wieder weg war.

Er musste vorsichtig sein, um die Polizisten nicht zu schwer zu verletzen.

Der Geruch von Zigarettenrauch und abgestandenem Bier stieg in Singers Nase.

Der Polizist hinter ihm blieb stehen.

Singer blickte zur Seite.

Eine Frau schlenderte langsam die Straße entlang. Sie blieb stehen, als sie die Gruppe sah.

»Hey! Leute!«

Die Polizisten wandten gleichzeitig den Kopf.

Die Frau trat aus dem Schatten ins Licht der Laternen. In einer Hand hielt sie eine Zigarette, in der anderen eine Bierflasche.

Ihre braunen Locken fielen bis weit über die Schultern. Sie trug einen langen offenen Ledermantel, Cowboystiefel und ein schwarzes Kleid bis zu den Knien, keine Strümpfe. Sie war nicht älter als fünfundzwanzig. Trotz ihrer riesigen Pupillen hatte sie einen schläfrigen Blick.

»Hey, Leute!«, rief sie noch mal, so laut, dass ihre Stimme durch die ruhige Straße echote. »Hab ich ein Glück, dass ich euch treffe!«

Sie schnippte die Zigarette zu Boden und steckte sich mit konzentrierter Miene eine neue an. Dann kam sie näher. Ihre Schritte waren wankend.

»Hau ab«, fuhr der ältere Polizist sie an.

Die Frau blieb stehen, streckte die Hände in die Luft.

»Warum … so unfreundlich?«, sagte sie, und sie lallte, obwohl sie nicht auffällig nach Alkohol roch.

Sie machte einen weiteren wankenden Schritt auf den Polizisten zu.

»Alles, was ich brauche, ist Feuer.«

»Hau ab, hab ich gesagt!«

Der Polizist schrie mittlerweile. Sein jüngerer Kollege blickte nervös zwischen Singer und der Frau hin und her.

Wieder blieb die Frau stehen. Sie machte Anstalten, sich auf den Boden zu setzen, beugte sich aber schließlich nur vor und stützte sich mit einer Hand auf dem Knie ab.

Das war der Moment, als dem älteren Polizisten der Kragen platzte.

Er ging auf die Frau zu und streckte die Hand aus, um sie am Arm zu packen.

Er kam nicht dazu.

Denn plötzlich holte die Frau aus und zog dem Polizisten die Bierflasche über den Kopf. So stark, dass der Mann auf der Stelle zusammenbrach.

In einer einzigen fließenden Bewegung bückte sich die Frau, riss dem Polizisten den Schlagstock vom Gürtel und war in zwei Schritten bei dem anderen, der mit zitternder Hand versuchte, die Pistole aus dem Holster zu ziehen.

Die Frau schlug zu. Ein gezielter, kontrollierter Schlag an die Schläfe des Mannes. Er ging zu Boden, die Pistole schlitterte über den Asphalt, direkt vor Singers Füße. Eine Walther PP.

Singer hob sie auf und sah die junge Frau vor sich an.

Sie stand da, mit abgesenktem Schlagstock, die unangezündete Zigarette immer noch zwischen den Lippen. Ihr Blick war mit einem Mal klar und fokussiert.

»Major Singer«, sagte sie. »Mein Name ist Lorie Steinfeld, und ich bin hier, um Ihnen zu helfen.«

# 10

Singer sah sie an. Ihr Mantel war sehr weit, was nicht gut war. Theoretisch konnte sie alles darunter verstecken.

Die Frau erwiderte seinen Blick ruhig.

»Der Name sagt Ihnen was, wie ich sehe?«

Singer kannte den Namen. Lorie Steinfeld war eine der externen Beraterinnen gewesen, die das IARIA nach seiner Errichtung mit der Organisation der Sicherheitskräfte auf Alrouillers beauftragt hatte.

Zuvor war sie Oberst bei der Britischen Armee gewesen.

Singer wusste, dass Lorie Steinfeld als Dank für ihre Leistungen vom Institut eine Insertion spendiert bekommen hatte. Das war vor seiner Zeit im Institut gewesen, und er wusste nicht, wie die junge Lorie Steinfeld wirklich ausgesehen hatte.

Singer richtete die Pistole des Polizisten auf die Frau.

»Ich bin hier, um Ihnen zu helfen«, wiederholte sie.

»Woher kennen Sie meinen Namen?«

Die Frau steckte ihre Zigarette in die Manteltasche, ohne den Blick von Singer zu nehmen.

»Lange Geschichte«, sagte sie. »Ich erzähle sie Ihnen, aber wir müssen uns dabei bewegen. Es bleibt uns nicht viel Zeit. Sie haben das gesamte Viertel umstellt.«

»Wer hat das Viertel umstellt?«

Die Frau nickte in Richtung der zwei regungslosen Polizisten auf dem Boden.

»Suchen nach Ihnen. Die halbe Münchner Polizei, so wie es aussieht.«

»Unwahrscheinlich«, sagte Singer. »Ich bin nicht …«

»Von hier?« Die Frau lachte.

»Erzählen Sie mir etwas Neues. Ich weiß genau, woher Sie kommen, Major. Ich weiß, dass Sie im Jahr 2051 für das IARIA arbeiten. Sie verdienen Ihr Geld damit, das Bewusstsein von Menschen aus Ihrer Zeit in dieselben Menschen aus dieser Zeit zu transferieren. Ich weiß, dass Sie gerade in einen Hinterhalt geraten sind. Und jetzt müssen wir dringend los.«

Singer sah sie an, ohne die Pistole abzusenken.

»Sie bleiben, wo Sie sind«, sagte Singer.

Erst machte er einige Schritte rückwärts, dann drehte er sich um und ging fort. Er steckte die Waffe in die Jackentasche, entsichert, den Finger am Abzug.

Die Frau folgte ihm. Er konzentrierte sich auf jedes Geräusch, das von ihr ausging, und jeden Geruch. Hätte sie auch nur Anstalten gemacht, ihre Waffe zu ziehen, hätte er ihr ins Bein geschossen.

»Ich habe über vierzig Jahre in der Royal Military Police gedient«, hörte Singer die Frau hinter sich sagen. »Hundertzehn Provost Company, lange stationiert hier auf deutschem Boden. Danach in Rente, aus der sie mich aber schließlich als externe Sicherheitsberaterin für das IARIA geholt haben. Ich bin 2045 mit neunundneunzig Jahren insertiert worden.«

Also ein Jahr, bevor Singer im Institut zu arbeiten angefangen hatte.

»Ich weiß, wer Lorie Steinfeld war«, sagte Singer.

»Aber Sie kennen nur einen Bruchteil der Geschichte«, sagte die Frau.

Singer blieb stehen und drehte sich um.

Die Frau witterte ihre Chance und sprach schnell.

»IARIA hat mir die Insertion nicht angeboten, weil sie so großherzig und dankbar für meine Leistungen waren«, sagte sie. »Das ist Unsinn. Stattdessen musste ich mich verpflichten, in dieser Zeit weiter für sie zu arbeiten. Fünfzehn Jahre, um genau zu sein. Und fünfzehn Jahre arbeiten, um seinen jungen Körper zurückzubekommen, hört sich wohl für die meisten Neunundneunzigjährigen nach einem guten Deal an.«

Singer sah sie an.

»Was heißt, für das Institut arbeiten?«

Die Frau hielt den Augenkontakt, ihre Stimmlage war gleichmäßig. Sie sprach mit einem eleganten Londoner Upper-Class-Akzent, aber als könnte sie Singers Gedanken lesen, wechselte sie jetzt auf ein komplett akzentfreies Hochdeutsch.

»Die Organisation, die das Institut hier in dieser Zeit ins Leben gerufen hat, nennt sich IARIA Observation Squad«, sagte die Frau. »Sind mittlerweile mehr als dreihundert Leute, aufgeteilt hauptsächlich auf Europa, die USA, Japan und die Sowjetunion. Jeden Monat werden neue Agenten vom Institut insertiert. Unsere Aufgabe ist es, die von euch insertierten Kunden zu beobachten. Wir stellen fest, inwieweit die Insertion den Mikrokosmos der Person beeinflusst, ob sie auch beobachtbare Auswirkungen auf größere Ereignisse hat und so weiter. Wir kennen die Akten unserer Zielpersonen in- und auswendig. Das Ganze ist auf jeden Fall um einiges spannender, als in einem alten Körper zu sitzen und auf den Tod zu warten, das kann ich Ihnen versichern.«

»Das kann die KI doch auch berechnen.«

»Ganz sicher ist bei einer so neuen Technologie nichts. Aber das darf die Öffentlichkeit natürlich nicht wissen.«

»Wenn es so eine Organisation wirklich gäbe, hätte ich davon gehört.« Singer drehte sich um und ging weiter.

Er näherte sich einem größeren Platz. Stimmen, Rufe und Gröhlen drang zu ihnen. Der Geruch von Marihuana stieg Singer in die Nase und wurde mit jedem Schritt intensiver.

Die Frau folgte ihm nach wie vor.

»Natürlich haben Sie nicht davon gehört«, sagte die Frau. »Ich weiß von Ihrer Sonderstellung im Institut, Major. Ich weiß, wie eng Sie und Professor Murakami sind. Das ändert aber nichts daran, dass die Existenz des Observation Squad eines der bestgehüteten Geheimnisse des IARIA ist. Was würde die Öffentlichkeit denken, wenn rauskäme, dass sie der Effektivität des Selbsterhaltungsprinzips doch noch nicht ganz so blind vertrauen, wie sie vorgeben? Und abgesehen davon: Welcher Bonze würde noch Millionen für eine Insertion hinblättern, wenn irgendwann herauskäme, dass man die Kunden für den Rest ihres neuen Lebens beschattet?«

Die Straße vor ihnen öffnete sich in einen Platz, der voll war mit Menschen.

»Singer, bleiben Sie stehen.«

Die Frau streckte die Hand aus, um Singer zu halten.

Singer spürte die Bewegung kommen, und noch ehe sie ihn berührt hatte, drehte er sich um.

Er packte ihren Arm, schob sie in den nächsten Hauseingang und drückte sie an die Wand.

»Wer sagt mir, dass Sie nicht eine von Elsa Merediths Leuten sind?«

»Major …«

»Sie hatten Angst, dass mich die Polizei festnimmt, bevor ihr mich erwischt«, sagte Singer. »Deshalb haben Sie die Polizisten zusammengeschlagen. Bleiben Sie, wo Sie sind, und hören Sie auf, mir zu folgen. Ich warne Sie zum letzten Mal.«

»Hören Sie«, sagte die Frau. »Ich war die OS-Agentin, die Elsa Merediths Haus überwachen sollte. Ich habe ihr Grundstück noch vor der Insertion verwanzt. Das Auto, das Sie gestohlen haben. Da war ein Peilsender drin, den ich selbst angebracht habe, genauso wie in jedem anderen von deren Wagen ein Peilsender drin ist. Deshalb habe ich Sie gerade so schnell gefunden.«

»Schließt nicht aus, dass Sie für sie arbeiten.«

»Nicht ich«, sagte die Frau. »Die Polizei Münchens arbeitet für Elsa Meredith. Ich weiß das, weil ich es gehört habe.«

»Sie sind eine verdammt gute Lügnerin«, sagte Singer. »Wenn Sie wirklich das Haus verwanzt hätten und nicht für sie arbeiten würden, hätten Sie schon vor unserer Ankunft von dem Hinterhalt gewusst. Sie hätten uns warnen können. So wäre mein Kamerad jetzt vielleicht noch am Leben.«

Die Frau versuchte, sich aus Singers Griff zu winden.

Singer griff unter ihren Mantel.

Sie hatte nicht nur eine Pistole, sondern zwei. Unter jedem Arm trug sie einen Holster. Im rechten steckte ein Colt 1911, Kaliber fünfundvierzig, im linken eine Heckler & Koch Neun-Millimeter.

Sie wollte sich wehren, aber Singer drückte sie fester gegen die Wand und nahm beide Waffen an sich. Den Fünfundvierziger steckte er in den Hosenbund, die Neun-Millimeter in die Jackentasche.

»Ganz schön gut bewaffnet für eine Beobachterin.«

»Lassen Sie mich los«, zischte die Frau, und ihre Stimme klang mit einem Mal bedrohlich. »Was denken Sie? Dass ich mich unbewaffnet auch nur in die Nähe von Elsa Merediths Haus begeben würde, nachdem klar war, dass es dort nicht mit rechten Dingen zugeht?«

Singer ließ sie nicht los. Neben ihnen befand sich eine Seitentür des Hauses, in der ein verrosteter Schlüssel steckte.

Singer stieß die Tür auf. Der Raum dahinter sah aus wie eine Gerümpelkammer.

Er stieß die Frau in die Kammer hinein, schloss die Tür, drehte den Schlüssel im Schloss herum und warf ihn dann ins nächste Gebüsch.

»Ich rate Ihnen, da drin zu bleiben«, sagte er durch die Tür. »Fordern Sie mich nicht heraus. Ich meine es ernst.«

»Singer, seien Sie vernünftig!«, hörte er die Frau sagen. »Warum sollte ich Sie …«

Singer drehte sich um und ging los. Tauchte in der Menschenmasse unter, die immer dichter wurde, je näher er dem Platz kam.

»Drugstore« stand auf einem Schild über dem Eingang einer Bar, vor der sich die meisten Menschen tummelten. Jugendliche in lässiger Kleidung davor lachten und tanzten zu der Rockmusik, die aus dem Laden drang. Ein großer Mann im Smoking und mit nackenlangem Haar, der aussah wie Udo Jürgens, stand mit anderen elegant gekleideten Männern und drei Frauen in kurzen Röcken an der Seite und rauchte.

Mehrere Betrunkene lagen in Embryostellung mitten auf dem Bürgersteig und schliefen.

Es war ein surrealer Anblick.

Er ging weiter, ließ sich von dem Strom der Masse treiben. Je mehr Menschen um ihn, desto besser die Möglichkeiten, um unterzutauchen.

Nach etwa hundert Metern mündete die Straße in die Leopoldstraße ein, die sich als Boulevard nach Süden in Richtung Innenstadt erstreckte.

Alles sah anders aus, als Singer es in Erinnerung hatte.

Die Überdachung des Platzes an der Münchner Freiheit fehlte, da war nur ein Trambahnhäuschen und ein baumbestandenes Areal dahinter. Da waren Trambahnschienen, wo Singer sich an Busspuren erinnerte, und ein riesiges schwarzes Gebäude mit der Aufschrift »Hertie«, das in den Nachthimmel hineinragte.

Ein Teil der Straße war mit Gerüsten und Bändern abgesperrt. Die Baustelle der U-Bahn, die kurz vor den Olympischen Spielen im Jahr 1972 eröffnet werden sollte.

In Singers Erinnerung war die Leopoldstraße nachts unter der Woche wie ausgestorben.

Es war die Nacht von Montag auf Dienstag, bald halb drei, und die Straße war so voll, wie er sie zuvor auch an Wochenenden nie gesehen hatte. Menschen überall. Vor den Eingängen der Lokale, aber auch auf der Straße stehend oder auf dem Boden sitzend, Kippen und Bierflaschen in den Händen. Rauch waberte in der Luft, sodass man kaum atmen konnte. Bands machten auf dem Bürgersteig Musik, Leute tanzten davor ekstatisch auf der Straße. Andere schlenderten vorbei, betrachteten das Geschehen und die

Bilder von Künstlern, die kleine Open-Air-Galerien aufgebaut hatten.

Singer ging weiter. Nachdem er den Platz überquert hatte, würde es ruhiger werden. Er würde ein Fahrrad stehlen oder ein Taxi nehmen, mehr Entfernung zwischen sich und Elsa Merediths Leute bringen. Es waren knapp zehn Stunden, die er totschlagen musste, ehe seine Eltern aus zu Mittag aus ihrem Kurzurlaub zurückkommen würden. Er würde sich irgendwo ein Hotel nehmen. Um Waffen musste er sich auf jeden Fall keine Gedanken machen.

Als er die Gruppe von Polizisten sah, die vom Straßenrand aus die Leute beobachteten, dachte er sich nicht viel dabei. Es grenzte an Unmöglichkeit, dass ihnen sein Gesicht bekannt war. Es konnte noch gar kein Phantombild geben, selbst wenn die von der Frau zusammengeschlagenen Kollegen schon wieder ansprechbar waren.

Dennoch blickten die Polizisten von allen Menschen in der Menge ihn an. Zuerst hielt Singer es für Einbildung.

Aber die Männer stießen sich gegenseitig an, bis die ganze Gruppe ihn ansah.

Und dann setzen sie sich in Bewegung. Begannen, die Leute vor sich zur Seite zu stoßen, und schließlich rannten sie. Direkt auf ihn zu.

Singer wandte sich nach links in Richtung Innenstadt. Er lief nicht, um nicht noch mehr Aufmerksamkeit auf sich zu ziehen. Stattdessen senkte er den Blick und fügte sich in die Masse ein.

Seine Jacke war zu seinem Erkennungsmerkmal geworden, aber in beiden Taschen befand sich eine Neun-Millimeter-Pistole, außerdem verdeckte sie den Colt in seinem Hosenbund, und deshalb konnte er sie nicht loswerden.

Je weiter er sich von dem Platz der Münchner Freiheit entfernte, desto weniger wurden die Straßenstände und die feiernden Leute. Er hörte die trampelnden Schritte hinter sich näher kommen.

Er beschleunigte sein Tempo. Und er hatte Glück.

Anstatt dass sich die Menge ganz verlief, wurde sie nur hundert Meter weiter vorn wieder dichter.

Viel dichter.

Eine Menschentraube blockierte die gesamte Leopoldstraße der Breite nach. Die Stimmung war komplett anders als gerade eben.

Die Menschen hatten Singer den Rücken zugekehrt. Ihre Fäuste waren in die Luft erhoben. Singer sah Schilder und Fahnen, die aufragten, hoch über die Köpfe der Versammelten. Er konnte nicht lesen, was darauf stand, weil die Schrift in die andere Richtung zeigte.

Eine Demonstration um diese Uhrzeit konnte nur spontan entstanden sein. Es waren mehrere hundert Leute. Sie schrien ohne Unterbrechung, teils über Megafone.

»Scheißbullen!«

»Bild hat mitgeschossen!«

»USA, SA, SS!«

Hatte die Szene gerade eben noch wie ein heiteres Happening gewirkt, bahnte sich vor ihm gerade eine Straßenschlacht an.

Ein Auto brannte. Immer wieder flogen Steine. Einige davon schlugen in die umstehenden Wagen ein, einige landeten in Schaufenstern. Die meisten aber flogen in Richtung der Polizisten, die sich wenige Meter entfernt vor den Protestierenden zu einer dichten Linie formiert hatten.

Die Polizisten trugen weiße Hemden als Uniform. Singer erinnerte sich, einmal darüber gelesen zu haben. Weiße Hemden, die für Deeskalation stehen sollten. Um zu signalisieren, dass die Polizisten nicht vorschnell zu ihren Schlagstöcken greifen würden, anders als es in dieser Zeit oft passiert war.

Hinter den Polizisten stand eine Armada von gepanzerten Polizeifahrzeugen.

Die Aggressivität in den Stimmen der Demonstranten war unverkennbar. Nicht alle hatten lange Haare wie die Hippies in Elsa Merediths Haus. Viele der jungen Männer trugen Sakkos, viele der Frauen bodenlange Kleider und Ponyhaarschnitte und sahen aus, als kämen sie gerade von einem Sonntagsmittagessen bei ihren Eltern. Es war ein bunt zusammengewürfelter Haufen, aber sie alle verband eines: Wut.

Die Polizisten vor ihnen standen still da. Nur, wenn einer der Demonstranten zu nahe kam, zogen sie ihre Schlagstöcke.

Es war die zweite Demo, in die Singer innerhalb weniger Stunden hineingeraten war.

Singer tauchte in die Menge ein. Hoffte, dass die Polizisten von vorhin es nicht wagen würden, ihm zu folgen.

Er war auf halbem Weg durch das Gedränge, sah die Nebenstraße schon direkt vor sich, in die er verschwinden wollte, als mit einem Mal ein lauter Knall weiter vorn vom Straßenrand die Luft zerriss. Flammen schossen gleichzeitig aus einem Auto.

Sie warfen mit Molotowcocktails.

»Ho-Ho-Ho-Chi-Minh!«, begann die Masse im Chor zu singen und drängte dabei immer weiter vor.

Keine zwanzig Meter von Singer entfernt schlug ein junger Mann die Scheibe eines Citroëns ein. Auch er hatte einen brennenden Molotowcocktail in der Hand, den er ins Wageninnere warf. Der Mann schrie, und die Menge um ihn wich zurück.

Die Explosion war nicht größer als die vorherige. Die Scheiben des Wagens barsten, der Innenraum fing durch das sich ausbreitende Benzin innerhalb von Sekunden Feuer.

Aber da war noch etwas anderes, das Singer roch. Nicht die brennenden Autoteile. Nicht allein das Feuer, nicht das Benzin.

Es roch nach Dynamit.

Singer sprang vor und riss zwei der Protestierenden mit sich zu Boden.

»Köpfe runter!«, schrie Singer gerade noch, bevor das Auto hinter ihnen in die Luft ging.

Die Druckwelle fegte über sie und die Masse hinweg. Die Menschen flogen buchstäblich in alle Richtungen. Metallteile schlugen überall um sie herum auf. Singer versuchte, so gut es ging, seinen Kopf mit den Händen zu schützen. Ein schrilles Pfeifen in seinen Ohren ließ alle Umgebungsgeräusche für einen Augenblick verstummen.

Dann war alles vorbei, und Panik ergriff die Menge.

Singer sprang auf.

In unmittelbarer Umgebung zu dem Auto registrierte er mehrere schreiende Demonstranten, die sich auf dem Boden wälzten. Die anderen ergriffen die Flucht und stolperten dabei immer wieder über die am Boden Liegenden, um das Chaos komplett zu machen.

Auch die Polizisten in den weißen Hemden standen nun nicht mehr ruhig da, sondern setzten sich ihrerseits mit lauten Kampfschreien in Bewegung. Sie stürmten vor und schlugen auf jeden ein, der sich ihnen in den Weg stellte.

Von zwei der Wagen hinter ihnen ergoss sich ein Wasserstrahl aus einem gewaltigen Hahn auf den Dächern. Das Wasser war direkt auf die Demonstranten gerichtet. Kräftige Strahlen vom Durchmesser eines Baumstamms.

Die Menge stob schreiend auseinander.

Direkt neben Singer wurde ein Mann an der Brust getroffen und mehrere Meter zurück zu Boden geworfen.

Die Polizeiwagen setzten sich in Bewegung. Die Leute flohen in Richtung Norden.

Die Polizisten kamen mit einem Mal nicht nur von vorn, sondern auch von der Seite. Sie bildeten einen Halbkreis um die Demonstranten. Egal ob man die Polizisten angriff oder nicht, sie schlugen zu.

Mit etwaigen Deeskalationsversuchen war es vorbei.

Singer sah nicht mehr, ob man sich um die Verwundeten kümmerte. Er wurde von der Menge mitgerissen.

Es war an der nächsten großen Kreuzung, an der sie warteten.

Diesmal drehte Singer instinktiv den Kopf weg.

Sie standen am Straßenrand und beobachteten den ganzen Pulk. Eine Gruppe von zwanzig Polizisten zwischen sechs quer geparkten Polizeiautos. Der rothaarige Typ mit dem Halstattoo, den Elsa Meredith Jona genannt hatte, verfolgte vom Dach eines der Autos aus aufmerksam die vorbeiziehenden Menschen. Er hatte sich das Blut aus dem Gesicht gewischt.

Ein Mann mit Schnauzbart stand davor. Seine Uniform unterschied sich nicht von denen der anderen Polizisten. Gab keinen Hinweis auf den Rang, den der Mann innehatte.

Singer erkannte ihn dennoch sofort. Er würde jeden der von ihm insertierten Reisenden wiedererkennen. Er erinnerte sich an die Mission, als wäre es gestern gewesen.

6. November 2049, damit 6. November im Jahr 1967. Der ausgewählte Insertionsort war Augsburg gewesen. Ein unkomplizierter Auftrag. Acht Minuten rein und raus.

Der Name des Kunden war Nathan Zepter. Derselbe, der jetzt mit Jona in einer Gruppe zusammenstand.

Es war eine Insertion der ersten Prioritätsstufe gewesen. Der Grund dafür war die Stelle, die Nathan Zepter 1967 innegehabt hatte – und auch zwei Jahre später noch immer innehatte.

Er war der Polizeipräsident der Stadt München.

Singer hatte sich schon während der Mission gefragt, wie ein ehemaliger Polizist den Millionenbetrag für eine Insertion aufbringen konnte. Die Frage erübrigte sich, wenn Elsa Meredith als Geldgeberin ins Spiel kam.

Was bedeutete, dass Elsa Meredith Nathan Zepter schon vor zwei Jahren Teil ihres Plans hatte werden lassen. Wie auch immer dieser Plan aussah.

Gut möglich, dass es Zepter war, mit dem Elsa Merediths Maulwurf im Institut kommuniziert hatte. Dass Zepter Elsa Merediths Leute über die Insertion aufgeklärt und mit ihnen den Hinterhalt geplant hatte. Vielleicht war Zepter auch nicht der Einzige. Vielleicht hatte Elsa Meredith noch einigen anderen wie ihm eine Insertion ermöglicht, die jetzt im Gegenzug hier, in dieser Zeit, für sie arbeiteten.

»Glaubst du mir jetzt?«

Singer fuhr herum.

Lorie lief neben ihm, den Kopf gesenkt.

»Als du mich gerade so nett stehen lassen wolltest, habe ich mir die Freiheit genommen, einen Sender in deiner Tasche zu verstecken«, sagte sie. »Und ich glaube kaum, dass ich dir das sagen würde, wenn ich für Elsa Meredith arbeiten würde.«

Singer griff gleichzeitig in beide Jackentaschen. Ertastete den metallenen streichholzschachtelgroßen Gegenstand in seiner Linken und holte ihn hervor. Ein grünes Licht blinkte darauf.

»Es ist 1969«, sagte Singer. »So ein Ding sollte es noch gar nicht geben.«

Lorie zuckte mit den Schultern, nahm ihm das Gerät aus der Hand und steckte es in ihre eigene Tasche.

»Zum Glück arbeite ich für jemanden, der sich sehr gut mit Technik auskennt«, gab sie zurück.

Auch an der Münchner Freiheit waren die Leute geflohen. Einige der Künstler hatten noch ihre Bilder zusammensammeln können, andere hatten sie einfach stehen lassen. Die Menge verteilte sich eilig auf die abgehenden Straßen.

»Folge mir«, sagte Lorie. »Ich kenne einen sicheren Ort, an dem wir eine Weile unterkommen können.«

Ohne auf Singers Antwort zu warten, hängte sie sich an eine Gruppe an, die nach links in die Herzogstraße hineinlief. Singer folgte ihnen. Sie liefen weiter. Tiefer nach Schwabing hinein, weg von der Leopoldstraße.

Die Leute verteilten sich, die Straßen wurden leerer. Zwei betrunkene Obdachlose saßen nebeneinander auf Bänken und grölten. Keine Polizisten zu sehen.

»Wohin gehst du?«, fragte Singer.

Lorie drehte sich um.

»Zu meiner Wohnung«, sagte Lorie und deutete auf den Wohnblock vor ihnen.

Singer blickte auf das Gebäude vor ihnen und sagte nichts.

»Wenn du dir überlegst, ein Auto zu stehlen, um damit einfach wegzufahren, vergiss es. Du hast sie gesehen, Major. Nathan Zepter arbeitet für Elsa Meredith. Er hat theoretisch die Befugnis, jeden Polizisten Münchens nach Schwabing abzukommandieren, und etwas sagt mir, dass er davon Gebrauch machen wird. Wir können nicht ausschließen, dass sie jedes einzelne Auto kontrollieren, das aus dem Viertel kommt. Das werden zu dieser Zeit nicht viele sein.«

Singer blickte Lorie an. Ihre Augen waren haselnussbraun, ihr Blick im Kontrast zu ihrem jungen Körper seltsam weise.

»Was will Elsa Meredith von mir?«

Schreie ertönten in diesem Augenblick vom anderen Ende der Straße.

Eine Gruppe Jugendlicher kam um die Ecke gelaufen. Sie rannten so panisch schnell, als wären ihnen Verfolger dicht auf den Fersen.

»Lass uns drinnen weitersprechen«, sagte Lorie und zog Singer in Richtung des Wohnblocks.

# 11

Jona blickte sich um. Überall schreiende Menschen, die in alle Richtungen rannten und in den Straßen verschwanden. Keine Spur von Singer. Er fluchte und stieg von dem Autodach runter.

»Der ist weg«, sagte Polizeipräsident Zepter neben ihm.

Jona drehte den Kopf langsam in seine Richtung.

»Wir haben ihn unterschätzt«, sagte Zepter.

Beim Gedanken daran, mit welcher Leichtigkeit Singer ihn überwältigt hatte, fühlte Jona einen Stich im Magen.

»Dieses Schwein wird für all das zahlen, was es angerichtet hat«, sagte er leise.

»Wir haben ihn unterschätzt«, wiederholte Zepter. »Frau Meredith hat ihn unterschätzt. Sie dachte, sie würde allein mit ihm fertig werden. Sie hätte gleich nach uns rufen sollen.«

Jona sah Zepter neben sich an. Er war groß und hatte einen Bierbauch und unter seiner Polizeimütze eine Glatze mit kurz geschorenem Seitenhaar.

Seine Hände waren riesig und grobschlächtig, und Jona stellte sich vor, wie er einen Rinderbullen mit einem einzigen Axtschlag umbrachte. Sein süßliches Rasierwasser stand in krassem Gegensatz dazu. Es roch stechend und widerlich.

Jona sah die rötliche, glatt rasierte Haut an seinen Wangen und den Schnurrbart, der aussah wie mit dem Lineal getrimmt. Die schmalen Lippen darunter waren zu einem höhnischen Lächeln verzogenen.

Noch mehr als vor seinem Gesicht ekelte er sich vor Zepters Augen. Sie waren grau, hart und emotionslos.

Er war sehr groß, größer als Jona, und er blickte auf ihn herab, als wäre Jona ein dummes, unmündiges Kind. So, wie es auch sein Vater an dem Abend getan hatte, als Jona ihm die Heugabel in den Leib gerammt hatte. Zepter und sein Vater hatten so einige Gemeinsamkeiten.

Die Wut stieg in ihm auf. Er umfasste den Griff des Messers in seiner Tasche. Er wollte nichts lieber, als es herauszureißen und diesen eingebildeten Scheißkerl von Bullen abzustechen.

Zepter bemerkte seine Wut, und sein Lächeln verbreiterte sich, auch wenn sein Blick starr blieb.

»Spiel nur den großen Macker«, sagte Zepter. »Ich mag das.«

Und er beugte sich leicht vor und flüsterte:

»Ich habe nichts gegen unartige Jungs.«

Ja, dachte Jona. Mal sehen, ob du auch nichts dagegen haben wirst, wenn ich dir die Eier abschneide und dir dein Maul damit stopfe.

Aber so schwer es ihm fiel, er sagte nichts. Er tat es für Elsa.

Zepter wandte sich zu seinem Stellvertreter um.

»Bühler«, sagte er. »Verteile das Phantombild, und lass die Männer ausschwärmen. Ich möchte, dass sie jede Ecke des Viertels absuchen. Außerdem möchte ich Straßensperren an jeder Hauptverkehrsstraße.«

»Jawohl, Herr Präsident«, sagte Bühler.

»Verweise jeden an mich, der deine Befehle hinterfragt. Ich bin in fünfzehn Minuten unter der bekannten Nummer erreichbar.«

»Jawohl, Herr Präsident«, sagte Bühler noch mal.

»Los«, sagte Zepter und drehte sich zu Jona um.

»Wir fahren zurück zu Frau Meredith«, sagte Zepter. »Wir werden ihr von der ganzen Sache berichten – zusammen.«

»Ich gehe nicht zurück«, sagte Jona. »Wir werden bei der Suche helfen.«

Mit einem abschätzigen Blick auf Gert und Hauke, die ein paar Meter entfernt standen, sagte Zepter:

»Denkst du, deine zehn Männchen würden ihn eher finden als meine ausgebildeten Polizisten?«

Jona schluckte die Wut hinunter.

»Wir werden bei der Suche helfen«, sagte er.

Zepter zuckte mit den Schultern.

»Dann schicke sie meinetwegen aus, wenn du glaubst«, sagte er. »Aber du kommst mit mir.«

»Du bist nicht in der Position, mir Befehle zu geben«, sagte Jona.

Er sah, wie Zepters Mundwinkel zuckten. Sah, wie sich seine Hand zur Faust ballte. Das Lächeln auf Zepters Gesicht verschwand. Übrig blieb eine starre, steinerne Maske. Ein kleines Stück seines wahren Ichs blitzte hervor.

Zepters Stimme war leise und bedrohlich, als er sagte:

»Dann werde ich Frau Meredith über die Sabotage unserer Zusammenarbeit berichten. Ich werde meine Einschätzung mit ihr teilen, dass du mit deiner Starrköpfigkeit unser gesamtes Unternehmen gefährdest.«

Das kalte Lächeln kam zurück auf seine Lippen.

»Wie sehr wird sie wohl an dir festhalten, wenn sie nicht länger auf dich zählen kann? Du hast neun Leute, die dir unterstehen. Ich mehr als das Hundertfache. Die Frage wird sich stellen, was Frau Meredith wichtiger ist: das Ziel, das sie vor Augen hat, oder eure gemeinsame Vergangenheit. Was denkst du, mein Lieber?«

Zepter streckte die Hand aus und wollte Jona übers Gesicht streichen. Jona schlug sie weg und fuhr gleichzeitig an den Griff ihres Messers.

Er zog es nicht hervor.

Für Elsa.

Er blickte Zepter an und hoffte, dass dieser seinen Hass spürte.

»Gehen wir«, sagte er.

# 12

Elsa Meredith stand am Fenster und drehte sich um, als sie hereinkamen.

Sie hatte sich umgezogen. Sie trug Jeans, die bis über den Bauchnabel reichten, ihre karierte, in die Hose gekrempelte Lieblingsbluse und Stiefel trotz ihrer Fußverletzung. Ihre langen goldenen Haare waren zu einem Knoten zusammengebunden.

Im ersten Moment sah sie nicht anders aus als am Tag zuvor.

Dann aber kam Jona näher und erkannte die Verwandlung augenblicklich. Die Frau vor ihr war nicht dieselbe Elsa, die sie gestern gewesen war.

Ihre Augen hatten sich verändert.

Jona hatte das Nachdenkliche und Melancholische darin geliebt. Hinter aller Direktheit hatte es eine sanfte Seite in Elsa offenbart, die anderen verborgen geblieben war.

Davon aber war jetzt keine Spur mehr zu sehen. Elsas Blick war unnachgiebig und von einer nie zuvor da gewesenen Entschlossenheit. Das lodernde Feuer darin war über Nacht ausgebrochen und um ein Vielfaches gewachsen. Jona hatte das Gefühl, von ihrem Blick durchbohrt zu werden.

»Ihr kommt allein«, sagte Elsa, und ihre Stimme war hart.

Sie kam auf sie zu. Ihr verletztes Bein hinkte kaum merklich nach.

»Er ist entkommen«, sagte sie. »Ist das richtig?«

Jona senkte den Blick.

»Antworte mir.«

»Ich … wir … er kennt die Stadt. Er …«

»Keine Erklärungen«, fuhr Elsa Meredith ihn an. »Er ist entkommen. Ist das richtig?«

Jonas Mund fühlte sich mit einem Mal sehr trocken an.

»Ja«, sagte er leise.

»Die Polizei Münchens arbeitet für uns, und ihr bringt es nicht zustande, eine einzige Person festzunehmen?«

Jona setzte an, aber er stotterte.

»Ihr habt versagt«, unterbrach Elsa.

Niemand antwortete.

»Zepter«, sagte Elsa.

Zepter hob den Blick und erwiderte ihren.

»Wie viele Polizisten hast du ausgesandt?«

»Die Suche läuft auf Hochtouren, Frau Meredith«, sagte Zepter. »Dutzende meiner Männer sind darin involviert. Aktuell über siebzig.«

»Du wirst diese Zahl mindestens verdreifachen«, sagte Elsa. »Koste es, was es wolle.«

Zepter nickte kaum merklich.

»Du trägst die Verantwortung dafür, dass sie versagt haben.«

»Zwei meiner Männer haben berichtet, dass sie kurz davor waren, ihn dingfest zu machen«, sagte Zepter. »Sie behaupten, von einer Hippiefrau überfallen worden zu sein.«

Elsa fixierte ihn mit ihrem Blick und kam langsam näher. Sie war um fast einen Kopf kleiner als Zepter, aber ihre Autorität ließ es den Mann nicht wagen, sich von der Stelle zu rühren.

»Von einer Hippiefrau, Herr Zepter?«, fragte Elsa mit bedrohlich gesenkter Stimme. »Zwei ausgebildete Polizisten werden von einem Hippie überfallen?«

Zepter hob die Hände in einer ratlosen Geste.

»Sie hat einen von ihnen sogar ins Koma versetzt. Das ist es, was ich in Erfahrung gebracht habe.«

Aber dann verzogen sich seine Lippen zu einem Lächeln.

»Ich habe den anderen Polizisten hierherbestellt und er ist gerade eingetroffen. Sein Name ist Johann Gehrmann. Er hat eine Gehirnerschütterung, und sein Kiefer ist durch den Sturz wahrscheinlich gebrochen, deshalb ist er nicht mit den anderen draußen auf der Straße. Ich dachte, vielleicht wollen Sie ihm auch noch ein paar Fragen stellen.«

Elsa Meredith starrte Zepter eine ganze Weile an.

»Lass ihn herbringen«, sagte sie dann.

»Furtner!«, rief Zepter über die Schulter.

Die Tür zu Elsas Zimmer öffnete sich, und der Polizist steckte den Kopf herein.

»Bring Gehrmann herein«, sagte Zepter.

»Er schläft gerade, Herr Präsident. Sein Kiefer ist gebrochen und …«

»Ich sagte, bring Gehrmann herein!«, herrschte Zepter ihn an.

»Jawohl«, sagte Furtner schnell und verschwand nach draußen.

Es dauerte keine zwei Minuten, bis er mit einem kleinen, schmächtigen Polizisten wiederkam.

Jona musterte ihn.

Seine Uniform war zerknittert, das Hemd aufgeknöpft, sodass das Unterhemd hervorblitzte. Er trug keine Mütze, sein Haar war zerzaust. Er trug einen notdürftigen Verband über einer Schläfe und sein Unterkiefer war stark geschwollen. Seine Augen waren gerötet, die Haut sah bleich aus. Er zitterte am ganzen Körper.

Er war nicht älter als zwanzig.

Furtner schob ihn ins Zimmer und schloss die Tür hinter sich.

»Komm näher«, sagte Zepter zu Gehrmann gewandt.

Gehrmann ging langsam vor. Er hatte den Kopf gesenkt und hielt mit einer Hand den Oberarm des anderen Arms umschlungen. In einigem Abstand zu Elsa und Zepter blieb er stehen.

»Sie … haben nach mir verlangt«, stotterte der Polizist. Seine Stimme klang durch die eingeschränkte Mundöffnung seltsam hoch.

»Du hast dich von einer Hippiefrau zusammenschlagen lassen, und deshalb ist die Zielperson entkommen«, sagte Zepter.

Gehrmann blickte Zepter erstaunt an.

»Es war keine gewöhnliche Frau«, sagte er. »Alles sah danach aus, als hätte sie eine militärische Ausbildung hinter sich.«

»Macht keinen Unterschied«, sagte Zepter. »Die Zielperson ist entkommen. Das wird Folgen haben, Gehrmann.«

Gehrmanns Augen weiteten sich vor Angst.

»Es … tut mir schrecklich leid, Herr Präsident, ich wusste nicht …«

»Wurde ein Phantombild der Angreiferin angefertigt?«, unterbrach ihn Elsa.

»Ich kann mich nicht an ihr Gesicht erinnern«, sagte Gehrmann mit weinerlicher Stimme. »Alles ist …verschwommen.«

Elsas Blick war so hart, dass Gehrmann die Augen schloss.

»Er hat dich verletzt«, sagte Elsa nach einer Zeit, und ihre Stimme klang mit einem Mal sehr weich.

»Dein Kiefer sieht nicht gut aus.«

»Ich denke … er ist gebrochen«, stotterte Gehrmann.

Elsa nickte. Ihre Augen waren die ganze Zeit starr auf ihn gerichtet.

»Lass uns etwas versuchen«, sagte sie dann. »Wenn die Bruchstücke des Kiefers verschoben sind, kann das die Nerven verletzten. Das ist nicht gut.«

»Mir wurde gesagt, dass ich noch nicht ins Krankenhaus darf, weil das unseren Einsatz gefährden könnte«, sagte Gehrmann.

Elsa schüttelte den Kopf.

»Wir werden die Bruchstücke wenn nötig in eine Linie bringen, und dann gehen Sie ins Krankenhaus, um Folgeschäden zu vermeiden. Einverstanden?«

Gehrmann nickte zögerlich.

»Knie dich vor den Tisch hier«, sagte Elsa sanft.

Gehrmann blickte sie verwirrt an.

»Na los«, sagte Zepter.

Also folgte Gehrmann der Aufforderung.

»Öffne den Mund jetzt so weit wie möglich«, sagte Meredith. »Ich möchte, dass du die Platte zwischen deine Zähne klemmst.«

Gehrmann sah sie entgeistert an.

»Das ist … unmöglich!«, rief er. »Außerdem ist die Platte aus Stein!«

»Es wird möglich sein«, sagte Meredith, und ihre Stimme klang dabei fast mitfühlend.

»Es ist wichtig, dass deine Kiefermuskeln vor der Adjustierung etwas gedehnt werden. Es ist ganz normal, wenn es etwas schmerzt.«

»Sind Sie sicher?«, fragte Gehrmann.

»Ganz sicher«, sagte Elsa Meredith mit einem sanften Lächeln auf den Lippen. Ihr Blick war mild geworden, was ihre Schönheit noch weiter unterstrich.

Gehrmann folgte ihrer Aufforderung.

Er schrie und jaulte, aber bekam den Mund auf. Setzte die Zähne auf der Steinplatte des Tischs auf.

»Sehr gut«, sagte Elsa.

»Es tut … so weh«, sagte Gehrmann in kehligen Lauten und mit Tränen in den Augen.

Meredith ging um ihn herum. Stellte sich hinter ihn.

Ihr Lächeln verschwand so plötzlich, wie es gekommen war.

»Nein«, flüsterte Jona, aber es war zu spät.

Mit ihrem unverletzten Bein holte Elsa aus und trat dem Jungen mit voller Kraft gegen den Hinterkopf.

Ein hässliches Knacken ertönte, durch die gebrochene Halswirbelsäule oder die Zähne auf dem Stein oder beides.

Jäh verlor der Körper des Polizisten seine Spannung. Glitt zur Seite. Schlug auf dem Boden auf und blieb reglos liegen.

Jona starrte Elsa an, die mit unbewegtem Blick über der Leiche stand.

Das Lächeln auf Zepters Gesicht war nicht verschwunden.

»Sie haben einen Polizisten getötet«, bemerkte er fast beiläufig.

Elsas Blick war so bedrohlich, dass Zepter seinen eigenen unverzüglich senkte.

»Bringt ihn weg«, sagte Elsa leise. »Und dann verschwindet aus meinen Augen.«

Zepter verließ den Raum, ohne zu zögern.

Keine Minute verstrich, bis zwei seiner Polizisten hereinkamen und ihren toten Kollegen mit sich nach draußen trugen. Ihre Blicke waren starr zu Boden gerichtet.

Jona machte Anstalten, ihnen zu folgen.

»Nein«, sagte Elsa. »Du bleibst, Jona.«

Jona drehte sich langsam um.

Als Elsa auf ihn zukam, musste er dagegen ankämpfen, nicht sofort einen Schritt zurück zu machen.

»Wir müssen ihnen zeigen, dass wir es ernst meinen«, sagte Elsa. »Keine Gnade.«

Jona nickte.

»Es tut mir leid«, flüsterte er. »Ich habe Singer entkommen lassen. Ich war zu schwach, um ihn ...«

Elsa schüttelte den Kopf und schloss dabei die Augen. Atmete tief ein.

Als sie die Augen wieder öffnete, war ihr Blick weicher. Zum ersten Mal seit ihrer Begegnung erkannte Jona ihre Elsa wieder.

Sie kam näher. Diesmal hatte Jona nicht das Bedürfnis, zurückzuweichen.

»Das alles ist neu für uns alle«, sagte sie sanft. »Aber wir müssen hart durchgreifen und dürfen keine Gnade zeigen. Dazu ist unser Ziel zu wichtig.«

Elsa streckte die Hand aus. Begann, sanft über die blauen Flecken auf Jonas Gesicht zu streichen.

»Hat er dir sehr wehgetan?«, fragte sie.

»Es hat schlimmer ausgesehen, als es war.«

»Er hat dir die Nase gebrochen.«

»Er hat dir in den Fuß geschossen.«

»Ich habe Schmerzhafteres erlebt.«

Jona drehte den Kopf und küsste die Innenfläche von Elsas Hand.

Elsa sah ihn an. Es war ein Augenblick, in dem sie so verletzlich aussah wie in der Nacht, als sie sich zum ersten Mal getroffen hatten.

So verletzlich, und so wunderschön. Das war kurz nach dem Begräbnis ihres Mannes gewesen, vor knapp drei Jahren. Von Anfang an war er bereit gewesen, alles für diese Frau zu geben.

Elsa nahm sein Gesicht in beide Hände

»Es ist vierzig Jahre her, dass ich dich zum letzten Mal gesehen habe«, sagte sie.

Jona beugte sich vor und küsste sie. Vorsichtig zuerst, um Elsas Reaktion abzuwarten.

Elsa erwiderte den Kuss. Zaghafter als jemals zuvor, aber Jonas größte Angst war die Ablehnung gewesen.

»Was ist vor vierzig Jahren geschehen?«, fragte Jona nach einer Weile, als Elsa den Kopf wieder zurückgezogen hatte.

»Ich habe dich begraben«, sagte Elsa auf eine Art, die Jona signalisierte, dass er keine weiteren Fragen wünschte.

Dann ging sie zum Schreibtisch hinüber und nahm den Telefonhörer ab.

»Schick Grünspahn mit den Instituts-Proben in mein Zimmer«, sagte sie nur, bevor sie wieder auflegte.

Sie blickte aus dem Fenster.

»Du bist nicht nur meine Liebe, sondern auch mein engster Vertrauter, Jona«, sagte sie. »Ich weiß, dass ich auf dich zählen kann - im Gegensatz zu Zepter.«

Bei den Worten breitete sich ein warmes Gefühl in Jonas Magen aus.

Elsa drehte sich zu ihm um. Das Licht im Raum ließ ihre Haut golden erscheinen. Sie sah aus wie eine Göttin.

Sie kam zurück, streckte die Hand aus und streichelte Jona über das Gesicht.

Ihr Blick war so liebevoll, dass Jona auf einmal ein Brennen in den Augen verspürte. Sie war der erste und einzige Mensch auf der Welt, von dem er sich jemals verstanden gefühlt hatte.

»Vertraust du mir, Liebster?«

Jona nickte nur.

»Du musst etwas für mich tun«, sagte Elsa.

»Alles«, sagte Jona leise.

Draußen klopfte es an der Tür.

»Herein«, sagte Elsa.

Es war der dickliche Arzt. Er erstarrte einen Augenblick, als er Elsa vor sich sah. Es sah aus, als wollte er wieder hinausgehen, aber dann blieb er und senkte verlegen den Blick.

»Haben Sie die Proben mitgebracht?«, fragte Elsa.

»Jawohl.« Der Arzt stellte seine Tasche auf den Boden. Holte einen Behälter hervor, den er öffnete und aus dem er ein Reagenzröhrchen mit gelblicher Flüssigkeit hervorholte.

»Wie angeordnet die Hälfte der erhaltenen Proben«, sagte er. »Zweitausend Westerzellen in zehn Milliliter Lösung.«

Elsa drehte sich wieder zu Jona um.

»Du weißt, was für Zellen das sind?«, fragte sie.

»Ja«, sagte Jona. »Es sind die Zellen, die nur in Singers Gehirn vorkommen.«

»Am geballtesten, das ist korrekt«, sagte Elsa. »Sehr viel spärlicher in seiner Rückenmarksflüssigkeit oder irgendwo anders in seinem Körper. Diese Westerzell-Proben sind die einzigen, die außerhalb von Singers Körper existieren. Sie wurden ihm bei diversen Untersuchungen entnommen und aufgehoben. Du weißt, welche Wirkung diese Zellen entfalten können. Du hast es selbst gesehen.«

»Ja.«

»Du weißt, was wir damit vorhaben.«

»Ja«, sagte Jona ein drittes Mal.

»Ich möchte ehrlich mit dir sein«, sagte Elsa. »Die bisherigen Versuche damit beschränken sich auf wenige Menschen, die jeweils keine hundert dieser Zellen injiziert bekommen haben.«

Jona sagte nichts.

»Die Wirkung bei den untersuchten Individuen war dennoch beachtlich«, setzte Elsa fort. »Bei jedem wurden signifikante Verbesserungen ihrer körperlichen Funktionen beobachtet. Allerdings war die Dosis zu schwach, um diese langfristig aufrecht zu erhalten, und nach wenigen Tagen waren die Getesteten wieder bei ihren Ausgangswerten.«

Elsa sah Jona lange an.

»Dem Träger dieser Zellen wird eine Macht gegeben, die andere Menschen nicht haben. Und ich habe dich, Jona, dazu auserkoren, dieser Mensch zu sein. Der erste Mensch, der jemals eine solche Menge Westerzellen auf einmal verabreicht bekommt.«

Jona blickte zu Boden.

Elsa kam auf ihn zu. Fasste unter Jonas Kinn und hob es an. Ihr Lächeln war fast schmerzhaft schön.

»Freust du dich nicht, mein Liebster?«

Jona konnte nicht anders, als Elsas Lächeln zu erwidern. Es war wie das Lächeln der Mutter, die er nie gehabt hatte.

»Ich vertraue dir, Elsa«, sagte er.

Damit stand er auf und setzte sich auf einen Stuhl. Streckte den Arm aus, als der Arzt mit der Spritze auf sie zukam.

# 13

Das Haus war ein riesiger Komplex, der im Gegensatz zu den anderen Häusern im Viertel nach Fünfzigerjahre-Neubau aussah. Bevor sie eintraten, steckte Singer seine Hand in die Jackentasche und umfasste die Heckler & Koch. Lorie hatte keine ihrer Waffen bisher zurückverlangt.

Das ehemalige Weiß der Wände drinnen war mittlerweile zu einem Beige geworden, die Farbe der Linoleumflure war ausgebleicht. Neben der Eingangstür befand sich eine Wand voller metallener Briefkästen, wie Singer sie nur noch selten gesehen hatte, seit Drohnen die Post zustellten.

Lorie ging zum Aufzug und betätigte den Rufknopf. Die sperrige Tür aus feuerfestem Metall hatte oben in der Mitte eine rechteckige Fensterfläche. Singer kannte Aufzüge wie diesen von früher. Sie bewegten sich mithilfe von Seilen anstatt mit Magneten.

Singer sah Lorie direkt an.

»Was will Elsa Meredith von mir?«

»Ich habe nur etwas sehr Kryptisches gehört«, sagte Lorie. »Etwas, das ich nicht verstehe.«

Singer sah sie abwartend an.

»Es scheint nicht um Geld zu gehen, wie ich angenommen hatte«, sagte Lorie. »Auch nicht um einen Erpressungsversuch. Es könnte um etwas sehr viel Größeres gehen. Aber ich konnte es nicht gut hören, die Worte waren jedes Mal abgehackt.«

Lorie kniff die Augen zusammen. Schüttelte kaum merklich den Kopf.

»Lorie«, sagte Singer. »Ich möchte genau wissen, was du gehört hast.«

»Deine Westerzellen«, sagte sie. »Darum geht es ihr.«

»Wie bitte?«

»Sie weiß, dass dein Gehirn das einzige bekannte Reservoir für diese Zellen auf der ganzen Welt ist.«

Singer lachte auf.

»Das ist nicht dein Ernst.«

Lorie zuckte mit den Schultern.

»Es ist, wie ich sage.«

»Was sollte sie mit diesen Zellen anfangen können?«, sagte Singer. »Die Proteine darauf würden von jedem anderen Körper abgestoßen werden.«

Lorie zuckte mit den Schultern.

»Es gab Tierversuche mit Proben«, sagte Singer. »Keines der Empfängertiere hat die Zellentransfusion überlebt. Die Versuche wurden schon nach kurzer Zeit eingestellt.«

»Es ist, wie ich sage«, wiederholte Lorie.

Also waren die Westerzellen der Grund, warum Elsa Meredith es auf Singers Eltern abgesehen hatte. Der Gedankengang schien nachvollziehbar: Wenn er die Zellen in sich trug, waren sie vielleicht auch in seinen Eltern. Doch die Annahme war komplett unsinnig.

Das Trauma der Operation an Singers Gehirn hatte die Westerzellen aktiviert. Genau dieses Trauma, in genau dieser Intensität, an genau dieser Stelle. Der wuchernde Tumor in seinem Kopf hatte so ungünstig gelegen, dass Singers Überlebenschancen auf eins zu tausend geschätzt worden waren. Dass er die Operation überlebt hatte, war reines Glück gewesen. Dass dabei auch noch zufällig die bisher schlummernden Westerzellen entdeckt wurden, war nichts als ein Wunder.

Niemand hatte bis dahin jemals von der Existenz dieser Zellenart gehört, und es dauerte Monate, bis man ihre Funktionen vollständig verstanden hatte.

Unabhängig davon, ob die Westerzellen auch in Singers Eltern nachweisbar waren – anzunehmen, dass sich die Zellaktivierung in einem anderen Gehirn einfach reproduzieren ließe, war mehr als naiv.

»Wir müssen die Zeit bis zum Morgen rumkriegen«, sagte Lorie. »Wenn wieder viele Autos fahren, können sie vielleicht nicht jedes einzelne kontrollieren. Außerdem dürfte es nicht lange dauern, bis man Zepters Befehle hinterfragen wird.«

Singer nickte.

»Hast du schon einen Plan, wie du wieder in deine Zeit zurückkommst?«

Singer sah sie an.

»Ja«, sagte er.

Die Aufzugkabine kam, und sie stiegen ein.

Ihr gelocktes Haar reichte ihr bis zur Brust, umrahmte ihr Gesicht und ließ es oval erscheinen. Sie hatte gebräunte Haut und geschwungene Brauen.

Ihr Geist war hundertsechs Jahre alt, ihr Körper fünfundzwanzig.

Sie roch nicht nach Shampoo oder Parfüm. Sie roch nach dem Wachs auf ihrer Jacke, ein wenig nach Zigaretten, ein wenig nach frischem Schweiß.

Singer stellte fest, dass es kein unangenehmer Geruch war.

Noch bevor sich die Tür des Aufzugs oben zur Seite schob, war von draußen dumpf Gitarrenmusik zu hören.

Sie stiegen aus, und die Musik wurde lauter, sie mischte sich mit dem Stimmengewirr, das aus einer geöffneten Wohnungstür direkt gegenüber dem Aufzug in der Mitte des Flurs drang.

Zu beiden Seiten erstreckte sich der Flur weit ins Innere des Gebäudes, bis er sich in der Dunkelheit verlor. Die Wohnungstüren befanden sich in gleichen Abständen, alle im selben Weiß. Der Filzteppich roch nach Bier, an den Decken hingen Neonröhren, die gelbliches Licht warfen. Die Wände dazwischen waren bunt bemalt, teilweise mit chaotischen Farbkleksen, teilweise mit Bildern wie von Kinderhand.

In dem Abschnitt zwischen Aufzug und Wohnung lag der Rauch als dichter Nebel in der Luft. Der Geruch von Marihuana und verbranntem Tabak stach Singer bei jedem Atemzug in den Schleimhäuten. Er dachte an die kühl klimatisierte Luft seiner Wohnung am Richmond Park.

Lorie steuerte ausgerechnet auf die geöffnete Tür zu.

»Ich dachte, wir gehen zu dir«, sagte er.

Lorie drehte sich um.

»Tun wir auch«, sagte Lorie zurück. »Aber genau genommen lebe ich nicht allein. Du musst mir vertrauen.«

»Okay«, sagte Singer. Er zog den Colt aus seinem Hosenbund und gab ihn Lorie zurück. »Die andere behalte ich noch.«

Lorie nickte und steckte den Colt in eine der tiefen Taschen ihres Mantels.

Dann nahm sie ihn am Arm, zog ihn sanft mit sich hinein in die Wohnung und schloss die Tür hinter ihnen.

# 14

Auf dem Weg durch den Vorraum stolperte sie über eine schlafende Frau auf dem Boden. Singer hielt Lorie fest, kurz bevor sie hinfallen konnte. Die Frau murmelte etwas, drehte sich um und schlief weiter.

Lorie grinste ihn an.

»Tut mir leid.«

Die Wohnung bestand in Wirklichkeit aus zwei Wohnungen, dazwischen eine niedergerissene Wand. Nicht fachmännisch niedergerissen. Das Loch in der Wand sah aus, als wäre ein Bulldozer durchgefahren, aus den Rändern ragten die Ziegel. Die zweite Wohnung dahinter war dunkel.

Die Leute hatten sich im Hauptraum der ersten Wohnung versammelt. Abgesehen von einem abgetrennten Badezimmer und der halb offenen Küche war sie eine einzige Fläche.

Lampen an den Decken und in den Ecken waren mit Tüchern behängt, wodurch der ganze Raum in ein gedämpftes Licht getaucht wurde. Er war nur spärlich eingerichtet. Ein länglicher Tisch mit Holzbänken an beiden Längsseiten stand in der Mitte. Das Matratzenlager dahinter zog sich an der gesamten Längswand der Wohnung entlang. Zwei Schränke und eine Kommode an den Wänden, die aussahen, als wären sie von einer Sperrmülldeponie gerettet worden, daneben ein Fernsehgerät mit Antennen an der Oberseite. In der Küchenzeile im hinteren Teil der Wohnung stapelte sich das Geschirr. Ein Che-Guevara-Poster als Deko an den Wänden, die sonst so wahllos mit Farbe bemalt wirkten wie draußen im Flur.

Auf einer Holzbank vor dem Tisch saß ein Mann mit braunem Lockenkopf und John-Lennon-Brille. Er spielte auf einer Gitarre und hatte die Augen dabei geschlossen. Ein anderer Mann saß im Rollstuhl daneben. Er trug einen Filzhut, hatte einen dichten blonden Bart und zog gerade an einem Joint mit dem Durchmesser einer Zigarre.

Die anderen Bewohner hatten sich in der Wohnung verteilt. Saßen im Sitzkreis auf den Matratzen oder standen herum, Bierflaschen und Zigaretten in den Händen.

Keiner von ihnen war bewaffnet. Keiner von ihnen war in Elsa Merediths Haus gewesen.

Vor dem Herd in der Küche stand ein Typ mit Bierbauch, Bart, Glatze und großer Brille und rührte in einem überdimensionalen Kochtopf.

Der Mann mit John-Lennon-Brille öffnete die Augen. Sein Blick war unfokussiert und abwesend, aber er klarte augenblicklich auf, als er Lorie sah.

Er stand auf.

Lorie ging zu ihm, fiel ihm um den Hals.

Dann wandte sie sich dem Mann im Rollstuhl zu und küsste ihn auf die Wange, bevor sie sich zu Singer umdrehte.

»Dieter«, sagte sie. »Das ist mein Freund David.«

Der Mann mit Brille lächelte. Dann, ohne Vorwarnung, kam er auf Singer zu und umarmte ihn.

Singers Körper verspannte sich unwillkürlich, doch er zwang sich zu einem Lächeln.

»Willkommen, David«, sagte Dieter mit gedämpfter Stimme. »Schön, dich bei uns zu haben.«

Lorie und Singer nahmen am Tisch neben ihnen Platz. Der Mann im Rollstuhl hob sein Bierglas in Singers Richtung und trank es in einem Zug leer.

Singer nickte ihm und den anderen am Tisch zu.

Die meisten von ihnen waren jung. Nicht alle der Männer hatten langes Haar und Bart, wie Singer es sich von einer Sechzigerjahre-Hippiekommune erwartet hätte. Einige von ihnen sahen sogar einigermaßen frisch rasiert aus, und keine der Frauen trug Blumenketten oder Blumenkleider.

Das einzig Auffallende waren die fünf, die oben ohne dasaßen. Drei Männer und zwei Frauen, ungeniert und wie selbstverständlich.

»Marius hat gekocht«, sagte Dieter.

Der Glatzköpfige in der Küche hob den Löffel und grinste.

»Gut«, sagte Lorie. »Ich bin am Verhungern.«

Sie beugte sich zu Singer und flüsterte:

»Willkommen in meiner Welt.«

Die anderen nahmen ihre Gespräche wieder auf.

Jemand stellte Singer eine Bierflasche hin.

Die Atmosphäre in dem Raum wirkte unbeschwert, obwohl die Themen von aktueller Politik bis zu der Demonstration auf der Leopoldstraße reichten.

Irgendwann beugte sich Singer zu Lorie hinüber und sprach mit gesenkter Stimme.

»Warum das hier?«

Lorie nickte in Richtung des Lochs in der Wand.

»Ich habe dort drüben meine Nische, in der ich die Einsatzberichte für den OS schreibe«, sagte sie. »Ich lagere sie in einem Tresor. Die anderen denken, ich arbeite im Schichtdienst, und stellen keine Fragen, solange ich meine Miete zahle.«

Sie zuckte mit den Achseln.

»Durch meine Arbeit hatte ich in meinem vorherigen Leben nie eine Familie«, sagte sie. »Wurde mir erst im Alter bewusst, dass etwas Essenzielles in meinem Leben gefehlt hat. Ich bin oft genug allein. Ich sitze den ganzen Tag in meinem Wagen, wenn ich die Zielpersonen beschatte. Anfänglich wollte ich nur Leute um mich herum, wenn ich heimkomme. Ich wusste nicht, welche Freundschaften sich daraus entwickeln würden.«

Marius, der Koch, begann, Teller mit rötlichem Inhalt auszuteilen.

»Gulasch am frühen Morgen vertreibt Kummer und Sorgen«, sagte er augenzwinkernd, als er Singer einen Teller in die Hand drückte.

Singer betrachtete den Teller, an dessen Rändern noch die Speisereste der vorherigen Mahlzeit klebten. Er sah die Fleischstücke in dem Eintopf, atmete den Geruch ein und unterdrückte ein Würgen. Das einzige Fleisch, das er seit mehr als zwanzig Jahren aß, war synthetisches.

»Wir müssen Energie tanken«, flüsterte Lorie Singer zu. »Wer weiß, wozu wir sie noch brauchen.«

Singer rührte das Gulasch nicht an. Er sah dabei zu, wie Lorie ihre Portion in kürzester Zeit aufaß.

»Du sagtest, du hättest einen Plan«, sagte sie dann.

»Ja.«

»Wenn ich dir helfen soll, musst du mich wohl oder übel einweihen.«

Singer sagte nichts.

»Du weißt nicht, ob du meine Hilfe überhaupt willst, habe ich recht?«

»Ich muss morgen etwas in Aubing erledigen«, sagte Singer.

»Und wie kommst du zurück in deine Zeit?«

»Lass das meine Sorge sein.«

»Jeder andere Mensch wäre schon nach einer Stunde in einer anderen Zeit tot«, sagte Lorie. »Aber du bist immer noch am Leben.«

»Offensichtlich.«

»Glaubst du, dass deine Westerzellen dem kosmischen Druck hier ewig standhalten würden?«

Singer zuckte mit den Schultern.

»Ist es wahr, dass sie deinen Körper alle zwei Stunden komplett neu regenerieren?«

»So was in der Art«, sagte Singer.

»Wie alt bist du?«, fragte Lorie.

»Das ist eine sehr direkte Frage.«

»Ich denke, über die Höflichkeitsfloskeln sind wir hinaus.«

»Sechsundfünfzig«, sagte Singer.

Lorie hob die Augenbrauen und sah ihn ungläubig an.

»Die siehst sehr viel jünger aus.«

»Du bist mittlerweile hundertsechs«, sagte Singer. »Siehst auch nicht so aus.«

»Dann haben wir wohl etwas gemeinsam«, sagte Lorie lächelnd.

Singer blickte zu Dieter, der sich wieder mit geschlossenen Augen seiner Gitarre widmete. Der Mann im Rollstuhl hatte den Arm um seine Sitznachbarin gelegt und ließ sie an seinem Joint ziehen.

Singer sah Lorie an.

»Wenn du Elsa Merediths Haus überwacht hast«, sagte Singer, »musst du gewusst haben, wann die Insertion stattfindet. Du wusstest von dem Hinterhalt.«

Aber Lorie schüttelte den Kopf.

»Ich erfuhr erst davon, als es zu spät war«, sagte sie. »Weil ich gehört habe, wie sie in den Autos darüber gesprochen haben.«

»Du sagtest, du hättest ihr Grundstück verwanzt.«

»Ich bin nicht weiter gekommen als bis zu den Wagen und dem Vorgarten«, sagte Lorie. Sie beugte sich noch mehr vor.

»Die ganze Angelegenheit ist überaus seltsam«, sagte sie leise. »Es war Zufall, dass ich überhaupt vor Ort war.«

Singer sah sie schweigend an.

»Für die riesige Anzahl von Insertionen sind wir nicht viele, die für den Observation Squad arbeiten«, setzte Lorie fort. »Und das Institut schickt uns nur sehr spärlich neue Leute, wegen der unbedingten Geheimhaltung der ganzen Angelegenheit. Der OS kann also bei Weitem nicht alle Kunden observieren. Die hohen Tiere im IARIA entscheiden, an wen wir uns dranhängen sollen. Wir werden lediglich darüber informiert.«

Sie griff unter ihren Mantel, den sie anbehalten hatte. Zog aus der Innentasche ein Blatt Papier hervor und reichte es Singer.

»Insertionen International 2051–1969. Exemplar Mitteleuropa«, stand über einer bedruckten Liste von mehreren Seiten. Dreihundertzwanzig Namen, aufgeteilt auf die jeweiligen Monate ihrer Insertion. Neben den Namen stand der genaue Insertionsort, daneben das größere Gebiet, daneben der Kontinent.

Elsa Merediths Name stand an der ersten Position im Juli. München, Mitteleuropa, Europa.

»Das ist eine Eins-zu-eins-Kopie des Originals«, sagte Lorie. »Beachte die Sternchen hinter den Namen der von uns in Mitteleuropa zu observierenden Reisenden. Meistens die Namen von berühmten oder einflussreichen Personen. Personen, die am ehesten in der Lage wären, durch ihre Insertion die aktuelle Zeit in größerem Maße zu beeinflussen. Deshalb müssen wir sie observieren und jede kleinste Erkenntnis festhalten und weiterleiten.«

Hinter fünfzig der Namen auf der Liste war, ohne erkenntliche Ordnung, ein Sternchen gesetzt.

»Elsa Merediths Name ist nicht markiert«, sagte Singer.

Lorie nickte. »Was auffällig ist, nicht? Gerade mit ihrem Vermögen und ihrem Einfluss sollte sie an erster Stelle der zu observierenden Personen stehen.«

Sie hatte recht. Keiner der anderen Namen war auch nur ansatzweise so bekannt wie der von Elsa Meredith.

»Eine solche Unterlassung ist dem Institut noch nie passiert«, sagte Lorie. »Nicht in den Jahren, die ich nun schon im Observation Squad arbeite.«

»Die Liste wurde manipuliert«, sagte Singer.

»Denkbar«, sagte Lorie. »Wir bekommen die Listen alle drei Monate. Wir konzentrieren uns auf die Namen mit Sternchen, die anderen gehen uns nichts an. Immer mehr Kunden jedes Jahr zu observieren ist ein ganz schöner Aufwand, wie du dir denken kannst. Wochen davor fangen wir damit an, alles vorzubereiten. Die Häuser und Autos zu verwanzen, alles über ihr Leben und ihre Umgebung zu erfahren. Was würden wir hier nur für Internetüberwachung oder Drohnen geben.«

»Dreißig Jahre zu früh.«

»Ich weiß auch nicht, warum die Kommandanten meiner Einheit die Juliliste letzte Woche noch mal angesehen haben«, sagte Lorie. »Auf jeden Fall ist uns da zum ersten Mal Elsa Murediths Name aufgefallen. Natürlich wussten wir alle, wer sie ist. Auch das Geburtsjahr passte, und das Haus in München. Wir sind davon ausgegangen, dass das IARIA versehentlich den Namen nicht markiert hat. Ein einziges Sternchen macht einen riesigen Unterschied.«

»Und dann wurdest du geschickt, um alles vorzubereiten und zu verwanzen.«

»Aber mir blieb kaum mehr Zeit«, sagte Lorie. »Praktisch nichts! Wie gesagt, normalerweise brauchen wir Wochen, um die Überwachung vorzubereiten. Niemand darf etwas davon mitbekommen. Kein Mitbewohner, kein Nachbar, und schon gar nicht der Körper des Kunden mit seinem jungen Geist. Machen wir einen Fehler, kann das die nachfolgende Insertion gefährden.«

Singer nahm sich Zeit und dachte nach.

Dieter war es, der ihn aus seinen Gedanken riss.

Er drängte sich auf den Platz neben Lorie, legte den Arm um sie und sagte laut:

»Jetzt erzählt uns doch mal, wo ihr euch kennengelernt habt!«

Auf einmal wurde es sehr ruhig am Tisch. Singer fühlte die neugierigen Blicke auf sich. Er sah niemanden Spezielles an und lächelte.

»Wir kommen gerade von der Demo«, sagte Lorie. »Einige haben da ihre Molotowcocktails mitgebracht.«

»Shalom, Napalm!«, rief der Mann im Rollstuhl und hob eine Faust in die Luft.

»Den Bullen muss gezeigt werden, dass wir die Weiterführung eines verdammten Nazistaats nicht dulden.«

»Es gab viele Verletzte, Bom«, sagte Lorie.

»Wenn wir gegen die Faschistenbullen weiterhin keinen Widerstand leisten, wird sich alles wiederholen, was im Zweiten Weltkrieg geschehen ist«, sagte der Mann im Rollstuhl. »Sie können sich alles erlauben. Wir müssen zu den Waffen greifen, wie es uns die Genossen in anderen Ländern vormachen. Hab ich recht, Dieter?«

Dieter nickte abwesend.

Lorie verdrehte die Augen. Sie zog die Zigarette aus ihrem Mantel, die sie vorhin eingesteckt hatte, und zündete sie sich an.

»Eine Waffe abzufeuern ist eine Sache«, sagte sie. »Sie auf Menschen zu richten eine ganz andere.«

»Klingt fast so, als würdest du nicht wirklich an die Sache glauben, Lorie«, sagte der Mann im Rollstuhl.

Lorie sah ihn an, und ihr Blick sprühte Funken.

»Ich glaube, du hattest zu viel Acid, mein Lieber.«

Aber Bom schüttelte den Kopf.

»Fest steht, dass wir eine Revolution brauchen«, sagte er. »Eine Revolution, die unseren Nazistaat von Grund auf umkrempelt. Schau in die Politik: alles ehemalige Nazis. Schau in die Universitäten – wir werden von Leuten ausgebildet, die Kommandanten im KZ gewesen sind. Schau auf unsere eigenen Eltern, verdammt noch mal. Wer von denen würde sich jemals aktiv von dem Nazigedankengut distanzieren? Wer hat diese Leute jemals zur Rechenschaft gezogen? Es ist eine Schande. Für die Welt, für Westdeutschland und vor allem für uns als neue Generation.«

Lorie schwieg.

»Wir brauchen eine verdammte Revolution!«, sagte Bom. Er lehnte sich auf seinem Stuhl zurück und zog an seinem Joint.

»Die Zeit ist reif«, sagte er. »Die Genossen aus aller Welt leben es uns vor. Sieh nach China. Sieh nach Kuba. Warum nicht auch in Westdeutschland schaffen, was der Osten schon längst geschafft hat? Kommunismus ist die Antwort.«

Die anderen nickten.

Bevor Lorie etwas antworten konnte, sagte Dieter an Singer gewandt:

»Was ist deine Meinung zur Lage?«

Erneut richteten sich alle Blicke auf Singer.

Singer spürte das Verlangen, ihnen zu sagen, dass sie niemals eine wirkliche Revolution starten würden. Dass das andere gewaltsam tun würden, daran kläglich scheitern und nichts als Leid über die Menschen bringen würden. Dass Kommunismus nicht das Gegenmittel gegen den Faschismus war, sondern genauso gefährlich und tödlich.

Aber er zuckte nur mit den Schultern und sagte:

»Ich mag Ruhe und Frieden.«

Dieter nickte langsam, und seine Lippen verzogen sich zu einem breiten Lächeln. Er hob seine halb leere Bierflasche in die Luft.

»Auf Ruhe und Frieden!«

Die anderen Anwesenden hoben ebenfalls ihre Getränke.

Bom lehnte sich im Stuhl zurück und zog an seinem Joint.

Dieter sagte zu Singer:

»Ich mag dich. Du klingst vernünftig.«

Er nickte sich selbst zu und nahm einen Zug von seiner Zigarette.

»Hast du eine Familie?«, fragte er dann.

»Nein«, sagte Singer.

Dieter sah ihn verwundert an.

»Wie kommt es?«

»Ich genieße meine Freiheit.«

Die Verwunderung in Dieters Blick wuchs.

»Aber sieh uns an. Wir sind alle frei und trotzdem eine große Familie.«

Als Singer nichts sagte, ergänzte Dieter:

»Das eine schließt das andere nicht aus:«

Singer nickte, lächelte und schwieg.

Er dachte an seine Terrasse mit dem Ausblick über London. An das Schloss in Irland, das er sich kaufen würde, sobald er zurückkam.

»Wir haben kaum materielle Besitztümer«, sagte Dieter. »Wir besitzen nichts, aber wir haben uns. Es gibt nichts, das wichtiger ist als unsere Gemeinschaft. Nichts ist wichtiger als die Menschen, die wir in unserem Leben haben.«

Er umarmte Lorie und lachte.

»Hab ich recht oder hab ich recht?«

Lorie lächelte ihn an und hob ihre Bierflasche, die anderen taten es ihr nach. Sie prosteten sich zu und tranken. Singer sah Lories Gesicht. Sie wirkte glücklich.

Singer nippte an seiner Flasche, und sein Blick schweifte zum Fenster.

Noch ein paar Stunden, bis er aufbrechen konnte.

# 15

Elsa Meredith saß auf dem Stuhl und beobachtete, wie sich der Empfangssaal füllte. Alle hatten sie ihrem Aufruf Folge geleistet. Ihre Loyalität war so groß, dass sie auch mitten in der Nacht gekommen waren. Die meisten von ihnen waren Studenten, aber nicht alle.

Da war Werner Six, der in seiner Kanzlei in der Innenstadt arbeitete und später zum Bundesverfassungsrichter gewählt werden würde. Barbara von Archim, Kameradin Andreas Baaders, die in den Achtzigern Gründungsmitglied der Grünen sein würde. Alexander Gräfe, aktuell chirurgischer Oberarzt im Uniklinikum, in fünf Jahren Chef seiner Abteilung. Irene Mahler, die das Textilunternehmen ihrer Familie um die Jahrtausendwende in ein Millionenimperium verwandeln würde. Albert Korsch, aktuell Philosophiedoktorrand, bald Professor und Bestsellerautor, mit seinen Literatenfreunden, deren Namen Meredith entfallen waren.

Sie alle waren gekommen. Elsa Meredith sah die Leidenschaft und die Überzeugung in ihren Augen.

Noch wussten sie nichts von dem Plan. Wussten nur, dass etwas Großes geschehen würde.

»Sie können ihnen vertrauen?«, raunte ihr Zepter von der Seite zu.

»Wir werden sehen«, sagte Elsa Meredith.

»Meine Männer stehen in jedem Fall draußen in Position«, sagte Zepter. »An jedem Eingang, sollte es Probleme geben. Ihre Pistolen sind schallgedämpft.«

Elsa Meredith nickte.

»Jeder, der das Treffen frühzeitig verlässt, wird automatisch als Verräter angesehen«, sagte sie. »Es kommt auf schnelles Handeln an. Jedes Zögern und Zaudern könnte unsere Sache gefährden.«

Zepter nickte.

Sie warteten. Immer mehr Menschen kamen. Elsa Meredith spürte, wie sich die Atmosphäre im Raum mit Revolutionsgedanken füllte. Das Warten hatte sich ausgezahlt. Sie wusste, dass sie die richtige Zeit gewählt hatte.

»Sie hätten niemals eingesperrt werden dürfen«, hörte sie eine Studentin neben sich sagen. »Baader und Ensslin. Diese Schweinerichter hatten kein Recht, sie zu verurteilen. Die Brandstiftungen waren nur ein Zeichen.«

»Sie waren erst der Anfang«, sagte ihr Begleiter. »Es wird noch viel, viel mehr kommen, das sage ich dir. Wir sind hier noch nicht fertig mit den Faschisten.«

»Wenigstens ein paar, die wirklich was tun«, sagte die Studentin. »Der Staat versucht, uns die Fresse zu verbieten, und trotzdem gehen viel zu wenige auf die Straße.«

»Hat alles nichts mehr mit Demokratie zu tun«, sagte der Begleiter kopfschüttelnd. »Wir leben in einer verdammten Diktatur.«

Meredith wartete so lange, bis sie spürte, dass der richtige Zeitpunkt gekommen war.

Dann erhob sie sich von ihrem Stuhl. Von ihrem Podest aus konnte sie auf die Versammelten hinuntersehen. Sah die erwartungsvollen Blicke, die auf sie gerichtet waren.

»Liebe Genossinnen und Genossen«, begann sie. »Ich freue mich über euer zahlreiches Erscheinen trotz der Uhrzeit. Das zeigt mir, dass ich es mit wirklichen Revolutionären zu tun habe, nicht nur mit Träumern.«

Applaus und Jubelpfiffe gingen durch die Menge, Fäuste flogen in die Luft.

»Fakt ist, Kameraden: Ihr seid nicht zufällig hier. Ihr wurdet ausgewählt, weil ich euch kenne und weil ich euch vertraue. Das trifft auf jeden Einzelnen von euch zu.«

Erneuter Applaus. Meredith hob die Hand, und die Menge verstummte augenblicklich.

»Ich weiß, dass ihr die seid, die nicht nur Reden schwingen, sondern auch tätig werden wollen. Ich sage euch: Die Zeit ist gekommen! Mit Reden und Diskussionen werden wir nicht weit kommen. Der Staat wird immer allmächtiger und nimmt uns Stück für Stück all unsere Rechte. Die Armen und Mittellosen werden immer mehr ausgebeutet. Das dürfen wir nicht länger einfach so hinnehmen!«

»Nieder mit dem Faschistenstaat!«, schrie jemand aus der Menge, und andere riefen und pfiffen zustimmend. Elsa Meredith sah Jona neben sich an, dessen Brust sich vor Erregung sichtbar hob und senkte.

Er lächelte Meredith zu, und Meredith fuhr fort:

»Überall auf der Welt haben Genossen ihren Regierungen bereits den Kampf erklärt, aber ihre Bemühungen sind nichts weiter als Tropfen auf dem heißen Stein. Wir haben lange genug geschwiegen. Es ist Zeit, dass auch wir den Kampf eröffnen. Dass auch wir für unsere Überzeugungen einstehen. Es ist Zeit, dass auch wir zu den Waffen greifen!«

Das Getöse im Raum ließ die Wände erzittern.

Elsa Meredith riss die Faust in die Höhe, und die Versammelten taten es ihr nach.

»Für die Unentschlossenen unter euch ist nun der Augenblick gekommen, an dem ihr gehen könnt«, sagte Meredith. »Wir werden aus dem Untergrund arbeiten, leise und effektiv. Unser Ziel ist es nicht, möglichst viel Lärm zu machen, sondern so schnell wie möglich an unser Ziel zu gelangen. Aber dafür werden Köpfe rollen. Menschen werden sterben. Für gesellschaftlichen Umbruch müssen Opfer gebracht werden. Diejenigen, die dafür nicht bereit sind, sollten gehen, bevor es zu spät ist.«

Sie verstummte. Ließ den Blick über die Menge schweifen. Keiner der Versammelten verließ den Raum.

»Ich habe mich in euch nicht getäuscht«, sagte Elsa Meredith und lächelte.

»Die Revolution wird so allumfassend sein, dass sie Europa von Grund auf verändern wird«, sagte sie. »Nur wird sie etwas anders verlaufen, als ihr euch das vielleicht vorstellen mögt.«

Und dann begann sie, zu erzählen.

Nach der Ansprache gab Meredith den Versammelten Zeit, das Gesagte sacken zu lassen. Sie beobachtete jeden von ihnen. Jona und seine Leute taten das Gleiche. Sie konnten keinen einzigen Unentschlossenen dulden.

Draußen vor den Fenstern war es immer noch dunkel.

Elsa Meredith wandte den Kopf, als die Tür hinter ihr aufging.

Zepter kam herein, direkt auf sie zu. Er beugte sich zu ihr herunter.

»Singers Phantombild wurde repliziert und verteilt. Sie haben es den Obdachlosen nahe der Münchner Freiheit gezeigt.«

Er machte eine Kunstpause.

»Einer davon glaubt, ihn zu erkennen.«

»Und weiß er, wo er hin ist?«, fragte Meredith.

Zepter nickte.

»Er ist sind im selben Wohnhaus verschwunden, in dem Dieter Baumann und seine High-Tiger-Kommune untergekommen sind. Derselbe Obdachlose meint, sich zu erinnern, dass Singer in

Begleitung einer Frau war, die der Mann schon öfters mit den Kommunenleuten zusammen gesehen hat. Vielleicht ist es die Frau, die Gehrmann und seinen Kollegen verprügelt hat.«

Meredith nickte.

»Meine Leute stehen vor dem Wohnhaus bereit«, sagte er. »Wir sollten sofort aufbrechen.«

Jona, der das Gespräch mitgehört hatte, fasste Elsa Meredith am Arm.

»Lass mich gehen«, sagte er. »Die Leute kennen dein Gesicht. Wenn du dich draußen zeigst, kann das gefährlich werden.«

Leise fügte er hinzu:

»Lass mich meinen Fehler von vorhin wiedergutmachen.«

Elsa Meredith sah ihn lange an.

»Wir werden ihn überraschen«, sagte Jona. »Wir stürmen die Wohnung. Wenn er dort ist, hat er keine Chance, uns zu entkommen.«

Elsa Meredith sagte nichts.

»Die Zellen in meinem Körper«, flüsterte Jona. »Ich spüre, wie sie arbeiten.«

Meredith sah ihn nur an.

»Vertrau mir«, sagte Jona leise, fast flehentlich. »Ich werde dich nicht enttäuschen. Das schwöre ich bei meinem Leben.«

Meredith blickte von Jona zu Zepter und dann auf die Menge der Versammelten.

»Ich werde noch bleiben und sie über die nächsten Schritte in Kenntnis setzen«, sagte sie. »Ihr geht sofort. Ich komme nach.«

Jona beugte sich zu ihr hinunter und küsste ihre Hand.

»Danke«, flüsterte er. »Danke.«

Dann richtete er sich auf und sah Zepter an.

»Los. Wir haben keine Zeit zu verlieren.«

## 16

Der Nachthimmel draußen begann bereits langsam aufzuhellen. Die Kommunenbewohner waren vom Tisch hinüber zum Matratzenlager gewechselt. Die meisten von ihnen hatten ihre Kleidung ausgezogen, auf den Boden fallen lassen und waren einfach in Unterwäsche unter die Decken gekrochen.

Die mit Tüchern behängten Lampen warfen ein gedämpftes Licht. Dieter spielte Gitarre, während die anderen rauchten und vor sich hindösten. Aus einer Ecke des Matratzenlagers drang leises Stöhnen herüber. Niemand schenkte dem Beachtung.

»Ich werde versuchen, mich etwas auszuruhen«, sagte Lorie zu Singer. »Solltest du vielleicht auch tun.«

Singer blickte zu den Matratzen. Es waren zu wenige, als dass jeder eine eigene hatte. Die meisten der Kommunenbewohner teilten sich einen Schlafplatz.

»Mir geht es gut, danke«, sagte Singer.

»Möchtest du Kaffee? «

Singer sah von Lorie auf den fleckigen Espressokocher auf der Herdplatte und dann wieder zurück zu Lorie.

»Ich bin bekannt dafür, phänomenalen Kaffee zu kochen«, sagte Lorie lächelnd.

»Okay«, sagte Singer.

Lorie ging zum Herd und setzte Kaffee auf.

Dann wartete sie.

»Möchtest du eine Decke oder ein Kissen?«

»Schon gut, danke.«

Lorie sah ihn mit zusammengekniffenen Augen an.

»Wie … geht es dir eigentlich?«

»Gut. Wie geht es dir?«

»Ich frage nicht, weil ich Small Talk führen möchte. Wie würdest du es erkennen, wenn deine Westerzellen aufgeben? Wenn sie dem kosmischen Druck in dieser Zeit nicht länger standhalten können?«

Singer zuckte mit den Schultern.

»Entweder ich würde einen sehr langsamen, qualvollen Tod sterben, indem nach und nach jede einzelne Zelle meines Körpers zerplatzt – oder ich bin von einem Augenblick auf den anderen einfach nicht länger da. Aber ehrlich gesagt hoffe ich, das nicht herausfinden zu müssen.«

»Das hoffe ich auch«, sagte Lorie leise.

Sie warteten schweigend, bis der Kaffeekocher pfiff, und Lorie nahm ihn vom Herd und schenkte Kaffee in eine Tasse ein, die sie aus dem Geschirrstapel zog. Singer wollte gar nicht wissen, ob sie gespült war oder nicht.

Sie reichte ihm die Tasse, und Singer hielt sie vor die Nase und atmete den Duft ein. So intensiv nussig und rauchig zugleich, wie er es nicht erwartet hätte.

Er nahm einen Schluck und sah Lorie an.

»Sag jetzt nicht, dass er schlecht ist«, sagte sie.

»Im Gegenteil. Wow.«

»Was ist wow?«

»Das ist wahrscheinlich einer der besten Kaffees, die ich jemals getrunken habe. «

»Du bist nur höflich.«

»Ich bin nicht wirklich höflich. Dazu war ich zu lange Vorstadtpolizist.«

Lorie lächelte.

»Okay.«

Damit zog Lorie ihren Mantel aus, sie hängte ihn über einen Stuhl und ging zu den Matratzen.

Singer setzte sich auf einen Stuhl und legte die Beine auf der Bank ab.

Sah zu, wie Lorie begann, ihr Kleid aufzuknöpfen.

Als sie sich zu ihm umdrehte, wandte Singer den Blick ab, nahm einen weiteren Schluck Kaffee und dachte an das, was ihn in ein paar Stunden erwarten würde.

Irgendwann erschien das Bild seiner Mutter kurz vor ihrem Tod vor seinem geistigen Auge. Ohne Haare, ohne Augenbrauen, mit schwachem, gebrochenem Blick.

Singer war noch keine zwölf gewesen, als sie starb.

Dann erschien ein Bild seines Vaters aus der Zeit danach: auf der Matte vor der Haustür liegend, eingerollt wie ein Kind, schnarchend, nach Erbrochenem und Alkohol riechend.

Singer schüttelte den Kopf, um die Gedanken zu verscheuchen. Er setzte die leere Tasse ab und stand auf, um aus der Kanne auf dem Herd nachzufüllen – aber in diesem Augenblick nahm er das Dröhnen in der Tiefe des Hauses wahr.

Zuerst dachte er an eine Maschine. An eine Heizungsanlage oder einen Warmwasserboiler. Aber das Geräusch kam näher und wurde lauter.

Als Singer die Vibrationen auf dem Boden spürte, wusste er, dass es von keinem Gerät erzeugt wurde.

Es waren Schritte.

Stampfende Schritte in unmittelbarer Umgebung von einer ganzen Gruppe an Menschen.

Er sprang auf.

Lorie kam gerade wieder aus dem Badezimmer. Ihr Atem roch nach Minze. Singer nahm nur am Rande wahr, dass sie nicht mehr Kleidung am Körper trug als alle anderen Bewohner der Kommune.

»Horch«, sagte Singer.

Lorie machte ein lautes »Shhhh«, und die anderen, auf ihren Matratzen oder wo sie auch immer gerade waren, hörten auf zu kichern und zu schwatzen. Dieter unterbrach sein Gitarrenspiel.

Lorie lauschte, und es dauerte nur einen Moment, bis sich ihre Augen weiteten.

Singer wusste, dass sie dasselbe dachten.

»Nein«, flüsterte sie. »Das kann nicht …«

Sie sprach den Satz nicht zu Ende.

Singer lief zum Vorraum. Es war zu spät.

Er hörte, dass die Leute draußen das Stockwerk erreicht hatten und sich auf die Tür der Wohnung zubewegten.

Singer ging zurück in den Hauptraum und blickte zu den Fenstern. Die Wohnung befand sich im fünften Stock, mindestens zwölfeinhalb Meter über der Erde. Es gab keinen Balkon, von dem man sich abseilen konnte.

Es gab auch nicht viele Möglichkeiten, sich zu verstecken. Das Badezimmer mit der kaputten Tür ohne Schloss. Die Küchenzeile.

Sein Blick fiel auf das Loch in der Wand in der angrenzenden Wohnung.

Das Getrampel war so nahe und so laut, dass auch die anderen es hörten.

»Was geht da schon wieder ab?«, fragte eine Frau auf der Matratze.

Bom winkte ab.

»Schorsch sucht wahrscheinlich immer noch nach Leuten für seine Friedensdemo heute Nachmittag.«

»Um diese Uhrzeit?«, fragte jemand.

Lorie hatte Kleid, Schuhe und Mantel rasch wieder angezogen. Sie sah Singer an und nickte in Richtung des Lochs in der Wand.

Singer lief hin und stieg in den anderen Teil der Wohnung. Er war voller Gerümpel, alter Möbel und Fahrräder. Lories Schreibtisch stand in einer Nische.

Da war ein Spiegel in der Mitte des Raums gegen einen Tisch gelehnt. Singer stellte ihn so, dass er durch das Loch den Hauptraum im Blick behalten konnte, während er sich im Schatten eines Schranks versteckte. Er zog seine Pistole und entsicherte sie.

Er sah, wie sich Lorie vor die anderen hinstellte.

»Ihr müsst mir jetzt alle zuhören«, sagte sie schnell und mit gesenkter Stimme.

»Das ist nicht Schorsch da draußen vor der Tür. Das sind die Bullen. Sie werden uns fragen, ob ihr David gesehen habt, und das habt ihr nicht, okay?«

»Bullen?«, fragte Bom im Rollstuhl. »Warum ...«

Doch in diesem Augenblick erklang ein aggressives Pochen an die Tür, dem Schreie von draußen folgten.

»Polizei!«

»Aufmachen! Sofort!«

Die Kommunenbewohner sahen sich an. Ungläubigkeit in ihren Blicken. Verwirrung.

»Was hat er getan?«, hörte Singer Dieter sagen.

»Wenn wir ihnen sagen, dass wir ihn nie gesehen haben, werden sie sich schnell wieder vom Acker machen«, sagte Lorie.

»Aufmachen!«, schrien die Männer an der Tür.

Ein Knall, der die Versammelten zusammenschrecken ließ. Sie traten gegen die Tür.

Dieter ging vor und hob dabei die Hände in einer beschwichtigenden Geste.

»Alles ist gut«, sagte er. »Ich regle das schon.«

Er schlurfte los, mit nichts bekleidet als mit Unterhose, Schlappen und Bademantel.

Er verschwand im selben Moment im Vorraum, in dem die Eingangstür aufflog.

Ein Schrei, gefolgt von einem dumpfen Schlag und Getrampel.

Im nächsten Augenblick stürzte Dieter zurück in den Hauptraum der Wohnung und fiel rücklings zu Boden.

Blut lief ihm das Gesicht hinunter. Eine hässliche Platzwunde klaffte an seiner Stirn.

Lorie stürzte vor. Kniete sich neben Dieter auf den Boden und wollte ihm aufhelfen. Als das nicht möglich war, stützte sie seinen Kopf.

Die Kommunenbewohner sprangen fast alle gleichzeitig von ihren Matratzen auf und blieben vor Schreck wie erstarrt stehen.

Es war kein Polizist, der als Erstes mit erhobener Waffe den Raum betrat, sondern ein großer hagerer Mann mit halbseitig rasiertem Kopf und Tätowierung an seinem Hals. Es war Jona, der einen Smith-&-Wesson-Revolver im Kaliber fünfundvierzig in der Hand hielt.

Hinter ihm stürmten uniformierte Polizisten in den Raum. Lederjacken mit dem Abzeichen »Stadtpolizei München« und dem Stadtwappen darunter am linken Ärmel. Hemden, Krawatten und blaue Polizeimützen.

»Keine Bewegung!«, schrien sie, während sie einen Halbkreis um das Matratzenlager bildeten und ihre Pistolen auf die Versammelten richteten.

Die Kommunenbewohner hatten die Hände erhoben.

Aus seinem Versteck hörte Singer ihren schweren Atem. Er roch ihre Angst.

Über den Spiegel sah Singer, wie Nathan Zepter den Raum als Letzter betrat. Er stellte sich vor die Kommunarden und hob die Hände in einer beschwichtigenden Geste in die Luft.

»Mein Name ist Zepter, Leiter der Abteilung Einsatz der Münchner Polizei. Wenn Sie kooperieren, wird Ihnen nichts weiter geschehen.«

Dieter stöhnte auf.

Lorie hob den Kopf. Ihr Blick sprang zwischen den Polizisten hin und her, ohne sie wirklich wahrzunehmen. Sie beugte sich wieder zu Dieter hinunter.

»Wir wissen, dass Sie eine gesuchte Person bei sich aufgenommen haben«, sagte Zepter. »Sagen Sie uns, wo sie sich versteckt hat, und Ihnen wird nichts geschehen.«

Niemand sagte etwas.

»Ich schwöre, ich knalle jeden Einzelnen von euch ab, wenn ihr euer Maul nicht aufmacht«, sagte Jona.

Niemand sagte etwas.

Jona hob die Waffe. Zielte damit direkt auf Lorie, die vor ihm auf dem Boden kniete.

»Ich zähle bis drei«, sagte er. »Eins.«

Keiner der Versammelten sagte etwas.

Singer stand auf und steckte Lories Heckler & Koch in den hinteren Bund seiner Hose, entsicherte die Walther PP des Polizisten und steckte sie wieder in die Jackentasche. Dann trat er hinaus in die Hauptwohnung und hob dabei die Hände.

Sowohl Jona als auch die Polizisten hinter ihm richteten ihre Waffen augenblicklich auf ihn. Zepter, der in den Hintergrund getreten war, lächelte.

»Ich komme freiwillig mit euch«, sagte Singer. »Aber dafür lasst ihr diese Leute in Frieden. Sie haben nichts mit der ganzen Sache zu tun.«

Jona tippte auf seine Nase, die schief stand und blau verfärbt war.

»Du wirst bezahlen für das, was du getan hast«, sagte er mit hasserfülltem Blick. »Darauf hast du mein Wort. Keine Gnade diesmal.«

Dieter versuchte, sich aufzusetzen. Lorie stützte ihn, so gut es ging, aber nicht ohne die Augen von Jona und den Polizisten zu lassen.

Ein quietschendes Geräusch vom hinteren Ende des Tischs lenkte sie ab.

Es war Bom, der mit seinem Rollstuhl langsam nach vorn gerollt kam.

»Stehen bleiben!«, schrie einer der Polizisten.

Bom ignorierte ihn. Rollte an Dieter und Lorie und an zwei Polizisten vorbei, die ihn nicht stoppten. Er blieb direkt vor Zepter stehen. Seine Kiefer mahlten.

»Wir haben uns nicht geirrt«, sagte er, und seine Stimme klang aufrichtig enttäuscht. »Ihr Faschistenbullen schreckt nicht davor zurück, Wehrlose brutal niederzuschlagen.«

Er spuckte auf den Boden, und nun funkelten seine Augen kampflustig.

»Ihr haltet eure Pistolen auf mich«, sagte er. »Traut euch doch, auf einen wehrlosen Behinderten zu schießen, ihr feigen Schweine. Tut es. Mal sehen, ob die Bevölkerung auch dann noch hinter euch steht.«

Die Polizisten bewegten sich nicht.

»Ich bitte Sie«, sagte Zepter, und seine Stimme klang dabei fast zutraulich. »Fahren Sie mit Ihrem Stuhl doch wieder ein wenig zurück.«

Bom zeigte ihm den Mittelfinger.

»Einen Scheiß werd ich tun, Drecksbulle. Bis nach ganz oben hin seid ihr verdorben.« Zepters Mundwinkel zuckten.

Singer machte einen Schritt nach vorn.

»Ihr seid wegen mir hier«, sagte er zu Zepter. »Ihr habt, was ihr wollt.«

»Einen Schritt weiter, und ich schieße dir ins Knie«, sagte Jona. »Du brauchst deine Beine nicht, um uns von Nutzen zu sein.

»Hey!«, schrie Bom mit einem Mal. »Ich weiß nicht, wer der Typ ist. Ich weiß nur, dass du sicherlich kein Bulle bist, wie du aussiehst. Einen Zivilisten mit Kanone rumlaufen und unschuldige Menschen bedrohen lassen ist unter aller Sau.«

Er zuckte mit den Schultern.

»Aber ich bin mir nicht sicher, ob ihr Schlappschwänze das Wort Berufsethos überhaupt schon mal gehört habt.«

Jonas schmale Lippen waren fest aufeinandergepresst.

»Du denkst, dein Rollstuhl wird dich schützen? Ich warne dich nur einmal. Pass auf deine Worte auf.«

Bom lehnte sich zurück und blickte ihn abfällig an.

»Weißt du, was ich denke?«, sagte er. »Dass du ein kleiner blöder Pisser bist, der hinter Gitter gehört.«

»Wir sollten uns jetzt alle beruhigen«, sagte Zepter.

Jonas Blick war starr und konzentriert. Seine Brust hob und senkte sich immer schneller.

»Tu es nicht!«, schrie Singer ihn an.

Zepter wich unwillkürlich einen Schritt zurück, als Jona den Revolver zu Bom hinüberschwenkte und abdrückte.

# 17

Die Kugel riss ein tennisballgroßes Loch in seine Brust und, nach der sich sofort ausbreitenden Blutwolke zu urteilen, zerfetzte dabei sein Herz oder die Aorta oder beides.

Die unmittelbar danebenstehenden Polizisten bekamen das meiste direkt ins Gesicht ab – Blut-, Haut-, Fett- und pulverisierte Knochenreste. Drei von ihnen sprangen reflexartig zurück, einer schrie.

Die Wucht des Aufpralls ließ den Rollstuhl mit Bom darauf nach hinten umkippen. Der Körper fiel aus dem Stuhl, rollte sich um die eigene Achse, blieb dann liegen.

Bevor irgendjemand vollends zu begreifen schien, was gerade geschehen war, sprang Dieter auf einmal vom Boden auf. Er schrie und wollte sich auf Jona stürzen, aber dieser zielte und schoss erneut, diesmal mit grimmiger Entschlossenheit in seinem Blick.

Dieters Körper sackte zusammen. Er fiel direkt vor Lories Füße. Aus seinem Hals blutete es im Schwall.

Lorie schrie und drückte mit ihren Fingern augenblicklich auf die Wunde, aber es half nichts. Das Blut quoll unter ihren Fingern hervor.

Zepter seufzte, schüttelte den Kopf und blickte Jona an.

Dieter röchelte noch ein, zwei Mal und hörte dann zu atmen auf.

Zepter wandte sich an die Polizisten hinter ihm.

Die versöhnliche Aura, die er gerade noch ausgestrahlt hatte, war verschwunden. Er streckte die Hand aus. Einer der Polizisten reichte ihm eine Pistole. Zepter nickte in Singers Richtung.

»Bringt ihn raus«, sagte er. »Und dann tötet die anderen. Wir wollen keine Zeugen.«

Jonas Blick war wie ferngesteuert. Er hob seinen Revolver. Richtete den Lauf direkt auf Lorie.

Singer riss die Pistole aus dem Hosenbund und feuerte.

Zwei Mal.

Eine der Kugeln traf Jona auf Magenhöhe, die andere in der rechten Brust. Seine Augen weiteten sich. Er taumelte und fiel, seine Waffe schlitterte einige Meter weiter über die Bodenbretter.

Lorie dachte nicht lange nach. Sie stürzte vor und bekam den Revolver zu fassen, war in einem Satz auf den Beinen und hinter die Küchenmauer gesprungen. Singer sprang gleichzeitig vor und ging gerade noch rechtzeitig neben Lorie in Deckung, bevor die Polizisten gesammelt das Feuer eröffneten.

Die Kommunenbewohner standen zu weit von jeglicher Deckung entfernt. Jeder wusste, was gleich geschehen würde, und wie nach einer geheimen Absprache stürzten sie alle gleichzeitig vor. Sie schrien und warfen alles, was sie in die Finger bekommen konnten. Die nicht aufgeräumten Teller auf dem Tisch, die Schüsseln, die Gläser, das Besteck.

Auch Lorie schrie und feuerte aus der Küche auf die Polizisten. Als die Kugeln der Smith & Wesson alle waren, nahm sie ihren Colt aus der Manteltasche.

Singer feuerte, zuerst mit Heckler & Koch, dann mit der Walther.

Aber gegen die Übermacht konnten sie nichts ausrichten.

Singer sah den Ausdruck auf den Gesichtern der Kommunenbewohner. Angst und Verzweiflung.

Er sah auch den Ausdruck auf den Gesichtern der Polizisten, nicht wenige sogar sichtlich amüsiert über die lächerliche Gegenwehr. Es waren so viele von ihnen, und sie wurden immer mehr.

Erwischte Singer einen von ihnen, drangen zwei neue aus dem Vorraum in die Wohnung. Nicht nur Polizisten in Uniform, sondern auch Männer in Zivil, die gleichzeitig schwer bewaffnet waren, nicht wenige von ihnen mit automatischen Maschinenpistolen und Kalaschnikows.

Das Rattern der Waffen verschluckte die Schreie von Lories Kameraden.

Die Eindringlinge schossen auf alles, was sich bewegte. Es machte keinen Unterschied, ob ein Kommunarde sie angriff oder mit erhobenen Händen dastand. Niemand wurde verschont.

Zepter hielt die Pistole vor sich, mit der er durchgehend feuerte. Er lachte dabei so laut, als wäre er auf dem Jahrmarkt.

Marius, der Koch, warf schreiend einen Teller und eine Tasse, bevor eine Kugel seine Brille und das Gesicht zerfetzte.

Ein Mann mit riesiger Hornbrille war auf die Knie gegangen, um vergeblich um Gnade zu betteln, als sein Kopf in einer Kalaschnikow-Salve explodierte.

Eine der Frauen hielt den Polizisten schreiend beide Mittelfinger entgegen. Die Kugeln durchsiebten ihren Körper, ehe sie auf der Stelle zusammensackte.

Es dauerte nicht lange, bis sich der Kugelhagel gesammelt auf die Ecke der Küchenmauer richtete, was Singer und Lorie jegliche Möglichkeit nahm, das gegnerische Feuer zu erwidern.

Als es kurzzeitig ruhiger wurde, weil einige von ihnen die Waffen nachladen mussten, stürzte Lorie vor zu den gegenüberliegenden Küchenregalen. Sie griff mit einem Arm in einen Spalt zwischen zwei Schränken. Sie holte ein in Zeitungspapier eingewickeltes Bündel hervor, mit dem sie sich wieder gegen die Wand presste.

Sie schlug das Bündel auf. Singer traute seinen Augen nicht.

Es waren fünf Dynamitstangen, zusammengebunden und mit einer Zündschnur versehen.

»Bom hat es ernst gemeint mit seiner Revolution«, sagte Lorie. »Hatte sie eigentlich für irgendein Kaufhaus gedacht, um ein Zeichen zu setzen. Jetzt werden wir ein Zeichen setzen.«

Singer blickte sich um. Sie würden nicht mehr als zwei, vielleicht drei Sekunden brauchen, um durch das Loch neben der

Küche in die andere Wohnung zu entkommen. Noch mal drei Sekunden, bis sie die Tür der zweiten Wohnung erreicht hätten. Sechs Sekunden, um aus der Sackgasse, in der sie saßen, zu entkommen.

Was sie draußen auf dem Flur erwartete, wussten sie nicht.

Er blickte Lorie an, und sie nickte. Die Stangen waren ihre einzige Möglichkeit, zu entkommen.

Die Angreifer hatten keinen einzigen von Lories Mitbewohnern verschont.

Singer nahm das Dynamit an sich, und Lorie holte ein Feuerzeug aus der Tasche. Ihre Hände zitterten, als sie auf das Zündrad drückte und Flamme und Zündschnur des Dynamits zusammenbrachte.

Die Schnur fing Feuer, die Glut brannte zischend herunter.

Singer wartete.

Die Schnur brannte herunter. Zur Hälfte. Zu einem Drittel.

Lorie starrte von der Zündschnur auf Singer.

Singer wartete.

»David, was zum …«

Keine Sekunde vor der Explosion holte Singer aus und schleuderte das Dynamitbündel um die Ecke, direkt in Richtung der Feinde.

Es war, als würde jeder Einzelne von ihnen als unmittelbare Antwort darauf das Feuer auf die Küchenmauer richten. Der Kugelhagel war so konzentriert, dass diesmal ganze Teile der Ecke abbrachen.

Als Erstes roch Singer den stechenden Geruch des entzündeten Nitroglyzerins, der sich innerhalb einer Millisekunde im gesamten Raum ausbreitete. Im nächsten Augenblick fegte die brennend heiße Druckwelle durch den Raum, dann ertönte der Explosionsknall.

Der Boden erzitterte. Der Turm von Pfannen und Teller in der Spüle fiel mit einem lauten Krachen um. Geschirr verteilte sich auf dem Boden. Durchdringende Schreie. Die Schüsse stoppten.

Die Hitze ließ so schnell nach, wie sie aufgekommen war.

Sie verloren keine Zeit. Sie sprangen auf und stürzen vor.

Der hintere Teil des Raums war verkohlt.

Schreie überall. Es stank nach erhitztem Plastik und brennendem Öl und Blut. Mindestens zehn der Feinde lagen auf dem Boden, drei davon mit brennender Kleidung. Die anderen standen da, blickten mit erstarrten Gesichtern auf die Szene, Fassungslosigkeit in ihren Augen. Die Waffen in ihren Händen schienen sie für einen Augenblick vergessen zu haben.

In vier großen Schritten waren Singer und Lorie beim Loch in der Wand.

Es war nicht einfach, nicht über die Leichen der am Boden liegenden Kommunenbewohner zu stolpern oder in ihren Blutlachen auszurutschen. Einige der Körper bewegten sich noch unkoordiniert. Eine Hand, die zitterte. Ein Kopf, der sich von einer auf die andere Seite drehte. Ein im Todeskampf aufgestelltes Bein, das einfach umfiel wie ein Stück Holz.

Sie konnten nichts mehr für diese Menschen tun.

Niemand schoss, als sie durch das Loch in der Wand hinüber in die andere Wohnung flüchteten. Zuerst Lorie, dann Singer.

Sie liefen zur Eingangstür. Singer riss sie auf. Sah zwei der Polizisten auf dem Gang vor der Tür der Hauptwohnung und feuerte, ohne zu zögern. Einer der Männer ging zu Boden, der andere suchte Deckung im Treppenhaus.

Sie liefen. Lorie zuerst, Singer dicht hinter ihr. Einige Wohnungstüren links und rechts waren einen Spaltbreit geöffnet, verängstigte Blicke der Hausbewohner dahinter. Es waren nicht mehr als zwanzig Meter bis zum Ende des Flurs, fünf Sekunden vielleicht, aber die Strecke kam Singer endlos vor.

Sie waren ohne jeglichen Schutz.

Schüsse in dem Augenblick, in dem sie um die Ecke sprangen. Singer riss den Kopf zurück und hörte, wie die Polizisten direkt auf sie zuliefen.

Singer wartete.

»Was tust du?«, fragte Lorie keuchend. »Lass uns abhauen!«

Singer hob seine Waffe.

Dem ersten Polizisten, der um die Ecke gerannt kam, schoss er in die Stirn, dem zweiten ins linke Auge, dem dritten ins rechte Auge.

Die Köpfe der Männer explodierten in einem Abstand von Millisekunden.

Blut und Teile ihrer Gehirne spritzten bis an die Wand gegenüber. Die Körper des ersten und des dritten Polizisten brachen auf der Stelle zusammen, der des zweiten lief noch unkontrolliert drei Schritte weiter, ehe er zu Boden ging.

Singer bückte sich und hob zwei der fallen gelassenen Pistolen auf, Lorie die dritte. Sie sah Singer an. Sie atmete schwer.

Das Trampeln der nächsten Verfolger wurde lauter. Zehn Leute oder mehr, die den Gang entlanggerannt kamen.

»Wohin?«, fragte Singer.

Lorie riss sich aus ihrer Starre.

»Hier«, rief sie und wies in Richtung eines weiteren Treppenhauses.

Sie befanden sich im hinteren Teil des Gebäudes. Das Treppenhaus hier war schmaler und ohne Aufzug.

Sie nahmen zwei Stufen auf einmal. Sie hatten gerade das vierte Stockwerk erreicht, als oben im fünften die Tür zum Treppenhaus aufgestoßen wurde.

Sie hielten den Vorsprung bis zum Erdgeschoss. Dort führte eine Glastür hinaus ins Freie. Lorie warf sich dagegen, und die Tür flog auf. Kalte Luft schlug ihnen entgegen.

Draußen dämmerte es bereits.

Ein kleiner Garten lag vor ihnen, erst dahinter kam die Straße. Erneute fünfzig Meter, die sie ungeschützt auf offener Fläche laufen würden.

Es war klar, dass die Zeit diesmal nicht ausreichte.

»Verschwinde«, sagte Singer, und als Lorie wie angewurzelt stehen blieb, schrie er: »Jetzt!«

Sie lief los, und Singer rannte zurück ins Haus. Er ging hinter dem Türrahmen zum Treppenhaus in Deckung, hob die Waffe und zielte. Der Erste, der um die Ecke gelaufen kam, trug keine Polizeiuniform, sondern Schlaghosen, Lederjacke und seine Walther PP in der Hand. Singer schoss ihm in den Oberschenkel. Der Mann verlor das Gleichgewicht, stolperte und fiel. Schlitterte die restlichen Treppen kopfüber hinab und blieb am Ende liegen. Die Männer, die folgten, gingen hinter dem Geländer in Deckung. Feuerten.

Die Kugeln flogen Singer um die Ohren. Die Betonwände des Treppenhauses reflektierten viele davon, schleuderten sie in gefährlichen Winkeln umher. Singer musste sich zurückziehen.

Er wollte rennen. Entlang der Mauer, weg vom Haus. Einige Meter entfernt stand der dicke Stamm einer Linde, der etwas Schutz bieten würde. Er musste Lorie genügend Zeit verschaffen, um sich in Sicherheit zu bringen.

Das Dröhnen eines näher kommenden Automotors wurde lauter und lauter.

Der braune Alfa Romeo Giulietta Sprint, der im nächsten Augenblick von der Straße direkt durch die Büsche geschossen kam, fuhr rückwärts, und zwar mit voller Geschwindigkeit.

Singer sah Lories rückwärtsgewandtes Gesicht durch die Heckscheibe.

Sie hatte die Idee des Sich-selbst-in-Sicherheit-Bringens anders aufgefasst als er.

Singer rannte auf den Wagen zu. Er erreichte ihn nach wenigen Metern. Er riss die Hintertür auf und stieg ein. Er hatte die Tür noch nicht geschlossen, als Lorie erneut aufs Gas stieg und der Wagen diesmal vorwärtsschoss. Über das Gras und raus auf die Straße.

Singer drehte sich um und sah noch, wie sich die Verfolger vor dem Haus versammelten, bevor Lorie um die nächste Straßenecke bog.

# 18

Als sie nach fünfzehn Minuten die Explosion hörte, wusste Elsa Meredith instinktiv, dass sie versagt hatten. Rasch stieg sie aus dem Wagen und ging mit den anderen hinauf.

Die Polizisten vor der Wohnung wichen vor ihr zurück und mieden dabei ihren Blick.

Sie trat ins Zimmer, Uwe und die anderen hinter ihr.

Sie sah das Massaker. Das Blut überall. Die toten, halb nackten Körper der Jugendlichen. Die verkohlten Wände. Die zersprungenen Fenster. Die Polizisten und ihre eigenen Leute auf dem Boden, regungslos. Der Gestank in der Luft war schon am Hauseingang zu riechen gewesen, obwohl die Wohnung auf der anderen Seite des Wohnblocks lag.

Zepter, mit rußverschmiertem Gesicht, stand vor ihr wie ein kleines Kind.

Sie hätte Uwe neben sich den Befehl geben können, auch die restlichen Polizisten zu töten, um ein Exempel zu statuieren.

Hinter Zepter lag Jona auf dem Boden, in einer Lache seines eigenen Bluts.

Zepter berichtete Elsa Meredith, was vorgefallen war.

Meredith antwortete nicht. Sie ging um den Polizisten herum und stellte sich vor Jona auf. Sie betrachtete den Körper lange und ausführlich.

Unter den Rußflecken war Jonas Haut sehr blass, seine Lippen glänzten bläulich. Über den Einschusswunden hatte die Kleidung sich voll Blut gesogen.

Es war kaum wahrnehmbar. Ein schwaches Zittern an seinem Brustkorb alle paar Sekunden.

Elsa Meredith beugte sich zu ihm hinunter.

»Jona«, sagte sie laut.

Jonas Lider zitterten. Er kämpfte damit, die Augen zu öffnen. Kein Wunder bei all dem Blut, das er verloren hatte.

»Vergib mir«, hauchte er. »Vergib mir.«

»Du hast mich enttäuscht«, sagte Elsa Meredith. »Erneut.«

»Es … es … tut …« Jonas Stimme schwand.

»Sollen wir ihn ins Krankenhaus fahren?«, fragte Uwe.

Elsa Meredith sah ihn an, und Uwe senkte den Blick.

»Ihr bringt ihn zurück ins Haus«, sagte Meredith und richtete sich auf.

»Er hat mit seinem Leben geschworen, dass er uns nicht enttäuschen wird, und jetzt wird er die Konsequenzen tragen.«

Jona starrte sie mit weit geöffneten Augen an. Seine Brust hob und senkte sich jetzt deutlich.

»Wir werden sehen, wozu die Westerzellen imstande sind«, sagte Meredith. »Egal, was passiert – wir werden nicht eingreifen. Habe ich mich klar ausgedrückt?«

»Jawohl«, sagte Uwe.

»Egal, was passiert«, wiederholte Meredith.

# 19

Im Inneren des Alfas roch es nach Zigaretten und Bier.

»Du bist zurückgekommen«, sagte Singer.

»Dachtest du, ich überlasse dich einfach so deinem Schicksal?«

Im Rückspiegel sah Singer die Blutspritzer auf ihrem Gesicht. Sie war blass, ihr Blick starr nach vorn gerichtet.

»Warum bist du nicht weggefahren?«

»Wohin denn?«, gab sie in monotoner Stimmlage zurück. »Zur Polizei vielleicht?«

Sie fuhr im Zickzack durch die Straßen, ohne erkennbare Richtung.

»Ist das dein Auto?«

Wieder nickte Lorie.

»Mein zweites«, murmelte sie.

Singer hatte die Straße hinter ihnen im Blick, aber niemand verfolgte sie.

Als Lorie versuchte, sich mit zitternden Händen eine Zigarette anzuzünden, glitt ihr das Feuerzeug aus der Hand und fiel scheppernd in die Zwischenablage.

»Scheiße«, sagte sie. »Scheiße, scheiße, scheiße.«

Sie schlug mit der Faust gegen das Lenkrad, einmal, zweimal, ein drittes Mal. Ihr ganzer Körper zitterte.

»Lorie«, sagte Singer ruhig. »Vielleicht solltest du mal rechts ranfahren.«

Lorie biss sich auf die Lippe. Ihr Gesicht war weiß wie eine Leinwand.

Sie fuhr an den Straßenrand, stellte den Gang auf Leerlauf, zog die Handbremse an und stieg aus. Der Motor lief weiter.

Lorie richtete sich auf, streckte ihren Körper durch, beugte sich dann vor und übergab sich.

Singer stellte sich neben sie und hielt ihr die Haare aus dem Gesicht.

Sie hörte auch dann nicht zu zittern auf, als nichts mehr kam.

Singer zog sie zu sich und umarmte sie.

Sie vergrub ihr Gesicht in sein Hemd und weinte.

»Es ist meine Schuld«, sagte sie. »Es ist alles meine Schuld.«

Singer sah sie an. An ihrer Wange klebte ein getrockneter Blutspritzer. Singer wischte ihn mit dem Daumen weg.

»Niemand hat wissen können, dass sie die Wohnung finden«, sagte er. »Niemand.«

Lorie sah Singer an. Ihre Augen waren rot und verweint.

Sie war ehemalige Offizierin der Britischen Armee. Auch ein Job als Militärpolizistin hatte sie unmöglich auf das vorbereiten können, was sie in der letzten Stunde hatte erleben müssen.

»Jemand muss uns gesehen haben, wie wir ins Gebäude rein sind«, flüsterte sie.

Singer nahm sie sanft am Arm und führte sie zur Beifahrerseite. Er hielt ihr die Tür auf, und Lorie stieg ein.

Singer blickte sich um. Noch war kein Mensch auf der Straße. Der Himmel war grau, die Morgensonne von dichten Wolken verdeckt, trotzdem leuchteten nur vereinzelte Lichter in den Wohnhäusern an der Straße.

Vielleicht hatten sie Glück, und niemand hatte auf sie geachtet.

Singer setzte sich hinters Lenkrad und fuhr los. Nahm die engen Straßen in Richtung Norden. Er sah immer wieder in den Rückspiegel, aber niemand folgte ihnen.

Erst als er auf die Parzivalstraße kam, änderte sich das. Eine größere Straße bedeutete mehr Autos. Was einerseits gut war, weil man als Einzelfahrzeug weniger auffiel, aber andererseits schlecht, wenn Singer an die Möglichkeit von Straßensperren dachte.

Wenn Zepter tatsächlich welche aufgestellt hatte, dann hier, an den Grenzen des Viertels.

Sie fuhren an dem großen alten Gebäudekomplex vorbei, in dem sich das Klinikum Schwabing befand. Vor ihnen kam eine Kreuzung in Sicht. Eine Spur führte nach links, zur Innenstadt, tiefer nach Schwabing hinein. Die andere Spur führte nach rechts, aus dem Viertel hinaus. Gebüsch an der Ecke der Kreuzung nahm ihnen die Sicht auf das, was dahinter lag.

Die Ampel war rot. Singer reihte sich hinter einen Käfer und zwei andere wartende Autos auf der rechten Spur ein.

»Was, wenn sie hinter der Ecke auf uns warten?«, fragte Lorie. »Was, wenn sie willkürlich Fahrzeuge auf der Straße anhalten?«

»Wir werden nicht mit ihnen mitkommen«, sagte Singer.

Lorie sagte nichts. Ließ ihre Hand nur in die Manteltasche gleiten, wo Singer die Pistole des Polizisten vermutete. Sie blickte starr geradeaus.

Die Ampel sprang von Rot auf Gelb, dann auf Grün.

Singer fuhr los, langsam hinter den anderen Autos um die Ecke.

Die Straße vor ihnen führte direkt nach Norden. Sie war einspurig, und durch eine Sperrlinie von den Tramgleisen daneben abgetrennt. Es gab keine Möglichkeit, rechts abzubiegen.

Was alles andere als gut war. Besonders angesichts der Blaulichter zweihundert Meter weiter vorn.

»Oh, mein Gott«, flüsterte Lorie.

Singer hielt das Tempo. Das Polizeiauto vor ihnen kam ihn Sicht.

Es war quer über die Trambahnschienen geparkt. Zwei Polizisten in Uniform und Münze standen wartend davor.

Das erste Auto fuhr an ihnen vorbei, dann das zweite.

Dann hob einer der Polizisten ein Halteschild hoch. Der Käfer vor ihnen fuhr rechts ran.

Singer fuhr weiter. Die Polizisten kümmerten sich nicht um ihn.

Erst nach zweihundert Metern wagte er den Blick in den Rückspiegel.

Er sah, wie einer der Polizisten sich zum Fahrerfenster des Käfers hinuntergebeugt hatte. Ein Frontlicht des Käfers war ausgefallen.

Lorie stieß hörbar die Luft aus.

»Zepter lässt nur auserwählte Polizisten nach uns suchen«, sagte Singer.

Lorie nickte.

»Leuten, denen er vertrauen kann«, sagte sie leise. »Und die bereit sind, über Leichen zu gehen dafür, was auch immer er oder Elsa Meredith ihnen versprochen hat.«

»Möglich, dass er einen Großteil dieser Leute zur Kommune geschickt hat«, sagte Singer. »Was bedeutet, dass wir vor Straßensperren und Verkehrskontrollen erst einmal einigermaßen sicher sind.«

An der nächsten großen Kreuzung bog er auf die Ringstraße nach Westen ab. Sie hatte sechs Spuren, drei in jede Richtung. Unmittelbar nach der Auffahrt führte sie durch den Olympiapark.

Nichts daran war so, wie Singer es in Erinnerung hatte. Der ganze Park war eine Baustelle. Der Fernsehturm im Hintergrund stand schon, aber vom Olympiastadion existierte nicht mehr als ein grobes Fundament. Kräne, Lkws und Bagger standen weit verteilt.

Daran würde sich so schnell nichts ändern. Das Stadion würde erst drei Jahre später eröffnet werden, kurz vor den Olympischen Spielen.

München, Olympia, 1972.

In der Theorie war es möglich, die israelischen Athleten davor zu bewahren, dass sie von palästinensischen Terroristen in Geiselhaft genommen und ermordet wurden.

In der Praxis grenzte es aufgrund des Selbsterhaltungsprinzips der Zeiten an Unmöglichkeit.

Lorie holte eine Zigarettenpackung aus dem Mantel und zündete sich eine an. Rauchte die Zigarette in drei Zügen zu Ende und zündete sich die nächste an.

»Was wirst du tun?«, fragte Lorie.

»Mir einen anderen Wagen besorgen und damit nach Aubing fahren.«

»Was ist in Aubing?«

»Meine Eltern.«

Lorie hob eine Braue.

»Möchtest du ihnen Hallo sagen, oder was?«

»Elsa Meredith hat mich nicht erwischt«, sagte Singer. »Deshalb wird sie sich als Nächstes meine Eltern holen.«

»Haben deine Eltern auch die Westerzellen in sich?«

»Sehr unwahrscheinlich. Aber das weiß Elsa Meredith nicht, und nach dem, was du mir vorhin gesagt hast, bin ich mir mittlerweile ziemlich sicher, dass sie sie wahrscheinlich deshalb entführen möchte.«

»Und du wirst sie warnen?«

»Deshalb bin ich zurückgekommen. Glaub mir, ich wünschte, das wäre nicht nötig gewesen.«

Lorie setzte sich auf und starrte ihn an.

»Wenn du sagst, du bist zurückgekommen, setzt das voraus, dass du schon mal hier und zwischendurch weg gewesen bist.«

Singer nickte.

»Nach Elsa Merediths Mord an Sergeant Garcia bin ich zurück ins Jahr 2051.«

Lorie starrte ihn an, ihr Mund hatte sich leicht geöffnet.

»Und dann noch mal hierher?«

Singer nickte.

»Wie lange bist du dort geblieben?«

»Etwas mehr als acht Stunden«, sagte Singer.

»Wie kannst du dann zur selben Zeit hier angekommen sein, zu der du weg bist? Das ist nicht möglich.«

»Etwas ist schiefgelaufen.«

»Offensichtlich«, sagte Lorie. »Die Zeitstränge beider Universen liefen bisher immer parallel. Wenn es bei dir neun Uhr dreißig vormittags am 1. Juli 2051 gewesen ist, hättest du um neun Uhr dreißig vormittags am gleichen Tag 1969 ankommen sollen. Das ist erst in ein paar Stunden. Zweiundachtzig Jahre Unterschied, auf die Minute genau. Ich habe nie zuvor von Ausnahmen gehört.«

»Extreme Ausnahmesituation, extreme Maßnahmen. Es wurden noch nie zuvor zwei Tunnel so knapp hintereinander geöffnet.«

»Ziemlich viele abnormale Dinge, die hier auf einmal geschehen«, sagte Lorie und zog an ihrer Zigarette.

Sie schwiegen eine ganze Weile. Singer konzentrierte sich auf die Straße. Niemand folgte ihnen.

Die Autos auf der Straße wurden zahlreicher. Nicht lange, bis der Morgenverkehr seinen Höhepunkt erreichen würde.

»Was wirst du tun, wenn du deine Eltern triffst?«, fragte Lorie schließlich.

»Ihnen meine Geschichte so glaubhaft präsentieren, dass sie die Gefahr erkennen und für eine Zeit untertauchen.«

»Das klingt nach einer Herausforderung.«

»Das Selbsterhaltungsprinzip ist auf meiner Seite. Immerhin sind meine Eltern noch nie zuvor entführt worden, soviel ich weiß.«

»Das Selbsterhaltungsprinzip ist bisher nur auf große Ereignisse anwendbar«, sagte Lorie. »Ereignisse, die viele Menschen betreffen und mit denen daher viel Energie einhergeht. Einzelschicksale können sich ändern, das beobachten wir im Observation Squad tagtäglich.«

Und mit gesenkter Stimme fügte sie hinzu:

»Und offensichtlich schützt das Selbsterhaltungsprinzip auch nicht vor Gruppenmassakern.«

Singer sagte nichts.

»Wie lange hast du Zeit?«, fragte Lorie.

»Vierundzwanzig Stunden. Ab zwölf Uhr mittags.«

»Also morgen um zwölf Uhr mittags öffnen sie vom Institut aus einen neuen Tunnel, über den du zurückkommen wirst?«

»Hoffentlich diesmal am richtigen Ort und zur richtigen Zeit«, sagte Singer.

»Okay«, sagte Lorie und nahm einen weiteren Zug aus ihrer Zigarette.

»Du solltest zur Polizei gehen«, sagte Singer. »Nicht nach München. Irgendwo außerhalb von Zepters Einflussbereich.«

Lorie schnaubte.

»Und wir wissen sicher, dass dieser Einflussbereich nicht über die Stadtgrenzen reicht?«

Singer schwieg.

»Der Polizeipräsident der Stadt München hat gerade persönlich seine Leute dazu beordert, meine Freunde hinzurichten«, sagte Lorie. »Verzeih mir, wenn ich noch etwas misstrauisch bin und unter keinen Umständen auch nur in die Nähe eines Polizeireviers gehen werde.«

»Dann solltest du ein paar Tage untertauchen.«

Als sie ihn anblickte, sah Singer den Schmerz in ihren Augen. Und die Entschlossenheit.

»Ich werde mich nicht einfach so verstecken.«

»Was willst du dann?«

»Rache«, sagte sie leise. »Ich will, dass diese Menschen dafür bezahlen, was sie getan haben. Meredith und Zepter und seine Bullen. Ich werde mich nicht zurückziehen. Ich werde bei dir bleiben und kämpfen.«

»Du hast gesehen, wozu sie fähig sind«, sagte Singer.

»Und du hast erst einen Vorgeschmack darauf bekommen, wozu ich fähig bin«, entgegnete Lorie. »Ich komme mit dir.«

# 20

Sie saßen im Auto am Rande eines Parks, keine zehn Minuten von dem Haus entfernt, in dem Singers Eltern lebten.

Es war neun Uhr. Die Zeit, zu der Singer eigentlich hätte ankommen sollen. Noch mindestens drei Stunden, bis Hanna und Franz von ihrem Hüttenwochenende zurückkommen würden.

In der Bäckerei auf der anderen Straßenseite hatten sie Kaffee gekauft, den es schon damals in Bechern gab. Stark, aber nicht so gut wie Lories.

Lorie war auf ihrem Sitz eingenickt.

Singer dachte an Garcia und sah die Kommunenleute vor sich. Die zerschossenen, blutenden Körper. Bom, wie er aus dem Rollstuhl geschleudert wurde. Dieter, wie er auf Jona zu und in seinen Tod rannte.

Im Europa der 2050er-Jahre war es wahrscheinlicher, im Lotto zu gewinnen, als an eine illegale Schusswaffe zu gelangen. Durch die allumfassende Auslesung und Analyse von Daten war alles kontrolliert und sicher. Selbst in den Vorstädten stieg die Aufklärungsrate von Gewaltverbrechen mit jedem Jahr.

Singer lebte in einem Paradies, wenn er es mit dieser Zeit verglich.

Er nahm einen Schluck Kaffee und wartete.

Lorie schlief weiter, noch eine gute Stunde.

Irgendwann fuhr sie in ihrem Sitz hoch. Schweißperlen standen auf ihrer Stirn, und ihr Atem ging schwer.

Als sie Singer sah, lehnte sie sich wieder in ihrem Sitz zurück und blickte auf die Uhr.

»Ich habe geschlafen«, sagte sie. Sie zog eine Zigarette aus dem Päckchen und zündete sie an.

Für eine ganze Weile sprachen sie nicht. Der Zigarettenrauch brannte Singer auf den Schleimhäuten, aber er sagte nichts. Es war nicht sein Auto.

Lorie blickte aus dem Fenster und sagte dann:

»Wenn es dir gelingt, deine Eltern zu überreden, dass sie nicht zu ihrem Haus zurückgehen – wo sollen sie dann unterkommen?«

»Es wird sich wohl ein Hotel finden, das beim Check-in keinen Ausweis verlangt.« Singer zuckte mit den Schultern. »Vielleicht können sie auch zu der Hütte ihres Freunds zurückfahren.«

»Für wie lange, ist die Frage«, sagte Lorie.

»So lange, bis Elsa Meredith und Nathan Zepter verhaftet sind.«

»Das kann dauern.«

Singer dachte an Garcia. Er dachte an die Leichen in der Kommune und an Zepters Lachen.

»Ich werde eine Lösung finden. Nachdem ich meine Eltern in Sicherheit gebracht habe.«

Lorie zog von ihrer Zigarette.

»Vierundzwanzig Stunden ist nicht viel Zeit«, sagte sie.

Singer schwieg.

»Wie heißen sie?«, fragte Lorie. »Deine Eltern.«

»Hanna«, sagte Singer, und der Name klang für ihn wie ein fremdes Wort. »Hanna und Franz.«

Lorie sagte: »Denkst du, dass die beiden den Ratschlag eines vermeintlich Fremden wirklich annehmen und einfach so untertauchen werden?«

Singer erinnerte sich an die Diskussionen mit seinem Vater, die meistens in Streit ausgeartet waren. Er sah seine Mutter kurz vor ihrem Tod vor sich, zusammengesunken auf der Couch sitzend, mit gebrochenem Blick, der daran erinnerte, wie sehr sie sich von der Welt abgekapselt hatte.

»Ich kann nicht mehr tun, als es zu versuchen«, sagte er.

Lorie nickte, schnippte ihre Zigarette aus dem Fenster, öffnete die Tür und stieg aus.

»Ich muss telefonieren«, sagte sie. »Ich bin gleich wieder da.«

Singer beobachtete, wie sie zur Bäckerei ging. Sie wartete eine Weile, bis die Verkäuferin hinter den Vitrinen erschien. Zusammen verschwanden sie in einer Tür hinter der Theke.

Zehn volle Minuten verstrichen, ehe Lorie zurück zum Auto kam.

»Ich habe eine mögliche Lösung für die Unterbringung deiner Eltern«, sagte sie, nachdem sie eingestiegen war.

Singer lehnte sich zurück und verschränkte die Arme.

Lorie blickte ihn an.

»Franz ist Polizist«, begann sie. »Was auch eine durchaus positive Seite hat. Er kann sich und Hanna selbst schützen.«

Singer nickte.

»Wenn man ihm die ganze Angelegenheit so erklärt, dass er sie versteht und dementsprechend handeln kann.«

Singer nickte.

»Die Wahrheit muss so verpackt werden, dass sie die beiden nicht überfordert«, sagte er.

»Korrekt«, antwortete Lorie. »Was bedeutet, wir brauchen eine Story, die glaubhaft ist. Und selbst dann wird es Zeit brauchen. Menschen sind Gewohnheitstiere, die Einschnitte in ihrem Leben gern vermeiden. Ich rechne mit ein oder zwei, vielleicht sogar drei Tagen, die es brauchen wird, um deine Eltern zu überzeugen.«

»Ich habe nicht mehr als vierundzwanzig Stunden«, sagte Singer.

»Brauchst du in meinem Szenario auch nicht«, sagte Lorie ruhig. »Der IARIA Observation Squad hat mehrere Standorte, an denen die Informationen aus einer bestimmten Region gesammelt werden. Die Hauptaußenstelle für Mitteleuropa befindet sich im süddeutschen Raum. Nicht weit von hier.«

Sie machte eine Kunstpause, in der sie sich eine weitere Zigarette ansteckte.

»Am Starnberger See, um genau zu sein.«

Sie machte eine weitere Pause und sagte dann:

»Du weißt, dass ich als externe Beraterin gleich zu Beginn die Sicherheitskräfte des IARIA mit aufgestellt habe«, sagte Lorie.

Singer nickte.

»Dann weißt du auch, wer damals General der Sicherheitskräfte war.«

Natürlich wusste Singer das. Jeder, der im Institut arbeitete und schon mal in der Kantine gegessen hatte, wusste das. Ihr Gemälde hing in achtfacher Lebensgröße neben den Gemälden der Gründungsleute des Instituts. Auch Professor Murakamis Porträt hing dort.

»Generalin Vera Waagen«, sagte Singer.

»Exakt«, sagte Lorie. »Ich arbeitete für sie – und daran hat sich bis heute nichts geändert.«

»Sie wurde auch insertiert?«

»Bereits ein Jahr vor mir«, sagte Lorie, »Und zwar zusammen mit ihrem Mann, Erol Akar. Sämtliche OS-Agenten in Mitteleuropa unterstehen ihnen.«

Auch der Name des Mannes war Singer nicht unbekannt. Nachdem das Institut in den Dreißigerjahren eröffnet worden war, hatte Erol Akar als Physiker ein paar Jahre für Professor Murakami gearbeitet.

»Und deren Büro befindet sich am Starnberger See.«

Lorie nickte.

»Ich habe gerade mit ihnen telefoniert und ihnen die ganze Angelegenheit geschildert. Sie haben sich bereit erklärt, Hanna und Franz Unterschlupf zu gewähren. Das Haus ist gesichert, und es gibt genügend Platz für Gäste. Unwahrscheinlich, dass Elsa Meredith es jemals findet. Nur ganz wenige Personen in der IARIA-Führungsetage wissen überhaupt von dem Observation Squad.«

Singer nickte.

»Die beiden haben Leute, die in dem Haus für sie arbeiten. Für die kritischen nächsten Tage wären deine Eltern gut aufgehoben.«

»Klingt gut«, sagte Singer.

»Außerdem verfügen Vera und Akar über ein weitgespanntes Netz an Kontakten«, sagte Lorie. »Sie werden Untersuchungen gegen Zepter und Meredith in die Wege leiten, und ich werde sie dabei unterstützen. Besser, als dass du dich in deiner verbleibenden Zeit hier in zusätzliche Gefahr begibst. Du bist immer noch Elsa Merediths Ziel Nummer eins. Und du bist schon genug Risiken eingegangen.«

Singer nickte erneut.

»Danke für deine Hilfe«, sagte er.

# 21

Das Haus von Singers Eltern lag in einer ruhigen Seitenstraße. Offiziell gehörte Aubing noch zu München, aber die Umgebung sah alles andere als städtisch aus. Frei stehende Häuser mit Gärten überall. Nicht heruntergekommen, aber auch keine Villen. Einige hübsche Bauernhäuser, andere weniger hübsche Nachkriegsbauten dazwischen. Es gab angrenzende Felder und Wälder und Kuhdunggeruch in der Luft.

Sie fuhren über die Hauptstraße. Sie hatten wieder die Plätze getauscht, Lorie saß hinterm Steuer. Sie trug eine Aviator-Sonnenbrille aus dem Handschuhfach und hatte ihren Mantel trotz der Hitze nicht ausgezogen.

Ein Traktor tuckerte mit 30 km/h vor ihnen dahin.

Die Straße mit dem Elternhaus zweigte von der Hauptstraße ab. Lorie fuhr daran vorbei, ohne stehen zu bleiben.

Singer hatte gut zwei Sekunden Zeit, um einen Blick hineinzuwerfen. Es sah anders aus als in seiner Kindheit – anders und doch wieder gleich.

Derselbe schmale Bürgersteig. Dieselben Laternenmasten und dieselben Häuser auf beiden Seiten. Die Zäune fehlten an einigen Grundstücken, und alles in allem standen weniger Bäume und Sträucher darauf. Auch der Vorgarten seines Elternhauses war deutlich weniger grün als in seiner Erinnerung. Die Straße war breit genug für zwei Spuren, und in Singers Kindheit hatten die Autos der Anrainer nur auf einer Seite geparkt. Oder auf dem Stellplatz am eigenen Grundstück. Abends nach der Arbeit.

An einem Dienstagmittag wäre niemand zu Hause gewesen.

Vielleicht waren die Gepflogenheiten 1969 noch anders. Vielleicht kamen die Menschen von der Arbeit nach Hause, um Mittag zu essen. Einige davon, deren Arbeitsplatz nahe genug zu ihrem Wohnort lag.

Andere Zeiten, andere Sitten. Doch wenn Singer an »einige« dachte, dachte er an ein Drittel. Die Hälfte, wenn er großzügig rechnete.

Aber die Plätze an der Straße waren nicht zu einem Drittel belegt. Auch nicht zur Hälfte.

Die Straße war vollgeparkt. Die Autos reihten sich dicht an dicht aneinander.

Einige davon erkannte Singer wieder. Einen blauen Citroën, einen weißen Ford. Den schwarzen Jaguar E-Type.

Gegenüber von Singers Elternhaus parkten zwei Polizeiautos hintereinander. Mit zwei Rädern standen die Wagen halb auf dem Bürgersteig. Zwei uniformierte Polizisten davor. Braune Hosen, schwarze Lederjacke mit Krawatte und gelbem Hemd darunter. Weiße Polizeimütze.

In beiden Wagen saß ein weiterer Polizist.

Sie warteten, wie Elsa Merediths Leute in den anderen Wagen.

»Nicht gut«, sagte Singer, als sie an der Straße vorbei waren.

»Ich konnte nicht viel mehr als das Polizeiauto erkennen«, sagte Lorie.

»Ich habe zehn Autos gezählt«, sagte Singer. »Die meisten davon Zivilfahrzeuge. Sie könnten zu dreißigst sein, vielleicht sogar noch deutlich mehr.«

»Und deine Eltern sind noch nicht da«, sagte Lorie. »Sonst würden sie nicht alle vor dem Haus warten.«

»Sie werden bald zurück sein«, sagte Singer. Seine Uhr zeigte Viertel vor zwölf.

»Eine direkte Konfrontation mit so vielen Leuten wäre Selbstmord«, sagte Lorie. Sie fuhr die Hauptstraße weiter, die nach der nächsten Kurve zum dörflichen Hauptplatz führte. Aubing war der westlichste Bezirk Münchens. Die Straße führte weiter hinaus aus der Stadt, ins nächste Dorf und dann ins übernächste. Eine Straße ins Nirgendwo.

»Wende dort vorn«, sagte Singer.

Lorie blinkte, machte einen U-Turn und fuhr die Straße zurück.

»Franz und Hanna werden von der Autobahn kommen«, sagte Singer. »Nicht aus der Richtung, in die wir gerade gefahren sind, sondern aus der anderen.«

Sie passierten wieder die Abzweigung zu Singers Wohnhaus. Einer der Polizisten hatte seine Mütze abgenommen, der andere zündete sich eine Zigarette an. Sonst hatte sich nicht viel an der Szene verändert.

Lorie fuhr noch etwas weiter, um eine Kurve, wo sie von der Anliegerstraße aus nicht mehr zu sehen waren. Singer forderte Lorie erneut zum Wenden auf. Die Straße war breit genug, dass Lorie den Wagen in einer einzigen Halbkreiskurve auf die Gegenspur bringen konnte.

Hier stand auch das verlassene Haus, von dem Murakami gesprochen hatte. Zweistöckig, mit bröckelndem Putz und verwildertem Garten.

Das Haus, in das Murakami in vierundzwanzig Stunden den Zeittunnel legen würde. Das Haus, in dem Singer eigentlich hätte landen sollen.

Gegenüber dem Haus befand sich eine große Parklücke.

»Stellen wir uns dort vorn hin«, sagte Singer.

Wieder folgte Lorie der Aufforderung. An beiden Seiten der Straße standen Eichen, die Schatten warfen. Von dem Parkplatz aus hatten sie die von der Autobahn kommenden Autos im Blick.

»Lass den Motor laufen«, sagte Singer.

»Was ist der Plan?«, fragte Lorie.

»Wir werden Franz und Hanna hier abfangen«, sagte Singer. »Bevor sie um die Kurve fahren und dann in ihre Wohnstraße einbiegen.«

»Nach welchem Auto halten wir Ausschau?«

Singer musste nicht lange nachdenken. Sein Vater hatte oft genug von dem Wagen gesprochen, den er damals gefahren hatte.

»Ein orangefarbener Opel.«

Lorie richtete ihren Blick auf die Straße.

Das Geräusch eines näher kommenden Autos hinter ihnen wurde lauter. Es war ein Benzinmotor, V6. Sein Vater war sein Leben lang Diesel gefahren.

Ein roter Passat rauschte an ihnen vorbei und verschwand hinter der Kurve aus ihrem Blickfeld.

»Was ist zwischen euch passiert?«, fragte Lorie.

»Wovon sprichst du?«

»Ich kann Leute gut lesen«, sagte Lorie. »Ich bin mir ziemlich sicher, dass du und deine Eltern nicht das beste Verhältnis hattet.«

»Woher willst du das wissen?«

Lorie zuckte mit den Schultern.

»Habe ich denn recht?«

Singer blickte auf die Straße hinaus, ohne etwas zu sagen.

»Ich bin die, die am wenigsten urteilt«, sagte Lorie. »Als ich in meinem ersten Leben, wenn wir es so nennen wollen, aus meinem Kaff weg bin, habe ich den Kontakt zu meinen Eltern komplett abgebrochen.«

»Warum das?«

»Weil es sich gut angefühlt hat. Ich war sechzehn und wollte was von der Welt sehen, und meine Eltern waren entsetzliche Spießer, die mich nicht mal nach Birmingham gehen lassen wollten.«

»Wie haben sie reagiert?«

»Ich weiß es nicht«, sagte Lorie. »Ich habe sie nie wiedergesehen.«

Jetzt war sie diejenige, die aus dem Fenster blickte.

»Ich habe es ein Jahr später beim Telefonat mit einer Freundin erfahren. Meine Eltern waren in einen Autounfall verwickelt. Frontalzusammenstoß mit einem Lkw. Beide tot, von einer Sekunde auf die andere.«

Sie atmete tief ein und aus und sah Singer an.

»Und erst da ist mir bewusst geworden, wie gern ich mich mit ihnen ausgesprochen hätte. Auch wenn es wahrscheinlich nichts geändert hätte, ich würde alles dafür geben. Einfach, um abzuschließen. Sie konnten nichts dafür, dass sie so waren, wie sie waren. Sie haben leider zum Zeitpunkt meiner Insertion nicht mehr gelebt.«

Lorie wischte sich eine Träne von der Wange, sie sah Singer an und lächelte.

»Eigenartiger Tag heute. Ich habe seit Jahrzehnten nicht mehr wegen meiner Eltern geweint.«

Ein tiefes brummendes Dieselmotorengeräusch erklang von hinten. Im nächsten Augenblick fuhr ein blauer Bus des städtischen Nahverkehrs an ihnen vorbei und verschwand in Richtung Bundesstraße. Dann wurde es wieder still.

»Also, was ist deine Geschichte?«, fragte Lorie.

Der Rauch ihrer Zigarette zog aus dem Fenster und wurde von einer leichten Brise Wind zur Seite getragen. Seitdem sie zusammen in dem Auto waren, hatte Lorie eine knappe Schachtel geraucht.

»Meine Mutter ist sehr krank geworden, als ich zehn war«, sagte Singer. »Und mein Vater war nicht länger für sie da.«

Lorie blickte ihn abwartend an, ohne etwas zu sagen.

»Sie hat ihren Lebenswillen verloren. Ich habe getan, was ich konnte, aber es hat alles nichts genutzt. Sie hat sich immer mehr zurückgezogen, und ich konnte nichts daran ändern. Ein halbes Jahr später ist sie gestorben.«

»Und du hast dir die Schuld an ihrem Tod gegeben?«

»Lange«, sagte Singer und zuckte mit den Schultern. »Aber irgendwann konnte ich mit der ganzen Sache abschließen.«

»Und nach dem Tod deiner Mutter bist du bei deinem Vater aufgewachsen?«

»Ja.«

»Und deinem Vater ist es nicht gelungen, deine Meinung zu ändern?«

Singer schnaubte.

»Als ob er es versucht hätte«, sagte er. »Ich war für ihn ein Störenfried. Das Überbleibsel einer vergangenen Lebensgemeinschaft. Ich glaube nicht, dass er für meine Mutter oder auch für mich jemals wirklich etwas empfunden hat.«

Er hörte die Bitterkeit in seiner Stimme.

Das Dröhnen eines entgegenkommenden Lkws wurde lauter, erreichte seinen Höhepunkt, als der Wagen auf gleicher Höhe war, und wurde wieder leiser.

»Aber trotz allem bist du hier«, sagte Lorie.

Sie wollte noch etwas sagen, als erneut ein Automotor zu hören war.

V4, Diesel.

Singer stieg aus und schloss die Tür hinter sich. Wartete, bis das Auto in Sichtweite kam.

Ein orangefarbener Opel Kadett.

Der Wagen fuhr in gemächlichem Tempo, langsamer als die erlaubte Höchstgeschwindigkeit. Vielleicht 40 km/h.

Die Sonne brannte zwischen den Bäumen auf die Straße. Der Asphalt war trocken. Bei Vollbremsung schätzte Singer den Bremsweg auf etwa drei Meter.

Er wartete, bis der Wagen nur noch sechs Meter von seinem Standort entfernt war, ehe er einen großen Schritt auf die Straße hinaus machte und sich mitten in die Spur stellte.

# 22

Der Opel legte eine Vollbremsung hin und kam nach drei Metern zum Stehen. Singer hob die Hand. Winkte, um nicht bedrohlich zu wirken.

Ging auf das Auto zu, um die Motorhaube herum. An die Fahrerseite, wo das Fenster gerade heruntergekurbelt wurde. Ein herbes Männerparfüm schlug ihm entgegen. Zedernholz und Bergamotte.

Er kannte den Duft nur zu gut.

Den Mann aber, der am Steuer saß, erkannte er nicht. Nicht gleich,.jedenfalls.

Vielleicht lag es an dem Hut, den er trug. Vielleicht an der aufrechten Haltung und dem erhobenen Kopf.

Vielleicht an der Tatsache, dass er auf den ersten Blick nichts mit dem gebrochenen alten Mann aus Singers Erinnerung gemeinsam hatte.

Aber da waren die stechend blauen, einschüchternden Augen und die roten Flecken auf den Wangen. Und seine Lederhosen. Singer erkannte sie sofort.

Der junge Mann im Wagen starrte Singer mit einer Mischung aus Skepsis und Ärgernis an.

»Wenn Sie da mitten auf der Straße herumlaufen, wird Sie schnell einer überfahren.«

Der tiefe bayerische Akzent war weit ausgeprägter als in späteren Jahren, auch wenn er sich schon damals bemühte, Hochdeutsch zu sprechen. Die Stimme hatte weniger Bass, klang aber genauso rauchig, wie Singer sie noch im Ohr hatte.

Es war dreißig Jahre her, seit er sie das letzte Mal gehört hatte.

Singers Kehle fühlte sich mit einem Mal sehr trocken an.

»Polizeiobermeister Franz Singer?«

Die Skepsis im Blick seines jungen Vaters wurde größer. Er hielt das Lenkrad mit beiden Händen so fest, dass seine Knöchel weiß hervortraten.

»Der bin ich«, sagte Franz, ohne den Blick von Singer zu wenden. »Wer will das wissen?«

Zum ersten Mal wagte Singer, den Blick auf die Beifahrerseite zu richten.

Ihr Anblick traf ihn wie eine Keule.

Ihr Haar war blond, schulterlang und mit gewellten Spitzen. Sie trug ein schlichtes weißes Sommerkleid, kein Make-up. Die eckige Brille, die sie immer getragen hatte, ließ ihre Augen runder und größer wirken. Ihr Gesicht hatte eine gesunde Farbe, und die Sommersprossen auf Nasenrücken und Wangen waren zahlreicher und standen dichter als in Singers Erinnerung. Ihr Ausdruck war offen und unbeschwert.

Sie blickte ihn neugierig an. Lächelte.

Singer vergaß nur sehr wenige Dinge. Die Schönheit des Lächelns seiner Mutter war eines davon gewesen.

Er räusperte sich. Zwang sich zu schlucken.

»Und Frau Hanna Singer?«

Hanna nickte, lächelte immer noch, obwohl ihr Blick Verwunderung zeigte.

»Mein Name ist ... David«, sagte Singer und blickte Franz direkt in die Augen. Legte allen Fokus darauf, so wie er es bei den Briefings seiner Teams immer machte. Der nächste Augenblick war entscheidend.

»Ich bin vom Bundesnachrichtendienst«, sagte er und holte seinen 3D-gedruckten Ausweis aus dem Institut hervor.

Franz Augen wurden groß, als er den Ausweis sah. Überraschung trat in seinen Blick, die aber schon im nächsten Augenblick wieder von Skepsis verdrängt wurde.

»Was wollen Sie von uns?«, fragte Franz.

»Sie beide warnen«, sagte Singer. »Deshalb bin ich hier.«

Er beugte sich etwas weiter hinab. Automatisch wich Franz die gleiche Entfernung zurück. Der Dieselmotor tuckerte dahin.

»Gehen Sie nicht nach Hause«, sagte Singer.

Franz sah ihn an, als wäre er vom Mars.

»Sie befinden sich in unmittelbarer Gefahr«, sagte Singer schnell, um den Fuß in die Tür zu bekommen. »Vor Ihrem Haus warten in diesen Augenblicken Angehörige einer von uns als terroristisch eingestufte Bande. Wir kennen die Motive nicht. Wir wissen nicht, warum von allen Bundesbürgern genau Sie von denen ausgewählt wurden. Wahrscheinlich hat es etwas mit Ihrem Beruf als Polizist zu tun, Herr Singer. Möglich, dass Sie etwas gesehen haben, was Sie nicht hätten sehen sollen. Möglich, dass diese Leute das auch nur glauben. Wir wissen es zu diesem Zeitpunkt einfach noch nicht. Was wir aber kennen, ist der Plan der Bande. Sie beide sollen entführt werden, Sie und Ihre Frau.«

Franz starrte ihn an, und für einen Moment verlor er die Fassung. Sein undurchdringlicher Blick weichte auf. Die Autorität darin wurde von plötzlich aufsteigender Panik verdrängt.

»Palästinenser?«, fragte er tonlos. Singer wusste, dass er sehr vorsichtig sein musste.

»Nach unserem Ermittlungsstand ist die Bande höchstwahrscheinlich regionalen Ursprungs«, sagte er. »Eine Bande, deren Einfluss um vieles größer ist als bisher gedacht. In ihren Reihen dienen korrupte Polizisten, die in die Sache involviert sind. Deshalb treten wir auch direkt und ohne Umwege auf Sie zu. Wir wissen nicht länger, wem wir trauen können.«

Der Ausdruck in Franz' Gesicht wurde hart.

Singer wusste seine Antwort, bevor er sie ausgesprochen hatte. Er kannte seinen Vater zu gut. Wusste, was das kaum merkliche Kopfschütteln und die hochgezogenen, zusammengepressten Lippen bedeuteten.

Ein Auto überholte Franz' Wagen und hupte dabei.

»Diese Bande soll jetzt, in diesen Augenblicken, in meiner Wohnstraße auf uns warten?«, fragte Franz.

»Vor Ihrem Haus«, sagte Singer. »Zwei Wagen davon von der Polizei.«

»Das sollen deutsche Terroristen sein?«

»Ja.«

»Und diese Terroristen tragen Polizeiuniform und fahren Wagen der deutschen Polizei?«

Singer nickte.

»Sie würden Ihnen wahrscheinlich sogar einen Dienstausweis vorzeigen können, aber das ändert nichts an der Sachlage.«

Als Franz auflachte, wusste Singer, dass er verloren hatte.

»Ich habe schon viel in meinem beruflichen Leben gehört«, sagte Franz. »Aber nie, dass es Terroristen bis in unsere Reihen geschafft hätten.«

Die Reaktion ergab Sinn. Natürlich tat sie das. Noch assoziierte man das Wort »Terror« mehr mit arabischen Terroristen als mit deutschen, was sich erst durch die Anschläge der Roten Armee Fraktion in einigen Jahren ändern sollte.

»Fällt Ihnen ein Grund ein, warum zwei Polizeiwagen vor Ihrem Haus warten sollten?«, fragte Singer.

Franz zuckte mit den Schultern.

»Vielleicht hat es mit meinem Dienst zu tun«, sagte er. »Vielleicht warten sie auf mich, weil etwas vorgefallen ist. Sie müssen mich jetzt entschuldigen. Ich muss sehen, was es mit der Sache auf sich hat.«

In einem letzten Versuch fing Singer Hannas Blick auf. Sie hatte die Stirn in Falten gelegt. Schüttelte leicht den Kopf, immer und immer wieder. Sie sah ihn an, als würde sie versuchen, ihm zu glauben, konnte es aber noch nicht.

»Wenn Sie da vorn in Ihre Straße einbiegen, werden Sie keine Chance mehr haben, zu entkommen«, sagte Singer. »Diese Leute wissen alles. Sie wissen sogar, dass Sie Ihren ersten Hochzeitstag auf der Hütte in den Bergen verbracht haben.«

Die Lüge wirkte.

Hannas Mund öffnete sich leicht. Fassungslos blickte sie von Singer zu Franz.

»Was sagen Sie da?«

»Mit wem haben Sie darüber gesprochen?«, fragte Singer und sah Franz an. »Mit Ihren Kollegen auf dem Revier?«

»Unter anderem auch …«

»Sonst niemandem?«

Franz schüttelte den Kopf. Singer sah Hanna an.

»Ich habe es niemandem erzählt«, sagte sie leise. »Ich hatte schon am Freitag vor, mich heute krankzumelden.«

»Ich weiß davon, weil wir besagte Bande observieren«, sagte Singer. »Wir hören ihre Gespräche ab. Die wussten, dass Sie dieses Wochenende auf Kurzurlaub fahren. Die wussten, dass Sie erst heute wiederkommen. Und fragen Sie sich selbst: Woher sollen die Terroristen so etwas wissen, wenn Sie sonst mit niemandem darüber gesprochen haben?«

Franz schwieg.

»Das ist der Beweis«, sagte Singer. »Auch in Ihrem Revier gibt es korrupte Leute, die mit den Terroristen gemeinsame Sache machen. Dass niemand gewusst hat, wo genau sich die Hütte befindet, hat Ihnen das Leben gerettet.«

Franz schwieg.

»Trotzdem sind wir noch weit davon entfernt, alle Bandenmitglieder identifizieren zu können«, sagte Singer. »Wir wissen nur, dass diesen Ihr Aufenthaltsort der letzten Tage unbekannt war.«

Franz blickte vor sich aus dem Fenster. Seine Hände drehten sich um das Lenkrad, seine Kiefer mahlten.

Hanna lehnte sich vor. Blickte Singer direkt in die Augen.

»Was sollen wir Ihrer Meinung nach tun?«, fragte sie.

Bevor Singer antworten konnte, sagte Franz:

»Selbst wenn nur ein kleiner Teil Ihrer Geschichte wahr sein sollte – was ich bezweifle, um ehrlich zu sein –, sehe ich keine andere Option, als mir von der Lage vor meinem Haus selbst ein Bild zu machen. Wir sind ehrliche Leute und haben uns nie etwas zuschulden kommen lassen. Egal, welche angeblichen Terroristen davor auf uns warten, ich lasse mich von niemandem einschüchtern.«

Singer blieb ruhig, so gut er konnte.

»Fahren Sie zurück auf die Hütte«, sagte er. »Bleiben Sie einige Tage, bis sich die ganze Situation hier beruhigt hat. Ich verspreche Ihnen, dass wir uns darum kümmern werden, aber ich rate Ihnen dringend: Fahren Sie nicht nach Hause.«

»Ich bin Polizist, Herr David oder wie auch immer Sie heißen mögen«, sagte Franz. »Ich mag den Gedanken nicht, dass mir oder meiner Frau jemand auflauert. Schon gar nicht in unserer eigenen Wohnstraße. Das kann ich nicht dulden. Wenn etwas auffällig erscheint, werde ich mir die Kennzeichen notieren und diese mit meiner Dienststelle abgleichen. Und jetzt, bitte entschuldigen Sie mich.« Franz legte den Gang ein und löste die Handbremse.

»Die wissen, welches Auto Sie fahren«, sagte Singer. »Wenn Sie in die Straße einbiegen, war es das. Es geht nicht nur um Sie, Herr Singer. Sie bringen auch Ihre Frau in große Gefahr.«

Franz sah ihn an.

»Treten Sie von meinem Wagen weg«, sagte er. »Ich werde Sie nicht noch mal so freundlich auffordern.«

Singer ließ seinen Blick von Franz zu Hanna wandern, die ihn offen ansah. Sie sagte nichts.

Singer richtete sich auf.

»Ich kann Sie nicht aufhalten«, sagte er. Dann machte er einen Schritt zurück.

Franz fuhr los.

Ein ganzes Stück, ohne dabei Singer aus den Augen zu lassen, und gab dann Gas. Fuhr nach vorn, um die Kurve, und verschwand aus Singers Blickfeld.

Singer lief zum Wagen. Lorie hatte die Tür bereits geöffnet.

»Fahr noch etwas vor«, sagte Singer zu ihr. »Warte dort in sicherem Abstand zur Einfahrt.«

Dann schlug er die Tür zu und rannte weiter. Um die Kurve, zur Abzweigung auf die Wohnstraße, wo er sich gegen die Häuserwand presste. Er zog seine Pistole und spähte um die Ecke.

# 23

Franz' Auto rollte in Schrittgeschwindigkeit vor. Die Polizisten, die an ihre Wagen gelehnt standen, blickten auf. Verharrten kurz, bevor sie ihre Zigaretten wegwarfen und sich aufrichteten.

Zeitgleich öffneten sich die Türen von drei der am anderen Straßenrand geparkten Wagen. Leute stiegen aus. Drei von ihnen aus einem Fiat, der in Singers unmittelbarer Nähe am Ende der Straße stand. Die Männer trugen Lederjacken und schwere Stiefel, die Frau ein Blumenkleid und Handtasche. Sie taten so, als würden sie sich für Franz' vorbeifahrendes Auto nicht interessieren. Die Frau ging über die Straße und blickte in Singers Richtung, ohne ihn zu sehen. Sie stellte sich an einen der Grundstückszäune und öffnete die Schnalle ihrer Tasche. Ließ ihre Hand hineingleiten und beließ sie dort. Die Männer bezogen auf der anderen Straßenseite Stellung.

Die Gruppe hatte Franz Auto eingekesselt.

Einer der Polizisten stellte sich mitten auf die Straße. Franz hielt seinen Wagen vor ihm an. Der zweite Polizist trat an das heruntergekurbelte Seitenfenster. Er zog dabei seinen Dienstausweis hervor und hielt ihn vor Franz' Gesicht. Sie waren zu weit weg, als dass Singer hören konnte, was sie sprachen. Der Polizist machte eine Handbewegung, die signalisierte, dass Franz aus dem Auto aussteigen sollte.

Franz stieg nicht aus.

Der Polizist schüttelte den Kopf, machte die Handbewegung erneut. Er wirkte ungeduldiger diesmal. Sein dritter Kollege stellte sich hinter ihn.

Franz stieg nicht aus.

Der Polizist am Fenster richtete sich auf.

Dann geschah alles sehr schnell.

Der Polizist zog seine Pistole und hielt sie auf Franz gerichtet.

»Aussteigen, habe ich gesagt!«, schrie er diesmal so laut, dass es bis zu Singer drang. Auch die anderen Polizisten hatten ihre Pistolen gezogen. Der vierte kam um die Motorhaube herum, auf Hannas Seite zu.

Singer war in einer Zwickmühle.

Das Feuer zu eröffnen würde bedeuten, das Leben seiner Eltern zu riskieren. Das Blech des Opels war dünn, die Scheiben zerbrechlich. Die Polizisten trugen Neun-Millimeter-Pistolen, deren

Kugeln so problemlos in den Opel eindringen konnten wie in heißes Wachs.

Es blieb ihm eine einzige Möglichkeit: auf sich aufmerksam zu machen und so zu versuchen, die Feinde von seinen Eltern wegzulocken.

Er entsicherte seine Pistole. Hoffte, dass ein Schuss in die Luft ausreichen würde.

Aber plötzlich begannen die Reifen von Franz' Opel zu quietschen, und der Motor heulte auf.

Franz musste den Rückwärtsgang schon zuvor eingelegt haben, denn mit einem Mal schoss das Auto mit dem Heck voran die Straße zurück.

Die Polizisten schrien.

Der Mann, der gerade noch am Autofenster gestanden hatte, hob seine Pistole und schoss. Er hielt die Waffe gesenkt, zielte auf Reifen und Motorhaube.

Die anderen Polizisten taten es ihm nach. Franz war schon ein ganzes Stück weit vorgefahren.

An der Straßenecke riss die Frau im Blumenkleid ihre Pistole aus der Tasche und zielte auf Wagen.

Singer feuerte. Die Kugel riss ein Loch in ihren Schenkel, die Frau schrie und stürzte zu Boden.

Die Männer in Lederjacken fuhren herum und rissen gleichzeitig ihre Waffen aus den Schulterholstern.

Eröffneten das Feuer in Singers Richtung.

Singer ging in Deckung und schoss zurück.

Die Männer versteckten sich hinter dem nächsten Auto. Hinter dem Motor, dem einzigen Bauteil des Wagens, der Kugeln abfangen konnte. Der Opel raste an ihnen vorbei, hinaus auf die Hauptstraße.

Franz legte den Vorwärtsgang ein, drückte das Gaspedal durch und schoss vorwärts, die Hauptstraße entlang. Nicht in Richtung Autobahn, sondern in Richtung Einöde.

Was keine gute Idee war.

Singer sah noch, wie sich die Wagen in der Straße gleichzeitig in Bewegung setzten, und rannte los. Die Polizeisirenen heulten auf.

Der Motor von Lories Alfa lief. Singer riss die Tür auf und sprang hinein.

Lorie stieg aufs Gas und hängte sich an den Opel. Direkt hinter ihnen kamen die Wagen aus der Straße, allen voran die Polizeiautos.

Nach wenigen Metern machte die Hauptstraße eine scharfe Linkskurve. Franz vor ihnen nahm sie, ohne abzubremsen, wodurch sein Auto um ein Haar in den nächsten Zaun geschlittert wäre. Lorie schlug früh genug ein.

Hinter ihnen eröffneten sie das Feuer.

Kugeln schlugen in das Heck ein. Die Scheibe sprang. Es regnete Glasscherben auf die Rückbank.

»Wir hätten etwas von dem Dynamit behalten sollen!«, schrie Lorie.

Franz' Opel vor ihnen hatte Schwierigkeiten damit, die Spur zu halten, und fuhr Zickzack. Mindestens einer der Vorderreifen war platt.

»Er muss die Abzweigung dort vorn nehmen«, sagte Singer. »Er muss weg von der Hauptstraße.«

Der Alfa-Motor stieß ein tiefes Dröhnen aus, als Lorie den Wagen weiter beschleunigte. Sie wurden in ihren Sitzen nach hinten gedrückt.

Lorie zog vor und überholte den Opel auf der Gegenfahrbahn. Sie ordnete sich vor ihm ein, fuhr einige Meter und drosselte dann, kurz vor der Abzweigung auf der anderen Straßenseite, die Geschwindigkeit.

Franz tat, was er tun musste. Er riss das Steuer seines Wagens nach links. Fuhr einmal über die Gegenfahrbahn direkt in die abzweigende Straße hinein.

Lorie riss das Steuer herum, drückte aufs Gas und folgte ihm, die Polizeiautos und die Wagenkolonne der Feinde dicht hinter ihnen.

Die Verfolger schossen zum Glück nicht sonderlich gezielt. Lorie duckte sich, so gut es ging, in ihren Sitz. Singer feuerte durch die zersplitterte Heckscheibe zurück, wodurch die anderen Wagen etwas mehr Abstand hielten. Nach sechs Schüssen war das Magazin leer. Singer warf die Waffe weg und schrie:

»Lorie, Pistole!«

Lorie riss ihre Walther aus der Manteltasche und reichte sie Singer. Es war eine der Pistolen, die sie den Polizisten in dem Wohnungsblock abgenommen hatten. Das Problem war, die Waffe enthielt nur noch fünf Schuss.

Etwa fünfhundert Meter vor ihnen kam die kleine Brücke über den Fluss in Sicht. Die einzige im Umkreis von drei Kilometer.

Die Brücke lag nun direkt vor ihnen, Franz war schon darübergefahren.

Lorie gab Gas.

Singer stützte sich am oberen Rand seines Sitzes ab und zielte. Er schoss nicht, wodurch der erste Polizeiwagen wieder näher kam.

Singer wartete den Augenblick ab, in dem sie auf die Brücke auffuhren.

Dann feuerte er.

Der Polizeiwagen war keinen Meter mehr hinter ihnen. Der beifahrende Polizist hing halb aus dem Fenster gelehnt da, ausgestreckter Arm, Pistole direkt auf sie gerichtet.

Singer gab alle fünf Schüsse ab. Mit dem ersten traf er den bewaffneten Polizisten in den Kopf, worauf der Mann aus dem Fenster fiel und direkt auf dem Brückenpfeiler aufschlug. Der zweite durchdrang die Frontscheibe und traf den Fahrer in die Brust. Die letzten drei zerfetzen beide Vorderreifen.

Das Polizeiauto machte eine Drehung und blieb quer auf der Brücke stehen.

Der Fahrer des nachfolgenden Citroëns konnte nicht mehr rechtzeitig reagieren. Es kam zur Kollision. Die Karosserien verkeilten sich, drängten sich gegenseitig an die Brückenpfeiler. Blockierten die Straße.

Singer sah, wie der nachfolgende Fiat direkt vor der Brücke eine Vollbremsung hinlegte und im letzten Moment stehen blieb.

Lorie fuhr weiter, folgte dem Opel, der immer noch mit voller Geschwindigkeit fuhr. Die Straße wurde breiter. Lorie beschleunigte und holte den Opel ein. Sie fuhr auf die Gegenfahrbahn, bis sie sich auf gleicher Höhe befanden. Franz warf ihnen einen panischen Blick zu. Singer kurbelte das Fenster herunter, und Franz erkannte ihn.

Singer deutete, an den Straßenrand zu fahren. Franz' Blick war unsicher. Er reduzierte die Geschwindigkeit nicht, obwohl er mittlerweile auf den Felgen fuhr und das Auto sich kaum mehr gerade halten ließ.

Also wiederholte Lorie ihr Manöver von vorhin. Sie beschleunigte, überholte den Opel und reihte sich vor ihm auf der Straßenmitte ein. Dann reduzierte sie die Geschwindigkeit und zwang

Franz, langsamer zu fahren. Diesmal gab es keine Abzweigspur, und Lories Auto war breit genug, dass Franz daran nicht vorbeikam.

Franz bleib keine andere Wahl, als hinter Lorie abzubremsen und anzuhalten.

Singer stieg aus und lief auf den Opel zu.

Franz öffnete seine Tür und stellte sich dahinter, als wäre sie ein Schutzschild. Sein Gesicht war weiß, die Pupillen riesig. Er hatte seinen Hut verloren. Sein Haar war pechschwarz, kurz auf der Seite, länger oben, zerzaust und abstehend, wo es heute Morgen zweifellos ordentlich zur Seite gekämmt worden war. Die Pomade ließ es glänzen.

Er zitterte am ganzen Körper.

»Glauben Sie mir jetzt?«, fragte Singer.

»Was … wer …«, stotterte er, ohne einen Satz herauszubekommen.

Hanna stieg aus. Sie ging gerade und aufrecht. Sie stellte sich neben Franz. Legte einen Arm um seine Taille, als wollte sie ihn stützen. Sah Singer an. Ihr Blick zeigte Entschlossenheit, für Angst war kein Platz.

»Was sollen wir tun, Herr David?«, fragte sie.

»Erst mal unseren Vorsprung ausbauen«, sagte Singer und hielt die Hintertür des Alfas auf.

Wie ferngesteuert holte Franz ihre Reisetasche aus dem zerschossenen Kofferraum des Opels und übergab sie Singer. Dann ging er mit Hanna zu Lories Wagen. Sein Blick war glasig und abwesend.

Singer stellte die Tasche in den Kofferraum des Alfas, ging dann nach vorn und wischte die Glasscherben von der Rückbank. Franz stieg zuerst ein, Hanna folgte, Singer zum Schluss. Den Opel ließen sie stehen.

Lorie fuhr los.

»Das ist meine Kollegin«, sagte Singer.

»Hannelore Steinfeld«, sagte Lorie und nickte ihnen über den Rückspiegel zu.

»Das … das waren Polizisten«, sagte Franz leise. »Das war alles echt. Autos. Uniformen. Ich habe dieselbe.« Er schüttelte den Kopf. »Aber sie haben ihre Waffen auf uns gerichtet. Niemand würde das einfach so tun ohne triftigen Grund.«

»Wie vorhin schon erwähnt«, sagte Singer. »Die Polizisten sind korrupt. Sie arbeiten für die Terrororganisation, die Sie gerade entführen wollte.«

»Ich muss in mein Revier«, sagte Franz wie abwesend. »Ich muss denen sagen, was passiert ist.«

»Davon raten wir ab«, sagte Singer. »Wir gehen davon aus, dass die Feinde die Polizeistation überwachen. Abgesehen davon, dass wir nicht wissen, wie viele Ihrer Kollegen noch mit den Terroristen zusammenarbeiten.«

Die Scherben der zersprungenen Heckscheibe rutschten im Fußraum geräuschvoll hin und her. Lorie fuhr hundertsechzig auf der Landstraße.

Für einen Augenblick nahm Singer ausschließlich die vertrauten Gerüche wahr. Die Parfüms seiner Eltern, die sich mischten. Der Geruch ihrer Kleidung und ihrer Haut.

Noch mehr Erinnerungen wurden in ihm wach, die er vergessen geglaubt hatte. Erinnerungen an Familienabendessen auf der Terrasse hinter dem Haus in Aubing. An Familienausflüge in die Berge. An gemeinsame Kinobesuche.

»Wir raten Ihnen dazu, eine Zeit lang von der Bildfläche zu verschwinden«, sagte Singer. »Sie sollten untertauchen und keinem Menschen davon erzählen, wo Sie sind.«

»Aber das ist unmöglich«, sagte Franz. »Man wird nach uns suchen.«

»Außerdem können wir nirgendwo anders hin«, sagte Hanna. »Die Hütte ist schon wieder vermietet, und wir haben sonst nur unser Haus. Und ein Hotel können wir uns nicht leisten.«

Sie dachte nach. »Auch wäre es unverantwortlich, unsere Freunde in die ganze Sache mit reinzuziehen.«

»Wir bieten Ihnen an, mit uns zu kommen«, sagte Singer. »Wir werden Ihnen eine Unterkunft zur Verfügung stellen.«

Franz lehnte sich in seinem Sitz vor. Der misstrauische Blick in seinen Augen verriet, dass er wieder er selbst war.

»Sie arbeiten nicht wirklich für den BND, oder?«, fragte er.

Singer ging nicht darauf ein. Wenn er in seiner Jugend etwas gelernt hatte, dann war es, sich nicht von seinem Vater provozieren zu lassen.

»Eigenartiges Team für den Bundesnachrichtendienst«, sagte Franz. »Ein Zweierteam mit einer Frau. Nicht unbedingt das, was man erwarten würde.«

»Glauben Sie mir«, sagte Singer. »Auch wir haben vor vierundzwanzig Stunden mit vielem gerechnet, aber nicht damit, hier zusammen in diesem Auto zu sitzen.«

»Was ist Ihre Aufgabe?«, fragte Franz.

»Sie wissen, dass ich darüber nicht sprechen kann.«

»Und Ihre Kollegin? Was macht die?«

»Auch sie darf Ihnen keine näheren Informationen geben.«

»Franz«, sagte Hanna und legte ihm die Hand auf den Arm. Franz zog den Arm weg.

»Lassen Sie uns im nächsten Dorf aussteigen«, sagte Franz. »Wir kommen schon zurecht.«

»Wenn Sie aus diesem Auto aussteigen, werden die Terroristen Sie um einiges schneller finden, als Sie annehmen möchten«, sagte Singer. »Wie bereits erwähnt, durch unüberlegtes Handeln gefährden Sie nicht nur sich, sondern auch Ihre Frau.«

Und er fügte hinzu: »Sie sollten aufhören, nur an sich denken.«

»Ich pfeif doch drauf, was Sie sagen«, sagte Franz in einem Ton, den Singer nur allzu gut kannte. Aggressiv und kampflustig, wie früher, wenn er sich angegriffen gefühlt hatte.

»Ich glaube Ihnen die ganze Sache nicht«, sagte Franz. »Wie alt sind Sie, Fräulein? Zwanzig? Sie sehen eher aus wie eine von diesen Hippies als wie eine Agentin der Bundesregierung.«

»Franz«, sagte Hanna bestimmt. »Das reicht jetzt.«

Lorie beachtete ihn nicht. Blickte nur nach vorn auf die Straße.

»Hören Sie mich nicht? Ich rede mit Ihnen.« Als Franz die Hand ausstreckte, um Lorie an der Schulter zu berühren, riss Singer der Geduldsfaden. Er schlug Franz' Hand weg, fuhr blitzschnell nach hinten und packte ihn am Kragen.

Franz riss erschrocken die Augen auf.

»Reden Sie weiterhin so respektlos, und wir schmeißen Sie tatsächlich gleich aus dem Wagen«, sagte Singer. »Hier und jetzt. Dann können Sie selbst zusehen, wie Sie den Leuten da hinten entkommen. Wir haben zu viel in den letzten Stunden erlebt, als dass wir uns irgendetwas von einem Kerl wie Ihnen gefallen lassen werden. Wir könnten längst über alle Berge sein, aber wir sind zurückgekommen, um Sie zu retten.«

Franz starrte ihn nur mit großen Pupillen an. Jeglicher Machismo war aus seinem Blick verschwunden, und übrig blieb Ängstlichkeit.

»Wissen Sie, was die Leute mit Ihnen vorhaben?«, fragte Singer. »Nicht? Ich werde es Ihnen sagen. Das sind Leute, die bereit sind, Ihre Schädeldecken zu öffnen und an Ihren Gehirnen zu operieren, wenn sie nicht bekommen, was sie wollen. Sie schrecken vor nichts zurück. Wenn Sie also immer noch aussteigen wollen, jederzeit. Ansonsten fahren Sie Ihre Frechheiten verdammt noch mal zurück, und zeigen Sie sich etwas kooperativer.«

Singer ließ ihn los und setzte sich wieder gerade hin. Sein Herz hämmerte gegen die Brust, und er merkte, dass seine Hände zitterten. Er zwang sich, tief zu atmen, und zwar so lautlos, dass niemand es hören konnte. Es dauerte einige Zeit, bis er wieder ruhig wurde. Es dauerte noch mal so lange, bis er verstand, warum er so aufgeregt war. Es war das erste Mal in seinem Leben gewesen, dass er seinem Vater die Meinung gesagt hatte.

Es fühlte sich gut an.

Im Rückspiegel sah Singer, wie Franz den Kopf zum anderen Fenster hinwandte.

Als sie durchs nächste Dorf fuhren, sagte er nichts.

# 24

Elsa Meredith und Nathan Zepter parkten ihre Wagen in einiger Entfernung zur Brücke. Elsa beobachtete, wie ihre Leute die verkeilten Karosserien der Polizeiautos mit Abschleppseilen verbanden.

Bis sie die Wracks von der Brücke geschafft haben würden, war Singer über alle Berge.

Zepter legte das Autotelefon auf die Gabel und stieg ebenfalls aus. Er stellte sich neben sie, sein Blick war gesenkt, die Hände in den Hosentaschen vergraben.

»Alle verfügbaren Männer konzentrieren sich in diesen Augenblicken auf die Fahndung nach dem Fluchtwagen«, sagte er.

»Wir wissen jetzt drei wichtige Dinge«, sagte Elsa Meredith. »Erstens, dass sich Singer offenbar noch in dieser Zeit befindet. Unwahrscheinlich, dass diese Aktion gerade nur vom Observation Squad durchgezogen wurde. Und ich bin mir ziemlich sicher, dass der OS an der Aktion beteiligt war, denn welche andere Organisation oder welche Person im Allgemeinen sollte einen Zeitreisenden so kurzfristig und mit solchem Einsatz unterstützen?«

Zepter nickte stumm.
»Was bedeutet: Zweitens wissen wir, dass Singer mit dem OS Kontakt aufgenommen hat, oder der OS mit ihm. Vielleicht hatte der OS sogar mein Haus beschattet.«
»Dann muss etwas schiefgegangen sein«, sagte Zepter. »Ihr Name sollte nicht auf der Liste stehen, wie uns versichert wurde. «
»Ein nichtiges Problem«, sagte Elsa Meredith. »Der OS wird uns nicht in die Quere kommen.«
Zepter schwieg.
»Drittens ist jetzt eines glasklar: Für Singer ist das Leben seiner Eltern so wichtig ist, dass er riskiert, in dieser Zeit zu sterben. Vielleicht ist er sogar nur für sie zurückgekommen.«
Sie sah Zepter an.
»Eine Menge Anhaltspunkte, finden Sie nicht?«
Zepter schüttelte leicht den Kopf.
»Sie werden sich nicht weit wegbewegen«, sagte Elsa Meredith. »Franz Singer wurde von Dorfpolizisten ausgebildet und ist im Kopf immer noch einer, auch wenn er inzwischen in der Stadt arbeitet. Dorfpolizisten sind heimatverbunden. Aus Singers psychologischen Sitzungen wissen wir, dass sein Vater außerdem stur und eigenbrötlerisch ist.«
Zepter sah sie ungläubig an.
»Woher …«
Aber Elsa Meredith unterbrach ihn.
»An Singers Stelle würde ich hier in der Gegend untertauchen, das macht es für die Eltern leichter. Seine Mutter ist aktuell neunzehn Jahre, der Vater siebenundzwanzig. Ich würde die Eltern an Singers Stelle davon überzeugen wollen, nicht zur Polizei zu gehen, weil die Polizei sie vor uns nicht beschützen kann. Ich würde ihnen raten, sich vor uns zu verstecken. Aber wie soll er vorgehen? Unwahrscheinlich, dass er ihnen die ganze Wahrheit erzählt, die sie ihm ohnehin nicht glauben würden.«
Zepter hörte ihr nachdenklich zu.
»Was würden Sie an seines Vaters Stelle tun?«, fragte Meredith.
»Ich würde so bald wie möglich meine Dienststelle benachrichtigen wollen«, sagte Zepter. »Ich würde ihnen erklären, dass es mir gut geht.«
Er überlegte.

»Außerdem würde ich nicht lange freiwillig untertauchen, sondern mich schnellstens bei der nächsten Polizeistelle melden.«

Meredith nickte.

»Und sobald das geschieht, wird die Polizeiinspektion in Pasing benachrichtigt werden.«

»Ich gebe meinen Männern sofort den Auftrag, die Gespräche an dieser Station abzuhören«, sagte Zepter.

»Gut«, sagte Meredith. »Das ist unser erster Schritt. Der zweite wird ein wenig aktiver werden.«

Zepter sah sie abwartend an.

»Wir wissen von Singers Zusammenarbeit mit dem Observation Squad«, sagte Meredith. »Und wir wissen, dass er einen Unterschlupf braucht. Möglicherweise erklärt sich der OS bereit, ihm und seinen Eltern diesen zu gewähren.«

»Aber wir wissen nicht, wo sich ihre Zentralen befinden«, sagte Zepter. »Die Informationen halten sie streng geheim, was bedeutet, sie könnten überall sein.«

»München ist eine große, wichtige Stadt«, sagte Elsa Meredith. »Also gehen wir davon aus, dass sich eine Zentrale hier irgendwo im Umkreis befindet. Und um diese zu lokalisieren, kommt Anders Mertens ins Spiel.«

Zepters Lippen verzogen sich unwillkürlich zu einem Lächeln.

»Er ist immer noch in dem Loch, in das wir ihn gesperrt haben«, sagte er. »Wer hätte gedacht, dass ein OS-Agent uns so schnell noch von Nutzen sein kann.«

»Wenn jemand die Standorte der OS-Niederlassungen in der Gegend kennt, dann er«, sagte Elsa Meredith. »Ich würde vorschlagen, ihm einen Besuch abzustatten.«

Zepters Augen blitzten auf. Der Ausdruck seines Gesichts hatte mit einem Mal etwas Wölfisches, Raubtierähnliches.

»Mit dem größten Vergnügen«, sagte er.

# 25

Sie fuhren eine ganze Weile, ohne dass jemand etwas sagte.

Erst nachdem Lorie auf die Bundesstraße gefahren war, unterbrach Hanna die Stille.

»Wohin fahren wir?«

»In eine Unterkunft unserer Organisation«, sagte Singer. »Dort sind Sie fürs Erste sicher.«

»Etwas wie ... eine konspirative Wohnung?«

Sie hatte ihre Stimme bei den letzten Worten unwillkürlich etwas gesenkt.

Über den Rückspiegel sah Singer ihre riesigen blauen Augen.

Er sah keine Angst darin, sondern etwas wie Abenteuerlust.

»So etwas in der Art. Sie können dort so lange unterkommen, bis sich die ganze Situation beruhigt hat.«

Franz wandte den Kopf zu ihm.

»Und was sollen wir dort tun? Vor unserem Haus hat eine Schießerei stattgefunden. Man wird unseren Wagen mit zerschossenen Scheiben und Reifen vorfinden. Es wird eine landesweite Suchaktion geben.«

»Das ist das Problem«, sagte Singer ruhig. »Wenn die Polizei Sie findet, wissen auch Ihre Feinde, wo Sie sind.«

Franz schwieg.

Hanna nahm seine Hand, und Franz' Gesichtsausdruck entspannte sich ein wenig.

»Wir vertrauen Ihnen, Herr David«, sagte sie.

Sie fuhren in Richtung Süden. Bis auf einige Ausnahmen machte die Autobahn einen verlassenen Eindruck.

Singer behielt die Straße hinter ihnen im Blick.

Franz hatte den Arm um Hanna gelegt.

Nach einer knappen halben Stunde verließen sie die Autobahn bei der Ausfahrt Starnberg und folgten der Landstraße, bis diese am Ostufer in eine Anliegerstraße mündete.

Zwei Kilometer vorbei an einer herrschaftlichen Seevilla nach der anderen, bevor die Straße an einem massiven Stahltor endete. Es war gut vier Meter hoch und an seinem oberen Ende mit Spitzen besetzt. Ein Zaun in selber Höhe begrenzte den Rest des Grundstücks, das riesig war, aber durch die zypressenartigen Sträucher hinter den Gitterstäben uneinsehbar.

Auf den Torpfosten an beiden Seiten waren Kameras befestigt. Sperrige General-Electric-Modelle mit Kabeln, die an der Rückseite der Pfosten entlangliefen und dann, aller Wahrscheinlichkeit nach, unter der Erde zum Haus führten. Das alles für zwei verschwommene Schwarzweißbil-der – aber trotzdem immer noch besser als nichts.

Lorie hielt vor dem Tor an. Wartete, ohne den Motor abzustellen. Es dauerte nur einen Moment, bis sich das Tor in Bewegung setzte. Langsam schob es sich nach links.

Eine breite asphaltierte Straße führte auf das Grundstück. Rasen auf beiden Seiten, gleichmäßig getrimmt. Dann, nach einigen Metern, machte die Zufahrtsstraße eine Kurve nach rechts. Erst als Lorie vollständig durch das Tor gefahren waren, kam das Haus ins Blickfeld.

Es sah aus wie ein überdimensionales Hexenhaus.

Viereckiger Grundriss mit zwei Stockwerken und einem großen roten Dach, unter dem noch mal ein ganzes drittes Stockwerk Platz hatte. Seitlich von jedem Fenster waren Holzläden in dezentem Rotton als einzige Fassadenverzierung angebracht. Die Frontseite des Hauses blickte direkt auf den See hinaus.

Lorie fuhr auf den gekiesten Platz, stellte sich dort neben einen VW Käfer und eine schwarze Mercedeslimousine und machte den Motor aus.

Sie stiegen aus. Die Luft war frischer als in der Stadt und durch das Wasser angenehm abgekühlt. Der Geruch nach Gras, Kiefern und den Algen des Sees lag in der Luft und mischte sich mit dem von Sonne, aufgeheiztem Kies und abkühlendem Automotor.

Singer blickte hinaus über die Grasfläche und auf den See, der ruhig vor ihnen lag. In einiger Entfernung vom Ufer fuhren drei weiße Segelboote. Das Licht ließ die Wasserfläche glitzern und die Wiese in sattem Grün daliegen.

»Wenn das die konspirative Wohnung ist, wissen wir ja, wo unsere Steuergelder hingehen«, sagte Franz.

Hanna nahm seine Hand, und sie folgten Singer und Lorie.

Die Eingangstür bestand aus Massivholz und war im selben Rot gestrichen wie die Fensterläden. Nirgends ein Namensschild. Lorie drückte die Klingel rechts neben dem marmornen Türstock, machte einen Schritt zurück und wartete, die anderen hinter ihr.

Singer betrachtete die Kamera über der Tür. Dasselbe Modell wie am Tor. Die Kabel führten in die Hausmauer hinein.

Das Schloss surrte. Die Tür wurde von innen aufgezogen.

Ein Mann kam heraus und stellte sich ihnen gegenüber auf. Aufrechte Haltung, unauffällig groß, schmale Taille, breite Brust, Buzzcut. Singer zweifelte keine Sekunde daran, dass der Mann Soldat war, ehemalig oder im aktiven Dienst. Singer tippte auf Spezialkräfte.

Der Blick des Mannes war durchdringend, sein Gesicht braun gebrannt und wettergegerbt. Auf seiner Stirn standen tiefe Falten, trotzdem er sicher nicht älter als dreißig war. Die Nase war groß und sah mehrmals gebrochen und wieder verheilt aus, die dünnen Lippen waren zu einem schiefen Lächeln verzogen.

Kein schöner Mann, aber sympathisch trotz seiner Respekt einflößenden Ausstrahlung. Niemand, den man zum Feind haben wollte.

»Willkommen«, sagte der Mann mit tiefer, basshaltiger Stimme. »Mein Name ist Sam.«

Während er sprach, spannten sich seine Oberkörpermuskeln unwillkürlich an. Das blaue Hemd und die Khakihosen wirkten an ihm wie eine Uniform. Sam sah jedem der Neuankömmlinge nacheinander ins Gesicht. Er nickte Lorie zu, die den Gruß erwiderte.

»Folgt mir«, sagte er dann.

Er führte sie ins Haus.

Im Vorraum gab es nicht viel außer Garderobenständer.

Der Hauptraum war ein einziges riesiges Wohnzimmer mit offener Küche und großem runden Tisch. Ein Kabeltelefon war an der Wand befestigt.

Weiter drinnen im Raum stand eine gewaltige Couch vor einem deckenhohen Bücherregal, ein Schwedenofen in einer Ecke, ein Tischfußballtisch in einer anderen. Alte Perserteppiche bedeckten den Boden beinahe vollkommen. Es war ein abgewohnter, aber gemütlicher Raum.

Zwei geöffnete Terrassentüren führten auf die Wiese vor dem See hinaus.

Eine Holztreppe führte im hinteren Teil des Raums nach oben in die anderen Stockwerke. Es roch nach Putzmittel und Zigarettenrauch und ein wenig nach Staub.

Ein junges Paar war vom Tisch aufgestanden und kam ihnen entgegen.

Die Frau trug ein gelbes Blusenkleid. Sie hatte ein schmales Gesicht und kurzes braunes Haar, das sie am Hinterkopf zu einem Minizopf zusammengebunden hatte. Ihr Blick war abwägend und wachsam, aber nicht unfreundlich. Singer erkannte sie sofort. Auf dem Gemälde im Speisesaal war sie in der Uniform der IARIA-Sicherheitskräfte abgebildet, hatte graues statt braunes Haar und mehr Lachfalten, aber der Blick war derselbe.

Sie und der Mann neben ihr waren mittelgroß. Während sie zierlich wirkte, war er das komplette Gegenteil. Das Leinenhemd spannte ihm um den mächtigen Bauch. Sein Haar war zerzaust, der dichte Bart aber sorgfältig getrimmt. Auch ihn erkannte Singer sofort.

Beide hatten das gleiche warme Lächeln auf den Lippen. Beide sahen nicht älter aus als Sam.

»Vera Waagen«, sagte die Frau.

»Erol Akar«, sagte der Mann. »Willkommen in unserem Haus.«

Franz beäugte die beiden misstrauisch.

»Ihr Haus? Sind Sie beide nicht ein bisschen jung, um …«

Vera sah ihn an, und das Herausfordernde an ihrem Blick ließ Franz verstummen.

»Ich kann Ihnen versichern, dass Sie in guten Händen sind«, sagte Vera Waagen lächelnd. »Sam wird Ihnen gleich Ihr Zimmer zeigen. Sie können sich frisch machen. Sie können sich ausruhen. Sie können alles tun, was Ihnen beliebt.«

Sam nickte.

Im oberen Stockwerk klingelte ein Telefon. Ein Ton, bevor es abgehoben wurde.

»Bitte kommen Sie mit mir«, sagte Sam zu Hanna und Franz gewandt, die Formulierung eine Mischung aus Bitte und Aufforderung.

Sie zögerten nicht, ihm die Treppen hoch zu folgen, Franz mit ihrer Reisetasche in der Hand.

Als sie außer Hör- und Sichtweite waren, kam Vera auf Lorie zu und umarmte sie.

»Es tut mir so leid, was geschehen ist«, sagte Vera Waagen leise.

Lorie schloss die Augen und drückte Vera fest an sich.

»Danke«, flüsterte sie zurück.

Danach wurde Lorie von Erol Akar umarmt.

Vera wandte sich unterdessen an Singer und streckte ihm die Hand ihn.

»Es ist mir eine Ehre, deine Bekanntschaft zu machen«, sagte sie. »Ich habe schon viel von dir gehört. Ich hoffe, es ist in Ordnung, wenn wir uns duzen. Bei uns gibt es keine Rangordnung.«

»Die Ehre ist auf meiner Seite«, sagte Singer.

Auch Erol Akar schüttelte Singers Hand.

»Nenn mich Akar«, sagte er augenzwinkernd. »Jeder nennt mich so.«

Sie hatten gerade fertig erzählt, was vor Franz und Hannas Haus geschehen war, als Sam wieder herunterkam.

»Die beiden wollen sich etwas ausruhen«, sagte er.

»Ist ihnen auf jeden Fall nicht zu verübeln«, sagte Akar.

Vera Waagen wandte sich an Sam.

»Ich möchte, dass du in die Stadt fährst und alles rausfindest, was du kannst«, sagte sie. »Ich möchte alles über die aktuellen Ermittlungsstände in jeder der Schießereien wissen. Auch wenn Zepter Polizeipräsident ist – wenn man mit seinen Männern die halbe Stadt auseinandernimmt und Massaker anordnet, werden Leute Fragen stellen.«

Sam nickte erneut und verließ das Haus. Einen Augenblick später erwachte der Mercedesmotor draußen vor dem Haus mit einem tiefen Dröhnen zum Leben. Der Kies unter den Reifen knirschte, als das Auto losfuhr.

»Er ist einer der Besten, den wir haben«, sagte Vera.

»Insertiert?«, fragte Singer.

Vera schüttelte den Kopf.

»Die meisten unserer Mitarbeiter sind nicht insertiert, dafür schickt uns das Institut viel zu wenig Nachschub. Sam hat zehn Jahre im Special Air Service gedient. Oman, Brunei und Aden. Haben ihn aus der Britischen Armee abgeworben. Lorie hat den Kontakt gelegt. Er ist unsere rechte Hand.«

Oben klingelte wieder ein Telefon. Ein anderes Klingeln diesmal. Schriller, lauter. Es endete abrupt, als der Hörer abgehoben wurde.

»Ich gehe schwimmen «, sagte Lorie. »Ich fühle mich so schmutzig wie seit Langem nicht mehr.«

»Tu das«, sagte Vera. »Das Wasser wird dir guttun.«

Lorie verschwand durch die offenen Terrassentüren nach draußen.

Singer blickte ihr eine Weile nach.

»Agenten wie Lorie sammeln Informationen über insertierte Kunden des Instituts«, sagte er dann. »Und übermitteln diese Informationen dann direkt hierher oder zu einer unserer Außenstellen. Im Endeffekt sammelt sich aber alles hier.«

Vera nickte.

Singer sah sie an.

»Aber wie sendet ihr diese Unterlagen dann zurück zum Institut ins Jahr 2051, ohne dass irgendjemand etwas davon mitbekommt?«

Vera lächelte und blickte Akar an.

»Komm mit«, sagte dieser. »Sieh es dir selbst an.«

# 26

Singer folgte Vera und Akar über die Treppe nach oben. Vom ersten Stock führte eine weitere Treppe in den nächsten hinauf. Beim Vorbeigehen deutete Vera darauf und sagte:

»Zu den Gästezimmern.«

Das erste Stockwerk bestand aus einem langen Gang mit gleich vielen Türen auf beiden Seiten. Einige davon waren geschlossen, die meisten standen offen. Sonnenlicht fiel auf das Parkett des Flurs. Das Wachs zur Bodenpflege roch ausgeprägter als der Tabakgeruch, der aus einem der seeseitigen Zimmer kam. Die Tür war angelehnt. Gesenkte Stimmen drangen hinaus.

»Bestätige«, sagte ein Mann gerade. »Sonst noch was Auffälliges?«

Eine kurze Stille, dann: »Gut. Danke für die Mitteilung, Agent Kattler. Wir sprechen in drei Tagen weiter.«

Ein Hörer wurde auf eine Gabel gesetzt.

Einen Augenblick später erklang das laute Klacken von Schreibmaschinentasten. Akar klopfte und drückte die Tür auf.

Die Mitte des Raums nahm ein einziger großer Tisch ein, mit einem Stuhl an jedem Ende. Ein Mann mit Hornbrille saß auf dem türseitigen Platz, eine junge Frau mit Jimi-Hendrix-T-Shirt auf dem fensterseitigen Platz. Beide hatten eine Schreibmaschine vor sich, Mappenstapel mit aufgeschlagenen Aktendossiers daneben.

Beide nickten ihnen zu, als sie in den Raum kamen.

Die restliche Fläche war übersät von Kabeltelefonen. Singer zählte vierundzwanzig davon, alle gerade ruhig. Dazwischen stand ein eckiges, sperriges Gerät, das wie eine Telegrammmaschine aussah.

Die Wände in dem Raum waren vollgestellt mit ordentlich beschrifteten Aktenschränken. Ein einzelner Schreibtisch stand an einem der Fenster.

Vera wandte sich an die junge Frau.

»Geh doch schnell runter ins Wohnzimmer, solange wir hier oben sind«, sagte Vera. »Damit unsere Gäste jemanden finden, wenn sie suchen. Sollten zu viele Telefone gleichzeitig läuten, übernehmen wir das in der Zwischenzeit.«

Die Mitarbeiterin nickte und verließ den Raum.

Der Mann mit Hornbrille tippte weiter auf seiner Schreibmaschine.

Singer ging zu dem Tisch am Fenster. Eine Schreibmaschine stand darauf, alle weiteren Utensilien waren sauber aufgeräumt.

Ein gerahmtes Bild hing an der Wand neben dem Fenster. Es zeigte einen Bauernhof und in einiger Entfernung davon ein Häuschen am Waldrand.

Singer lächelte.

Er erkannte den Bauernhof wieder. Er war oft mit seinen Eltern daran vorbeigefahren, wenn sie von einem Ausflug in den Bergen gekommen waren. Einmal hatten sie sogar dort gegessen.

»Das ist Sams Platz«, sagte Akar. »Er ist auf einem Bauernhof aufgewachsen.«

»Er lebt dort?«

»Nein«, sagte Akar. »In dem Haus dahinter.« Er zuckte mit den Schultern. »Kein fließendes Wasser, das Telefon muss er im Haupthaus mitbenutzen, keine Heizung außer einem Küchenofen, Klo im Wald. Wäre absolut nichts für mich.«

»Du wärst unfähig, darin zu leben, mein Lieber«, sagte Vera lächelnd.

Akar zuckte noch mal mit den Schultern.

»Ich bin Physiker, kein Soldat«, sagte er. »Ich kann nicht alles können.« Er zwinkerte Singer zu.

Vera öffnete die schwere Brandschutztür, die in einen angrenzenden, kleineren Raum führte. Drei Fenster sorgten für viel Licht. Von dem Raumklang aus zu urteilen waren sowohl Wände als auch Fenster schallgedämpft. Der Boden bestand aus Linoleum.

Es war eine Werkstatt mit Werkbank und Werkzeugen darüber an den dafür vorgesehenen Haken aufgehängt. Ein abgesessener Lehnstuhl stand daneben. Depotregale an den Wänden überall, auf denen unterschiedlichste Rohmaterialien und Geräte lagerten. Nicht nur Werkgeräte und zwei Lautsprecherboxen mit einem Schallplattenspieler dazwischen, sondern auch zahlreiche selbst gebaute Gegenstände, von denen Singer die meisten nicht einordnen konnte.

Auch hier befand sich ein großer Tisch in der Raummitte. Einzelne Modelle unerkennbarer Geräte und geöffnete, unbeschriftete Flaschen standen neben Werkzeugen. Technikmagazine schichteten sich in mehreren Stapeln nach oben.

Es roch nach Öl, Klebestoffen, Bauholz und Lack.

»Akar ist nicht nur unser hauseigener Physiker«, sagte Vera, »sondern auch Erfinder und Handwerker. Hab ich was vergessen?«

»Liebevoller Ehemann«, sagte Akar. Vera lächelte und schickte ihm einen Luftkuss.

Singer nahm einen Gegenstand auf, der wie ein Duplikat von Lories Tracker aussah.

»Das hast du gemacht?«, fragte er.

Akar nickte.

»Funktioniert über Funkwellen«, sagte er.

»Bräuchte man dazu nicht riesige Antennen?«

Akar zuckte mit den Schultern. Lächelte.

»Es hat Vorteile, die Zukunft schon mal gesehen zu haben«, sagte er. »So weiß ich, was möglich ist.«

»Und das Selbsterhaltungsprinzip der Zeiten ... lässt das zu?«

»Bisher«, sagte Akar. »Aber wer weiß, vielleicht würde sich das ändern, wenn ich die Technologie weiterverbreiten wollte.«

Singer legte den Tracker an seinen Platz zurück und warf dabei einen Blick aus dem Fenster.

Ein schmaler gepflasterter Weg führte vom Haus über die gepflegte Wiese zum Seeufer hinunter. Das Gras war kurz und gleichmäßig geschnitten, die Hecken erst vor Kurzem getrimmt. Da war ein Bootshaus auf der linken Seite des Grundstücks, auf der rechten ein Steg, dazwischen stand eine menschenhohe Venusstatue aus weißem Marmor, davor eine Bank, drumherum mehrere Sonnenliegen.

Lorie war gerade dabei, sich vor einer der Liegen abzutrocknen. Wassertropfen glitzerten auf ihrem Körper, ihre Haare waren nass und zurückgestrichen.

Sie hatte all ihre Kleidung abgelegt.

Ihre Haut war mandelfarben gebräunt. Gleichmäßig, ohne Bikiniabdrücke. Neben dem knabenhaften Körper der Statue wurden ihre weiblichen Formen zusätzlich betont.

Singer drehte sich wieder um.

Akar stand vor einem übergroßen surrealistischen Gemälde an der Wand, das er aufklappte und das wie ein Fenster an Scharnieren zur Seite schwang.

Ein Wandsafe lag dahinter. Akar zog einen Schlüssel aus der Tasche und öffnete damit die Tür des Safes. In dem Fach dahinter befanden sich drei silberne Aktenkoffer.

Akar nahm einen davon heraus und stellte ihn behutsam auf einer freien Fläche auf dem Tisch ab.

»Wir kommunizieren alle drei Monate mit dem Institut«, sagte Vera zu Singer gewandt. »Potenziell öfters, wenn es dringliche Nachrichten gibt, was bisher glücklicherweise noch nie vorgekommen ist. Alle Beobachtungen, die unsere Agenten in unserem Einsatzgebiet machen, werden also von uns gesammelt und an das Institut weitergeleitet. Du hattest gefragt, wie das geschieht. Akar kann das wohl am besten erklären.«

Akar öffnete die Laschen des Aktenkoffers und klappte ihn auf.

Es sah aus, als hätte man eine Drahtspule entwickelt und in den Koffer hineingepfercht. Die Drähte waren nicht dicker als ungekochte Spaghetti und alle miteinander verbunden. Sie lagen so dicht, dass Singer ihre Länge nicht schätzen konnte. Aus der Mitte des Wirrwarrs ragte ein roter Drehschalter.

Singer brauchte eine Zeit, um zu verstehen, was vor ihm lag.

»Das ist nicht wirklich …«

»… eine Miniatur des Light Speed Particle Colliders«, sagte Akar. »Die gesamte Technik des sechsunddreißig Kilometer langen Röhrensystems unter Alrouillers' Erde auf diese winzige Fläche komprimiert.«

Singer sah ihn an.

»Wie ist das möglich?«

Akar warf ihm ein jungenhaftes Lächeln zu.

»Es ist nicht so weit hergeholt, wie man meinen könnte«, sagte er. »Ist alles eine Sache von Geschwindigkeit und dem richtigen Auftreffwinkel der Teilchen. Um einen Zeittunnel aufzuwerfen, braucht es nicht zwingend Röhren in der Größe eines U-Bahn-Schachts, so wie im Institut.«

Singer deutete auf den Aktenkoffer.

»Mit diesem Ding hier könnt ihr tatsächlich einen Zeittunnel öffnen?«

Akar lächelte.

»So auf die Art. Weniger einen Tunnel als ein kleines Fenster, das in die Raum-Zeit-Materie gesprengt wird, wenn du so möchtest – die Verbindung ist dafür um vieles instabiler.«

»Was ist mit dem Selbsterhaltungsprinzip der Zeiten? Wie kann so ein Ding im Jahr 1969 funktionieren?«

»Die Technik allein ist alles andere als komplex«, sagte Akar. »Die Beschleunigung der Teilchen erfolgt mit relativ primitiver Magnettechnologie. Das Einzige, was wir brauchen, ist eine Menge Strom, sodass die Magneten die Teilchen überhaupt erst beschleunigen können.«

Ein schelmisches Lächeln erschien auf seinem Gesicht.

»Die nächste Starkstromleitung verläuft nur ein paar Meter von unserem Grundstück entfernt, und lass mich dir sagen, sie anzuzapfen ist kein sonderlich komplizierter Akt gewesen. Es war kein Zufall, dass wir dieses Haus als unseren Bürositz gewählt haben.«

»Und wie übermittelt ihr die Dokumente?«, fragte Singer. »Durch einen so unsicheren Tunnel kann doch unmöglich ein Mensch durch?«

Akar trat an die Werkbank, holte eine Greifzange aus der Ecke und hielt sie hoch. Der Stiel war aus Alu, der Zangenmechanismus funktionierte durch Drähte. Nichts Besonderes.

»Ich weiß, sieht etwas mittelalterlich aus, aber das hat bisher immer ausgereicht, um die Dokumente ins IARIA zu übergeben und im Gegenzug einen neuen Koffer zu bekommen, ohne selbst mit dem Tunnel in Kontakt zu kommen«, sagte Akar. »Am ersten jedes dritten Monats, immer zur selben Uhrzeit.«

»Ist dieses Loch immer auf denselben Ort programmiert?«

»Ja«, sagte Vera. »Das Büro von Professor Nowak.«

Singer sah sie an.

»Professor Nowak? Warum ausgerechnet sein Büro?«

»Weil er Murakamis Stellvertreter ist und die ganze Sache streng geheim bleiben muss«, sagte Akar. »Sollte es irgendwann doch mal an die Öffentlichkeit gelangen, sollte Murakami jede Beteiligung offiziell abstreiten können.«

»Aber er weiß davon«, sagte Singer. »Von eurem Oberservation Squad. Von diesen Koffern.«

Akar und Vera sahen sich an und lachten beide gleichzeitig.

»Murakami hat die Technologie erfunden«, sagte Akar und nickte auf den Aktenkoffer. »Und ich habe ihm beim Bau als sein damaliger Stellvertreter assistiert. Eine weitere phänomenale

Erfindung, für die Murakami den nächsten Nobelpreis hätte bekommen können.«

Akar schüttelte ehrfurchtsvoll den Kopf.

»Ein Teufelskerl, dieser Mann. Erst öffnet er als erster Mensch der Welt ein Wurmloch, bekommt eine stabile Verbindung hin und etabliert die Zeitreisetechnologie – und dann legt er mit dem Sprenger noch eines drauf.«

»Sprenger?«

»Wir nennen die Dinger so«, sagte Vera. »Sprengen sozusagen ein Loch in die Raumzeitmaterie.«

Akar sagte etwas, aber Singer nahm die Worte nicht genau wahr. Er sah Professor Nowaks Bild vor sich. Er hörte Murakamis Worte:

Jemand aus meiner eigenen Abteilung muss hinter meinem Rücken einen illegalen, unprotokollierten Zeittunnel geöffnet haben.

Wenn Nowak einen Zugang zu diesen Sprengern hatte, konnte er mit der Vergangenheit kommunizieren. Und damit hatte er die Möglichkeit gehabt, den Überfall in Elsa Merediths Haus vorzubereiten.

Singers Hände ballten sich zu Fäusten. Er sah Akar an.

»Und es gibt keine Möglichkeit, dass ein Mensch durch so ein Loch in eine andere Zeit gelangt?«

»Aktuell wäre eine solche Verbindung natürlich zu instabil«, sagte Akar und blickte auf den geöffneten Koffer, den er auf dem Tisch abgestellt hatte.

»Wenn man die Teilchen höhere Geschwindigkeit erreichen lässt, könnte sich der Durchgang dadurch in der Theorie entsprechend vergrößern und eventuell sogar stabilisieren. Möglich, dass dann nicht länger nur mehr ein Fenster, sondern tatsächlich ein Tunnel entstehen würde.«

Mit dem Finger fuhr er gedankenverloren an den Röhren in dem Koffer entlang.

»Theoretisch«, sagte Vera. »Praktisch hast du keine Ahnung, was passiert, wenn du daran herumschrauben würdest. Du könntest ein schwarzes Loch aufwerfen.«

Aber Akar schüttelte den Kopf.

»Dazu hätte dieses Ding viel zu wenig Energie. Für ein Wurmloch reicht die Energie gerade. Für ein schwarzes Loch, das tatsächlich stark genug wäre, um bedrohlich zu sein, würde es noch mal um einige Zehnerpotenzen mehr Energie benötigen. Da reicht das bisschen Starkstrom aus der Leitung nicht aus.«

»Konkretisiere bedrohlich«, sagte Singer.

»Stark genug, um alles in seinem unmittelbaren Umfeld einzusaugen – vielleicht sogar in einem kilometergroßen Radius«, sagte Akar. »Keine Chance, dass das mit dem Sprenger passieren könnte.«

»Aber mit dem LSPC.«

Akar zuckte mit den Schultern.

»Theoretisch wäre es vielleicht möglich«, sagte er. »Praktisch bräuchte es dazu ein Genie wie Mishio Murakami, denn ich denke, dass niemand anders das fertigbringen könnte.«

»Zum Glück«, sagte Vera. »Und auch gut, dass so ein Sprenger-Ding um die drei Millionen Dollar kostet und dich niemand damit experimentieren lässt«, sagte Vera. »Ich würde mir nämlich trotzdem Sorgen um unser Haus machen.«

Sie drückte Akar einen Kuss auf die Wange.

»Ich werde jetzt noch mal mit Hanna und Franz sprechen«, sagte Singer. »Und dann werde ich gehen.«

Vera hob eine Augenbraue.

»Wohin gehen?«

»Ich habe vierundzwanzig Stunden«, sagte Singer. »Anstatt meine verbleibende Zeit hier einfach abzusitzen, mache ich mich lieber dabei nützlich, sowohl Elsa Meredith als auch Nathan Zepter hinter Gitter zu bringen. Ist wahrscheinlich sogar realistischer, als Hanna und Franz längerfristig davon überzeugen zu können, dass sie auf mich hören.«

»Möglich«, sagte Vera. »Aber das wäre sehr unüberlegt. Dafür steht zu viel auf dem Spiel.«

Singer sagte nichts.

Vera musterte ihn mit ihrem durchdringenden Blick.

»Du weißt, was sie wollen, nicht?«

Singer schnaubte.

»Die Westerzellen«, sagte er. »Was vollkommener Unsinn ist.«

Etwas in Veras Blick veränderte sich.

»Warum denkst du das?«, fragte sie.

Also wiederholte Singer, was er Lorie vor einigen Stunden erklärt hatte.

»Jede menschliche Zelle trägt Proteine an ihrer Oberfläche«, sagte er. »Auch die Westerzellen. Diese Proteine würden in jedem anderen Körper Abstoßungsreaktionen auslösen.«

Vera nickte.

»Ihr Vorhandensein wurde auch bewiesen. Nicht nur in vitro, sondern sogar an echten Tieren. Affen wurde eine sehr kleine Dosis an Westerzellen aus meinem Nervenwasser verabreicht. Sie sind alle nach kurzer Zeit gestorben, weshalb die Versuche eingestellt wurden.«

Vera nickte noch mal, deutete auf einen Stuhl hinter Singer und sagte:

»Setz dich hin. Ich muss mit dir reden.«

## 27

Singer setzte sich.

Vera nahm auf dem Lehnstuhl gegenüber Platz. Sie sah ihm direkt in die Augen. Der Ausdruck auf ihrem Gesicht wirkte mit einem Mal besorgt. Akar stand gegen den Tisch gelehnt mit verschränkten Armen da und hörte zu.

»Zu der Zeit, in der du operiert wurdest, habe ich noch für das Institut gearbeitet«, sagte Vera. »Es waren meine letzten Monate, aber ich war noch in voller Funktion. Meine Abteilung war für die Sicherheit des Instituts zuständig. Im Zuge dessen auch dafür, dass sensible, geheime Informationen des Instituts auch geheim und unter Verschluss blieben.«

»Ich weiß«, sagte Singer. »Ich habe viel über deine Arbeit gelesen.«

»Die Studie, die du gerade erwähnt hast«, sagte Vera. »Ich bin darüber im Bilde. Ich war selbst dabei.«

Sie atmete tief ein und aus.

»Die veröffentlichten Ergebnisse spiegelten nur einen Teil der Wahrheit wider«, sagte sie dann.

Singer sah sie an.

»Was heißt, ›nur einen Teil der Wahrheit‹?«

Vera machte eine Pause, in der sie nach Worten suchte.

»Um es offen zu sagen, hatten die Versuche einen katastrophalen Ausgang«, sagte sie dann. »So katastrophal, dass die

Ergebnisse niemals an die Öffentlichkeit gelangen durften. Zu einem großen Teil auch zu deinem eigenen Schutz.«

Singer lehnte sich vor, ohne ihr Gesicht aus den Augen zu lassen. Er sagte nichts.

»Dein Gehirn ist bis dato das einzige Reservoir der Westerzellen auf der Welt«, sagte Vera. »Sie leben in keinem anderen Körper, von dem wir wissen. Sie leben nicht mal wirklich in einem anderen Gewebe. Sieh dich an. Die Zahl der Zellen in den Geweben außerhalb deines Gehirns ist im Verhältnis verschwindend gering.«

»Niemand kann mit den Zellen etwas anfangen«, sagte Singer. »Die Studie hat gezeigt, dass die Proteinmerkmale so ausgeprägt sind, dass …«

»Das war gelogen«, sagte Vera. »Das ist der Punkt. Die Westerzellen verfügen über keinerlei Proteinmerkmale. Null.«

Singer starrte sie an.

»Keine Proteinmerkmale und auch sonst keine Proteine an der Oberfläche, die irgendeine Art von Abstoßungsreaktion bedingen«, sagte Vera. »Die Zellen wurden von den tierischen Empfängerkörpern ohne Probleme aufgenommen. Und was dann geschah, ist das wirklich Tragische.«

Singer lehnte sich in seinem Stuhl zurück. Er verschränkte die Arme.

»Wir wissen von deinem Fall, dass die Westerzellen den Körper nicht nur verjüngen, sondern das verstärken, was vor der Zellexposition bereits vorhanden war«, sagte Vera. »Bezogen auf Fähigkeiten und Eigenschaften. Die Schimpansen, die die Westerdosis bekommen haben, waren von Haus aus stark und klug, und vor allem waren sie eines: wütend, weil sie in zu kleinen Käfigen eingesperrt waren. Eigentlich hätten wir wissen müssen, was passieren würde.«

Singer schwieg.

»Es randalieren zu nennen wäre eine unpassend milde Beschreibung«, sagte Vera. »Sie haben beide Versuchsleiter umgebracht. Zwei Schimpansen gegen zwei ausgewachsene Männer. Die Tiere haben dem einen ein Bein und dem anderen einen Arm abgerissen und dann den Verblutenden die Hälfte ihres Gesichts zerfressen. Schimpansen fressen Fleisch normalerweise nur, wenn die Nahrung knapp ist. Natürlich war das im Labor nie der Fall gewesen, eher im Gegenteil.« Sie schüttelte den Kopf. »Die Affen sind gestorben, aber nicht, weil die Zellen sie umgebracht haben, sondern weil sie eingeschläfert werden mussten.«

Singer atmete langsam ein und dann wieder aus.

»Das ändert eine ganze Menge«, sagte er dann.

»Verstehst du jetzt, warum man diese Ereignisse in keinem Fall mit irgendjemandem teilen konnten?«, fragte Vera. »Überleg dir, was die Regierungen und die Geheimdienste mit dir gemacht hätten, wenn sie gewusst hätten, dass die Westerzellen in dir das Potenzial haben, aus jedem normalen Menschen einen Supersoldaten werden zu lassen.«

»Die Geheimhaltung ist natürlich nur zu meinem Schutz geschehen«, sagte Singer.

»Zugegeben«, sagte Vera. »Sie erfolgte in beidseitigem Interesse. Wärst du nicht der Hauptinserter des Instituts geworden, wer weiß, ob die Insertionstechnologie wirklich eine vergleichbare Popularität erlangt hätte.«

»Je mehr man darüber nachdenkt, desto weniger möchte man sich ausmalen, was ein Mensch wie Elsa Meredith mit den Westerzellen anstellen würde«, sagte Akar.

»Es wäre also das Beste, wenn du dich bis morgen nicht mehr von unserem Grundstück wegbewegst«, sagte Vera zu Singer gewandt. »Hier bist du wenigstens sicher.«

»Die Frage ist, woher Elsa Meredith ihr Wissen über die Westerzellen hat«, sagte Singer.

»Das ist in der Tat eine sehr gute Frage«, sagte Vera.

»Wer wusste noch davon?«, fragte Singer.

»Eine kleine, ausgewählte Handvoll«, sagte Vera. »Wir hatten zwei Leichen, die wir auf dem Grund des Meeresbodens versenkt haben, und mussten eine gute, stimmige Erklärung für ihr Verschwinden finden.«

»War jemand von IARIAs Physikinstitut eingeweiht?«, fragte Singer und sah Vera direkt in die Augen. »Professor Nowak, zum Beispiel?«

Vera schüttelte den Kopf.

»Nicht einmal Professor Murakami«, sagte sie. »Wenn Nowak von irgendetwas Wind bekommen hat, dann durch Zufall.«

Sie sah Singer fragend an.

»Was ist mit Nowak?«

Also erzählte Singer ihr von seinem Verdacht.

Veras Blick verdunkelte sich dabei.

»Ich habe ihn nie wirklich leiden können«, sagte sie. »Nicht nur, dass er schon damals der wohl unhöflichste, arroganteste Mensch war, den ich kannte – ich mochte seinen Blick nicht. Er hatte etwas … Kaltes, Unberechenbares.«

Singer schwieg und dachte nach.

Vera stand auf und legte Singer die Hand auf die Schulter.

»Es ist eine ganze Menge zu verarbeiten«, sagte sie. »Wir werden alles dafür tun, dass dir und deinen Eltern nichts geschieht. Ich gebe dir mein Wort.«

Sie stand auf.

»Ich gehe runter und bereite etwas Kaffee und Kuchen vor«, sagte sie. »Ich schätze, dass sich Sam frühestens morgen zurückmelden wird. Bis dahin können wir ohnehin nichts tun.«

Damit ging sie aus dem Raum.

»Zigarette?«, fragte Akar und hielt Singer ein Päckchen hin.

Als Singer ablehnte, holte Akar eine Pfeife aus der Tasche und begann, sie zu stopfen.

»Alles sehr viel auf einmal, nicht?«

»Das kann man wohl sagen«, sagte Singer.

Akar zündete sich die Pfeife an. Zog daran, einige Male schnell hintereinander. Singer stellte fest, dass er den Geruch immer noch mochte, auch wenn er ihn seit gut zwanzig Jahren nicht mehr gerochen hatte.

»Für uns, die wir in der Zukunft gelebt haben, erscheint die Vergangenheit auf den ersten Blick schnell mal chaotisch«, sagte Akar. »Ich habe unsere moderne Welt geliebt. Die Sicherheit zum Beispiel, und natürlich die technischen Möglichkeiten. Erst hat es sich angefühlt, als wäre ich in die Steinzeit zurückversetzt worden.«

Er ging zur Werkbank und öffnete eine Schublade. Holte zwei Gläser und eine unbeschriftete Flasche mit bräunlichem Inhalt daraus hervor. Er stellte die Gläser vor Singer auf den Tisch und füllte sie mit der Flüssigkeit, die stark nach Whiskey roch. Dann nahm er die Gläser und reichte eines davon Singer.

Er prostete Singer zu und trank sein Glas in einem Zug aus.

Singer nahm einen Schluck und verzog das Gesicht. Das Zeug war um vieles stärker als das, was er sonst trank.

Akar lachte.

»Aber dann dachte ich mir, ich bin doch tatsächlich nur ein alter Tölpel, wenn ich so denke. Ich habe eine Möglichkeit bekommen, die nur ganz wenige Menschen bekommen. Alles geschieht, wie es geschehen soll, und unsere einzige Aufgabe ist es, das Beste daraus zu machen.«

Er nahm einen Zug von seiner Pfeife und blickte gedankenverloren aus dem Fenster.

»Mittlerweile genieße ich mein Leben, wie ich es noch nie zuvor genossen habe. Ich lasse meinem Geist oft tagelang freien Lauf, ohne ein schlechtes Gewissen dabei haben zu müssen. Es gibt zwar kaum Technik, aber dafür ist alles entschleunigt hier.«

Singer sagte nichts.

Akar füllte sein Glas erneut und blickte Singer direkt an. Es war ein weiser Blick, der mit einem Mal nicht mehr zu dem jungenhaften Gesicht zu passen schien.

»Was ich dir als alter Mann gerade sagen möchte, ist Folgendes«, sagte Akar. »Du hast alles getan, was du konntest. Mehr Druck ausüben zu wollen wird keine größere positive Wirkung bringen. Wir können nicht immer alles im Leben kontrollieren, manchmal müssen wir auch loslassen und einfach vertrauen. Jetzt ist es an der Zeit, sich ein wenig zurückzulehnen und abzuwarten. Und wer weiß, vielleicht passieren so Wunder.«

Er hob sein Glas.

Singer lächelte.

»Danke für die Weisheit, alter Mann«, sagte er und stellte sein Glas auf dem Tisch ab.

Akar wollte ihm gerade noch mal einschenken, als ein gellender Schrei die Luft zerriss.

# 28

Er kam aus dem oberen Stock, aus dem Gästetrakt. Ohne zu zögern, sprang Singer auf, lief aus dem Zimmer, die Treppe hoch, die unter seinen Füßen so laut knarrte, als wäre ein Baum kurz vor dem Umfallen.

Das zweite Stockwerk bestand aus einem Gang mit drei Türen. Die Badezimmertür gegenüber dem Treppenaufgang. Eine Tür rechts daneben, die andere links daneben.

Singer rannte nach rechts und stieß die Tür auf.

Hanna kniete auf dem Boden, Franz lag neben ihr, die Augen zusammengepresst, sein Körper zuckte wild und unkontrolliert.

Hanna hielt seinen Kopf, schrie seinen Namen immer wieder, aber Franz reagierte nicht.

Voller Panik blickte Hanna zu Singer hoch.

»Er hat noch gesagt, etwas sei komisch«, keuchte Hanna, ihr Gesicht weiß wie eine Leinwand, die Augen weit aufgerissen. »Dann ist er plötzlich zusammengebrochen und wacht nicht wieder auf. Franz, Franz!«

Sie tätschelte sein Gesicht, aber Franz reagierte nicht. Sein Mund war blutig, weil er sich selbst auf die Zunge biss.

Als Hanna versuchte, ihm mit Gewalt den Kiefer zu öffnen, nahm Singer ihre Hand. Ihre Blicke trafen sich. Singer sah die Angst darin.

Was sie erlebte, war der wohl erste epileptische Anfall, den Franz in seinem Leben hatte. Es würde noch viele geben, bis er endlich seine Medikamente regelmäßig einnehmen würde.

Als Singer ihn als Kind das erste Mal krampfend gesehen hatte, war er genauso verstört gewesen wie Hanna in diesem Moment.

Hanna wollte die Hand wegziehen, aber Singer hielt sie fest.

»Bitte!«, schrie sie. »Wir müssen ihm helfen!«

»Es ist gleich vorbei«, sagte Singer ruhig.

Akar kam in den Raum gelaufen, dicht gefolgt von Vera und kurz darauf Lorie.

»Brauchen wir einen Arzt?«, fragte Akar, aber Singer schüttelte den Kopf.

»Natürlich brauchen wir einen Arzt, und zwar schnell!«, rief Hanna. »Er stirbt sonst, sehen Sie ihn doch an! Er beißt sich seine eigene Zunge ab!«

»Wir warten ab«, sagte Singer und sah Hanna an. »Vertrauen Sie mir.«

Sie erwiderte seinen Blick, und etwas änderte sich in ihr, denn unwillkürlich legte sie den Kopf schief und schüttelte ihn kaum merklich.

Es dauerte keine Minute, bis die Muskeln in Franz' Körper nach und nach zu krampfen aufhörten und er sich entspannte. Er blieb auf einer Seite liegen und schlief. Atmete tief und gleichmäßig.

Lorie holte eines der Kissen vom Bett und reichte es Hanna, und Hanna bettete Franz' Kopf darauf.

Jetzt, wo der Kaumuskel entspannt war, ließ sich Franz' Mund leicht öffnen. Er hatte eine Bisswunde auf der Zunge, aber nicht sonderlich tief.

Hanna strich ihm über die Wange, ihr Blick war immer noch starr und angsterfüllt, als könnte es jeden Moment mit einem neuen Anfall weitergehen.

»Es ist alles gut«, sagte Singer. »Er wird ein wenig schlafen, und dann einen Moment verwirrt sein, aber schon ein paar Minuten später wird er sich fühlen, als wäre nichts gewesen.«

Hanna hob den Blick und sah Singer direkt an.

»Es ist alles gut«, wiederholte Singer. »Nichts Bedrohliches. Machen Sie sich keine Sorgen.«

»Woher … woher wissen Sie …«

Sie hauchte die Worte nur. Leise genug, dass Vera sie übergehen konnte, indem sie sagte:

»Ich glaube, es ist besser, wenn wir Sie jetzt in Ruhe lassen. Wir lassen die Tür offen stehen, und Sie brauchen nur zu rufen, und wir sind bei Ihnen.«

Hanna nickte und richtete ihren Blick wieder auf Franz, der ruhig schlief.

»Ich brauche eine Zigarette«, sagte sie. »Dringend.«

Vera zog ein Päckchen Marlboro aus der Tasche ihres Kleids und hielt es Hanna hin.

Hanna nahm sich eine, steckte sie zwischen die Lippen. Akar reichte ihr Feuer. Hanna inhalierte tief in ihre Lungen und blies den Rauch danach genussvoll aus.

Singer beobachtete sie dabei. Das Bild seiner Mutter ohne Haare und Brauen, mit tiefen schwarzen Ringen unter den Augen schob sich vor ihr Gesicht.

»Danke«, sagte Hanna lächelnd.

Vera legte das Zigarettenpäckchen auf den Tisch, Akar platzierte sein Feuerzeug daneben, dann verließen sie das Zimmer.

Akar blieb an der Treppe stehen, nickte ihnen zu und setzte sich auf die oberste Stufe, um Wache zu halten.

# 29

Lorie und Singer saßen auf der Terrasse und blickten auf den See hinaus, an dessen Ufer Franz und Hanna auf einer Bank saßen.

Es hatte nur eine halbe Stunde gedauert, bis sie heruntergekommen und zum Wasser geschlendert waren. Franz wirkte noch ein wenig neben der Spur, Hanna weiterhin besorgt.

Hanna hatte den Kopf an seine Schulter gelegt, Franz den Arm um sie.

Eine dünne Rauchfahne stieg von Hannas Zigarette auf und verlor sich kurz vor den unteren Ästen des Baums neben ihnen.

»Machen auf mich den Eindruck eines sehr glücklichen Paars«, sagte Lorie irgendwann zu Singer.

»Vielleicht jetzt noch«, sagte Singer. »Aber das wird sich ändern.«

Lorie zögerte, vorsichtig fragte sie:

»Wie war er davor? Franz. Du sagtest, er war nicht länger für euch da, als sie krank wurde. Wie war dein Vater vor der Krankheit deiner Mutter?«

Es dauerte, bis Singer antwortete. Es waren Erinnerungen, die er verdrängt hatte.

»Anders«, sagte er dann.

»Und wie hast du die Jahre vor ihrer Krankheit allgemein in Erinnerung?«

»Ich war sehr jung.«

»Du erinnerst dich an alles, was du jemals erlebt hast, aber an das nicht?«

Singer dachte nach.

»War es eine schlechte Zeit?«

»Ich glaube nicht.«

»Hier ist eine Frage für dich«, sagte Lorie. »Denkst du nicht, dass die Gewissheit über das baldige Ende eines geliebten Menschen einen von Grund auf verändern kann?«

Singer sagte nichts.

»Du meintest, er habe sein wahres Gesicht gezeigt, nämlich dass er Hanna nie geliebt hat«, sagte Lorie. »Vielleicht hat er sie so sehr geliebt, dass er den Gedanken nicht ertragen konnte, sie zu verlieren. Vielleicht war die Angst zu groß, und er hat sich einen Schutzwall gebaut.«

»Selbst wenn, und ich glaube es nicht«, sagte Singer. »Es macht keinen Unterschied.«

»Bist du da sicher?«

Singer sagte nichts.

Lorie lehnte sich zurück, steckte sich eine Zigarette in den Mund und zündete sie an. Dann legte sie ihre freie Hand auf Singers. Sie saßen eine ganze Weile da, ohne zu sprechen, und blickten weiter auf den See hinaus.

Zum Abendessen saßen sie alle zusammen auf der Terrasse. Immer wenn ein Telefon läutete, verschwand entweder Vera oder Akar für ein paar Minuten nach drinnen, denn sie hatten ihre Leute nach Hause geschickt.

Im Außenkamin auf der Terrasse loderte Feuer. Es roch nach brennendem Holz, nach dem Wasser des Sees, nach Gras und nach Regen.

Während die Wolken im Westen weit auseinanderlagen, verdichteten sie sich im Osten und verfärbten sich allmählich grau.

Akar hatte den Steingrill angezündet und grillte Filetsteaks aus der Tiefkühltruhe im Keller. Vera hatte Beilagen hergerichtet: Bratkartoffeln, Grillgemüse, Reis mit Erbsen und Mais, Weißbrot, unterschiedliche Dips.

Die Sonne stand tief und tauchte den Himmel in ein orangerotes Licht.

»Heute Nacht wird es Regen geben«, bemerkte Akar, nachdem er die erste Runde Steaks ausgeteilt hatte.

Singer betrachtete das Stück Fleisch auf seinem Teller. Kein synthetisches Fleisch.

Akar zwinkerte ihm zu.

»Nach den ersten Bissen hast du dich daran gewöhnt.«

Es war ein langer Tag gewesen, und sie alle aßen mit großem Appetit. Singer beobachtete Franz und Hanna die ganze Zeit über.

Er hatte den Eindruck, dass Hanna sich nicht unwohl fühlte. Sie lachte und hörte Vera zu, als diese von ihrer ersten Begegnung mit Akar erzählte.

Anders als Franz. Zwar schien es ihm wieder gut zu gehen, aber das Misstrauen in seinem Blick war unverhohlen.

Seine Augen schweiften ruhelos umher: von Vera zu Akar, zum See, zum Haus. Und schließlich zu Singer.

»Alles in Ordnung, Herr Singer?«, fragte Singer.

»Prächtig«, sagte Franz. »Meine Frage ist nur, wie es jetzt weitergeht. Während wir hier am Starnberger See sitzen, verschwenden meine Kollegen Steuergelder, um nach uns zu suchen.«

Es wurde ruhig am Tisch.

»Unsere Leute sind dabei, Erkundigungen einzuholen«, sagte Vera nach ein paar Augenblicken. »Dann werden wir mehr wissen, wem bei der Polizei wir vertrauen können und wem nicht.«

»Bis dahin ist es wichtig, dass Sie von den Radaren dieser Leute verschwinden, die nach Ihnen suchen«, sagte Singer. »Sie haben selbst gesehen, wozu sie fähig waren.«

Franz stellte weitere Fragen. Was meine Vera, wenn sie sagte, sie wolle »Erkundigungen einholen«? Wie würden die nächsten Tage aussehen? Vera und Akar antworteten geduldig und ausführlich.

»Und woher wissen wir, dass wir Ihnen vertrauen können?«, fragte Franz schließlich.

Singer wollte etwas sagen, aber Hanna war schneller.

»Hören Sie nicht auf ihn«, sagte sie. »Wir sind Ihnen sehr dankbar für das, was Sie für uns tun. Und es ist ein ganz besonderer Ort hier.«

Franz warf ihr einen bösen Blick zu, den Hanna mit einem spontanen Kuss auf seine Wange erwiderte. Franz konnte nicht anders, als zu lächeln.

Er legte den Arm um sie und zog sie an sich.

Vera reichte eine Zigarettenpackung herum. Franz und Singer waren die einzigen, die keine nahmen.

Alle tranken Bier, und es dauerte nicht lange, bis die anfänglich verhaltene Stimmung lockerer wurde.

Die Gesprächsthemen drehten sich um alltägliche Dinge. Vera erklärte ihnen, wie man im Badezimmer in der Gästeetage warmes Wasser bekam.

Dann ging sie rein und machte Tee, und Akar räumte die Teller ab.

Hanna zündete sich eine weitere Zigarette an. Ihre Blicke trafen sich. Hanna lächelte Singer zu.

Sie war so jung, so gesund und unbeschwert.

»Sie rauchen eine ganze Menge«, sagte Singer, direkter als geplant.

Hanna legte den Kopf schief und sah ihn an. Sie lächelte, zuckte mit den Schultern.

»Von irgendetwas muss man sterben«, sagte sie. Dann strahlten ihre Augen mit einem Mal. »Machen Sie sich um mich keine Sorgen. Ich werde hundert Jahre alt, wie meine Großmutter. Dann werde ich einfach im Schlaf von dieser Welt gehen.«

Singer spürte einen Stich in der Magengrube.

»Darauf trinken wir«, sagte Franz und hob sein Glas. »Ich glaube nicht einmal, dass Rauchen wirklich so ungesund ist«, sagte er dann. »Warum rauchen sonst zwei Drittel aller Menschen?«

»Sie rauchen nicht, Franz«, sagte Singer.

Franz winkte ab.

»Hat mir nie geschmeckt. Aber das ist ja das Schöne in Westdeutschland: Wir sind frei. Jeder kann tun und lassen, was er möchte.«

Er hob sein Glas und trank es in einem Zug leer.

»Lassen Sie dem armen Mädchen doch ihre Zigaretten«, sagte Franz danach. »Nach dem heutigen Tag kann sie sie brauchen. Beruhigt die Nerven.«

Lorie blickte Singer an, und sie schüttelte leicht den Kopf.

Singer wollte in dem Augenblick eine ganze Menge sagen. Aber stattdessen beschloss er, zu nicken und zu lächeln. Zumindest versuchte er es. Er war aus einem bestimmten Grund hier. Er hatte einen Auftrag.

Vera kam in diesem Moment mit Tee zurück, was die Spannung in der Luft durchbrach.

Trotz allem gingen die nachfolgenden Gespräche an Singer vorbei. Ein Wind setzte ein, der die Bäume am See leicht schwanken ließ und Wellen erzeugte, die an das begraste Ufer schwappten.

Irgendwann stand Singer auf und entschuldigte sich. Er ging zum See, setzte sich auf die Bank vor der Venusstatue und blickte hinaus aufs Wasser.

Es dauerte ein paar Minuten, bis er ruhiger wurde. Er atmete tief ein und aus und begann dann, innerlich zu fluchen.

Vielleicht konnte er seine Eltern vor Elsa Meredith retten, aber sie würden ihr Leben genauso leben, wie sie es davor gemacht hatten. Alles würde sich genau so wiederholen. Die Krankheit seiner Mutter. Die Entfremdung seiner Eltern mit ihrem katastrophalen Ende. Singers zerstörte Kindheit und Jugend.

Er roch ihr Parfüm und hörte ihre Schritte hinter sich auf der Wiese, und sein Körper erstarrte.

Ohne ein Wort zu sagen, setzte sich Hanna neben ihn auf die Bank und blickte ihn an.

»Sie sollten nicht hier sein«, sagte Singer, ohne sie anzusehen. »Ihrem Mann wird das nicht gefallen, wenn Sie mit mir allein reden, das kann ich Ihnen jetzt schon sagen.«

»Machen Sie sich über ihn keine Gedanken«, sagte Hanna. »Er ist ein anderer Mensch, wenn man ihn besser kennt.«

Singer unterdrückte ein Schnauben.

»Manchmal im Leben kommt es vor, dass man etwas spürt«, sagte Hanna dann. »Zum Beispiel, wenn man einen anderen Menschen trifft, den man noch nie zuvor gesehen hat, aber trotzdem das Gefühl hat, ihn zu kennen.«

Die dunklen Wolken hatten sich mittlerweile über den gesamten See verteilt. In der Ferne grollte Donner.

»Woher wussten Sie so gut über Franz' Anfall Bescheid?«, fragte sie. »Es hätte auch schlimm ausgehen können. Aber Sie waren so ruhig, als hätten Sie das alles schon mal miterlebt. Es war fast gruselig.« Sie sah ihn an. »Und das Gruseligste war, dass ich Ihnen alles geglaubt habe und durch Ihre Worte beruhigt war.«

Singer sagte nichts. Starrte nur auf den See vor sich.

Er nahm dabei das erste Mal die Insel zu ihrer Linken wahr. Sie lag in einiger Entfernung in Richtung Süden, nahe dem anderen Ufer. Die Gebäude und der Garten wahrscheinlich verwahrlost, da die Insel erst 1970 in Staatsbesitz übergehen würde. Er wusste das, weil er damals, mit acht Jahren, während des Ausflugs davon gelesen hatte. Er erinnerte sich an die herrschaftliche Villa auf der Insel und an den wunderschönen Rosengarten. Er erinnerte sich, wie aufgeregt er gewesen war, an dem Tag, als seine Eltern ihm die Insel zum ersten Mal gezeigt hatten. Sie waren mit der Fähre hingefahren und hatten den Nachmittag dort verbracht. Er erinnerte sich, wie er mit seinem Vater alle Wege abgegangen war, während seine Mutter in der Sonne gesessen hatte.

Die Bilder standen Singer mit einem Mal klar vor Augen. Er erinnerte sich sogar an die Spukgeschichten, die ihm sein Vater über die Insel erzählt hatte, um ihm Angst zu machen.

Aber er hatte keine Angst gehabt. Er hatte gewusst, dass seine Eltern bei ihm waren.

Es war der 6. Juli gewesen, das Jahr 2002.

Singer war damals acht Jahre alt gewesen.

An dem Tag war er glücklich gewesen.

»Sie lächeln«, sagte Hanna. »Das sieht man nicht oft auf Ihrem Gesicht.«

Singer sah sie an. Begegnete ihrem freundlichen Blick.

»Wollen Sie mir sagen, worüber Sie gerade nachgedacht haben?«, fragte Hanna.

»Sie sind ganz schön neugierig.«

»Höre ich nicht zum ersten Mal. Ich habe schon ein paar Mal versucht, es mir abzugewöhnen. Nicht so erfolgreich, um ehrlich zu sein.«

Singer lächelte.

»Ich denke über die Gesamtsituation nach.«

»Und? Sind Sie damit zufrieden?«

»Ich weiß es nicht«, sagte Singer.

»Wenn man geduldig ist, wird man Erfolg haben«, sagte Hanna. »Daran glaube ich fest. Vielleicht ist die Lösung, nach der wir suchen, letzten Endes näher, als wir glauben mögen. Vielleicht wird alles bald wieder gut.«

Singer sah die Grübchen auf ihren Wangen, die gerunzelte Stirn und den offenen Blick in ihren durch die Brillengläser vergrößerten Augen.

»Gut gesagt«, sagte Singer, immer noch lächelnd. »Unsere Untersuchungen laufen. Und verlieren Sie niemals Ihren Optimismus.«

Hanna schüttelte den Kopf.

»Werde ich nicht, versprochen. Ich lese eine Menge Bücher mit tollen Figuren. Niemand verliert darin jemals den Mut, und das inspiriert mich. Ich mag Menschen, die wissen, wonach sie im Leben suchen sollen.«

»Und wonach suchen Sie im Leben, Hanna?«

Sie seufzte.

»Vielleicht klingt es altbacken«, sagte sie. »Aber ich bin glücklich mit dem, was ich tue. Mein Beruf macht mir Spaß, und jetzt möchte ich eine Familie. Mit Franz. Drei Kinder, vielleicht mehr.«

Singer blickte auf den See hinaus.

»Klingt nach einem schönen Plan«, sagte er leise.

»Ich spüre, dass da so viel in mir ist, das ich weitergeben möchte«, sagte Hanna. »Ich möchte meine Kinder lieben, sie beschützen und sie aufwachsen sehen. Mir ist es egal, wo ich wohne, welches Auto wir fahren und wie viel wir verdienen. Egal, was kommt. Ich weiß, dass ich mit Franz zusammen alles meistern kann.«

»Ich hoffe, dass Sie richtig liegen«, sagte Singer. »Ich wünsche es Ihnen von ganzem Herzen.«

Hanna lachte auf einmal.

»Was ist so lustig?«, fragte er.

»Entschuldigen Sie, wenn es sehr unhöflich klingen sollte, aber aus irgendeinem Grund haben Sie mich heute schon einige Male an Franz erinnert«, sagte sie. »So, wie Sie Ihre Brauen zusammenziehen, wenn Sie nachdenken. Oder ihre bedächtige Art, zu sprechen, und ihre Höflichkeit. Und, jetzt lachen Sie bitte nicht: wie Sie sich um mich sorgen. Kein anderer Mann, den ich bisher kennengelernt habe, war so. Außer Franz und Sie, ein bisschen.«

Aber dann wurde sie ernst.

»Sind Sie wirklich vom BND, Herr David?«

Diesmal wich Singer ihrem Blick aus. Er hatte ihn so oft gesehen. Vor seiner Mutter zu lügen war nicht möglich. Jedes Mal hatte sie ihn sofort durchschaut.

»Wir sind hier, um Sie zu beschützen«, sagte Singer.

»Aber was wollen diese Leute von uns?«, fragte Hanna. »Wir sind gewöhnliche, uninteressante Bürger. Franz ist Streifenpolizist. Ich werde Ende dieses Jahres fertig ausgebildete Bibliothekarin sein. Wir sind glücklich, so wie wir leben. Aber wir haben nicht viel.«

»Es geht nicht darum, was Sie an Gegenständen besitzen.«

»Aber worum geht es dann? Als Sie vorhin im Auto gemeint hatten, dass diese Leute, die hinter uns her sind, bereit sind, einem die … die Schädeldecken zu öffnen – haben Sie das ernst gemeint?
«

Singer drehte sich zu ihr, sodass er sie vollends ansehen konnte.

»Ist Ihnen jemals an sich selbst etwas eigenartig vorgekommen?«, fragte er.

»Ich weiß nicht genau, worauf Sie hinauswollen.«

»Eigenheiten, die außerhalb der Norm liegen, zum Beispiel.«

»Ich fürchte, ich weiß immer noch nicht …«

»Besondere Fähigkeiten«, sagte Singer. »Begabungen.«

»Ich bin gut in meinem Beruf«, sagte sie. »Ich bin diszipliniert, arbeitsam und verlässlich.« Sie zuckte mit den Schultern. »Ich kann gut Geschichten erzählen.«

»Was ist mit Franz?«, fragte er. »Was fällt Ihnen ein, wenn Sie an ihn denken?«

»Er ist ein sehr attraktiver Mann, den ich von ganzem Herzen liebe«, sagte Hanna.

»Sonst nichts?«

»Er mag Hausarbeit nicht, ist ab und an jähzornig und flucht, aber er ist sehr liebevoll zu mir. Außerdem ist er ein sehr gewissenhafter Polizist.«

»Denken Sie nach.«

»Er kann sich Zahlen unglaublich gut merken.«

»Er sieht jünger aus, als er ist, finden Sie nicht?«

Hanna zuckte die Achseln.

»Wahrscheinlich haben Sie recht.«

»Denken Sie nach, bitte«, wiederholte Singer. »Die Reaktionen seines Körpers in Stresssituationen – kommt es vor, dass sie schneller sind als die der Leute, die Sie sonst kennen?«

»Sie stellen ja komische Fragen.«

»Es ist wichtig, Hanna.«

»Sie haben schon recht«, sagte sie nachdenklich. »Manchmal arbeitet sein Gehirn wirklich schnell. Er nimmt Dinge wahr, die ich nie im Leben bemerkt hätte. Er hat sehr gute Reflexe, beim Autofahren, oder wenn irgendwas runterfällt.«

Ihre Augen weiteten sich.

»Und seine Nase«, sagte sie. »Sie ist so unglaublich fein. Ich habe noch nie jemanden mit einem so guten Geruchsinn getroffen. Ob das Fluch oder Segen ist, kann ich nicht sagen.«

Singer biss die Zähne zusammen. Das alles deckte sich mit seinen Erinnerungen. Jetzt hatte er die Bestätigung.

Hanna blickte ihn an, die Augen voller Besorgnis.

»Warum fragen Sie das alles?«

Singer zwang sich zu einem Lächeln.

»Um mir ein Bild von der Gesamtsituation zu machen«, sagte er. »Machen Sie sich keine Sorgen.«

Die ersten Regentropfen schlugen auf der Wasseroberfläche auf. Bedingten eine Welle von konzentrischen Kreisen, die sich vom Mittelpunkt weg ausbreiteten.

»Wir sollten reingehen«, sagte Singer.

»Ich habe das Gefühl, dass Sie mir etwas Wichtiges verschweigen, Herr David.«

»Ich werde Ihnen morgen mehr erzählen«, sagte Singer. »In der Zwischenzeit bitte ich Sie, unser Gespräch für sich zu behalten. Kann ich auf Sie zählen?«

Er sah ihr in die Augen. Erwiderte ihren Blick, der seinen zu lesen versuchte.

Sie nickte.

»Gehen wir rein«, sagte er.

Sie ließ sich von ihm zurück zum Tisch führen. Die anderen waren dabei, den Rest des Gedecks abzuräumen. Sogar Franz half mit, was Singer in seinem Leben noch nie gesehen hatte.

Er tat so, als wäre er dabei in ein Gespräch mit Akar vertieft und würde gar nicht bemerken, dass sie zurückkamen. Singer sah seine zusammengepressten Lippen und den kalten Blick, den er Hanna zuwarf, und wusste, dass er eifersüchtig war.

Während die anderen in der Küche beschäftigt waren, ging Akar von Fenster zu Fenster und von Tür zu Tür und stellte sicher, dass alles geschlossen war.

»Niemand muss mehr raus heute?«, fragte er in die Runde. Als keiner antwortete, ging er zum Bücherregal im Wohnzimmer. Von der Küche aus konnten sie zusehen, wie er ein Fach mitsamt den Büchern darauf einfach aufzog wie eine Schranktür.

»Er hat ein Alarmsystem für das gesamte Haus konstruiert«, erklärte Vera.

»Hat es an jedem Fenster und jeder Tür angebracht, sodass wir sofort alarmiert werden, wenn jemand einbrechen möchte.«

Die falsche Bücherwand verdeckte den Blick auf Akar und das, was dahinterlag. Er war mehrere Minuten beschäftigt. Drei Mal fluchte er plötzlich lauthals los. Zwei Mal begann eine schrille Glocke in den oberen Stockwerken zu klingeln, die gleich wieder verstummte.

»Was stellt er so lange ein?«, fragte Hanna leise. Vera zuckte mit den Schultern.

»Auch wenn er sehr stolz darauf ist – das Gerät funktioniert noch nicht so ganz, wie es soll«, sagte sie. »Wenn ich das richtig verstehe, müssen die Kabel aus dem ganzen Haus zusammen an die Glocken geschaltet werden, und das ist nicht so einfach. Ein falsches Kabel am falschen Platz, und das ganze Ding funktioniert entweder nicht oder reißt uns irgendwann mitten in der Nacht aus dem Schlaf.«

Als Akar das Regal wieder schloss, sagte Vera:

»Wir wollen jetzt alle schlafen gehen. Morgen wird ein langer Tag.«

Sie deutete auf eine Tür, die vom Wohnzimmer abging.

»Dort drüben ist unser Schlafzimmer. Wenn ihr Fragen habt, klopft einfach. Jederzeit.«

Akar und Vera warteten, bis ihre Gäste nach oben gegangen waren, ehe sie die Lichter ausmachten.

Hanna und Franz verabschiedeten sich in ihr Zimmer.

Lorie und Singer blieben auf dem Gang stehen. Lorie zuckte mit den Schultern.

»In dem Haus gibt es nur zwei Gästezimmer«, sagte sie. »Wir müssen uns wohl oder übel eines teilen.«

Der Raum hinter der dritten Tür war spartanisch eingerichtet. Zwei Betten an jeweils einer gegenüberliegenden Wand, eine leere Kommode, ein ebenso leerer Schrank, der nach Mottenkugeln roch. Weiße Wände ohne Bilder.

Lorie setzte sich auf eines der Betten. Zog Stiefel und den Mantel aus und warf sie achtlos auf den Boden.

»Ich gehe duschen«, sagte Singer, ging ins Badezimmer und schloss die Tür hinter sich. Horchte. Hörte nichts außer das Knarren des Holzes in den Dachbalken über ihm.

Er zog sich aus und duschte heiß. Mit einem Mal kam ihm die gesamte Situation vor wie ein Traum.

Alles. Jedes Ereignis. Die Tatsache, dass Franz und Hanna, seine Eltern, nur wenige Meter entfernt im anderen Zimmer schliefen.

Als er aus der Dusche kam, stand der Wasserdampf im Raum. Singer ging zum Fenster, suchte den Rahmen nach Kabeln von Akars Alarmanlage ab, aber es gab keine, also kippte er es.

In einem Becher neben dem Waschbecken steckten in Plastik verpackte Zahnbürsten. Er nahm eine davon und benutzte die Paste in der Tube daneben.

Er ließ sich Zeit, und blickte dabei in den Spiegel. Er sah schrecklich aus.

Fünf Jahre älter als sonst. Augen- und Stirnfalten ausgeprägter, bläuliche Ringe unter den Augen, die Haut ungesund blass.

Als er zurück ins Zimmer kam, saß Lorie immer noch auf ihrem Bett.

»Worüber hast du mit Hanna gesprochen?«, fragte sie.

»Ich denke, dass Franz über bestimmte Fähigkeiten verfügt«, antwortete er. »Die Chance besteht, dass er die Westerzellen sehr wohl in sich trägt, wahrscheinlich nur in sehr viel geringerer Menge.«

»Und Hanna?«

Singer schüttelte den Kopf.

Lorie lehnte sich zurück. Stützte sich mit den Händen hinter sich auf dem Bett ab.

»Wie war es?«, fragte sie dann. »Ich meine, mit deiner Mutter zu sprechen. Allein.«

»Sie ist nicht meine Mutter«, sagte Singer. »Sie ist eine neunzehnjährige Frau, die erst in fünfundzwanzig Jahren Mutter werden wird.«

Lorie schüttelte den Kopf. Wollte etwas sagen, aber brach ab.

»Warum erst so spät?«, fragte sie schließlich.

»Weil sie auf natürlichem Weg keine Kinder bekommen konnten«, sagte Singer. »Auch wenn sie es beide wollten.«

»Du bist adoptiert?«

»Nein. Aber je näher die Jahrtausendwende kam, desto bessere Möglichkeiten gab es, um nachzuhelfen.«

Die Luft im Raum war drückend, obwohl das Fenster weit geöffnet war und der Regen draußen mittlerweile unaufhörlich fiel. In unregelmäßigen Abständen blitze es, was den gesamten Himmel jäh aufhellte, und jedes Mal folgte ein tiefes Donnergrollen.

Im Raum war es zu warm, und Singer zog das Hemd aus.

Er spürte Lories Blick auf sich.

Als er sie ansah, blickte sie schnell in Richtung Boden.

Singer knipste die Lampe an seinem Nachttisch an und das Deckenlicht aus.

»Wir sollten schlafen«, sagte Lorie. »Wieder zu Kräften kommen.«

Aber sie bewegte sich nicht, sondern hob ihren Blick und sah ihm direkt in die Augen.

Singer setzte sich neben sie aufs Bett.

»Ich versuche, zu verstehen«, sagte sie leise, »warum das alles so passiert ist, wie es passiert …« Ihre Stimme brach ab.

»Es tut mir leid«, sagte Singer. »Ich wäre nie mit dir mitgekommen, hätte ich gewusst, was die Konsequenzen sind.«

Lorie schüttelte den Kopf. Ihre Augen glänzten, auch wenn sie sich sichtlich bemühte, gefasst zu wirken. Sie versuchte ein Lächeln.

»Es ist nicht deine Schuld«, sagte sie. »Es ist nur … ich will diese Bilder endlich aus meinem Kopf bekommen. Diese schrecklichen, grausamen Bilder.«

Wären die Tränen nicht über ihre Wangen geflossen, hätte man ihr nicht angemerkt, dass sie weinte.

»Es tut mir leid«, sagte er noch mal.

Lorie blickte ihn an. Hob die Hand und legte ihm einen Finger auf die Lippen.

»Keine Vorwürfe«, sagte sie leise. »Alles ist so gekommen, wie es gekommen ist. Wir können daran nichts mehr ändern.«

Sie sah ihn weiter an, ohne den Finger von seinen Lippen zu nehmen. Ihre Pupillen waren weit, ihr Atem ging flach und schnell.

Singer nahm ihre Hand in seine. Er streckte die andere Hand aus. Strich ihr eine Locke aus dem Gesicht hinters Ohr.

Anders als gerade eben noch atmete sie jetzt durch den Mund. Die Lippen waren leicht geöffnet. Die obere war geschwungen, die untere gerade. Beide voll und sinnlich.

Er roch immer noch die Sonne in den Haaren und das Seewasser auf ihrer Haut. Ihre Augen wanderten umher. Blieben an seinem Mund hängen. Sie biss sich auf die Lippen. Singer umfasste sanft ihr Gesicht. Sie ließ es zu.

Er küsste sie.

Im ersten Augenblick reagierte sie kaum. Dann aber tasteten sich ihre Lippen langsam vor, suchten seine. Zaghaft und verhalten. Singer gab ihr Spielraum, indem er den Kopf etwas zurückzog. Je mehr er das tat, desto näher kam sie. Desto leidenschaftlicher wurden ihre Küsse.

Er zog ihren Körper an seinen. Sie stöhnte auf, ließ sich zurück aufs Bett sinken. Er küsste ihren Hals, und als sie noch mehr stöhnte, umfasste er eine ihrer Brüste, die größer war als seine Handfläche, und küsste auch diese.

Dann ging er wieder hoch, zu ihren Lippen, und ließ seine Hand gleichzeitig an ihren Oberschenkel entlanggleiten. Ganz langsam, immer weiter nach oben. Sie trug keine Unterwäsche.

Sie krallte die Finger in seinen Bizeps. Streichelte mit der Hand über seine Bauchmuskeln.

Aber dann, mit einem Mal, zog sie die Hand zurück, drehte ihr Gesicht weg und setzte sich auf. Sie schob ihre Kleidung zurecht und hielt sich die Hände vors Gesicht.

»Was tue ich da eigentlich?«, flüsterte sie. »Was tue ich hier?«

»Du willst vergessen«, sagte Singer.

»Und du hilfst mir selbstloserweise dabei?«

»Ich könnte.«

Lorie stieß ein humorloses Lachen aus und schüttelte dabei den Kopf.

»Ich bin alt genug, um es in den Augen eines Mannes zu erkennen, wenn er nur seinen Spaß haben möchte. Außerdem bist du morgen wieder weg, und ich bin hier und …«

Sie stand auf, ging zum anderen Bett, kroch unter die Decke und drehte sich weg von ihm, zur Wand.

Singer blickte eine Weile auf den Boden. Dann stand er ebenfalls auf. Holte Jacke und Schuhe von dem Bettpfosten zu sich herüber. Legte sich ins Bett und machte das Licht aus.

Er hörte Lories Atem und den Regen draußen. Er hörte das Krachen und Knarren des in dem Haus verbauten Holzes und ein leises Schnarchgeräusch aus dem Untergeschoss.

Die Matratze war hart und unbequem, das Kissen zu hoch.

Singer dachte an seine Memorygel-Matratze in seiner Londoner Wohnung am Richmond Park. Er dachte an das Schloss in Irland, und versprach sich, es endlich zu kaufen, wenn er wieder zurück war.

Er dachte an das verlassene Haus an der Straße in Aubing, in dem Professor Murakami in ein paar Stunden den Zeittunnel öffnen würde.

Bevor er einschlief, konzentrierte er sich auf das Geräusch des Regens draußen.

# 30

Beim Eintreten stieg Elsa Meredith sofort der Uringeruch in die Nase.

Furtner, Zepters erster Mann, stand neben der Tür, ohne sich zu bewegen. Sein Gesicht war sehr blass.

Anders Mertens saß auf dem Stuhl in der Mitte des Raums, nackt, gefesselt, in einer Lache seines eigenen Bluts und Harns. Sein Kinn war gegen die Brust gefallen.

Zepter stand vor ihm. Er trug eine durchsichtige Plastikschürze und gelbe Putzhandschuhe, die bis zum Ellenbogen reichten. In der Hand hielt er eine Zange.

Als er sich umdrehte, erkannte Elsa Meredith ihn im ersten Augenblick kaum wieder. Sein Gesicht war blutverschmiert. Der

Ausdruck in den Augen wild und unfokussiert, als wäre er vollkommen in seiner eigenen Welt.

»Bald«, sagte er nur. »Bald.«

»Sie sind hier«, sagte Elsa Meredith. Sie glaubte, Enttäuschung in Zepters Blick zu sehen. Er hätte gern noch weitergemacht.

Sie betrachtete Mertens.

Blut floss über seine Hände, wo Zepter ihm Finger abgetrennt hatte. Blut floss über die rechte Seite seines Gesichts, wo Zepter ihm die Ohrmuschel abgetrennt hatte. Blut floss aus seinem Mund. Wie viele Zähne ihm Zepter entfernt hatte, konnte Elsa Meredith nicht sehen.

Es war auch nicht relevant. Relevant war, dass Mertens bald zehn Stunden gefoltert wurde und immer noch keine Informationen preisgegeben hatte.

Zepter schlug Mertens ins Gesicht, und Mertens fuhr mit einem Ruck hoch.

Zepter hockte sich vor ihn hin.

»Nenn mir die Standorte der Zentralen eures Observation Squad hier in der Umgebung.«

Ohne aufzublicken, sagte Mertens kaum hörbar:

»Ich weiß nicht, wovon Sie sprechen.«

Zepter gähnte gespielt laut.

»Das haben wir doch alles schon gehört«, sagte er. »Du weißt nicht, wovon wir sprechen. Du hast noch nie vom Observation Squad gehört, blablabla.«

»Es ist so«, keuchte Mertens. »Ich weiß nicht, was Sie von mir wollen. Das schwöre ich.«

Zepter zog ihm die Zange über den Schädel. Ein dumpfes, hohles Krachen, als das Metall gegen den Knochen schlug.

Mertens gab keinen Laut von sich. Ein neues Blutrinnsal lief seinen Kopf hinab und vermischte sich mit dem Blut auf seinem Gesicht.

Elsa wusste in dem Moment, dass Mertens nichts preisgeben würde. Nicht auf diese Weise. Er hatte sein Leben schon einmal gelebt. Vielleicht war es diese Gewissheit, die ihm die Kraft gab, die Folter zu ertragen.

»Wir wissen alle, dass du für sie arbeitest«, sagte Zepter. »Wir wissen, dass du damit beauftragt wurdest, mich zu beschatten. Jeden Schritt meines Lebens zu dokumentieren und an dein Institut weiterzuleiten. Ich möchte nicht, dass mich irgendjemand beschattet. Nathan Zepter braucht seinen Freiraum, um sich zu entfalten. Deshalb haben wir dich auch weggesperrt …«

Er machte eine Pause, weil Mertens wieder das Bewusstsein verloren hatte.

Also schlug Zepter ihn noch mal.

Wieder fuhr der Verhörte hoch, Verwirrtheit im Blick.

»Wir geben dir eine Chance«, sagte Zepter. »Eine faire Chance. Du hilfst uns, wir helfen dir.«

Mertens schwieg.

»Du nennst uns die Orte, an denen dein OS seine Außenstellen hier in der Gegend hat – und wir lassen dich im Gegenzug frei. Was sagst du dazu?«

Mertens hob langsam den Kopf. Sah Zepter an.

»Frei?«

»Frei. Aber wenn du uns nicht hilfst, machen wir hier so lange weiter, bis von dir nicht mehr viel übrig ist.«

Elsa ging vor und beugte sich zu Mertens hinunter.

»Sieh mich an«, sagte sie leise, aber auf eine Art, die Mertens sofort gehorchen ließ.

Er hob den Kopf.

Aus der Nähe sah er noch schrecklicher aus. In seinen Augen sammelte sich das Blut. Die Nase war schief und das gesamte Gesicht stark angeschwollen von all den gebrochenen Knochen. Außerdem hatte ihm Zepter einen Teil der Oberlippe abgeschnitten, und, so wie es aussah, die meisten Zähne gezogen.

Elsa Meredith konnte nicht anders, als einen gewissen Respekt für den Mann zu empfinden. Auch wenn sich gleich herausstellen würde, dass er all die Schmerzen und Qualen für nichts erlitten hatte.

»Möchtest du deine Kinder noch einmal sehen, Anders?«, fragte sie. »Barbara und Anke sind ihre Namen, nicht wahr?«

Mertens Körper zuckte mit einem Mal unkontrolliert. Er weinte.

»Ich möchte sie so gern sehen«, sagte er leise.

»Wir geben dir die Chance dazu«, sagte Elsa Meredith. »Alles, was du tun musst, ist, uns die OS-Zentralen zu nennen. Mehr nicht.«

Mertens Weinen wurde ausgeprägter.

»Ich weiß nicht, wovon Sie sprechen«, sagte er. »Ich weiß es wirklich nicht. Ich möchte nicht sterben. Bitte. Habt Erbarmen. Ich flehe euch an.«

Zepter packte ein Skalpell auf dem Instrumententisch neben ihnen, riss Mertens Kopf an den Haaren zurück und hielt ihm die Klinge direkt vor sein rechtes Auge.

Elsa Meredith kam näher, sodass ihre Lippen nur wenige Zentimeter vor seinem verbliebenen Ohr waren.

»Weißt du, was viel amüsanter wäre, als dich zu töten?«, flüsterte sie.

»Dir die Augen aus dem Kopf zu schneiden. Und weißt du, was wir dann damit machen könnten? Sie an deine Töchter verfüttern. Zusammen mit deinen Eiern. Wir lassen dein gesundes Ohr intakt, sodass du alles mithören kannst. Wie sie deine Organe hinunterwürgen und was meine Männer hinterher mit ihnen anstellen werden. Und dann werden wir sie umbringen und dich als Krüppel am Leben lassen. Dann wirst du dir wünschen, zu sterben, aber du kannst nicht, weil wir dir alles genommen haben, womit du dich hättest umbringen können. Wie klingt das für dich?«

Mertens stöhnte. Er kämpfte sichtlich, um sein Weinen zu unterdrücken, aber es gelang ihm nicht.

»Niemand kann so herzlos sein und Kinder in die Sache reinziehen«, sagte er leise.

Elsa Meredith seufzte.

»Sie haben recht, ich bin alles andere als herzlos«, sagte sie. »Deshalb hasse ich es auch, so etwas tun zu müssen. Ich hasse nichts mehr, als Gewalt gegen Unschuldige auszuüben. Sie sagen uns einfach, was wir wissen müssen, Herr Mertens, und alles wird gut. Tun Sie das allerdings nicht, werde ich jedes einzelne Wort meiner Drohung in die Tat umsetzen. Das schwöre ich Ihnen.«

»Sie verfluchte Bestie!«, schrie Mertens. »Sie Tier!«

»Ich möchte Gutes tun«, sagte Elsa Meredith. »In einem Ausmaß, das sich die wenigsten vorstellen können. Dafür bin ich bereit, Opfer zu bringen.«

Mertens spuckte sie an. Wollte sie anspucken, aber er hatte nicht die Kraft dazu, und deshalb war es nur ein blutiger Speichelfaden, der ihm aus dem Mund floss.

Elsa Meredith zuckte mit den Schultern. Sah Zepter an.

»Lassen Sie die Mädchen holen«, sagte sie kalt. »Und schneiden Sie ihm das erste Auge raus. Mal sehen, ob Herr Mertens seine Meinung dann ändert.«

Mertens schrie.

Zepter grinste sein wölfisches Grinsen und beugte sich zu ihm hinunter.

# 31

Singer schlug die Augen auf.

Draußen vor den Fenstern dämmerte es bereits.

Das Zwitschern der Vögel übertönte alle anderen Geräusche im Raum.

Lories Atmung. Das Knarzen des Gebälks an der Decke.

Singer setzte sich auf. Warf einen Blick auf die Uhr. Es war kurz nach sechs. Er blieb einige Augenblicke sitzen. Versuchte, herauszufinden, woher das flaue Gefühl im Magen kam.

Er stand auf. Nahm seine Kleidung und schlich lautlos aus dem Zimmer, um Lorie nicht zu wecken. Er zog sich auf dem Flur an. Hose,
T-Shirt, Jacke, Schuhe.

Als er sich wieder aufrichtete, wusste er, was nicht stimmte.

Es war der Geruch. Er hatte sich verändert. Etwas fehlte.

Singer rannte los. Am Bad vorbei, zum Zimmer von Franz und Hanna.

Die Tür war angelehnt, und er stieß sie auf.

Hanna schreckte aus ihrem Bett hoch, als Singer ins Zimmer lief. Die Decke auf dem anderen Bett fehlte, das Kissen war dort eingedrückt, wo der Kopf gelegen hatte.

Das Bett war leer.

Hannas Blick schoss von Singer zu dem leeren Bett und wieder zu Singer zurück.

»Wo ist er?«, fragte Singer.

»Ich … ich …« Sie sah sich um, ihre Bewegungen mit einem Mal panisch.

»Franz?«, rief sie. »Franz!«

Singer lief zurück zum Badezimmer. Die Tür war verschlossen. Singer schlug dagegen.

»Franz! Aufmachen!«

Als keine Reaktion kam, holte Singer aus und trat gegen die Klinke. Ein einziges Mal reichte aus, und die Tür flog auf.

Eine Wolke von Zedernholz und Bergamotte schlug Singer entgegen. Franz' Rasierwasser, das immer noch in der Luft lag. Trotz des weit geöffneten Fensters.

Singer lief hin und warf einen Blick hinunter. Ein behelfsmäßiges Rettungsseil aus Bett- und Handtüchern war um zwei Füße der Duschbadewanne gewickelt und führte über das Fensterbrett hinaus. Es reichte fast bis zum Boden in mehr als fünf Meter Tiefe.

Von Franz keine Spur.

Hanna hatte sich bereits hastig angezogen, als er wieder ins Zimmer kam.

Singer umfasste ihre Arme.

»Wo ist er?«, fragte er noch mal, lauter und eindringlicher als zuvor.

»Wir sind zu Bett gegangen, gestern«, sagte Hanna. »Franz hat das Licht ausgemacht. Mehr weiß ich nicht, das schwöre ich. Er muss sich aus dem Zimmer geschlichen haben.«

Singer ließ sie stehen und lief los. Lorie stand neben dem Treppenaufgang, barfuß in ihrem schwarzen Kleid, mit zerzaustem Haar und zusammengekniffenen Augen.

»Was ist los?«, fragte sie verschlafen.

»Franz ist weg«, sagte Singer, und mit einem Schlag war Lorie hellwach.

Singer lief die laut knarrenden Treppen hinunter ins Erdgeschoss.

Die Treppen hätten jeden verraten, der sich von oben hinunterschleichen wollte. Das hatte Franz auch gewusst.

Singer fluchte.

Er war unaufmerksam gewesen. Er hatte nicht einkalkuliert, dass sein Körper durch den Aufenthalt in der anderen Zeit in tieferen Schlaf fallen würde als gewöhnlich.

Die Tür zum Schlafzimmer unten öffnete sich zeitgleich mit Singers Ankunft im Erdgeschoss. Vera und Akar kamen in Bademänteln heraus, Kissenabdrücke auf dem Gesicht.

»Was ist passiert?«, fragte Vera mit ernstem Blick.

»Franz ist weg«, sagte Singer noch einmal.

»Kann nicht weit sein«, sagte Akar. »Hätte er das Haus verlassen, wäre der Alarm losgegangen. Die Kabel sind sehr anfällig. Man braucht nur an dem falschen zu ziehen, und schon klingelt es. Keine Chance, dass ein Fremder sie allein deaktiviert.«

»Er ist nicht im Haus«, wiederholte Singer. »Er hat sich vom Badezimmer aus abgeseilt.«

»Wie …«

»Er hat gesehen, dass das Badezimmerfenster nicht alarmgesichert ist.«

»Suchen wir den Garten ab«, sagte Vera. »Sofort.«

Akar deaktivierte die Alarmanlage, es dauerte nur wenige Augenblicke.

Franz war nicht im Garten.

Es nieselte. Singer suchte die feuchte Erde am Ende des Wäscheseils ab und fand, was er suchte.

Die Abdrücke im Gras waren nur noch undeutlich zu erkennen, aber sie waren da. Schuhgröße fünfundvierzig, sogar das Firmenlogo zeichnete sich ansatzweise ab.

Die Spuren führten um das Haus herum bis zur asphaltierten Zufahrtsstraße. Das Tor am Beginn des Grundstücks war hoch, die Spitzen an seinem oberen Ende ragten bedrohlich auf. Einige der Buchsbäume daneben sahen jedoch wie frisch gerupft aus. An ihnen hoch und rüber zum Nachbargrundstück zu klettern war keine leichte Aufgabe, aber machbar, besonders bei Tageslicht. Oder am frühen Morgen.

Singer ging näher hin. Trat an die Zweige. Schloss die Augen. Franz' Geruch war kaum wahrnehmbar, aber dennoch vorhanden.

Wenn alles vor vier Uhr noch dunkel gewesen war, konnte Franz noch nicht lange weg sein. Eine Stunde. Vielleicht weniger. Singer lief zurück zur Terrasse.

»Gehen wir rein«, rief er Akar zu, der in seinem Bademantel immer noch den Garten absuchte.

Hanna und Lorie standen im Wohnzimmer. Lorie hielt Hannas Hand und streichelte ihren Rücken. Als Singer eintrat, sah Hanna ihn voller Hoffnung an. Singer fixierte sie mit dem Blick.

»Hat er gesagt, wohin er gehen wollte?«

Hanna schüttelte den Kopf.

»Ich würde es Ihnen sagen«, sagte sie. »Ich hätte ihn doch nicht gehen lassen, hätte er mir etwas gesagt!«

Singer sah sie an und wusste, dass sie die Wahrheit sagte.

»Haben Sie eine Idee, wohin er gegangen sein könnte?«

Hanna biss sich auf die Lippen.

»Er möchte seinen Leuten Bescheid geben«, sagte sie tonlos. »Ich bin mir ziemlich sicher, dass er das vorhat.« Sie verstummte.

Lorie sah Singer an, dann Hanna, und fragte vorsichtig:

»Er ist zur Polizei gegangen?«

Hanna zuckte mit den Schultern.

»Er wird zurückkommen«, sagte sie. »Sonst hätte er mich nicht hier allein bei euch gelassen. Vielleicht sucht er einfach eine Telefonzelle, von der aus er sein Polizeirevier anrufen kann.«

Singer sah Vera an.

»Wie weit ist es bis Starnberg?«, fragte er.

»Fünf Kilometer, wenn man am Ufer entlanggeht«, sagte Vera. »Eine gute Stunde zu Fuß. Zehn Minuten mit dem Auto.«

Oben klingelte ein Telefon. Akar fluchte und lief hinauf. Noch war das Büro von keinem ihrer Mitarbeiter belegt.

»Ich glaube, er ist nach Starnberg gegangen«, sagte Singer zu den anderen. »Nächste größere Stadt, genügend Telefonzellen. Weniger auffällig, dort eine zu benutzen als in den umliegenden Käffern hier. Außerdem weit genug von diesem Haus entfernt, um sein Gewissen zu beruhigen. Er ist Polizist. Ich bin mir ziemlich sicher, dass er verstanden hat, dass Telefonleitungen abgehört werden können.«

Hanna packte Singers Arm. Ihre Augen waren vor Angst weit aufgerissen.

»Denken Sie, er ist in Gefahr?«

»Wir müssen hoffen, dass ihn niemand erkennt«, sagte Singer. »Die Polizei sucht nach Ihnen, so viel steht fest. Und wenn die Polizei ihn erwischt, wissen auch Ihre Feinde, wo er ist.«

Vera hatte die Arme verschränkt und die Stirn in tiefe Falten gelegt.

»Ich werde rausgehen und ihn suchen«, sagte Singer.

»Ich bin mir nicht sicher, ob das eine kluge Entscheidung ist«, sagte Vera.

»Ich bin hier, um sie zu schützen«, gab er zurück. »Solange ich hier bin, werde ich diese Aufgabe auf niemand anders abschieben.«

Vera schwieg.

»Ich weiß, dass ich ihn finden werde«, sagte Singer. »Ich brauche nur ein Auto.«

Vera ging zu einer Kommode zwischen zwei Aktenschränken. Griff in die Schale darauf und holte den Schlüssel hervor.

»Es gibt nur eine Straße den See entlang Richtung Starnberg, korrekt?«, fragte Singer.

»Und einen kleinen Spazierpfad direkt am Ufer«, sagte Vera. »Aber wenn es geregnet hat, ist der so schlammig, dass man ihn kaum benutzen kann. Wenn er wirklich nach Starnberg gegangen ist, dann auf der Straße. Man könnte natürlich auch an der Landstraße gehen, aber das wäre ein Umweg.«

»Ich bin gleich wieder da«, sagte Singer und wandte sich zum Gehen.

»Hey!«

Singer hielt inne und drehte sich um. Lorie war von ihrem Stuhl aufgestanden.

»Ich kann dir helfen«, sagte sie. »Ich komme mit dir.«

Singer sah den panischen Ausdruck auf Hannas Gesicht.

»Besser, du bleibst hier«, sagte er. »Kümmere dich um sie. Ich bin gleich wieder da.«

Lorie verstand und nickte.

»Sei vorsichtig.«

Vera begleitete ihn in den Vorraum, reichte ihm den Schlüssel für den Käfer und stellte sich dabei auf die Zehenspitzen, um ihm etwas ins Ohr zu flüstern.

»Check das Handschuhfach«, sagte sie. »Und falls das nicht reicht, könnte der Radkasten unter Umständen auch interessant sein.«

Sie sah Singers fragenden Blick und zuckte mit den Schultern.

»Wie gesagt, im Fall der Fälle. Wenn du mal so alt bist wie ich, wirst du verstehen, wie schnell sich der Lauf der Dinge ändern kann.«

Sie klopfte Singer auf die Schulter. »Bis gleich.«

»Gib mir eine Telefonnummer«, sagte Singer. »Damit ich anrufen kann, sollte etwas nicht nach Plan laufen und ich nicht nach spätestens einer Stunde wieder hier bin.«

Vera nannte sie ihm. Singer lief raus zum Parkplatz. Der Käfer war das einzige Auto, das noch dort stand, nachdem einer der OS-Mitarbeiter Lories Alfa am Vortag noch in die Werkstatt gefahren hatte. Singer stieg ein und fuhr bis zum Tor, und während er wartete, bis es sich öffnete, blickte er ins Handschuhfach.

Es war leer bis auf den Zulassungsschein. Singer nahm die Papiere heraus und dann die Platte des falschen Bodens. Sah die Browning High-Power, eingebettet in Schaumstoff. Er nahm sie heraus, checkte das Magazin und steckte sie in die Jackentasche. Dann legte er alles zurück an seinen Platz und fuhr los. Das

Scheibenwischsystem bestand aus einem einzigen, dreißig Zentimeter langen Wischstab. Es war Glück, dass der Regen nur noch schwach war und die Aussicht auf die Straße vor ihm nicht zu verschwommen.

Erst fuhr er langsam und ließ den Blick pendeln.

Die Straße war schmal und trennte rechts die Villen von ihren Seegrundstücken auf der linken Seite.

Kein Mensch war zu sehen.

Singer trat aufs Gas. Er bremste erst ab, als eine Gabelung vor ihm auftauchte. Eine Anrainerstraße führte nach rechts, vom See weg, wo sie zweifellos bald in die Bundesstraße einbiegen würde. Nach links zog sich ein Wanderpfad am See entlang, noch vor den Häusern in der ersten Uferreihe. Zu eng für ein Auto.

Singer stieg aus. Machte ein paar Schritte auf den Pfad zu. Die Wurzeln der umstehenden Bäume ragten aus der vom Regen aufgeweichten Erde. Keine Fußspuren am Boden.

Singer ging zum Wagen und dann ein Stück die Anliegerstraße entlang. Niemand sonst unterwegs. Er roch die Tannennadeln, die Buchenblätter und das Regenwasser.

Er hatte einmal gelesen, dass der Geruch von Regen sich aus zwei Komponenten zusammensetzte: Öle, die Pflanzen während Trockenzeiten produzierten und bei Regen freisetzten, und Bakterien im Boden, die Aerosole bildeten, wenn sie mit Wasser in Berührung kamen.

Singer roch die Öle, und er roch die Aerosole.

Und dazwischen roch er, ganz fein und kaum wahrnehmbar, den Duft von Zedernholz und Bergamotte.

Er ging noch einige Meter. Mit jedem Schritt wurde der Geruch nach Franz' Rasierwasser ein klein wenig ausgeprägter. Vera hatte recht gehabt. Franz hatte nicht den Spazierpfad am Ufer genommen.

Singer lief zurück zum Wagen und fuhr weiter, nach einem halben Kilometer erreichte er die Bundesstraße nach Starnberg.

Singer fuhr zehn Minuten lang, ohne den Seitenstreifen aus den Augen zu lassen.

Keine Spur von Franz.

Starnberg war 1969 nicht mehr als ein Dorf, das um diese Tageszeit wie ausgestorben wirkte. Es fuhren nur einzelne Autos. Singer kam vorbei an Cafés, Gasthäusern und kleinen Lebensmittelgeschäften. Die Ladenschilder trugen Namen in geschwungener

Schrift. Einige davon waren selbst geschrieben. Nur in den Bäckereien brannte schon Licht, das auf den regennassen Bürgersteig fiel. Es roch nach frisch gebackenen Brötchen, nach Regen auf dem Asphalt, nach nasser Erde, nach den Abgasen des Käfers. Franz' Geruch hatte sich darin verloren.

Singer achtete auf jede Telefonzelle am Straßenrand. Keine war besetzt. Er verlangsamte sein Tempo, als er einen Mann sah, der eingewickelt in einen Mantel und mit Hut auf dem Kopf in Richtung Bahnhof eilte. Der Mantel passte wie angegossen. Wenn Franz Kleidung von Akar gestohlen hätte, wäre diese locker fünf Nummern zu weit.

Singer beschleunigte wieder. Von der Straße aus konnte er auf die Gleise des Bahnhofs sehen. Er zählte acht Wartende, drei Frauen, fünf Männer. Keiner davon war Franz. Auf dem Bahnhofsplatz standen mehrere überdachte Telefonboxen an der Wand.

Eine davon war belegt, von einer Frau in Pelzmantel. Dort sah Singer auch die Plakate. Die Überschrift in Großbuchstaben:

»GESUCHT!«

Darunter Schwarzweißbilder von Hanna und Franz. Sie hingen in jeder der Telefonboxen und an den Scheiben des Bahnhofsgebäudes, außen und innen.

Und nicht nur Bilder von Hanna und Franz.

Ein Phantombild von ihm selbst hing daneben.

»Gesucht wegen Entführung und Mord«, prangte in fetter Schrift darunter.

Singer blickte auf die Uhr. Weniger als sechs Stunden, bis sich der Zeittunnel in dem Haus in Aubing öffnen würde.

Singer fuhr ans andere Ende der Stadt. Hielt Ausschau auf jeder einzelnen Straße. Fuhr am Polizeirevier vorbei. Überall Fehlanzeige.

Es war an der Zeit, über andere Möglichkeiten nachzudenken. Darüber zum Beispiel, dass Franz Hanna zurückgelassen hatte und nach München gefahren war. Oder dass er hier direkt ins Polizeirevier marschiert war. Dass er jetzt, in diesen Augenblicken, dabei war, die ganze Geschichte zu erzählen.

Alles war möglich.

Singer stoppte einige Straßen weiter vor einer Telefonzelle und stieg aus, ohne den Motor auszumachen. Nur noch vereinzelt trafen ihn Regentropfen im Gesicht.

Erst jetzt merkte Singer, dass sich seine 3D-gedruckten Stiefel ausgeweitet hatten. Der Halt fehlte. Die Qualität war für eine Stunde Benutzung ausgelegt, nicht für vierundzwanzig.

Singer betrat die Telefonzelle, warf eine Mark ein und wählte die Nummer, die Vera ihm gegeben hatte.

Wartete.

Auch hier hing das Plakat mit den Fahndungsbildern von Franz und Hanna, diesmal keines von ihm selbst.

Singer las, was auf den Plakaten stand. Polizeiobermeister Franz Singer und seine Frau, Johanna Singer, seien am Mittag des 1. Juli vor ihrem Haus in München Aubing nach einem Schusswechsel von unbekannten Terroristen entführt worden. Die Polizei bitte dringend um Hinweise unter der Nummer …

Der Warteton klang dumpf und tief und metallisch. Offensichtlich hatte immer noch keiner der OS-Mitarbeiter den Dienst angetreten. Singer stellte sich vor, wie eines der zwanzig Telefone im Büro klingelte. Wie Akar die Treppe hinaufeilen und rangehen würde. Singer zählte zehn Sekunden zurück.

Er kam bei null an.

Nichts geschah.

Niemand ging ran. Singer legte auf. Die nicht verbrauchte Mark fiel ins Fach; Singer warf sie erneut ein und wählte die Nummer noch einmal. Wartete. Zehn Sekunden. Zwanzig.

Singer schluckte. Zwischen den Tönen hörte er sein eigenes Blut im Ohr pulsieren.

Dreißig Sekunden verstrichen. Vierzig.

Singer warf den Hörer auf die Gabel und rannte los.

Sprang in den Käfer und stieg aufs Gas. Seit ihrer Ankunft in dem Haus hatten Vera und Akar kein einziges Klingeln ihrer Telefone verpasst. Egal welche Situation. Egal welche Uhrzeit.

Vielleicht hatte Franz der Polizei die Adresse des Hauses genannt und eine ganze Polizistenarmee war bereits vor Ort. War das der Fall, war es nur noch eine Frage der Zeit, wann Elsa Meredith von all dem Wind bekommen würde.

Singer raste über die Straßen, die sich langsam mit anderen Autos füllten. Sie hupten lautstark, wenn er sie überholte.

Er nahm den gleichen Weg, den er gekommen war, fuhr dabei doppelt so schnell.

Fünf Minuten, bis er nach Verlassen der Stadt die Abzweigung in die Anliegerstraße erreichte.

Und dann sah er ihn.

Lederhose, Strümpfe, weißes Hemd, das durchnässt an seiner Brust klebte. Er hatte die Hände tief in den Hosentaschen vergraben und den Blick gesenkt. Er ging schnell und mit großen Schritten.

Singer legte eine Vollbremsung direkt neben ihm hin.

Nahm wahr, wie Franz erschrocken aufblickte, aber da war er schon aus dem Auto gesprungen. Er lief um die Motorhaube und packte Franz am Kragen.

»Was hast du getan?«, schrie er.

Franz sah ihn an wie ein erschrockener Junge.

»Ich … ich habe meinen Chef von einer Telefonzelle aus angerufen«, stotterte er. »Zu Hause, auf seinem Privattelefon. Nicht im Revier. Ich bin extra in die Stadt gelaufen, damit das Telefonat nicht zum Haus zurückverfolgt werden kann.«

»Was hast du am Telefon gesagt?«, schrie Singer ihn an.

»Dass er sich keine Sorgen machen soll! Dass es uns gut geht und wir untergetaucht sind. Ich habe den BND nicht erwähnt, das schwöre ich!«

»Hast du ihm die Adresse genannt?«, fragte Singer und er schüttelte Franz und wurde sich bewusst, wie dünn und sehnig dieser war.

»Nichts habe ich ihm gesagt!«, rief Franz. »Absolut nichts!«

»Sicher?«

»Ich schwöre bei Gott und auf das Leben aller Menschen, die ich liebe!«

Singer ließ ihn los.

In der Luft hing ein eigenartiger Geruch, aber Singer achtete nicht darauf.

Franz keuchte.

»Ich habe dich die letzte Stunde gesucht«, sagte Singer. »Ich bin die ganze Stadt abgefahren.«

»Ich war noch kurz auf der Seepromenade«, rief Franz. »Die führt zwischen den Gärten durch, da fahren keine Autos. Ich …«

Aber mit einem Mal hielt er inne und starrte auf einen Punkt hinter Singer.

»Hey«, sagte Singer. »Was ist los?«

Wie in Trance hatte Franz die Hand gehoben und deutete zum See. Singer folgte seinem Blick.

»Der Himmel ist schwarz«, murmelte er. »Sieht aus wie …«

Rauch.
Singer rannte los. Eines der nächsten Seegrundstücke hatte weder Zaun noch Tor. Singer lief zum Ufer und auf den Steg, Franz direkt hinter ihm.
Sie blickten hinaus. Sahen die Grundstücke auf der Landzunge, keinen Kilometer entfernt zu ihrer Linken. Nah genug, um die einzelnen Häuser und die Gärten davor erkennen zu können.
Sie sahen das Grundstück von Vera und Akar.
Das Bootshaus, die Liegen vor dem Steg, die Venusstatue.
Das Haus dahinter, das in Flammen stand.

# 32

Die Flammen stoben aus allen Fenstern im ersten Stockwerk und leckten die brennende Hausmauer nach oben. Rauch stieg vom Dach auf. Aus den Fenstern des zweiten Stocks und zwischen den Dachziegeln hindurch, über denen sich der Rauch so dicht ballte, dass man sie nicht sehen konnte. Die grauschwarze Rauchsäule, die zum Himmel aufstieg, war so breit wie das gesamte Haus. Die Leute auf dem Grundstück sahen aus wie kleine Punkte, die zwischen Haus und See herumschwirrten.
Dreißig von ihnen, allein im Garten. Ein Lieferwagen, der mitten auf der Wiese stand. Der Parkplatz vor dem Haus war voller Autos, einige davon klar erkennbar Polizeiautos.
Franz schlug beide Hände über dem Kopf zusammen und stand mehrere Augenblicke einfach nur unbewegt da.
Dann riss er sich aus der Starre.
»Sind die anderen da drin?«, schrie er. »Ist Hanna da drin?«
Er machte Anstalten, loszulaufen, aber Singer packte ihn an den Armen und hielt ihn fest.
»Wir müssen ihnen helfen!«, schrie Franz. »Auf der Stelle, bevor es zu spät ist!«
»Atme tief ein«, sagte Singer.
Franz riss sich aus seinem Griff los und lief zurück zum Auto.
»Los jetzt!«, schrie er. Singer ging ihm nach. Blickte Franz direkt an.
»Glotz nicht so!«, schrie Franz. »Steig endlich ein, und wir fahren los!«

»Wir werden nicht zurückgehen«, sagte Singer. »Du siehst doch, wie viele von denen da sind. Das sind nicht Veras und Akars Leute. Du siehst die Polizeiwagen. Wenn du nicht gelogen hast, können es nicht die Leute deines Chefs sein, weil dein Chef nicht weiß, wo du dich aufhältst.«

»Um Gottes willen, wir müssen etwas tun!«, schrie Franz.

»Ja«, sagte Singer mit gesenkter Stimme. »Wir müssen jetzt gehen. Weg von hier. So schnell wie möglich.«

»Was zum Teufel redest du?«, schrie Franz, und die Spucke spritzte dabei aus seinem Mund.

»Es geht um meine Frau! Sie ist dort, in diesem verfluchten Haus, und ich muss zu ihr! Entweder verbrennt sie gerade, oder diese Leute werden sie entführen!«

Singer atmete tief ein und sah Franz an.

»Wir können nichts daran ändern«, sagte er.

Franz machte einen Schritt auf Singer zu und hielt die Hand fordernd auf.

»Gib mir die Schlüssel!«, sagte er. »Wenn du nicht fahren willst, fahre ich eben allein.«

Singer bewegte sich nicht.

»Gib mir die verdammten Schlüssel!«, schrie Franz, sein Gesicht verzerrt von Wut und Schmerz. Singer machte einen Schritt nach vorn. Hob die Arme blitzschnell. Ließ die Hände von beiden Seiten auf Franz' Hals niederfahren.

Kein Fester Schlag. Mehr eine leichte Berührung. Ein Tappen.

Es reichte aus. Franz' Augen verdrehten sich augenblicklich nach oben. Sein Körper verlor mit einem Schlag jegliche Spannung und sackte zusammen.

Starke vasovagale Reflexe an der Karotisgabel.

Sie waren bei Franz genauso ausgeprägt wie bei Singer. Es war nicht nur einmal vorgekommen, dass Singer beim Rasieren zu fest gedrückt hatte. Sofort war ihm schwarz vor Augen geworden, und er war erst auf dem Boden wieder zu sich gekommen.

Singer fing Franz' Körper auf. Griff ihm unter den Armen. Schleifte ihn zur Beifahrerseite, an der Franz vorhin die Tür hatte offen stehen lassen.

Franz war schlank, aber sein Körper wog trotzdem gut fünfundsiebzig Kilo. Es dauerte, bis Singer ihn auf den Platz gehievt, den Sitz, soweit es ging, in die Horizontale gebracht und die Beine in den Fußraum gehoben hatte, ohne den Oberkörper zu verschieben.

Immer wieder checkte er dabei Franz' Atmung und Puls, die beide schwach waren, aber vorhanden. Lippen und Gesicht waren rosig.

Singer schloss die Beifahrertür und blickte sich um. Niemand war auf der Straße zu sehen, aber das bedeutete nicht, dass sie niemand von einem der Häuser aus beobachtet hatte.

Sie mussten verschwinden.

Singer stieg in den Wagen und startete den Motor. Machte einen U-Turn und fuhr die Straße zurück in Richtung Starnberg. Kurz vor der Stadt nahm er die Auffahrt auf die Autobahn und folgte dieser nach Westen. Franz' Atemzüge neben ihm gingen regelmäßig. Die Bewusstlosigkeit war in Schlaf übergegangen. Kein Wunder, denn geschlafen hatte Franz in der Nacht nicht viel.

Singer fuhr ohne ein bestimmtes Ziel. Er musste nachdenken.

Irgendwann verließ er die Autobahn, er lenkte den Käfer über Landstraßen, durch Dörfer, vorbei an Felder und Wiesen. Die Zeit raste dahin.

Er begegnete keinem einzigen Polizeiauto. Der Verkehr war so spärlich, dass Singer die Fahrbahn fast für sich allein hatte.

Er fuhr, bis die Landstraße durch einen Wald führte. Er bremste ab, als er den Waldweg zwischen den Bäumen entdeckte. Gerade breit genug für den Käfer. Singer fuhr hinein. Folgte dem unebenen Weg über Wurzeln und durch Kuhlen. Erreichte nach einigen Minuten eine Lichtung. Dort blieb er stehen und machte den Motor aus.

Er lehnte sich zurück, ohne die Hände vom Lenkrad zu nehmen. Die Lichtung vor ihnen sah unberührt aus. Das Gras wuchs wild, war fast einen halben Meter hoch, dazwischen Waldblumen. Vögel zwitscherten in den Bäumen. Vor einer Weile hatte es ganz zu regnen aufgehört. Die Sonne war hinter den Wolken hervorgebrochen, und ihre Strahlen ließen die Tropfen ab den Grashalmen glitzern.

Alles sah so friedlich aus. Es roch nach feuchter Erde, den Nadeln der Bäume und ihrer Rinde. Zedernholz und Bergamotte.

Singer sah zu Franz hinüber. Dessen Gesicht hatte sich im Schlaf verzerrt, die Augenbrauen waren zusammengekniffen und tief in Richtung Augenhöhlen gezogen, wodurch vertikale Stirnfalten hervorkamen.

Es war mittlerweile kurz vor acht Uhr. Vier Stunden, in denen Singer spätestens in Aubing sein musste, um die Öffnung des Tunnels nicht zu verpassen.

Was nach viel Zeit klang, aber nicht viel Zeit war.

Wenn Franz aufwachte, wäre das Erste, was er tun würde, zur Polizei zu gehen. Selbst wenn Singer ihm alles erklärte, es würde keinen echten Unterschied machen. Er kannte seinen Vater.

Dann wäre es nur noch eine Frage der Zeit, bis Elsa Meredith auch Franz in die Finger bekäme. Und Singers Mission in dieser Zeit wäre vollkommen umsonst gewesen.

Er sah Franz an. Sein jugendliches Gesicht, das so verletzlich wirkte.

Dann sah er Hanna vor sich, wie sie lächelte, und seine Hände ballten sich zu Fäusten.

Er konnte nicht einfach gehen. Nicht, weil er sein eigenes Leben schützen wollte, sondern wegen Hanna und Franz. Auch wenn es womöglich bedeutete, dass er noch länger nicht mehr in seine eigene Zeit zurückgelangen würde. Vielleicht nie wieder.

Franz neben ihm schlief zunehmend unruhiger.

Irgendwann stieß Singer ihn an.

Franz fuhr mit einem Ruck hoch. Riss den Kopf zur Seite, sein Blick benommen. Es dauerte einige Momente, bis er aufklarte und sich Singer zuwandte.

»Was hast du getan?«, fragte er leise.

»Dein Leben gerettet«, antwortete Singer.

»Wo sind wir?«

»Weit weg von allem. Wir werden uns hier unterhalten.«

»Wo … wo ist Hanna?«

»Ich weiß es nicht.«

Franz starrte ihn an, als würde Singer von einem anderen Stern kommen. Dann wurde sein Blick hart. »Du gehörst zu denen«, sagte er.

»Wenn das so wäre, würden wir nicht auf einer Waldlichtung stehen und uns unterhalten«, sagte Singer.

Auf einmal holte Franz aus und schlug zu. Mit der Faust gegen das Autodach, dann gegen das Armaturenbrett.

Sein Kopf war rot.

In seinen Augen standen Tränen, als er Singer anblickte.

»Warum sind wir dann hier, anstatt alles zu tun, um meine Frau zu retten?«, fragte er mit erstickter Stimme.

»Das möchte ich erklären«, sagte Singer.

»Das kannst du gar nicht«, sagte Franz. »Kannst du nicht, weil du kein verdammtes Recht hast, über mich zu entscheiden. Ob BND oder woher zum Teufel du auch sonst kommen magst. Du hast mich verdammt noch mal gegen meinen Willen betäubt und hierhergebracht.«

Er bedeckte das Gesicht mit der Hand. Sein Atem zitterte. Beim Einatmen zitterte sein ganzer Körper.

»Du weißt offenbar nicht, was es bedeutet, einen Menschen zu lieben«, sagte Franz irgendwann. »Hanna ist mein Ein und Alles. Wenn ich daran denke, dass ich sie in dem brennenden Haus zurückgelassen habe oder in den Händen der Terroristen ...« Seine Stimme brach.

Singer blickte durch die Windschutzscheibe hinaus in den Wald vor dem Auto.

»Ohne sie kann ich nicht leben«, sagte Franz leise. »Keine Sekunde möchte ich ohne sie leben.«

Das hättest du zeigen können, als sie dich am meisten gebraucht hat, dachte Singer. Vielleicht hätte sie dann nicht aufgehört zu kämpfen.

Er sah Franz an. Das blasse Gesicht und die dichten Augenbrauen, das ebenso dichte pechschwarze Haar, das ihm zerzaust ins Gesicht fiel, und er fragte sich: Konnte es wirklich sein, dass dieser Junge zu seinem Vater werden würde? Der Junge, der die Tränen jetzt nicht zurückhalten konnte, dieselbe Person, die nach dem Tod der Mutter kein einziges Mal geweint hatte?

Sie schwiegen eine Weile. Die Sonnenstrahlen gewannen an Intensität.

»Wenn ich nicht nach Starnberg gegangen wäre ...«, begann Franz auf einmal, aber Singer unterbrach ihn.

»Es hätte nichts geändert«, sagte er. »Es waren zu viele von ihnen. Außer dass sie dann auch noch uns gehabt hätten, aller Wahrscheinlichkeit nach.«

Oder dass auch wir verbrannt wären, dachte er, ohne es auszusprechen.

Franz schwieg. Es war ihm anzusehen, dass er um Fassung rang.

Singer legte ihm die Hand auf den Rücken und sah ihn an. Versuchte, alle Bilder aus seiner Vergangenheit auszublenden und sich ausschließlich auf den Moment zu konzentrieren.

Seine darauffolgenden Worte waren die schwersten, die ihm jemals über die Lippen gekommen waren.

»Dich trifft keine Schuld.«

Franz schüttelte den Kopf und nickte gleichzeitig.

»Wer sind diese Menschen?«, fragte er tonlos. »Bei meinem Leben, ich habe niemandem gesagt, wo das Haus ist. Ich habe nur mit meinem Chef telefoniert, und der ist bestimmt kein Terrorist. Der Kerl war mein Trauzeuge auf unserer Hochzeit. Mein Gott …«

Er richtete seinen Oberkörper auf und hob die Stimme.

»Selbst wenn diese Terroristen so gut vernetzt sind, wie du sagst, und selbst wenn sie Haralds Telefon angezapft hätten«, sagte Franz. »Es hätte Stunden gedauert, den Anruf zurückzuverfolgen, und dann wäre man erst mal am Starnberger Bahnhof gelandet. Aber das Haus hat eine halbe Stunde nach dem Telefonat in Flammen gestanden.«

»Du hast recht«, sagte Singer. »Dein Anruf kann es nicht gewesen sein.«

»Das bedeutet, jemand anders muss geredet haben«, sagte Franz. »Willentlich oder unwillentlich.«

»Sam«, sagte Singer.

»Wer?«

»Der Mann, der Erkundigungen einholen sollte«, sagte Singer. »Möglich, dass etwas passiert und er ihnen die Hände gefallen ist.«

»Oder er ist ein Verräter«, sagte Franz. »Für Geld tun Menschen alles.«

Singer dachte an Veras Worte:

Hat zehn Jahre im Special Air Service gedient. Oman, Brunei und Aden.

Special Air Service. Das britische Äquivalent zu den US Navy Seals. Jemand wie Sam wurde nicht gefunden, wenn er nicht gefunden werden wollte. Franz hatte recht.

Wahrscheinlicher, dass Sam es gewesen war, der Elsa Meredith kontaktiert hatte. Dass Elsa Meredith ihm viel Geld geboten und er es angenommen hatte. Niemand würde den Verrat auf ihn zurückführen können. Sam würde untertauchen, und niemand würde nach ihm suchen, weil seine Vorgesetzten tot waren und die Außenstelle niedergebrannt.

Es war 1969. An einen falschen Pass zu kommen war so einfach, wie Brot zu kaufen.

»Kannst du nicht in deiner Zentrale anrufen und Verstärkung anfordern?«, fragte Franz.

Singer schüttelte den Kopf.

»In dieser Angelegenheit sind wir auf uns allein gestellt.«

»Wenn wir Kontaktdaten hätten, könnten wir diesen Sam anrufen«, sagte Franz. »Einfach nur um zu sehen, ob er rangeht.«

»Ich habe eine bessere Idee«, sagte Singer. »Wir statten ihm einen Überraschungsbesuch ab.«

# 33

Zu Singers Kindheit war Holzkirchen mehr Dorf als Stadt gewesen. Jetzt, dreißig Jahre früher war das nicht anders. Bauernhäuser zu beiden Seiten der Isar, teilweise mit schiefen Dächern. Einfamilienhäuser in Weiß und in Brauntönen, mit viel verbautem Holz. Die meisten davon auf Grundstücken so groß, dass man mehrere Hochhäuser darauf hätte bauen können. Traktoren auf den Straßen, sogar immer wieder Pferdefuhrwerke mit Heuwagen im Schlepptau. Eine alte Dame mit geblümtem Kleid und Stützstrümpfen, die in einem Hauseingang saß, ein Radio mit ausgefahrener Antenne auf einem Hocker neben ihr.

Sie fuhren durch den Ort und verließen ihn auf einer Straße, die bald vorbei an blühenden Wiesenflächen führte.

Erst kam der Bauernhof in Sicht. Ein Gebäudekomplex mit einem Haupt- und zwei Nebenhäusern. Daneben Ställe, Kühe auf der Weide, eine Pferdekoppel.

Im Hintergrund direkt am Waldrand tauchte Sams Hütte auf.

»Wenn wir von vorn kommen, sieht er uns«, sagte Franz.

»Deshalb nähern wir uns auch von hinten«, sagte Singer. »Über den Wald.«

»Was, wenn er nicht zu Hause ist?«, fragte Franz.

»Die Chancen stehen gut, dass er nicht zu Hause ist«, sagte Singer. »Aber jeder Mensch hinterlässt Spuren. Wir werden sie finden und ihnen folgen.«

Sie fuhren weiter ins nächste Dorf. Fuhren von dort auf einen Feldweg, der direkt zur Hinterseite des Wäldchens führte, an dem Sams Haus stand.

Singer stellte den Käfer am Straßenrand ab. Sie stiegen aus und Singer ging zum Frontkofferraum.

Falls die Situation weiter eskaliert, könnte der Radkasten unter Umständen interessant werden, hatte Vera gesagt.

Singer öffnete die Kofferraumklappe und schob den Teppich zur Seite. Das Ersatzrad kam zum Vorschein. Singer schraubte an der Felgenscheibe, die sich mühelos entfernen ließ. Der Zwischenraum des Reifens war zu einem kleinen Fach umfunktioniert worden, das mit Schaumstoff ausgelegt war.

Im Stoff befanden sich zwei Aussparungen.

In den Aussparungen lagen zwei frisch polierte Beretta 92 Neun-Millimeter-Pistolen.

Singer nahm eine davon. Im Magazin befanden sich dreizehn Kugeln. Er lud die Pistole durch, legte den Sicherungshebel um und steckte sie in den hinteren Hosenbund. Zusammen mit der Browning in seiner Jackentasche hatte er nun insgesamt sechsundzwanzig Schuss Munition, was keine schlechte Grundvoraussetzung war.

Er reichte Franz die andere Beretta, schraubte die Felgenkappe wieder auf den Reifen, klappte den Teppich zurück und schloss den Kofferraum.

»Was ist der Plan?«, fragte Franz.

Singer sah ihn an, dann die Pistole in seiner Hand, die er hielt wie ein Kinderspielzeug.

»Schon jemals eine benutzt?«, fragte Singer.

»Unsere Ausbildung umfasst ein umfangreiches Schießtraining«, gab Franz zurück.

»Im Dienst, meine ich«, sagte Singer. »Im echten Leben.«

Franz sah ihn entrüstet an, aber dann biss er sich auf die Lippen und schüttelte den Kopf.

Als Singer in Franz' Alter gewesen war, hatte er bereits drei Schießereien hinter sich. Als er aus dem Polizeidienst ausschied, war die Zahl auf 839 angestiegen. In den Vororten von London in den 2030er-Jahren herrschten andere Gesetze als in einem Münchner Randbezirk Ende der 1960er.

»Du bleibst hinter mir«, sagte Singer. »Wir haben den Überraschungseffekt auf unserer Seite, das müssen wir ausnutzen. Wir müssen schnell sein.«

»Wir gehen einfach rein?«, fragte Franz.

»So in etwa«, sagte Singer. »Dann los.«

Sie liefen dicht hintereinander, beide mit ihren Pistolen in der Hand. Singer zuerst, Franz dicht hinter ihm.

Die Bäume standen eng, aber das Unterholz war spärlich, weshalb sie gut vorankamen. Weniger als fünf Minuten, bis sie Sams Haus zwischen den Bäumen erspähten.

Es war einstöckig, mit hohem Dach und gepflegtem weißem Putz. Kein Hinweis auf einen zweiten Eingang irgendwo.

Sie schlichen aus dem Wald und drückten sich gegen die Hinterwand des Hauses. Arbeiteten sich von dort an der Seitenwand in Richtung Eingangstür vor. Duckten sich dabei unter den Fenstern hinweg.

Singer sah Franz an.

»Wir müssen schnell sein.«

Franz nickte.

Singer richtete sich auf. Die Tür in verblichenem Grün bestand aus dünnem Holz. Singer holte aus und rammte den Fuß gegen die Klinke. Das Holz gab nach, die Tür wurde augenblicklich aus dem Schloss gerissen, schwang auf und knallte auf der anderen Seite gegen die Wand.

Singer riss die Pistole hoch und schwenkte die Mündung in einem Halbkreis durch den Vorraum.

In dem Moment, in dem er das Haus betrat, wusste er, dass es nicht leer war.

Der Geruch nach Schimmel, Staub und nach Essensresten war so ausgeprägt, dass er alle anderen Gerüche überdeckte.

Sie gingen vor. Langsam, Schritt für Schritt, Singer vorn, Franz dicht hinter ihm.

Der Vorraum war verhältnismäßig groß. Das größte Möbelstück darin war ein Schrank, der die gesamte Länge der Wand einnahm. Von oben bis unten war er vollgestellt mit Männerschuhen.

Gleich neben der Eingangstür lag eine kleine Küche. Im Waschbecken stapelten sich ungewaschene Teller.

Beide Räume waren leer. Eine Holztreppe führte auf der anderen Seite hinauf ins erste Stockwerk. Aus dem Inneren des Hauses drang kein Laut.

Singer ging vor. Behielt die Treppe aus den Augenwinkeln im Blick.

Je weiter er sich von der Lichtquelle der Tür entfernte, desto dunkler wurde es. Der angrenzende Raum sah aus wie ein Wohnzimmer mit karger Einrichtung. Die Vorhänge waren zugezogen.

Er kam nicht dazu, den Raum zu betreten.

Als er das plötzliche Rascheln von Kleidung hörte, packte er Franz ohne Vorwarnung am Kragen und riss ihn mit sich zu Boden.

Nur den Bruchteil einer Sekunde später zerriss der ohrenbetäubende Knall einer Schrotflinte aus dem anderen Raum die Luft. Staub und Mauerreste prasselten auf sie herab, wo das Schrot ein faustgroßes Loch in die Wand gerissen hatte.

Singer hob die Pistole und zielte.

Erst auf das Loch in der Wand vor ihnen, dann auf die Tür zum Wohnzimmer. Er hörte Schritte auf der anderen Seite der Mauer, hartes Leder auf Steinboden. Kurz vor der Türöffnung hielten sie inne. Der Schütze wartete auf eine Gelegenheit, einen Blick in den Vorraum zu werfen.

Singer bedeutete Franz, sich nicht zu bewegen. Er zielte auf die Ecke. Nicht zu hoch, denn sie brauchten den Feind lebend.

»Wirf die Waffe weg und komm raus!«, schrie Franz auf einmal und verriet dem Gegner damit seine genaue Position.

Doch Singer hörte, wie der Schütze auf der anderen Seite der Mauer den Atem scharf einsog.

»Franz Singer?«, hörte er Sam mit seiner tiefen, ruhigen Stimme sagen. Überraschung schwang mit. »Sind Sie es?«

Eine Schrotflinte auf kurze Distanz ist fünf Mal so effektiv wie eine Neun-Millimeter-Beretta. Ohne ihn zu sehen, wusste Singer, wo Sam auf der anderen Seite der Mauer stand. Er konnte versuchen, mit seiner Pistole durch die Mauer zu schießen, aber er zweifelte daran, dass ein einzelner Schuss ausreichen würde. Ab dem zweiten wäre der Überraschungseffekt dahin, und Sam hatte sowohl die Möglichkeit, sich zurückzuziehen, als auch, das Feuer erneut zu eröffnen.

Singer und Franz lagen beide auf dem Boden, schutzlos.

Je mehr sie sich bewegten, desto mehr wusste Sam über ihre Position Bescheid. Sie mussten ihn zwingen, einen Blick um die Ecke zu werfen. Nur so hätten sie eine Chance.

Aber dann passierte etwas Unerwartetes.

Singer hörte, wie etwas Metallenes auf den Fliesen des Bodens abgelegt wurde. Im nächsten Augenblick sagte Sam:

»Ich bin jetzt unbewaffnet. Schießen Sie nicht. Ich komme raus.«

»Ich möchte die Waffe sehen«, sagte Singer. Sam gab dem Gewehr vor sich auf dem Boden einen Tritt. Die Schrotflinte schlitterte aus dem Türbogen heraus und blieb in einigen Metern Entfernung im Vorraum liegen. Singer stand auf, ohne seine Pistole zu senken. Franz hinter ihm tat es ihm nach.

»Ich komme jetzt raus«, sagte Sam.

Und er kam, die leeren Hände weit in die Luft gestreckt. Er war groß genug, dass seine Fingerspitzen beinahe die Decke berührten.

»Ich bin unbewaffnet«, sagte er.

Franz war in zwei Schritten bei ihm.

»Nicht«, schrie Singer, aber es war zu spät.

Franz holte aus und wollte Sam mit dem Griff seiner Pistole eins überziehen.

Sam machte einen einzigen Schritt zur Seite, packte Franz' Waffe und riss sie ihm aus der Hand.

Er zog ihn zu sich, brachte Franz' Körper zwischen Singer und sich selbst und hielt Franz seine eigene Waffe an den Kopf.

»Ganz ruhig«, sagte er, sowohl zu Franz als auch zu Singer. Er stand geduckt da, versteckte seinen Kopf direkt hinter dem von Franz, sodass Singer keine klare Schusslinie hatte.

Franz versuchte vergeblich, sich aus seinem Griff zu befreien.

»Wo ist Hanna, du elender Verräter?«, schrie er. »Du bist ein toter Mann, wenn du das Maul nicht aufmachst!«

Sam verfestigte seinen Griff.

»Du bist nicht wirklich in der Position, Forderungen zu stellen.«

Aber dann, mit einem Mal, stieß er Franz von sich weg. Franz stolperte und fiel zu Boden. Sam sah Singer an und hob die Hände.

»Wir sind auf der gleichen Seite«, sagte er.

Und das war auch der Augenblick, indem Singer vollends alle Gerüche in dem Haus wahrnahm. Er wollte etwas sagen, aber da ertönte das Krachen von Holz hinter ihnen.

Franz wirbelte herum – und erstarrte.

»Hey, was soll das?«

Es war Lorie, die die Treppe heruntergelaufen kam. Auch sie hatte eine abgesägte Schrotflinte in den Händen.

Sie starrte Singer an, dann Franz, dann Sam und dann das Loch in der Wand.

»Es ist alles in Ordnung«, sagte Sam.

»Was zum Teufel ...«, sagte Franz, der immer wieder von Sam zu Lorie starrte.

Weitere Schritte auf der Treppe.

Vera Waagen kam herunter und Akar dahinter, beide so bleich, wie Singer sie davor noch nicht gesehen hatte. Auch Vera trug eine Schrotflinte, Akar eine Pistole in der linken Hand. Den rechten Arm trug er in einer Schlinge, der Ärmel seines weißen Hemds war blutig.

Franz blickte sich suchend um.

»Hanna?«, sagte er. »Wo ist Hanna?« Er stellte die Frage immer wieder.

Vera senkte den Blick.

»Sie ist nicht hier«, sagte sie mit tonloser Stimme.

»Sie haben sie mit sich genommen. Wir konnten nichts tun.«

Akar legte Franz die freie Hand auf den Rücken und deutete hinüber aufs Wohnzimmer.

»Wir sollten uns setzen«, sagte er. »Dann erzählen wir euch alles, was passiert ist.«

# 34

Sam schob die Vorhänge zur Seite, und das Tageslicht nahm dem Zimmer seine Bedrohlichkeit. Es gab eine Couch und einen Tisch davor, ein überdimensionales batteriebetriebenes Radiogerät mit Antenne auf einer Kommode und einen kleinen Esstisch in einer Ecke.

Keine Bilder an den weißen Wänden, keine Dekorationen.

Sie setzten sich auf die Couch.

»Ich bin ein sehr loyaler Mensch«, sagte Sam und sah Franz dabei direkt in die Augen. »Ich würde niemals meine eigene Organisation verraten.«

»Sie sprechen doch nicht vom BND«, sagte Franz.

»Wir arbeiten eng mit dem BND zusammen«, gab Vera zurück.

»Jemand hat uns auf jeden Fall verraten«, sagte Franz leise.

»Einer unserer Agenten, Mertens, ist seit Jahren zur Observierung von Nathan Zepter eingesetzt«, sagte Vera. »Als wir gestern erfahren haben, dass Zepter mit Elsa Meredith unter einer Decke steckt, haben wir sofort versucht, Mertens zu kontaktieren.«

»Präsident Nathan Zepter und Elsa Meredith?«, fragte Franz ungläubig. »Was sollte der Polizeipräsident Münchens mit einer britischen Milliardärin am Hut haben?«

»Er arbeitet für sie«, antwortete Vera. »Er und seine Polizisten. Und Elsa Meredith ist die Drahtzieherin, die hinter der Entführung Ihrer Frau steckt. Die genauen Gründe müssen wir erst herausfinden.«

In Richtung der anderen sagte sie:

»Unser Agent Mertens hat sich bisher nicht zurückgemeldet. In der Zusammenschau der Ereignisse müssen wir wohl vom Schlimmsten ausgehen: dass Agent Mertens den Feinden in die Hände gefallen ist.«

Sie atmete tief ein und wandte ihren Blick zur Seite, weg von den anderen.

Akar legte die Hand auf Veras Knie und streichelte es.

»Was ist heute Morgen genau passiert?«, fragte Singer nach einer Weile.

Lorie war es, die antwortete.

»Sie kamen in Bussen«, sagte sie leise. »Keine Viertelstunde, nachdem du weg warst, David. Sie haben das Tor aufgesprengt und das Grundstück gestürmt. Wenn die Kameras und Akars Frühwarnsystem nicht gewesen wären, säßen wir alle jetzt nicht hier.«

Akar nickte.

»Das System hat alarmiert, als das Tor gewaltsam bearbeitet wurde. So habe ich sie über die Kameras gesehen. Wahrscheinlich war es nur eine Minute, die uns das zusätzlich Zeit gegeben hat, aber es war genug, um die wichtigsten Dokumente und Gegenstände zu packen. Dann sind wir gelaufen, so schnell wir konnten.«

»Was ist mit den Sprengern?«, fragte Singer.

»Gehören zum Wichtigsten, das wir mit uns genommen haben«, sagte Akar.

»Wir sind runter zum Bootshaus«, sagte Vera. »Sie sind uns nachgefahren, über die Wiese, mit den Bussen. Wir waren kurz davor, aber dann ist sie gestürzt. Hanna.«

Vera machte eine kurze Pause, in der sie Franz ansah.

»Wir konnten nichts tun«, fuhr sie mit gesenkter Stimme fort. »Innerhalb von Sekunden waren sie da und hatten Hanna umzingelt.«

Akar sagte:

»Ich war der Einzige, der eine Waffe bei sich getragen hat, und habe natürlich das Feuer eröffnet. Auf ihre Busse, aber es hat nichts gebracht. Sie waren zu viele. Wären wir geblieben, hätten sie uns einfach kaltgemacht.«

»Was ist mit deinem Arm?«, fragte Singer.

Akar winkte ab.

»Nur ein Streifschuss, nichts Großes.«

»Sie haben Hanna gepackt und mit sich genommen«, sagte Vera. »Alles ging so unglaublich schnell. Ich weiß nicht mehr, wie es uns überhaupt gelungen ist, mit dem Motorboot bis ans andere Ende des Sees zu kommen. Von dort haben wir Sam kontaktiert und sind direkt zu ihm gefahren.«

»Kein Grund, warum die Feinde über mein Haus Bescheid wissen sollten«, sagte Sam.

»Deshalb hättest du uns auch gerade fast erschossen«, sagte Franz.

»Ich würde sagen, das beruht auf Gegenseitigkeit«, gab Sam zurück. »Ich habe das Motorengeräusch gehört. Es verirrt sich nur sehr selten ein Auto in den Wald, und nach dem, was vorgefallen ist, mussten wir damit rechnen, dass sie uns doch irgendwie ausfindig gemacht haben. Ich wusste ja nicht, dass Sie meine aktuelle Adresse kennen, Major Singer. Hätte böse ausgehen können, die Angelegenheit. Es tut mir sehr leid.«

»Und warum stand das Schutzhaus in Flammen?«, fragte Singer.

»Wir haben einen Brand im Büro gelegt«, sagte Akar. »Wir hatten alles dort oben gelagert, Zündschnüre, etwas TNT, Fernzünder, Brandbeschleuniger. Sicher ist sicher. Um zu verhindern, dass Eindringlinge an sensible Informationen rankommen.«

»Alles war für so einen Notfall vorbereitet«, sagte Vera. »Wir waren schnell – und wir müssen auch jetzt schnell sein.«

Damit stand sie auf, und Sam tat es ihr nach.

»Sam und ich werden zurückgehen«, sagte sie. »Die offiziellen Behörden sind längst vor Ort. Möglich, dass die Feinde versuchen werden, Spuren zu verwischen. Außerdem ist es unser Haus, das in Flammen gestanden hat, und es gibt einiges an Erklärungsbedarf.«

»Ihr wisst nicht, was euch dort erwartet«, sagte Singer. »Vielleicht sind die Terroristen noch vor Ort.«

Vera zuckte mit den Schultern.

»Wenn sie das sind, dann mindestens ebenso viele loyale Polizisten. Wir haben bereits mit unseren Leuten Kontakt aufgenommen und sie über die Lage informiert. Ich habe mit General Bloomings im Observation Squad Headquarter in London gesprochen. Er hat mir Unterstützung zugesichert. Bis diese eintrifft, habe ich all unsere Leute in der Region vorübergehend von ihren Observierungsposten abgezogen. Dieser Fall hat Priorität. All unsere Ressourcen werden sich darauf konzentrieren.«

Auch Akar stand auf.

»Ich werde doch mit euch kommen«, sagte er bestimmt. »Meinem Arm geht es gut.«

Aber Vera schüttelte den Kopf.

Sie legte ihm die Arme um Hals. Der Blick, mit dem sie ihn ansah, war sanft.

»Ein verletzter Arm kann dich stark einschränken«, sagte sie.

»Ich lasse nicht zu, dass du allein gehst, Vera.«

Vera lächelte.

»Aber ich bin nicht allein. Sam ist da, und die anderen auch. Wir sind mehr als zwanzig Agenten. Die Terroristen werden das Risiko nicht eingehen, sich mit uns anzulegen.«

Leise fügte sie hinzu:

»Und wenn, dann gnade ihnen Gott.«

Sie lehnte den Kopf an Akars Schulter, und Akar drückte ihr einen Kuss auf die Stirn. Dann hob Vera die Schrotflinte auf, die sie auf den Boden neben der Couch gelegt hatte.

»Ich habe zwei meiner Leute beauftragt, Elsa Merediths Haus zu überwachen«, sagte sie dann. »Falls sie dorthin zurückkehrt, werden wir es bald wissen.«

Sie wandte sich an Franz.

»Wir werden alles tun, um herauszufinden, wo diese Schweine Hanna hingebracht haben«, sagte sie. »Das verspreche ich Ihnen.«

Franz nickte abwesend.

»Danke«, murmelte er.

»Wir melden uns in drei Stunden mit Neuigkeiten«, sagte Vera.

Sie reichte Singer die Hand. Der Druck war so fest wie bei der Begrüßung.

»Alles Gute, David.«

»Danke für alles, was ihr tut«, sagte Singer.

Vera nickte und verabschiedete sich von den anderen. Franz schüttelte sie die Hand, Lorie umarmte sie, und Akar schickte sie einen Luftkuss.

Damit verließen Sam und sie das Haus.

Über die Fenster beobachtete Singer, wie sie hinüber zu einer Scheune des Bauernhofs gingen. Sam öffnete das Tor. Sie verschwanden darin. Nur einen Augenblick später schoss Sams schwarze Mercedeslimousine heraus und verschwand in der Ferne. Das Motorengeräusch erstarb.

Franz blickte auf. Er sah aus, als wäre er aus einer Trance erwacht.

»Was tun wir jetzt?«, fragte er.

»Wir warten«, sagte Akar.

»Drei Stunden?«

Akar nickte.

Franz starrte ihn an.

»Soll ich drei Stunden tatenlos herumsitzen, während meine Frau von einer bewaffneten Terroristenmeute festgehalten wird – die laut Ihren Aussagen noch dazu vom Polizeipräsidenten der Stadt München befehligt wird?«

»Wenn es neue Informationen gibt, wird Vera sie uns mitteilen«, sagte Akar ruhig.

»Ich bin verdammt noch mal Polizist«, sagte Franz laut. »Ich werde nicht einfach hierbleiben und nichts tun. Nie im Leben.«

»Franz.«

Singer stand auf und legte ihm die Hand auf die Schulter.

Franz blickte ihn an.

»Jeder Schritt, den wir gedankenlos tun, kann fatal sein«, sagte Singer. »Hab Geduld. Hab Vertrauen.«

Singer konnte sehen, wie sich etwas in Franz' Augen veränderte. Die Wut war von einem Augenblick auf den nächsten verebbt. Schmerz und Ratlosigkeit blieben zurück.

Er schüttelte den Kopf.

»Ich kann nicht mehr«, sagte er leise. »Ich kann nicht mehr. Nicht ohne sie.«

Singer blickte auf ihn hinab. Auf den Mann, den er die letzten dreißig Jahre in Gedanken verflucht hatte. Er fing Lories Blick auf. Sie legte den Kopf schief und hob die Augenbrauen leicht, und Singer wusste, dass sie wusste, was er dachte.

Denkst du nicht, dass die Gewissheit über das baldige Ende eines geliebten Menschen einen von Grund auf verändern kann?

Sein Leben lang war Singer davon überzeugt gewesen, dass sein Vater seine Mutter nie wirklich geliebt hatte. Aber jetzt sah er Franz vor sich und wusste nicht länger, was er glauben sollte.

Er wusste auch nicht, was er tun sollte.

Im Raum war es sehr still.

Singer blickte auf die Uhr.

Es war kurz vor zwölf. In wenigen Minuten würde sich der Zeittunnel in dem leeren Haus in Aubing öffnen, und Singer würde nicht da sein.

Lorie war seinem Blick gefolgt, und auch diesmal verstand sie.

Irgendwann setzte sich Singer neben Franz auf die Couch.

Er sagte nichts.

Er saß einfach da, den Blick geradeaus gerichtet, und wartete.

# 35

Es war kurz nach drei Uhr am Nachmittag, als die schwarze Mercedeslimousine vor dem Haus hielt. Sam stieg aus und kam herein, und sie setzten sich alle ins Wohnzimmer.

»Viele Polizisten vor Ort«, sagte er. »Die meisten von ihnen kommen aus der Gegend.«

»Zepters Leute darunter?«, fragte Akar.

Sam schüttelte den Kopf.

»Keine Spur von den Terroristen oder von Zepter. Sollte sich das ändern, ist Vera mit zehn unserer Leute da und hält Wache. Mit Benni, Edith, Markus und so weiter. Die Besten.«

Akar nickte.

»Was ist mit Elsa Merediths Haus?«, fragte Lorie.

»Verlassen«, sagte Sam. »So wirkt es von außen. Drei der Kameraden sind über die Mauer geklettert, um sich umzusehen. Nichts. Kein Mensch da. Auch alle Autos weg. Die Kameraden sind immer noch dort und stehen mit Vera in engem Kontakt.«

»Und Hanna?«, fragte Franz.

»Die Polizei des ganzen Landes sucht nach ihr«, sagte Sam. »Nach Ihnen beiden.«

Franz starrte ihn an.

»Hatten sie bisher irgendeine Art von Erfolg?«

Sam sah ihn an. In dem harten Blick seiner stahlgrauen Augen schwang Mitleid mit. Er schüttelte leicht den Kopf.

Franz lehnte sich in seinem Stuhl zurück und verschränkte die Arme.

»Diese Bande ist offenbar weit vernetzt«, sagte er. »Sie werden sie nicht finden.«

»Sieht so aus, als hätten wir momentan nicht viele andere Möglichkeiten, als abzuwarten. Noch wissen wir zu wenig.«

»Gab es Nachbarn, die Nummernschilder gesehen haben?«, fragte Lorie. Phantombilder? Reifen- oder Schuhabdrücke?«

»Die Nummernschilder an ihren Bussen waren anscheinend abgefeilt«, sagte Sam. »Diese Spur läuft ins Nichts.«

Franz rieb sich mit beiden Händen übers Gesicht.

Dann stand er auf und begann, in dem Raum auf- und abzugehen.

»Sie könnten sonst was mit ihr gemacht haben«, murmelte er, mehr zu sich als zu den anderen. »Sie könnten überall sein.«

Sam sah erst ihn an, dann in die Runde.

»Die Polizei war aber auch nicht ganz erfolglos«, sagte er. »Sie haben eine Streichholzschachtel gefunden.«

Franz stieß ein abschätziges Lachen aus, sagte aber nichts.

»Club Yellow Crush stand auf der Schachtel«, fügte Sam hinzu.

»Der ist in Schwabing«, sagte Lorie. »Eine Diskothek. Die wurde vor zwei Jahren neu eröffnet.«

»Eine Diskothek? Ernsthaft?«, sagte Franz.

»Kennst du im Ernst das Crush nicht?«, fragte Lorie ungläubig. »Du bist doch Bulle!«

»Ich bin dienstlich selten in Schwabing unterwegs«, gab Franz zurück.

»Der Schuppen ist so groß, dass mehrere tausend Leute Platz haben«, sagte Lorie. »Es gibt drei Stockwerke, eines mit Aquarium, in dem Haie schwimmen. Vier Bühnen. Die Stones hatten vor Kurzem dort einen Liveauftritt.«

»Ich habe davon gehört, auch wenn ich mit dieser Art von Musik nichts anfangen kann«, sagte Franz ungehalten. »Ich frage mich nur, wie uns eine Streichholzschachtel aus einem Tanzschuppen weiterhelfen soll.«

»Vera sagt, es ist bestimmt nicht ihre, und sie ist von keinem anderen unserer Leute«, sagte Sam.

»Meine ist es nicht«, sagte Lorie.

»Die Terroristen könnten sie verloren haben«, sagte Akar.

»Möglich«, gab Sam zurück.

»Dann wissen wir jetzt, dass die Terroristen in ihrer Freizeit gern tanzen gehen«, sagte Franz. »Was uns Herrgott noch mal nicht dabei weiterhilft, Hanna zu finden.«

»Wissen wir, ob Elsa Meredith irgendetwas mit dem Club zu tun hat?«, fragte Singer. »Anteile? Sponsoring? Sonst etwas?«

Sam schüttelte den Kopf.

»Vera hat nachgeforscht und konnte nichts herausfinden«, sagte er. »Bisher.«

Singer hatte den Blick aus dem Fenster gerichtet. Er sah die Berge im Hintergrund und den Bauernhof davor. Eine mächtige Föhre, die danebenstand.

Auf einmal fühlte er sich zurückversetzt in Elsa Merediths Haus. Er sprang wieder aus dem Fenster des zweiten Stocks, um der Bande zu entkommen. Er wurde wieder von den Ästen des Baums aufgefangen.

Singer spürte, wie sein Herz schneller pochte.

Da war etwas.

Er hatte etwas übersehen.

Er schloss die Augen.

Ging im Geist zurück in Elsas Schlafzimmer. Ließ den Kampf bis ins kleinste Detail Revue passieren.

Nichts.

Er ging weiter.

Der Kiesweg zum Carport, den er entlangrannte.

»Und woher ...«, setzte Franz an, aber Singer unterbrach ihn mit einem ungeduldigen »Schsch«.

Der Carport erschien vor ihm. Die schreiende Meute hinter ihm. Die Wagen. Die ersten zwei verschlossen. Er sah sie klar vor sich, aber es war nichts Besonderes an ihnen.

Dann der unverschlossene BMW.

Im Geist öffnete Singer die Tür noch mal.

Er hörte das Klirren erneut, als der Schlüssel vor ihm aus der Sonnenblende fiel. Der Schlüssel des BMWs, der selbst nicht das Interessante war.

Aber zwei andere Dinge waren interessant.

Ein Lächeln trat auf Singers Lippen.

Als Erstes sah er den Anhänger des Schlüssels vor sich. Zwei Wörter aus Metall gegossen, untereinander, jedes einen Zentimeter groß, zusammengeschweißt:

»Yellow Crush«.

Als Zweites sah er die Flugblätter auf der Rückbank, die der Fahrtwind durch das gesamte Wageninnere geweht hatte. Der Karton, in dem sie sich befanden, stand offen, die Blätter darin lagen in zwei Stößen nebeneinander. Singer hatte eine klare Sicht auf die Blätter ganz oben gehabt.

»CLUB YELLOW CRUSH PRÄSENTIERT«, stand in Großbuchstaben in der Überschriftzeile. Darunter der Name einer Band, die Singer nicht kannte.

Das Gleiche stand auf den Blättern darunter, Hunderte Male.

Singer schlug die Augen auf.

Sah, wie die anderen ihn fragend anstarrten.

»Wenn wir herausfinden wollen, wo Hanna ist«, sagte Singer, »dann müssen wir in diesen Club.«

# 36

»Ich gehe«, sagte Franz, als Singer ihnen alles erzählt hatte.

»Die Polizei des gesamten Landes sucht nach dir«, sagte Singer.

»Ihr Gesicht ist auf jedem zweiten Plakat zu sehen«, sagte Sam.

Franz nickte in Singers Richtung.

»Seines auch«, sagte er. »Ich habe sie überall in Starnberg gesehen. Gesucht wegen Entführung und Mord. Diese Erzählung vom BND glaube ich schon lange nicht mehr.«

»Mein Phantombild«, sagte Singer. »Das ist ein Unterschied.«

Franz zuckte mit den Schultern und sagte:

»Es geht hier um meine Frau. Ich werde gehen.«

»Nein«, sagte Singer ruhig. »Wirst du nicht.«

»Ich lasse mir nichts vorschreiben«, sagte Franz wütend. »Ich bin Polizist.«

»Einer, nach dem die ganze Polizei Münchens sucht, von der die Hälfte aus infiltrierten Terroristen besteht«, sagte Singer. »Wir retten dir nicht das Leben, um dann zuzulassen, dass all unsere Bemühungen umsonst waren.«

»Ich kann sehr gut selbst auf mich aufpassen.«

Singer zwang sich, tief durchzuatmen. Rief sich in Erinnerung, dass er nicht mit seinem Vater sprach, sondern mit einem jungen Mann, der sich Sorgen um seine entführte Frau machte.

»Geheime Operationen sind unsere Hauptaufgabe«, sagte Singer ruhig. »Wir sind ausgebildet dazu, unbemerkt zu arbeiten. Ich zweifle nicht an deinen Fähigkeiten als Polizist, aber was wir brauchen, ist ein verdeckter Ermittler. Hast du schon mal verdeckt ermittelt, Franz?«

Franz sagte nichts. Dachte nach.

Singer sagte: »Wenn es dir wirklich darum geht, Hanna zurückzugewinnen, dann lass mich da reingehen.«

Franz sah Singer lange an. Seine zur Faust geballte Hand entspannte sich.

»Du hast so etwas schon öfter gemacht?«

»Ähnliche Einsätze mit ähnlichem Gefahrenpotenzial«, sagte Singer.

Franz sog tief die Luft ein und nickte dann.

»Du gehst nicht allein«, sagte Lorie mit Blick auf Singer.

»Niemand sollte sein Leben zusätzlich riskieren«, sagte er.

»Ich gehe mit dir«, sagte Lorie.

Singer schüttelte den Kopf.

»Ich fürchte, das ist nicht deine Entscheidung«, sagte Lorie.

Ihre Stimme klang ruhig, aber ihr Blick war entrüstet.

Singer sah von ihr zu Franz, der nicht wusste, was er von dem Austausch halten sollte. Singer stand auf.

»Gehen wir für einen Augenblick nach draußen«, sagte Singer zu Lorie.

Lorie folgte ihm vor die Tür des Hauses. Sie stellte sich ihm gegenüber und verschränkte die Arme. In ihrem Blick blitzte die Herausforderung.

»Ich bitte dich«, sagte Singer. »Komm nicht mit.«

»Und warum nicht?«

Singer sah ihr direkt in die Augen.

»Wegen mir mussten deine Freunde sterben«, sagte Singer. »Ich könnte nur schwer mit dem Gedanken leben, wenn auch dir etwas geschieht.«

Für einen Moment wurde ihr Blick weicher.

»Ich weiß, dass du auf deine Westerzellen rauswillst«, sagte sie. »Aber egal, was diese mit deinem Körper alles machen können, sie machen dich nicht unsterblich, oder liege ich da falsch?«

Singer sagte nichts.

»Also überschätze dich nicht selbst. Wir haben keine Ahnung, was uns in dem Club erwartet. Mindestens einer von Elsa Merediths Leuten ist mit dem Yellow Crush verbunden, vielleicht mehr.«

»Lorie …«

Aber Lorie schüttelte den Kopf.

»Ich komme mit dir«, sagte sie. »Die wissen nicht, wer ich bin. Kein Fahndungsfoto von mir irgendwo. Und ich kenne den Club.«

Singer schwieg.

»Vier Augen sehen mehr als zwei«, sagte Lorie. »Und ich werde eine Tasche tragen, in die eine Pistole passt.«

Singer wusste, dass er dagegen nicht ankommen würde.

»Du bist immer noch hier«, sagte Lorie. »Aber heute Mittag wurde der Tunnel in Aubing geöffnet, der dich in deine Zeit zurückgebracht hätte.«

»Ich bin hier noch nicht fertig«, sagte Singer.

»Was ist mit deinem Risiko?«, sagte Lorie. »Du weißt nicht, wie lange dein Körper in einer fremden Zeit überleben kann. Westerzellen hin oder her.«

»Wir werden sehen«, sagte Singer. »Ich vertraue den Zellen mittlerweile.«

»Akar kann nach unserer Mission Kontakt zum Institut aufnehmen. Die werden dann einen neuen Zeittunnel öffnen, über den du zurückgehen kannst.«

»Ein Schritt nach dem anderen«, sagte Singer. »Erst werden wir Hanna finden und in Sicherheit bringen.«

Lorie sah ihn an, sagte nichts.

Singer blickte auf die Uhr. Es war Punkt vier Uhr.

»Wir sollten nicht vor elf im Yellow Crush aufkreuzen, wenn wir nicht auffallen wollen«, sagte Lorie.

Singer nickte.

»Gehen wir rein«, sagte er. »Wir brauchen so etwas wie einen Plan.«

# 37

Zu planen war leichter gesagt als getan.

Anhand von Beschreibungen versuchte Lorie, den anderen die Räumlichkeiten des Clubs so bildlich wie möglich zu schildern. Sie leistete gute Arbeit.

Sie entschieden sich dafür, ein zweites Team einzusetzen. Lorie und Singer würden sich im Club umsehen, Sam würde draußen vor dem Club im Auto warten. Als Back-up, falls irgendetwas schieflaufen würde.

»Ihr geht nicht ohne mich«, sagte Franz. »Ich bleibe unter keinen Umständen allein hier, während ihr nach Hanna sucht.«

So wurde er Teil von Sams Team.

»Aber wie sollen wir wissen, ob ihr da drin unsere Hilfe braucht?«, fragte Franz und wandte sich an Sam. »Hast du ein Autotelefon, das sie anrufen können?«

Sam und Akar tauschten Blicke.

Sam nickte, stand auf und ging hinüber zu einer Kommode neben dem Bücherregal. Er zog eine Schublade auf, nahm zwei identische Gegenstände heraus und kam damit zur Couch zurück. Die Gegenstände sahen aus wie eine Streichholzschachtel mit Metallüberzug. Funker wie der, den Lorie Singer in die Tasche gesteckt hatte.

Franz sah zuerst Sam verwundert an, dann Akar.

»Ich mache mir viele Gedanken über alle möglichen Dinge«, sagte Akar. »Vor allem über Technik.«

Sam übergab ihm beide Gegenstände und Akar hielt sie hoch.

»Das sind Radiofunkgeräte«, sagte er. »Ortungsgeräte mit einer Reichweite von fast fünfhundert Metern, die automatisch an ein Empfängergerät senden.«

Er deutete auf den kleinen Knopf in der Mitte von jedem Gerät.

»Drückt man den, wird zudem ein Notrufsignal an einen Empfänger ausgesendet. In unserem Fall befindet sich dieser in einem Bildschirm, den ich vor einiger Zeit in Sams Auto eingebaut habe. Wir können die Richtung und die Entfernung des Ortungsgeräts dann in Echtzeit auf dem Bildschirm sehen.«

»Bräuchte es dazu nicht gewaltige Antennen?«, fragte Franz misstrauisch.

»Nein«, sagte Akar. »Zugegeben, die Sender sind manchmal etwas unzuverlässig in Innenräumen, gerade wenn der Abstand zum Empfänger größer wird, deshalb parkt ihr am besten so nah am Club wie möglich.«

»Also, wenn wir auf den Knopf drücken, alarmiert das Ding«, sagte Lorie. »Und sie wissen, dass wir sie brauchen.«

Akar nickte, reichte Lorie eines der Geräte und Singer das andere.

»Dann noch eine letzte Sache«, sagte Lorie. »Ich brauche eine Waffe. Was Kleineres als die Schrotflinte.«

Sam lächelte.

»Ich bin mir ziemlich sicher, dass wir da was finden werden.«

Vera hatte die neue Außenstelle des Observation Squad in ein Zweithaus der Organisation am Nymphenburger Schlosskanal verlegt. Es war nicht annähernd so groß, wie das Haus am Starnberger See gewesen war, bot aber ausreichend Platz für alle zusammengerufenen OS-Mitarbeiter.

Beinahe jeder Zentimeter des Untergeschosses war mit Tischen vollgestellt. Vor jedem Tisch saß ein Mitarbeiter, vor jedem Mitarbeiter stand mindestens ein Telefon. Es herrschte geschäftiges Treiben. Dutzende Leute telefonierten gleichzeitig, riefen sich gegenseitig Informationen quer durch den Raum zu, immer wieder fluchte jemand. Beinahe jeder der Agenten hatte eine Zigarette in der Hand, und der Rauch in den Räumen stand noch dichter als in den Kneipen in Singers Kindheit.

»Wir sind drauf und dran, Hanna zu finden«, sagte Vera, mehr zu Franz als zu den anderen.

»Kann ich irgendetwas tun?«, fragte Franz.

»Die Kollegen in dem anderen Raum gehen gerade alle Orte durch, an denen sich Elsa Meredith in den letzten Jahren aufgehalten haben könnte«, sagte Vera. »Sie können ihnen helfen, wenn Sie wollen.«

Franz nickte.

»Kommen Sie«, sagte Sam und führte Franz in den anderen Raum.

»Sie sind bisher nicht in das Haus in Bogenhausen zurückgekommen?«, fragte Singer.

»Drei unserer Leute sind ständig davor stationiert«, sagte Vera. »Aber bisher wirkt es vollkommen verlassen. Sie wären sehr unvorsichtig, Hanna dahin zu bringen.«

Lorie und Singer folgten Vera nach oben in den ruhigen Teil des Hauses. Vera führte sie in ein Zimmer mit frisch gemachtem Bett und Biedermeiertisch.

»Macht euch fertig«, sagte Vera. »Wenn ihr etwas braucht, dann ruft ihr.«

Sie verließ den Raum und schloss die Tür hinter sich.

Auf dem Herweg hatten sie bei einem Kaufhaus gehalten. Lorie war für Singer und sich selbst Kleidung einkaufen gegangen. Um in dem Nachtclub nicht aufzufallen, brauchten sie passende Klamotten.

Lorie stellte die Tüten auf dem Tisch ab und verschwand im angrenzenden Badezimmer.

Singer warf einen Blick in den Spiegel. Die Hornbrille ohne Stärke und der aufgeklebte Schnurrbart reichten aus, um ihn wie einen anderen Menschen aussehen zu lassen. Er kramte in Lories Tüten nach dem Hemd, das sie für ihn besorgt hatte, und streifte es über. Statt seiner zu weiten 3D-gedruckten Stiefel aus dem Institut trug er ein Paar, das Sam ihm geliehen hatte. Es passte fast perfekt.

Singer entfaltete den Plan von München auf dem Bett und studierte ihn ein weiteres Mal. Das Straßenbild der Stadt war ähnlich, wie er es in Erinnerung hatte, und doch anders.

Etwas wie Fußgängerzonen gab es noch nicht. Um die Stadt auf dem schnellsten Weg von Süden nach Norden in Richtung Schwabing zu durchqueren, musste man durch die Innenstadt fahren. Noch einmal ging er die Route zum Yellow Crush durch und prägte sich die Umgebung ein, Einbahnstraßen, mögliche Parkgelegenheiten. Er dachte an die U-Bahn-Baustelle.

Lorie kam aus dem Bad, ein Badetuch um den Körper geschlungen und ein Handtuch auf dem Kopf.

Ihre Blicke trafen sich. Singer glaubte, sie würde etwas sagen wollen, aber stattdessen wandte sie sich ab. Sie zog ihre Sachen aus den Einkaufstüten hervor und verschwand wieder im Badezimmer.

Das Geräusch des Föns ertönte von drinnen.

Singer blickte aus dem Fenster auf die Straße hinunter. Der Kanal war von einer Allee gesäumt, die direkt auf das Schloss Nymphenburg zulief. Ein ruhiges, beschauliches Viertel. Das komplette Gegenteil von Schwabing.

Er nahm den letzten Schluck aus der Kaffeetasse, die er mit hochgenommen hatte. Lorie hatte den Pott vorhin aufgesetzt.

Auch lauwarm schmeckte der Kaffee noch perfekt.

Singer sah Hannas Gesicht vor sich. Ihre großen Augen unter der Brille. Ihr Lächeln.

Egal, was es kostet, dachte er. Ich hole dich da raus.

Er war so in Gedanken versunken, dass er weder hörte, wie Lorie den Fön ausmachte, noch wie sie die Tür zum Bad öffnete. Erst, als ihm der Duft von Pfirsich aus ihren Haaren in die Nase stieg, drehte er sich um.

Anstatt ihres schwarzen Kleids trug sie nun ein weißes. Es war schulterfrei und reichte bis zum letzten Drittel ihrer Oberschenkel. Obwohl sie es vorher nicht anprobiert hatte, passte es wie angegossen. Schlicht, und trotzdem elegant. Singer erinnerte sich an ein Bild von Nancy Sinatra in weißem Kleid. Lories schwarze Bikerstiefel dazu gaben dem Look etwas Rebellisches. Ein dünnes Band mit besticktem Muster über der Stirn hielt ihr Haar in Position und betonte die markante Form ihres Gesichts. Sie hatte eine dezente Schicht von Make-up aufgelegt, die Oberlieder stärker geschminkt als die unteren.

»Das dann zum Thema verdeckte Operation«, sagte Singer.

»Soll ich was ändern?«, fragte Lorie schnell und sah an ihrem Kleid hinab.

»Würde keinen Unterschied machen«, sagte Singer. »Du würdest trotzdem auffallen.«

Lorie sah ihn fragend an.

»Du siehst atemberaubend aus«, sagte Singer.

Lorie lächelte.

Dann nahm sie ihren Mantel, holte die Pistole heraus, die Sam ihr gegeben hatte. Es war eine Beretta 70s. Klein genug, um sie verdeckt tragen zu können, deshalb nur sieben Patronen im Magazin, aber das Kaliber war .32 ACP. Eine kleine Waffe mit Kugeln, die ein tennisballgroßes Loch in einen menschlichen Körper reißen konnten.

Lorie steckte die Pistole in die neue kunstlederne Handtasche. Dann sah sie Singer an und nahm einen Zug von ihrer Zigarette.

»Wonach halten wir im Crush Ausschau?«

»Nach allem, was auch nur ansatzweise verdächtig aussieht«, antwortete Singer.

»Klingt sehr vage.«

»Wir haben keinen anderen Anhaltspunkt als diesen Club.«

Lorie schwieg.

»Die Chance, dass wir dort in irgendeiner Art und Weise Erfolg haben werden, ist sehr gering«, sagte Singer. »Gering, aber nicht unmöglich.«

Lorie zuckte mit den Schultern.

»Alles im Leben ist im Prinzip eine Fünfzig-Prozent-Chance«, sagte sie. »Entweder wir haben Erfolg oder nicht. Ja oder nein. Fünfzig Prozent.«

»Weise Worte.«

Lorie sah Singer lange in die Augen.

»Ich meine es ernst, was ich gestern gesagt habe«, sagte sie. »Ich möchte, dass diese Leute für das bestraft werden, was sie meinen Freunden angetan haben. Dafür werde ich alles tun.«

Singer lehnte sich vor.

»Wir sollten uns in diesem Club nicht trennen«, sagte er. »Passiert das aus irgendeinem Grund doch, und du merkst, dass etwas nicht in Ordnung ist, alarmierst du mit dem Funker Sam und Franz vor dem Club. Du hast deinen griffbereit?«

Sie zog das Gerät aus einer Seitentasche ihres Kleids.

»Trotzdem kann es sein, dass unsere Funker nicht funktionieren. Wenn du also auf die Toilette musst, und irgendetwas kommt dir verdächtig vor ...«

Lorie lächelte, drückte die Zigarette aus und tätschelte ihre Handtasche.

Dann legte sie ihre Hand auf seine.

»Mach dir keine Sorgen«, sagte sie sanft. »Wenn mir jemand von denen zu nahe kommt, hat er ein Loch im Bauch.«

Singer blickte hinab auf Lories Hand. Ihre Haut war weich und trocken. Sie hatte lange wohlgeformte Finger, an denen sie schlichte Ringe trug, drei an jeder Hand. Singer spürte das kühle Metall auf der Haut.

»Ich bin dafür verantwortlich, wenn dir etwas passiert«, sagte er.

»Es ist meine Entscheidung, dich zu begleiten«, sagte Lorie. »Ich weiß, worauf ich mich einlasse.«

»Nach all dem, was passiert ist, weiß ich, dass es nicht ganz so einfach ist«, sagte Singer.

Lorie musterte ihn.

»Du machst dir wirklich Sorgen«, sagte sie dann. Sie klang verwundert. Der Ausdruck in ihren Augen veränderte sich, das Lächeln blieb gleich. »Warum?«, fragte sie.

»Du bist Teil meines Teams«, sagte Singer.

»Dein letzter Kamerad wurde vor deinen Augen umgebracht, und jetzt hast du Angst, dass du wieder ein Teammitglied verlierst?«

»Das ist es nicht«, sagte Singer.

»Was ist es dann?«

»Ich hab dich in das alles hier reingeritten.«

»Hab ich selbst, indem ich dich in unsere Wohnung geholt habe.«

»Aber das ändert nichts daran, dass sie wegen mir gekommen sind.«

Die Sonnenstrahlen drangen von draußen ins Zimmer und tauchten ihr Gesicht in ein warmes Licht. Ihre braun gelockten Haare sahen heller aus, und er nahm zum ersten Mal einen Grünstich in den haselnussbraunen Augen war.

»Ohne dich wäre ich wahrscheinlich schon tot, und meine Eltern hätten nicht mal eine Chance gehabt«, sagte Singer. »Ich weiß nicht, ob ich mich überhaupt schon bei dir bedankt habe.«

Lorie nickte.

»Und wäre das mit deinen Freunden in der Wohnung nicht passiert, wäre ich wahrscheinlich froh darum, dich kennengelernt zu haben.«

»Wegen deiner Eltern.«

»Nicht nur deshalb.«

Lorie hob die Brauen.

»Warum dann?«

»Weil ich weiß, dass ich dir vertrauen kann. Blind.«

»Nur deshalb?«

»Du hast eine nicht ganz unsympathische Art.«

Lorie lachte auf.

»Okay. Ich dachte vorhin schon kurz, du bist gut im Komplimentemachen. Aber jetzt fällt dir wohl nichts mehr ein, oder?«

»Du weißt, was du willst. Ich mag das.«

»Weil du nicht oft Kontra bekommst wie gestern Abend, hab ich recht?«

»Gut möglich, wer weiß. Außerdem mag ich unsere Unterhaltungen.«

»Weil ich im Geist eine reife Frau bin?«

»Das kann ich nicht sagen. Ich hatte vor unserer Begegnung noch nie mehr als ein paar Minuten mit einer insertierten Person zu tun.«

Er verdrängte das anfängliche Bild von Elsa Meredith in ihrem Schlafzimmer.

»Der Geist einer Frau muss nicht insertiert sein, um reif zu sein«, sagte Lorie. »Aber ich schätze, das kann man schon mal vergessen, wenn man als Sechsundfünfzigjähriger vorzugsweise Frauen in ihren Zwanzigern datet.«

»Woher weißt du ...?«

Lorie lachte.

»Ich weiß, wie Männer ticken, David. Das hat sich in all der Zeit, in der ich nun schon auf der Welt bin, nicht geändert.«

Sie hörte nicht auf damit, ihn anzusehen.

»Wenn du mir noch einen Punkt nennst, den du an mir magst, lasse ich dich in Ruhe. Deal?«

Singer erwiderte ihren Blick. Lorie rückte etwas näher an ihn heran. Singer legte seine andere Hand auf ihre.

»Ich möchte wissen, was du denkst«, sagte Lorie. »Wenn es unpassend ist, verpasse ich dir eine Ohrfeige. Aber das wirst du überleben.«

»Mir fallen sogar gleich zwei Dinge ein«, sagte Singer. »Du machst exzellenten Kaffee. Und ich mag deinen Geruch. Sehr sogar.«

Lorie lachte erneut auf.

»Das war fast ... romantisch.«

»Du kennst mich noch nicht gut genug«, sagte Singer. »Ich kann sehr romantisch sein.«

»Das glaube ich«, sagte Lorie. »Je besser man mit Worten ist, desto leichter bekommt man Frauen herum.«

Aber sie zog ihre Hand nicht weg.

Ihr Blick war mit einem Mal sanft.

Ihre Gesichter waren einander nah genug, dass Singer Lories Atem auf den Wangen spürte. Er senkte seinen Kopf mehr nach vorn, um den Duft ihrer Haut noch intensiver einatmen zu können.

Lorie ließ es zu. Ihre Lippen öffneten sich ein wenig. Singer konnte ihren Herzschlag hören und wie er sich beschleunigte. Für einen Moment blieb die Zeit stehen.

Aber dann stand Lorie abrupt auf.

»Wenn du mich wirklich magst«, sagte sie leise, »Dann zeig mir, dass das alles gerade eben nicht nur leere Floskeln waren.«

Damit nahm sie ihre Tasche und verließ das Zimmer.

# 38

Der Club Yellow Crush befand sich direkt an der Leopoldstraße, nur wenig mehr stadteinwärts im Vergleich zu der Stelle, an der die Straßenschlacht vor zwei Nächten stattgefunden hatte. Vor dem großen, würfelartigen Gebäudekomplex tummelten sich die Leute.

Singer bog in eine Seitenstraße ein und fuhr vorbei an Sams schwarzer Mercedeslimousine. Sam und Franz darin nickten ihnen zu.

Singer parkte drei Autos weiter auf der anderen Straßenseite. Der gedämpfte Beat der Musik aus dem Club war leise, aber deutlich zu hören.

Auf der kurzen Fahrt hatte Lorie eine ganze Flasche Bier getrunken. Sie stieg aus, schloss die Augen und atmete tief ein.

»Geht's dir gut?«, fragte Singer.

Lorie kam auf ihn zu und hängte sich bei ihm ein.

»Ich bin aufgeregt«, sagte sie. »Gehen wir.«

Sie gingen an Sams Wagen vorbei, raus auf die Leopoldstraße. Die Musik quoll aus den Haupttüren des Clubs, durch die die Menschen in Massen drängten. Falls es etwas wie einen Türsteher gab, dann machte er gerade Pause. Die Menschen kreischten vor Begeisterung, betrunken oder eingeraucht oder beides.

Sie wurden geschubst und vorwärtsgedrängt und schwammen in der Menge mit. Singer sah sich die Gesichter der Umstehenden genau an. Er fand nichts, was ihm auffällig erschien. Er bemerkte Leute neben sich mit teuren Anzügen, alt und jung, die genauso erpicht darauf waren, in den Club zu kommen, wie die Jugendlichen mit grellen T-Shirts und Papierblumen um den Hals.

»Du musst loslassen«, sagte Lorie. »Lass dich einfach treiben. Ansonsten stechen wir sofort raus.«

Er sah die Vorfreude und Lebenslust auf den Gesichtern der Menschen. Die Ausgelassenheit. Der Wahnsinn des Lebens, der willkommen geheißen und gefeiert wurde.

Lorie tastete nach Singers Hand und drückte sie. Sie lächelte ihn an.

Mit einem Mal begann sie lauthals mit dem Lied aus dem Inneren mitzusingen und auf dem Stand zu hüpfen. Lachte, als sie Singers Gesicht sah, aber hörte nicht auf. Auf einmal war sie nicht mehr nur körperlich eine junge Frau, sondern auch in ihrem Geist.

Der Eintritt mit Getränkemarken kostete weniger als ein Glas Leitungswasser in einem Club der 2050er-Jahre.

Der Hauptraum drinnen war riesig. Eine Tanzfläche, die das gesamte Erdgeschoss einnahm. Sie war so breit, dass sich die Masse der hereindrängenden Leute darin verlor. In zwei Ecken spielten Bands auf Bühnen. Oberkörperfrei, schwitzend, während die Menge vor ihnen wild tanzte. Der Tresen der Bar, die über die gesamte Länge einer Seitenwand reichte, bildete eine eigene Tanzfläche. Ein Mann in Unterhosen und mit Schuhen bewegte sich darauf zum Takt der Musik und wirbelte seine lange Mähne wie in Trance. Andere Tänzer daneben schwangen die Hüften in einem Tanzstil, den Singer nicht kannte. Frauen in kurzen Röcken und kniehohen Stiefeln und mit Blumenketten um den Hals. Männer mit hautengen Jeans, bunten Hemden, neonfarbenen Pullovern oder ganz ohne Oberteil.

Es war heiß und stickig, und Singer sah in der ersten Minute so viel nackte Haut wie nie zuvor in einem normalen Nachtclub. Überall tanzten Frauen nur im BH oder vollkommen entblößt. Niemand scherte sich darum. Die Musik war so laut, dass eine Unterhaltung unmöglich war. Dazu kamen die Scheinwerfer, die, angepasst an die Beats der Musik, die Tanzfläche in stakkatoartigen Lichtexplosionen beleuchteten.

Singer hob den Kopf. Sah die Terrassen über ihnen, von denen die Menschen aus herunter auf die Tanzfläche blicken konnten.

Er tippte Lorie an und deutete nach oben. Sie nickte.

Es gab keine Treppen, die nach oben führten, nur eine metallene Gangway, die spiralartig an den Innenwänden des Clubs entlanglief. In den oberen Stockwerken wurde genauso ausgelassen gefeiert wie unten.

Auch hier spielte eine Liveband, vor deren Bühne die Leute tanzten. Auf einer Empore stand ein Messingkäfig mit zwei Gogo-Girls darin. Sie trugen Stiefel, glitzernde Höschen und dazu passende Halsketten.

Weiter hinten saßen die Gäste an Tischen mit Flaschen vor sich oder blickten über das Terrassengeländer hinab. Eine höhere Quote an Anzugträgern und Champagnergläsern als unten.

Eine ganze Seitenwand des Raums war verglast. Dahinter befand sich ein Aquarium, in dem die Haie schwammen, von denen Lorie erzählt hatte.

Sie blickten sich beide die ganze Zeit so unauffällig um, wie es nur ging. Singer fand nicht, was er suchte. Nichts, was verdächtig aussah.

Auch Lorie schüttelte leicht den Kopf, als sich ihre Blicke das nächste Mal trafen.

Was Singer allerdings bemerkte, war, wie immer mehr Blicke der Männer an den Tischen hier oben zu Lorie wanderten. Er nahm ihre Hand, und sie bahnten sich einen Weg über die Tanzfläche bis zur nächsten Bar. Lorie bestellte zwei Gin Tonic mit ihren Getränkemarken.

Als Polizist hatte Singer immer ein gutes Gespür dafür gehabt, die Gefahr einer Situation richtig einschätzen zu können. Der Vorfall in Elsa Merediths Haus hatte ihn unerwartet getroffen. Er hoffte, dass das eine Ausnahme gewesen war, denn aktuell blieb ihm keine andere Möglichkeit, als sich auf seine Intuition zu verlassen.

Seine Intuition, die ihm sagte, dass von den Leuten um ihn herum keine Gefahr ausging. Was einerseits bedeuten mochte, dass sie sicher waren, aber andererseits auch, dass sie hier oben nicht weiterkommen würden.

»Gehen wir runter«, sagte er zu Lorie.

Sie nahmen die Gläser und gingen weiter. Die Rampe hoch, in das nächste Stockwerk und dann ins nächste.

Nichts, was Singers Aufmerksamkeit erregte. Kein bekannter Geruch. Kein bekanntes Gesicht.

Sie gingen wieder runter, ins Erdgeschoss. Die Tanzfläche war mittlerweile so voller Menschen, dass sich die tanzenden Körper aneinander rieben. Die Gesichter wurden von den Scheinwerfern in maschinengewehrartigen Lichtblitzen angestrahlt. Die Blicke in den Augen der Tänzer waren ekstatisch. Eine Rauchwolke so dicht wie Zuckerwatte hing über der Menge.

Singer entdeckte einen freien Stehtisch, von dem aus sie einen guten Überblick über die umstehenden Leute, die Tanzenden und die Notausgänge in dem Raum hatten.

Die Musik dröhnte aus den mannshohen Boxen in den Ecken. Zigarettenrauch und verschüttetes Bier waren die vorherrschenden Gerüche. Hitze und Dunst lagen schwer im Raum. Der Schweiß lief Singer den Rücken hinab, aber er konnte seine Jacke nicht ausziehen, weil die Pistole im Holster darunter steckte.

Lorie neben ihm nippte an ihrem Getränk.

Und auf einmal erstarrte sie.

»Dort drüben«, sagte sie sofort. »Sieh hin, schnell.«

Singer folgte Lories Blick - und sah ihn.

Er hätte ihn unter einer halben Million Leute wiedererkannt, egal in welcher Zeit, egal unter welchen Umständen.

Gleichzeitig wusste Singer, dass es nicht möglich war.

Nicht möglich sein sollte.

Unwillkürlich machte er einen Schritt vom Tisch weg, auf ihn zu. Er stand am anderen Ende der Tanzfläche, neben der Bühne. Schulterlange rote Locken, an einer Seite des Kopfs abrasiert. Schwärze Tätowierung am Hals bis kurz unter die Kieferknochen. Wilder, starrer Blick.

In diesem Moment wandte er den Kopf, und ihre Blicke trafen sich.

Jonas Augen weiteten sich, als er sie erkannte. Zuerst sah Singer Erstaunen darin, dann Panik. Eine feiernde Dreiergruppe sprang in diesem Augenblick hoch und unterbrach den Blickkontakt.

Nur eine Sekunde, aber Jona war verschwunden.

»Geh raus zu Sam«, sagte Singer. »Sag ihm, wir hatten recht. Sie müssen alle Ein- und Ausgänge des Clubs im Auge behalten. Wir suchen nach einem Typen mit seitlich abrasierten Haaren und Halstätowierung.«

Er sah noch, wie Lorie nickte, bevor er in die Menge eintauchte.

Er arbeitete sich nach vorn, mühselig langsam.

Er stieß die Leute vor sich weg, die schrien und pöbelten. Er brauchte trotzdem beinahe eine Minute, bis er an dem Punkt angekommen war, an dem Jona gerade noch gestanden hatte.

Singer blickte sich um.

Keine Spur von ihm, aber nur wenige Meter entfernt war ein Notausgang.

Er rannte darauf zu, stieß die Tür auf, riss dabei die Pistole unter der Jacke hervor. Ein Gang mit kahlen Betonwänden lag vor ihm, beleuchtet durch grünlich scheinende Neonröhren. Metalltüren zu beiden Seiten des Gangs. Ein Paar stand gegen eine davon gelehnt, heftig am Knutschen.

Die Frau trug keine Schuhe. Sie schrie auf, als sie die Pistole in Singers Hand sah, und stellte sich augenblicklich gerade hin.

Der Mann mit abwesendem, eingerauchtem Blick murrte nur: »Kann man uns nicht mal fünf Minuten Ruhe gönnen?«

Singer drückte die Notausgangstür hinter sich ins Schloss, wodurch der Lärm aus dem Club gedämpft wurde.

»Wo ist er hin?«, fragte Singer, der Befehlston in seiner Stimme verstärkt durch den Hall von den Wänden. »Der Kerl, der gerade an euch vorbei ist. Wo ist er hin?«

Die Frau ohne Schuhe zeigte den Gang entlang, und Singer rannte los. Vorbei an den geschlossenen Türen. Der Gang machte eine leichte Kurve. Links befand sich eine Brandschutztür, im einen Augenblick noch einen Spaltbreit offen, im nächsten war sie zurück ins Schloss gefallen.

Singer stieß sie wieder auf. Draußen lag die Straße. Das dumpfe Dröhnen der Musik aus dem Club hier lauter als im Gang. Es war der Hinterausgang auf der anderen Seite des Gebäudes.

Seine Schritte hallten vom Ende der Straße her.

Singer setzte ihm nach. Ein Parfüm mit holziger Note ging von seinen Kleidern aus. So stark, dass Singer ihn auch in kilometerweiter Entfernung gerochen hätte.

Jona erreichte die Mündung in die Leopoldstraße und bog nach rechts ab.

Die Straße war nicht mehr annähernd so voll wie vor dem Club. Singer drückte den Knopf an seinem Funker, während er rannte. Er hatte nur minimal aufgeholt, als er an die Ecke kam, aber er sah Jona dennoch klar vor sich auf dem Bürgersteig.

Die Gerüste um den aufgebohrten U-Bahn-Schacht blockierten einen gut fünfzig Meter langen Abschnitt der Fahrbahn, und das über eine der zwei Spuren.

Singer sah, wie Jona unter einem der Gerüste durchschlüpfte und in der Dunkelheit darunter verschwand.

Er lief hinterher, folgte dem Geruch noch mehr als dem Tappen von Jonas Schritten.

Er lief bis an den Rand, wo der Schacht in die Tiefe abfiel. Von innen wurde er mit Gerüsten gestützt.

Jona war dabei, die in die Wand geschlagenen Sprossen einer Metallleiter hinunterzuklettern. Das Licht der Straßenlaternen oben war spärlich, trotzdem sah Singer seine Gestalt eindeutig.

Ihre Blicke trafen sich, bevor er die Sprossen der Leiter losließ und die verbleibenden Meter in den Schacht hinuntersprang.

Er landete elegant und lief weiter. Dorthin, wo der Schacht in einigen Metern zu einem Tunnel wurde.

Singer nahm zwei Sprossen auf einmal und sprang ebenfalls.

Der Boden unter seinen Füßen bestand aus Lehm und aufgeweichter Erde. An den Seiten stand das Grundwasser mehrere Zentimeter.

Singer riss die Pistole hoch.

»Bleib stehen oder ich schieße!«

Jona ignorierte ihn und lief weiter. Tauchte ein in die Dunkelheit.

Singer rannte. Dorthin, wo der Boden bereits asphaltiert und trocken war. Noch gab es keine Spur von Schienen. Bei dem Tunnel handelte es sich einfach um eine Halle aus Beton, die sich kilometerweit nordwärts erstreckte.

Jonas Schritte vor ihm wurden lauter.

Singer holte auf.

Auch wurde es jetzt heller. Notlichter waren an den Wänden angebracht, die Abstände betrugen mehr als zwanzig Meter. Aber besser als nichts.

Singer sah, wie Jona vor ihm eine Abzweigung vom Hauptgang nahm. Er versuchte offensichtlich, seiner direkten Schusslinie zu entgehen. Nur noch eine Frage der Zeit, wann er in eine Sackgasse geraten würde.

Singer kam näher.

Er erreichte die Abzweigung, die Jona gerade genommen hatte.

Ein breiter kurzer Gang vor ihm, mit einer Öffnung an der linken, hinteren Wand.

Singer folgte dem Gang, Pistole im Anschlag.

Er blickte durch die Öffnung, zu der vier Stufen hochführten. Dahinter lag der Bahnsteig eines unfertigen U-Bahnhofs. Das, was später die Station Giselastraße werden würde.

Betonwände.

Betonboden.

Der ganze Steig war von einer einzigen Lampe beleuchtet, die nur einen kleinen Teil davon erhellte.

Der Rest lag in Dunkelheit.

Singer schlich die Treppen hinauf, Pistole vor sich, und ging an der Seitenwand der Öffnung in Deckung.

Nichts regte sich, alles sah verlassen aus. Singer blieb keine andere Wahl.

Er machte einen schnellen Satz durch die Öffnung, bereit für alles.

Aber niemand lauerte dahinter. Niemand griff an.

Er ging weiter.

Das holzige Parfüm lag schwer in der Luft, dass Singer irgendwann nur noch diesen Duft roch. Was ein Problem war, weil dadurch vieles überlagert wurde.

Singer blieb stehen, als sich die Gestalt aus dem Randschatten löste und in den Lichtkegel der Lampe trat.

Es war nicht Jona.

Dort stand Elsa Meredith, aber Singer erkannte sie nicht gleich, weil sie eine Vollmaske mit zwei aufgeschraubten Filtern auf Mundhöhe trug. In den Händen hielt sie zwei dosenartige Kanister.

Fuck, dachte Singer. Aber es war zu spät.

Er schoss, aber Elsa Meredith hatte die Kanister bereits aktiviert, sodass ein rauchähnliches Gas daraus hervorqualmte. Dann hatte sie die Behälter in seine Richtung geworfen und war gleichzeitig zu Boden und zurück in den Schatten gesprungen, sodass seine Kugeln sie verfehlten.

Die handgroßen Dosenkanister landeten nur wenige Meter von ihm entfernt. Singer kickte sie beide sofort von sich, aber das änderte nicht viel.

Die Aerosole des Tränengases hatten sich bereits im Raum ausgebreitet und sich über ihn gelegt. Sie ließen die Augen wie Feuer brennen und drangen in die Lunge ein, wo sie einen sofortigen Hustenreiz bewirkten. Das Gas war schmerzhaft stechend und roch nach einer Mischung aus Chlor und Pfeffer.

Singer musste husten, er rieb sich die brennenden Augen und hörte gleichzeitig, wie er von der Seite kam. Er hörte ihn zuerst und roch erst dann seinen Schweiß, der sich mit dem schweren Parfüm auf seiner Haut mischte. Seine Nasenschleimhäute waren so gut wie lahmgelegt. Singer riss die Waffe herum, aber zu langsam.

Jona sprang und kickte ihm dabei die Pistole aus der Hand.

Auch er trug mittlerweile eine Vollmaske mit Filtern.

Sie hatten mit ihm gerechnet.

Elsa Meredith war es erneut gelungen, Singer in einen Hinterhalt zu locken.

Singer schlug zu, wo er Jona vermutete, aber dieser wich dem Schlag aus und gab Singer einen weiteren Tritt gegen die Brust, der ihn zurücktaumeln ließ.

Singer sah auf. Blickte Jona in die Augen hinter der Maske, in denen eine grausame Energie brannte.

Jona hob den Stab, den er in der Hand hielt. Balancierte ihn zwischen Daumen und Zeigefinger.

Singer war sich ziemlich sicher, dass es sich dabei um ein frühes Modell eines Elektroschockgeräts handelte, auch wenn er den Stab nur verschwommen sah.

»Komm und hol's dir«, sagte Jona, griff aber im selben Moment an. Er schlug mehrmals zu. Rechte Faust, linke, rechtes Knie.

Er bewegte sich so schnell, wie Singer noch keinen anderen Menschen sich hatte bewegen sehen.

Singer blockierte die Schläge, musste sich dabei auf all seine nur halb funktionierenden Sinne verlassen, und es dauerte, bis er ein Muster erkannte.

Als Jonas Faust erneut auf sein Gesicht zuraste, hob er den Ellenbogen hoch, und blockierte den Schlag an einer Stelle, die jedem anderen Menschen das Handgelenk gebrochen hätte.

Jona sprang zurück, schrie wütend auf, schüttelte die Hand – und ballte sie im nächsten Augenblick wieder zur Faust. Kein gebrochenes Handgelenk.

Diesmal war es Singer, der auf die verschwommene Gestalt des Gegners zulief. Er duckte sich unter zwei Schlägen hindurch. Holte aus, um Jona einen Schlag gegen den Solarplexus zu verpassen und damit den Kampf zu beenden.

Er kam nie dazu.

Der Stromstoß durchfuhr ihn im selben Augenblick, in dem er die Berührung des Stabs an seinem Rücken spürte.

Singers Muskeln verkrampften so stark, dass er sich von einem auf den anderen Augenblick nicht mehr bewegen konnte. Sein Zwerchfell zog sich schmerzhaft zusammen, presste ihm alle Luft aus den Lungen, und egal, wie sehr er dagegen ankämpfte, er konnte nichts tun.

Es war Elsa Meredith, die ihm den Stab von hinten in den Rücken gerammt hatte.

Singers Beine wurden weich. Er biss die Zähne zusammen. Versuchte, den letzten Rest an Kontrolle über seine Muskeln zu behalten. Versuchte, sich aus dem elektrischen Kreis herauszureißen.

Jona vor ihm merkte, was er vorhatte. Er streckte seinen Arm aus und setzte seinen eigenen Stab an Singers Brust an. Singer sah sein breites, spöttisches Lächeln. Die Häme blitzte in seinen Augen. Er wusste, dass er diesmal gewonnen hatte.

»Auf einmal doch nicht mehr so stark«, sagte Jona, bevor er den Strom betätigte. Singer schrie, als er zu Boden ging. Beide Gegner beugten sich über ihn, ohne die Stäbe abzusetzen.

»Ich habe auf dich gewartet«, sagte Elsa Meredith mit ihrer nasalen, arroganten Stimme, die durch die Maske nur wenig gedämpft wurde. »Ich habe nicht daran gezweifelt, dass du kommst. Ich musste dich nicht einmal mehr rufen. Eine Streichholzschachtel als Hinweis hat ausgereicht, und du läufst uns direkt in die Arme.«

Durch den Strom und das Zusammenziehen seiner Halsmuskeln wurde Singers Kopf brutal zurückgerissen. Er sah den Raum verkehrt.

»Fühlt sich beschissen an, nicht?«, hörte er Jona sagen. »Gut so. Du hast es dir nicht anders verdient.«

Die Daueranspannung der Muskeln erschöpfte Singer schnell. Er versuchte, einen Arm zu heben. Ein Bein. Die Faust.

Er schrie. Es gelang ihm halb, den Arm zu bewegen, aber da wurde er von einem weiteren Körper niedergedrückt.

Immer mehr Gestalten in Masken tauchten auf und knieten sich auf ihn. So viele, dass Singer sich bald gar nicht mehr bewegen konnte.

Und dann drückte ihm einer von ihnen ein feuchtes Tuch auf den Mund. Singer roch den süßlichen Alkoholgeruch und hielt automatisch die Luft an. Er versuchte, den Kopf wegzudrehen, aber jemand hielt seinen Kopf fest.

Seine Lungen begannen erneut zu brennen, diesmal aus Luftnot, und irgendwann musste er dem Reflex nachgeben.

Er atmete. Sog das Chloroform auf dem Tuch zusammen mit der Raumluft ein.

»Deine Zellen sind ein Geschenk des Universums«, hörte er Elsa Meredith nicht weit entfernt von seinem Ohr sagen. »Es wird Zeit, dass du dieses mit der Welt teilst.«

Singers Blick verschwamm immer mehr. Irgendwann hörte der Strom ganz auf, durch seinen Körper zu fließen.

Es war eine Erlösung, von der er nicht viel hatte, denn im selben Moment stürzte er in einen tiefen, komaähnlichen Schlaf.

# 39

Murakami saß ihm gegenüber, das weise Lächeln auf den Lippen.

»Ich habe dir immer gesagt, dass mehr in dir ist, als du glauben magst, David«, sagte er.

»Ich habe versagt«, sagte Singer. »Ich habe Sie enttäuscht.«

Aber Murakami schüttelte den Kopf.

»Du hast nicht versagt – außer du hättest aufgegeben, zu kämpfen.«

Er hielt inne. Sein Blick schweifte in die Ferne.

»Und deshalb solltest du jetzt in den Zug steigen.«

Singer sah den Professor fragend an. Murakami wandte den Kopf zur Seite. Lauschte. Jetzt konnte Singer es auch hören. Das Pfeifen einer sich nähernden Dampflok.

»Es ist Zeit«, sagte der Professor. »Es ist Zeit.«

Dann war Murakami mit einem Mal verschwunden, das Geräusch der Dampflok wurde so laut, dass es in den Ohren wehtat, Singer schrie … und riss die Augen auf.

Die Kälte am ganzen Körper war das Erste, was er registrierte. Erst dann die gleißenden Lichter über und die Menschen vor ihm und den starken Geruch von Krankenhaus um sich.

Dann die Tatsache, dass sein Oberkörper nackt war, Hände und Füße waren an die Lehnen eines gepolsterten Stuhls gefesselt, der starke Ähnlichkeit mit einem Zahnarztsessel hatte. Sein Kopf war mit einem Metallring um die Stirn fixiert.

Er konnte sich nicht bewegen. Weder Arme noch Beine, noch Kopf. Konnte deshalb nur sehen, was vor ihm und etwas seitlich lag.

Der Raum war so weitläufig wie eine Halle, aber die Decke, von der das gleißende Licht fiel, verhältnismäßig tief.

Sie standen vor ihm und blickten auf ihn herab wie auf ein Tier in der Falle. Elsa Meredith, Jona und drei andere. Einer davon ein dicklicher älterer Mann, der blaue Krankenhauskleidung trug und eine OP-Haube auf dem Kopf. Sein Blick war stumpf und ängstlich, und er wandte ihn ab, als Singer ihn ansah.

Da war eine Plastikplane auf dem Boden, auf dem sein Stuhl stand. Eine weitere durchsichtige Plane hing von der Decke herab bis zum Boden, wie ein Vorhang, wahrscheinlich kreisförmig um den Stuhl herum, obwohl sich Singers Blickfeld nur auf einen Halbkreis begrenzte.

Durch die Plane hindurch erkannte er, dass der Rest des Raums aussah wie ein Labor. Auf länglichen Tischen standen Mikroskope, mit Flüssigkeit gefüllte Reagenzröhrchen, Inkubatoren und Zentrifugen. Auf den Tischen lagen aufgeschlagene Mappen. Singer konnte etwa zehn Menschen in weißen Laborkitteln ausmachen, zwischen ihnen Polizisten und ein Dutzend anderer bewaffneter Leute, die auf- und abgingen.

Mehrere Geräte piepten gleichzeitig. Irgendwo in der Ferne hörte Singer das Pfeifen einer Dampflokomotive.

Über ihnen. Was zu dem gewölbeartigen Aussehen des Raums passte. Sie befanden sich unter der Erde. Nicht zu tief, denn der Zug über ihnen war deutlich hörbar.

»Du hast die Dinge verkompliziert«, sagte Elsa Meredith. Sie wirkte größer, als Singer sie in Erinnerung hatte. Ihr Gesicht sah aus wie das einer Statue. Zu fein. Zu makellos. Ihr Blick war hart und so emotionslos wie ihre Stimme.

»Hättest du unseren Zeitplan zerstört, glaub mir, ich hätte dich nicht nur getötet. Ich hätte dir jegliche Ehre genommen, und dann erst so richtig angefangen, dich zu foltern.«

»Ist mir eine Freude, Teil deiner kranken Fantasien zu sein«, sagte Singer. »Binde mich los, wenn du möchtest, dass ich aktiv daran teilnehmen kann.«

Elsa Meredith zuckte mit den Schultern. »Du wirst ohnehin sterben, und ich werde es genießen, dabei zuzusehen«, sagte sie. »Aber durch deine feige Flucht hast du deine Eltern in die ganze Angelegenheit mit reingezogen. Ich verabscheue im Grunde Gewalt gegen Unschuldige. Meinen Kampf führe ich für arme, brave Leute, wie es deine Eltern sind. Ihnen Leid zuzufügen ist das Letzte, was ich gewollt habe.«

Sie atmete tief ein, und seufzte.

Singers Hände verkrampften sich.
»Deine Mutter hat nach dir gerufen, als wir in ihr Gehirn gebohrt haben«, sagte Meredith mit einem Lächeln. »Interessant, oder? Sie hat sich abgewechselt mit den Namen, nach denen sie gerufen hat. Einmal nach Franz, und dann wieder nach dir. Hast du ihr etwa gesagt, wer du bist?«
Singer versuchte, sich auf seinen Atem zu konzentrieren. Nicht zuzulassen, dass Merediths Worte seinen Fokus brachen. Die Fesseln um seine Gelenke schnürten tief in die Haut.
»Aber sie hatte keine Zellen in sich«, fuhr Elsa Meredith fort. »Wir haben nichts gefunden, obwohl wir unsere Proben so ziemlich von jedem Hirnareal genommen haben, das es gibt.«
Singer wusste, dass jedes Wort, das sie sagte, wahr war. Er hörte den Atem des Typen in Krankenhauskleidung. Sah, wie sich die Haube an seiner Stirn mit Schweiß vollsog. Langsam. Millimeterweise.
»Wo ist sie?«, wollte Singer sagen, ruhig und gefasst. Stattdessen schrie er es.
»Es macht keinen Unterschied«, sagte Elsa Meredith. »Ob sie lebt oder tot ist. Für dich macht es keinen Unterschied mehr.«
Singer registrierte, wie selbstgefällig sie vor ihm stand und sprach, als wäre sie eine Göttin.
Er verdrängte Hannas Bild. Konzentrierte sich stattdessen auf die unbändige Wut in sich. Während Trauer oder Angst destruktive, zehrende Emotionen waren, bestand Wut aus nichts als reiner Energie, die transformiert werden konnte.
»Du bist eine tote Frau«, sagte er leise. »Das schwöre ich bei meinem Leben. Egal, was du vorhast. Egal, was deine Ziele sind. Ich werde da sein und sie zerstören. Eines nach dem anderen.«
Elsa Meredith lachte.
»Meinst du, du kommst hier raus?«, fragte sie. »Meinst du, deine Leute kommen gleich, um dich zu retten?« Aufrichtig amüsiert schüttelte sie den Kopf. »Für wie dumm hältst du uns? Natürlich haben wir dein mickriges Funkgerät im Tunnel gelassen. Da können sie dich ruhig suchen kommen. Auch wenn ich bezweifle, dass das Gerät von dort aus ein Signal sendet.«
Dieses Mal ließ Singer sein Gesicht zur Maske werden.
»Du kannst jede einzelne Zelle aus meinem Körper nehmen und sie deinen Leuten verabreichen. Du kannst versuchen, deine Revolution anzuzetteln, vielleicht sogar einen Weltkrieg. Es wird zu

nichts führen. Du kannst den Verlauf der Geschichte nicht ändern. Nicht in diesem Maß. IARIA hat es versucht und ist gescheitert. Egal, wie viel Geld du hast und wie mächtig du dich fühlst. IARIA ist mächtiger. Wenn sie das Selbsterhaltungsprinzip der Zeiten nicht entscheidend beeinflussen konnten, wirst du es noch viel weniger schaffen.«

In Elsa Merediths Blick trat Spott.

»Was du sagst, ist nicht ganz korrekt«, sagte sie. »IARIA hat bisher lediglich festgestellt, dass wir die Vergangenheit nicht ändern können. Nicht in großem Maß, da muss ich dir recht geben. Aber wer sagt, dass ich daran interessiert bin, die Vergangenheit zu ändern?«

Singer starrte sie an. Sah ihr siegessicheres Lächeln.

»Du Tölpel hast bisher nicht verstanden, dass ich die Vergangenheit nur nutze«, sagte Meredith. »Sie ist ein Vehikel, nichts weiter.«

Singer hatte sie mit seinem Blick fixiert. Arbeitete durch die Bewegung seiner Handgelenke unaufhörlich daran, seine Fesseln zu lockern.

»Es ist traurig, aber wahr«, sagte Elsa Meredith. »In unserer Gegenwart gibt es keine Handvoll Menschen, die das Zeug zu wirklichen Revolutionären hätten. Aber an nur einem einzigen Tag haben mir hier, in dieser Zeit, mehr als zweihundert Menschen gleichzeitig die Treue geschworen.«

»In der Gegenwart hättest du keine zehn Minuten durchgehalten«, sagte Singer.

»Natürlich hat die Überwachung in unserer Welt auch in meine Planung reingespielt«, sagte Elsa Meredith. »Keine Frage. In einer Welt, in der der Staat über jede kleinste Bewegung seiner Bürger Bescheid weiß, ist es unmöglich, eine Revolution zu starten.«

»Gut so«, sagte Singer. »So kann Gesindel wie du wenigstens nicht die Stützpfeiler unserer Zivilisation angreifen.«

»Soll ich ihm das Maul stopfen?«, fragte Jona mit einem Blick auf Elsa Meredith, die nicht darauf einging.

»Die Stützpfeiler unserer Zivilisation!«, rief sie aus. »Jemand, der einen vollkommenen Überwachungsstaat als Zivilisation bezeichnet, weiß nicht, wovon er spricht.«

»Nein?«, fragte Singer. »Das Jahr 2051 war statistisch gesehen das friedlichste in der Geschichte der modernen Menschheit.

Davor war es das Jahr 2050, davor 2049, und ich könnte noch zehn Jahre runterzählen.«

»Und gleichzeitig ist jedes Jahr das Ausmaß der staatlichen Überwachung gewachsen«, sagte Elsa Meredith. »Und je alltäglicher sie wurde, desto mehr haben die Menschen einfach resigniert.«

»Seit den 2040er-Jahren ist jeder Mensch in den Industrienationen rund achtmal reicher als seine Großeltern. Die Welt ist sauberer und um das Zweihundertfache komfortabler als noch vor wenigen Jahrzehnten. Das sind alles Tatsachen, für die ich ein wenig mehr Transparenz gern in Kauf nehme.«

Jonas Blick war auf ihn gerichtet, voller Hass. Elsa Merediths Miene war unlesbar.

»Komm mir nicht mit wertlosen Statistiken«, sagte sie und schüttelte schließlich den Kopf. »Ich muss sagen, du faszinierst mich, David Singer. Dein gesamter Werdegang. Dein unglaubliches Glück, zu überleben. Dein noch viel unglaublicheres Glück, was die Westerzellen mit deinem Körper gemacht haben. Welche Chancen sie dir gegeben haben.« Sie schnaubte. »Die Leute vergöttern dich. Sie wollen so sein wie du. Ihre Klicks auf dein Virtual Social Network bringen dir Millionen und ermöglichen dir ein Leben im Luxus. Und du kümmerst dich einen Dreck um sie.«

»Bourgeoisie-Schwein«, sagte Jona leise.

»Die Menschen in den Vororten leiden vielleicht nicht an Hunger und haben alle ein Dach über dem Kopf«, sagte Elsa Meredith abschätzig. »Wow, was für eine Lebensqualität in der westlichen Welt des Jahres 2051. Anstatt den Menschen wirklichen Wohlstand zu bieten, wozu der Staat allemal fähig wäre, vertröstet er sie mit Almosen. Und wenn die paar Menschen in den Vororten dann doch dagegen aufstehen, werden die Bereitschaftstruppen geschickt, die sie mundtot machen sollen.«

»Was ist die Alternative?«, fragte Singer. »Gewalt in den Vororten herrschen zu lassen?«,

»Dein Reichtum hat dich verblendet, Singer, und du hast dich verblenden lassen. Auch die Menschen in den Vororten wollen nichts als Frieden – aber als die Maschinen ihnen die Jobs genommen haben, hat man den Menschen in den Vorstädten nun mal die Lebensaufgabe genommen.

Ihr Städter bildet euch vielleicht ein, mit ihrem lächerlichen Grundeinkommen hätten sie wirklich etwas bekommen. In

Wirklichkeit leiden sie mehr als zu irgendeinem anderen Zeitpunkt in der Geschichte der Menschheit. Man hat ihnen den Lebenssinn genommen und sie in einen Freiluftkäfig gesperrt wie Tiere. Niemand hat genug Geld, die Vorstadt zu verlassen, und an den Stadtgrenzen gibt es Straßensperren. Und ignorante Bourgeoisie-Schweine wie du wollen das nicht sehen.«

»Du sprichst über das Leben in den Vororten, als wärst du ein Teil davon«, sagte Singer. »Wenn jemandes Name für die Bourgeoisie steht, dann deiner.«

Singer bewegte die ganze Zeit über seine Hände. Die Fesseln schnitten ihm dabei schmerzhaft in die Haut, aber jetzt merkte er zum ersten Mal, dass sich die Schnüre an seiner linken Hand lockerten. Sein Herz schlug schneller.

Elsa Merediths Gesicht hatte sich mit plötzlichem Ekel verzogen.

»Niemand könnte weiter von bourgeoisem Gedankengut sein als ich«, sagte sie leise. »Ich habe ein Spiel gespielt, weil ich keine andere Wahl hatte. Ich war siebzehn und so naiv, wie man nur sein kann in einem erzkatholischen bayerischen Hinterdorf. Ich konnte keiner Fliege was zuleide tun. Dann lernte ich als Kellnerin in Kitzbühel einen reichen, gut aussehenden älteren Herrn kennen, und er interessierte sich für mich. Ich konnte mein Glück kaum fassen. Auch die ersten zwei Monate nach unserer Hochzeit in London dachte ich noch, ich hätte das große Los gezogen. Ich dachte, ich hätte einen König geheiratet und wäre zur Königin geworden.«

Je mehr Zug Singer auf seine Fesseln ausübte, desto freier wurde seine Hand. Er sah Jonas wachsamen Blick auf sich. Wusste, dass er sich nur unglaublich langsam vortasten konnte, um keine Aufmerksamkeit zu erregen.

Elsa Merediths Blick war kalt wie Eis.

»Mein Glück währte nicht lange«, sagte sie. »Irgendwann hat mein König begonnen, mich zu den Treffen mit seinen Geschäftsfreunden mitzunehmen. Ich verlor meine Naivität an dem Tag, an dem er mich das erste Mal zwang, mich nackt vor sie alle hinzuknien und zuzulassen, dass sie erst auf mich urinierten und mich dann einer nach dem anderen vergewaltigten.«

Sie stieß ein trockenes, humorloses Lachen aus.

»Warum? Weil ich schön war und mein angeblicher König mich brechen wollte. Weil ich in seinen Augen sein Besitz war und er alles mit mir tun konnte.

Ich habe schnell gelernt, dass für Menschen mit immensem Reichtum ganz andere Regeln gelten als für den Rest der Welt. Ich habe gelernt, dass Reichtum Menschen in ihrem Inneren nicht nur verdirbt, sondern zu Bestien werden lässt. Wir Menschen testen ständig unsere Grenzen aus. Und wenn es niemanden gibt, der uns Grenzen aufzeigt, dann kommen wir auf abscheuliche Gedanken.

Mit achtzehn wurde ich das erste Mal vergewaltigt. Aber ich weiß von viel jüngeren Opfern dieser Schweine. Ich weiß, dass sie auch nicht vor Mord zurückschreckten, weil ihre kranken Gehirne nach dem nächsten Dopaminkick verlangten. Männer und Frauen, es machte keinen Unterschied. «

Merediths emotionsloser Gesichtsausdruck hatte sich die ganze Zeit über nicht verändert. Nur ihre Stimme senkte sich jetzt kaum merklich.

»Ich weiß das alles, weil ich nicht selten selbst dabei sein musste. Weil er mich gezwungen hat, zuzusehen. Ich habe alles getan, was er von mir verlangt hat, aber er hat mich trotzdem nie besessen.«

»Hast du ihn umgebracht?«, fragte Singer.

Elsa Merediths Lippen verzogen sich zu einem kalten Lächeln.

»Das war gar nicht nötig. Durch seine Gier hat er sich glücklicherweise bald selbst ins Grab gebracht. Ich musste nur noch ein klein wenig nachhelfen. Ein vorgeschädigtes Herz, Viagra, Koks, Alkohol und Sex, das war letzten Endes die Erfolgskombination, die dem Schwein den Garaus gemacht hat.«

Jonas Hand hatte sich während Elsa Merediths Erzählung zur Faust geballt.

Wieder ertönte aus der Ferne das Pfeifen einer Dampflok. Wieder vibrierte die Decke des Raums, diesmal für eine halbe Minute.

Als der Lärm verebbt war, sagte Elsa Meredith:

»Trotz allem, was ich gesehen habe, trotz all dem, was ich erleben musste, ich bin unglaublich dankbar dafür. Ich bin dankbar, dass ich die Abgründe der menschlichen Gesellschaft gesehen habe, denn dadurch erkannte ich meine Lebensaufgabe: das gesamte verrottete System zu verändern. Denn niemand, der ein bestimmtes Kapital besitzt, würde etwas an seinem Status quo ändern wollen. Auch wenn er mehr als genug hat, er würde niemals einen großen Teil davon abgeben, auch wenn es Menschen in Not helfen würde. Die Menschen, die bereit sind, auch nur ansatzweise auf ihren hedonistischen Lebensstil zu verzichten, kann man an einer Hand abzählen. Und so habe ich mir geschworen, alles zu tun, um die Bourgeoisie zu bekämpfen – und das Geld meines Peinigers ermöglicht es mir.«

Nicht mehr lange, dann war Singers Hand frei.

»Vor deiner Insertion hast du hundertelf Jahre gelebt«, sagte er. »An der Existenz einer Bourgeoisie, wie du sie bezeichnest, hast du nichts geändert. Im Gegenteil. Du bist zu einem Synonym dafür geworden.«

»Weil ich die Welt genau das glauben ließ«, sagte Elsa Meredith. »Weil ich das Spiel auch nach seinem Tod weitergespielt habe, denn ich dachte lange, dass Veränderung unbemerkt von innen heraus zu bewirken um vieles leichter sei als irgendein anderer Weg. Ich habe so getan, als wäre ich eine von ihnen. Ich habe ihre kranken Spiele weiterhin mitgespielt und war nach außen hin die Glamourfrau, die jeder beneidet hat: reich, schön, spendabel – harmlos. Ja, ich habe die größten Charities auf der Welt gegründet, und ja, ich habe mich für Umverteilung eingesetzt, und für die Rechte der Vorstädter, und ich habe Milliardenbeträge gespendet. Aber was die wenigsten wissen ist, dass ich genauso dafür gesorgt habe, dass Tausende Steuerhinterzieher hinter Gitter kamen, und noch mehr Vergewaltiger und Pädophile.

Aber trotzdem hast du in diesem Punkt recht. Trotz meiner Bemühungen war das alles nichts als ein Tropfen auf dem heißen Stein, und im Grunde hat sich nichts, gar nichts geändert. Im Gegenteil: Die Welt befindet sich in noch größerem Chaos als jemals zuvor. Nicht für die paar Millionen Reiche in den großen Städten, aber für die Milliarden außerhalb.

Als ich das erkannt habe, habe ich verstanden, dass der Weg, den ich in meinem ersten Leben eingeschlagen habe, der falsche war. Ich habe verstanden, dass große Veränderungen unmöglich sind, wenn ihnen nicht große gesellschaftliche Einschnitte vorangehen.

Durch IARIA und dich, David Singer, habe ich eine zweite Chance erhalten. Eine Möglichkeit, wie ich die Feigheit meines vorherigen Lebens wiedergutmachen kann. Und glaube mir: Dieses Mal werde ich sie nutzen.«

»Willst du etwa alle Städter enteignen?«, fragte Singer. »Sie umbringen? Einen Krieg anzetteln? Das macht dich um nichts weniger bestialisch als die Menschen, von denen du gesprochen hast.«

Jona verdrehte die Augen.

»Allein für diese Aussage sollte ich dir ins Knie schießen«, sagte er. »Oder in den Fuß. Dort gibt es keine Westerzellen.«

»Ein Schoßhündchen sollte nur sprechen, wenn es gefragt wird«, sagte Singer.

Jonas Hand wanderte augenblicklich an den Gürtel zu seiner Pistole. Ein Blick von Elsa Meredith reichte jedoch aus, und er ließ sie wieder sinken. Singer sah Jona direkt an.

»Ist dir eigentlich klar, dass du ihr Versuchskaninchen bist?«, fragte er. »Kein Mensch hat je zuvor die Westerzellen verabreicht bekommen, nicht offiziell auf jeden Fall. Und ich weiß, dass du sie bekommen hast, sonst wärst du nicht mehr am Leben.«

Jona zuckte mit den Schultern.

»Fühlt sich auf jeden Fall verdammt gut an«, sagte er. »Wenn man weiß, was für Reserven sie in einem hervorholen, kommt es einem noch ungerechter vor, dass du sie alle für dich behalten solltest.«

Singer konnte seine Hand bereits in alle Richtungen bewegen. Er spürte, wie das abgebundene Blut in seine Finger zurückschoss.

»Niemand sollte an die Zellproben, die du an Jona ausgetestet hast, herankommen«, sagte Singer zu Elsa Meredith. »Nicht ohne ausdrückliche Freigabe eines hochrangigen IARIA-Gremiumsmitglieds. Es gibt keine andere Möglichkeit, als dass die Proben von einem solchen Mitglied selbst gestohlen und in diese Zeit geschmuggelt wurden. Ich kenne die Leute. Nur ein Einziger von ihnen kommt dafür infrage.« Er machte eine kurze Pause. »Was habt ihr Nowak versprochen, dass er diesen Deal eingeht?«

»Die Zellen haben schon jetzt eine Menge Gutes getan«, sagte Elsa Meredith statt einer Antwort. »Wir haben die schwache Dosis anfangs belächelt. Aber sieh dir an, was allein zweitausend Zellen ausmachen können. Sie haben Jonas Leben gerettet.«

Sie legte den Kopf schief. Lächelte auf einmal so strahlend, als würde sie bei einem Fotoshoot posieren. »Du wirst eine ganz besonders wichtige Funktion haben, David Singer. Du wirst der Mann sein, der es möglich machte, die moderne Zivilisation von Grund auf zu ändern. Mithilfe der Westerzellen wird es uns gelingen, die Menschenmassen ein für alle Mal aus ihrer Trance herauszureißen, damit sie aufstehen und sich gegen die Unterdrückung der Bourgeoisie zu kämpfen. Niemand sonst als die Massen können eine tiefgehende Veränderung des Systems bewirken, aber dazu muss ihnen erst ein Weg gezeigt werden. Zu lange haben sie sich betäuben lassen von leeren Versprechungen wie ›Glück durch bedingungsloses Grundeinkommen‹ und ›Gratis-24-Stunden-Zugang zur VR‹. Von wegen gratis. Sie zahlen mit ihrer Lebenszeit und ihrem Willen. Das Schlimme ist, dass die meisten von ihnen schon so abhängig gemacht und neutralisiert wurden, dass sie denk- und handlungsunfähig sind. Die Leute, die tatsächlich auf die Straße gehen, diejenigen, die wirklich noch daran glauben, dass sie etwas verändern können, sind nur eine winzig kleine Fraktion. Aber das wird sich bald ändern.«

Sie nickte dem Mann in Krankenhauskleidung zu. Dieser schluckte. Setzte einen Fuß auf die Plastikplane.

Kam auf Singer zu.

»Das ist Doktor Grünspahn«, sagte Elsa Meredith. »Einer der besten Neurochirurgen im Land. Ich würde ja sagen, du bist in guten Händen, aber es geht nicht um dich. Deine Zellen sind in guten Händen.« Sie zwinkerte Singer zu.

Grünspahn stellte sich neben ihn. So, dass Singer ihn nur noch im Augenwinkel sehen konnte. Er wandte Singer den Rücken zu und beugte sich über etwas, das ein Tisch sein konnte. Das Erste, was der Mann aufhob, war ein elektrischer Rasierer. Er trat direkt an Singers Kopf heran. Sein Duft war schwer, salbeilastig.

Mit zittrigen Händen setzte Grünspahn den Rasierapparat an Singers Kopf an. Das Gerät begann zu surren. Grünspahn schor die gesamte Seite, bis zu der Metallfessel an der Stirn. Singers Haare fielen auf seine Schulter, auf seinen Oberarm, auf den Boden. Dann drehte sich der Chirurg wieder von ihm weg und legte den Rasierer mit einem Klacken auf der Metallfläche ab.

Singer konnte den Kopf nach wie vor keinen Millimeter bewegen. Als sich Grünspahn das nächste Mal umdrehte, schüttete er Singer eine ganze Schale Flüssigkeit über den Schädel. Singer kniff die Augen zusammen. Der hochprozentige Alkohol brannte in den Schleimhäuten.

Elsa Meredith und Jona hatten sich fast bis zur Plane zurückgezogen und flüsterten miteinander. Grünspahn wandte ihm den Rücken zu. Die anderen Umstehenden starrten wie Zombies mit leeren, kalten Blicken vor sich hin.

Irgendwann kam Zepter dazu und stellte sich neben sie. Auf seinem Gesicht stand ein Ausdruck von freudiger Erwartung, auch wenn seine kleinen dunklen Augen Singer wie leblos ansahen.

»Freuen Sie sich so wie ich, Singer?«, rief er durch den Raum und lachte dabei.

Singer ignorierte ihn.

Mittlerweile hatte er so viel Platz unter den Fesseln geschaffen, dass er sein Handgelenk halb drehen konnte, aber seine Finger war geschwollen. Er wusste, dass er nur eine einzige Chance haben würde, sich zu befreien. Den richtigen Augenblick abzuwarten war essenziell.

Er schloss die Augen. Konzentrierte sich auf seine Hand. Atmete tief. Roch Grünspahns Rasierwasser.

Stärker, als er näher kam und eine weitere Schale Alkohol über die kahl rasierte Fläche goss.

»Selbst wenn alles so passiert, wie du das wolltest«, sagte Singer laut. »Du verabreichst deinen Soldaten hier die Zellen. Nowak öffnet dir einen Zeittunnel, und du gehst mit deiner Armee hindurch, zurück nach 2051. Du wirst die Vorstädte doch nicht mal erreichen.«

»Wieder falsch geraten, Major«, sagte Elsa Meredith. »Unser Ziel sind nicht die Vorstädte. Unser Ziel ist die Insel. Wir haben alles zur Verfügung, was wir brauchen.«

Singer hörte das Rauschen neben sich. Grünspahn hatte einen Mundschutz aufgesetzt und Latexhandschuhe angezogen. Er hielt sie so in die Luft, dass klar war, dass er nichts und niemanden berühren wollte.

»Der Light Speed Particle Collider«, sagte Singer tonlos.

»Die Kreation eines Wurmlochs und die eines schwarzen Lochs sind sehr eng miteinander verbunden, wie wir alle wissen«, sagte Elsa Meredith. »Und das Faszinierende ist, wie leicht ein schwarzes Loch im Grunde geöffnet werden kann. Es ist nichts als eine Frage von Teilchengeschwindigkeit und Auftreffwinkel. Bei den richtigen Berechnungen und Ausführungen versteckt sich hinter IARIAs Light Speed Particle Collider eine Bombe, wie sie die Welt noch nie gesehen hat. Eine Bombe mit dem Potenzial, innerhalb eines Sekundenbruchteils halb Europa zu vernichten.«

Jonas Lippen verzogen sich bei den Worten zu einem höhnischen Grinsen.

»Natürlich wurde diese Tatsache bisher strengstens unter Verschluss gehalten, weil das ganze Institut sonst augenblicklich hätte dicht machen können«, sagte Elsa Meredith. »In

Wirklichkeit kann ein schwarzes Loch so leicht programmiert werden wie eine Website. Von dem richtigen Physiker, wohlgemerkt.«

»Ich bin bereit«, waren die ersten Worte, die Singer aus dem Mund des Chirurgen hörte. Eine leise, zitternde Stimme.

»Das kannst du nicht ernst meinen«, sagte Singer. »Du sagtest vorhin, du willst keine Gewalt gegen unschuldige Menschen.«

»Manchmal müssen Opfer gebracht werden, um Großes zu vollbringen.«

Sie wandte sich dem Chirurgen zu.

»Dann beginnen wir jetzt.«

Grünspahn nickte. Wandte sich um. Hielt einen Bohrer in der Hand und stellte sich damit neben Singer. Singer atmete tief ein – und zog im selben Augenblick die Hand aus dem Fesseln.

Grünspahn schrie auf und sprang einen Schritt zurück, den Bohrer mit einem langen schmalen Aufsatz immer noch erhoben.

Singer riss an den Fesseln seiner rechten Hand.

Es gelang ihm, sie zu lockern.

Es gelang ihm nicht schnell genug, sie zu lösen.

Es dauerte nur einen Moment, bis Jona an seiner Seite war. Er packte Singers freie Hand. Drückte sie auf die Stuhllehne. Lehnte sich mit ihrem gesamten Gewicht darauf.

»Mach dein Ding!«, schrie er Grünspahn an.

Er stand vornübergebeugt, hielt Singers Arm mit eisernem Griff. Singer hatte keine Chance, sich zu bewegen. Er bäumte sich auf, versuchte vergeblich, sich zu befreien.

Grünspahn neben ihm bewegte den Bohrer, der nicht dicker als eine Nähnadel war. Er setzte ihn an Singers Schläfe an.

Singer spürte das kalte Metall an der rasierten Haut. Versuchte, seinen Kopf zu drehen, weg von dem Mann.

»Ich an deiner Stelle würde mich nicht wehren«, hörte er Elsa Meredith vom anderen Ende des Raums sagen.

»Es sei denn, Sie wollen, dass möglichst viel dabei kaputtgeht«, ergänzte Zepter und lachte.

Singer atmete tief und schnell. Presste die Augen zusammen. Das Geräusch des Bohrers ertönte dicht neben seinem Ohr. Gleichzeitig fühlte er einen hellen, stechenden Schmerz in der Schläfe.

# 40

Das Gelände des Güterbahnhofs Schwabing lag weniger als zehn Minuten nördlich des Nachtclubs, dennoch schien es, als wären sie in einer anderen Welt. Überall ragten die Hallen aus der Dunkelheit, nur eine einzige ganz hinten war erleuchtet. Trotz der Entfernung konnte Lorie erkennen, wie sich die Arbeiter dort tummelten. Sie waren dabei, eine Reihe von Waggons zu entladen, die an einer großen dunklen Dampflok angedockt waren.

Der Rest des Geländes sah verlassen aus.

Sam wendete den Wagen ein paar Meter vor dem Zaun und parkte am Straßenrand im Schatten von Sträuchern. Zwei Räder auf der Wiese, zwei auf dem Asphalt der Zubringerstraße. Je näher sie dem Gelände gekommen waren, desto lauter hatte das Gerät gepiept, das zwischen Sam und Franz vorn in der Konsole lag. Immer, wenn sie eine falsche Abzweigung genommen hatten oder in die falsche Richtung gefahren waren, war das Geräusch leiser geworden. Erst in der Nähe des Güterbahnhofs war aus dem kaum wahrnehmbaren Surren ein Piepen geworden.

»Er muss da irgendwo drin sein«, sagte Sam.

»Sieht nicht so aus, als gäbe es hier irgendwo eine Telefonzelle, von der aus wir Verstärkung rufen könnten«, sagte er und blickte Lorie an. »Wir müssen da wohl allein reingehen.«

Lorie nickte.

»Und ich komme mit, so wahr ich Franz Singer heiße«, sagte Franz. »Wenn David da drin ist, könnten wir auch Hanna finden.«

»Es werden viele sein«, sagte Sam. »Vielleicht zu viele. Wenn die Sie in die Finger bekommen ...«

»Ich komme mit«, sagte Franz entschlossen.

Sam sah ihn lange an. Dann nickte er.

»Wir brauchen Waffen«, sagte er, stieg aus und ging nach hinten zum Kofferraum.

Lorie tat es ihm nach, Franz folgte als Letzter. Sam schlug die Abdeckung zurück und öffnete eine metallene Kiste, die sich in dem leeren Radkasten befand. Er reichte sowohl Lorie als auch Franz eine Neun-Millimeter-Browning, und jeweils ein Ersatzmagazin dazu. Beide hatten nun zwei Pistolen.

Lorie steckte ihre kleine Zweiundzwanziger in die Tasche ihres Kleids und checkte das Magazin der Neun-Millimeter. Fünfzehn statt sieben Schuss konnten einen großen Unterschied machen.

Dann klappte Sam ein Seitenfach im Kofferraum herunter.

Franz gab einen erstaunten Laut von sich, als Sam ein M16-Sturmgewehr daraus hervorholte, ein Magazin ansteckte und die Waffe durchlud.

»Sie sind ganz schön ausgerüstet«, bemerkte Franz.

»Alles andere wäre unvorsichtig«, sagte Sam und hängte sich das Gewehr um die Schulter.

Als Nächstes holte er eine Reisetasche aus dem Kofferraum.

»Was zur …«, sagte Franz überrascht.

»TNT«, unterbrach Sam ihn. »Zehn Kilo.«

Franz starrte ihn an.

»Sind Sie wahnsinnig?«, fragte er mit gesenkter Stimme. »Das ist ja genug, um eine ganze Halle zum Einsturz zu bringen! Was, wenn das Zeug explodiert wäre, während wir da drinsaßen?«

Sam sah ihn an.

»Wenn wir eine Halle zum Einsturz bringen müssen, werden wir das tun«, sagte er ruhig. »TNT ist lagerungsstabil und explodiert nur mit einem externen Zünder. Was Sie ja ohne Zweifel wissen.«

Franz schwieg.

Sam schloss den Kofferraum. Ging nach vorn, nahm das Trackinggerät an sich und zog seine Pistole aus dem Schulterhalfter.

»Gehen wir«, sagte er.

Das Tor, das die Zubringerstraße von dem Gelände dahinter trennte, war ungesichert und ließ sich einfach aufschieben. Zwei Straßenlaternen auf beiden Seiten tauchten es in ein kaltgelbes Licht. Der Tracker piepte nicht lauter, je näher sie ihrem Ziel kamen, sondern schneller. Sie folgten den Geräuschen. Vor jeder Halle blieb Sam stehen.

Wartete, aber das Gerät alarmierte nicht.

Lories Herz pochte so wild gegen die Brust, dass sich die Vibration bis in ihren Hals fortleitete. Sie hielt die Pistole mit beiden Händen, den Zeigefinger am Lauf direkt über dem Abzug. Es dauerte nicht lange, bis sich die Waffe bald vertraut anfühlte. Während der Jahrzehnte bei der Militärpolizei war die Kenntnis über jegliche Waffen essenziell gewesen.

Ihre Schritte knirschten auf dem Kies.

Ohne dass sie sich abgesprochen hatten, bildeten sie eine enge Pfeilformation. Sam mit dem Trackinggerät an der Spitze, Franz und Lorie dicht dahinter, jeder von ihnen konzentriert auf eine Seite.

Sie bewegten sich langsam vorwärts. Von Halle zu Halle, Schritt für Schritt.

Als sich Lories Augen an die Dunkelheit gewöhnt hatten, genügte das Licht des Monds, um sich sicher zu bewegen. Sie konnten zusehen, wie der ausgeladene Güterzug hinten wieder abfuhr und drei Minuten später ein neuer an seiner Stelle einfuhr. Sie hielten sich im Schatten, und die Arbeiter um den Zug bemerkten sie nicht einmal.

Das Haus, zu dem das Gerät sie führte, lag hundert Meter abseits am Ende des Geländes. Das letzte Gebäude vor einem Zaun, der bis zur Hälfte seiner ursprünglichen Höhe durchhing.

Die Schienen, die davorlagen und an einem Holzblock endeten, waren mit Gräsern und Sträuchern überwachsen und kaum noch zu erkennen. Das Haus war vollkommen dunkel. Einige der Fensterscheiben waren ausgebrochen. Das Dach war nur noch zur Hälfte intakt.

Aber da war Sams Gerät, das schneller als zuvor alarmierte.

Und die Autos, die vor dem Haus standen. Ein VW Bus und fünf andere, flachere Limousinen.

Sam bedeutete ihnen, zu warten. Er schaltete das Trackinggerät aus, und das Piepen verstummte.

Er drückte es Lorie in die Hand und schlich nach vorn zu den Autos, Pistole in Schussposition.

Das Licht aus dem vorderen Teil des Areals reichte aus, dass er sich zurechtfand.

Die geparkten Pkws waren alle leer.

Aber da war noch ein Kastenwagen. Fensterlose Seitenwände und eine Heckscheibe, über die man die Umgebung um das Gebäude gut im Blick behalten konnte. Jeder, der sich in dem Kastenwagen versteckte, konnte Eindringlingen theoretisch in den Rücken schießen – oder Alarm schlagen.

Sam schlich sich zum Bus und stellte sich an seine Seite.

Er hatte seine Pistole in den Holster gesteckt und sein Kampfmesser aus dem Gürtel gezogen.

Er nickte Lorie zu. Lorie checkte die Umgebung noch mal und nickte dann bestätigend zurück. Dann klopfte Sam gegen die Hintertür des Busses und versteckte sich schnell wieder an der Seitenwand.

Nichts geschah.

Sam klopfte noch mal, etwas lauter diesmal.

Und diesmal öffnete sich die Tür einen Spaltbreit.

Aber sie konnten Sam an der Seitenwand nicht sehen. Deshalb machte Sam ein leises, seltsam heulendes Geräusch.

Der Mann im Wagen konnte praktisch nichts anderes tun, als die Tür noch weiter zu öffnen und auszusteigen, um nachzusehen, was los war.

Sobald er in Reichweite war, rammte Sam den Körper des Mannes gegen die Wand des Kastenwagens und stach ihm gleichzeitig das Messer frontal in den Hals. Wahrscheinlich durchtrennte die Klinge dabei die Halswirbelsäule, denn der Mann sackte augenblicklich zusammen.

Zwei weitere Männer stiegen eilig aus dem Kastenwagen, einer mit langen Haaren und Bart, der andere in Polizeiuniform. Beide hatten ihre Pistolen gezogen. Sie hatten nur das Knallen des Körpers gegen das Blech des Wagens gehört, konnten von ihrer Position aus allerdings wieder nicht sehen, was los war. Als sie um die Ecke des Wagens gestürzt kamen, durchtrennte Sam dem Langhaarigen die Luftröhre mit einem einzigen Schnitt. Dem Polizisten presste er die Hand auf den Mund und drückte seinen Körper gegen den Wagen. Er trieb dem Mann das Messer erst in den Unterbauch und schlitzte anschließend auch ihm die Kehle auf. Der Polizist ging zu Boden, sein Körper nur einen Augenblick später reglos wie der seiner zwei Kameraden. Keiner hatte mehr als erstickte Laute von sich gegeben.

Sam ging um den Kastenwagen herum und warf einen Blick in den Laderaum, der leer schien. Er drehte sich um, nickte Lorie abermals zu, und Lorie nickte zurück.

Lories Job bei der Militärpolizei war es gewesen, Ordnungswidrigkeiten und Verbrechen zu untersuchen. Selbst wenn sie Sams Akte nicht gekannt hätte, wäre jetzt wohl klar gewesen, was sein Job beim SAS gewesen war.

Franz hatte sich die Szene mit offenem Mund und weit aufgerissenen Augen angesehen. Auch als Sam zurückkam, starrte Franz ihn nur an, ohne ein Wort herauszubringen.

»Sehen wir uns das Haus an«, sagte Sam.

Sie teilten sich auf. Franz und Sam umrundeten das Haus auf der einen Seite, Lorie auf der anderen.

Durch die ebenerdigen Fenster blickten sie ins Innere. Lorie sah nichts außer alte, mit Bauschutt gefüllte Zimmer. Auf halbem Weg trafen sie hinter dem Haus wieder zusammen. Sam und Franz berichteten nichts anderes.

»Dann gehen wir rein«, sagte Lorie.

Sam nickte.

Sie wählten ein Fenster, dessen Scheibe beinahe komplett ausgeschlagen war. Franz kletterte zuerst, Lorie folgte, dann Sam, der den Tracker wieder an den Gürtel gesteckt hatte.

Ein weiterer Zug fuhr auf dem anderen Ende des Geländes ein, was den Boden des Hauses vibrieren ließ. Sie bewegten sich langsam von Raum zu Raum. Überall Gerümpel und Schutt. Der Staub reizte die Nase, und Lorie musste immer wieder aufs Neue ihren Niesreiz unterdrücken.

Als das Mondlicht von draußen in den innen liegenden Räumen nicht mehr ausreichte, holte Sam eine Taschenlampe hervor. Umwickelte sie mit seinem Taschentuch, um die Sichtbarkeit des Strahls einzudämmen.

Die Staubschicht auf dem Boden stand zentimeterhoch.

Sie erreichten das, was früher einmal die Bahnhofshalle gewesen sein konnte. Sie war am besten von allen anderen Räumen erhalten.

Verrostete Metallgeräte überall, die der Halle das Aussehen einer Abstellkammer gaben.

Die Haupttür war von innen verbarrikadiert. Sam leuchtete auf den Boden im Raum.

Die Fußspuren im Staub liefen von der Tür weg, hinein ins Innere des Raums. Führten direkt zu einer gläsernen Tür, hinter der ein Treppenabgang zu erkennen war. So viele Spuren, dass sie zusammenflossen und eine Straße inmitten des Staubs bildeten.

Sie folgten der Straße. Hinter der Glastür wurde die Luft stickig und roch gleichzeitig nach hochprozentigem Alkohol.

Die Treppen waren durch aufgestellte Scheinwerfer beleuchtet.

Sie stiegen hinab. Sam zuerst, Pistole im Anschlag, Taschenlampe eingesteckt und ausgeschaltet, Lorie dicht hinter ihm, Sam als Schlusslicht. Niemand wusste, was sie unten erwarten würde. Zwanzig Stufen, bevor sie in einem engen Flur standen. Lampen an der Decke warfen ein gelblich flackerndes Licht. Wände und Boden waren aus demselben kalten Beton. Im Gegensatz zu oben blitzte hier unten alles vor Sauberkeit. Kein Staub, kein Schimmel an den Wänden, keine Spinnennetze.

Lorie rümpfte die Nase. Es roch nicht mehr nur nach Alkohol, sondern nach Krankenhaus.

Ein Krankenhaus unter einer ehemaligen Bahnhofshalle.

Lorie dachte an Singers Worte.

Die Elsa Meredith aus 2051 musste Wege gefunden haben, um mit 1969 zu kommunizieren. Hinter dem Rücken der Elsa Meredith aus 1969, die von all dem aller Wahrscheinlichkeit nichts gewusst hatte, mussten Leute diese Einrichtung hier aufgebaut haben, wahrscheinlich unter Zepters Anleitung.

Der Gang vor ihnen war verlassen.

Vorsichtig ging Sam an der Wand entlang, Lorie und Franz folgten dahinter.

Metalltüren befanden sich in unregelmäßigen Abständen in der Wand. Sam blieb vor der ersten stehen, lauschte.

Franz stellte sich links davon auf und hob seine Waffe. Sam drückte vorsichtig die Klinke hinunter, und die Tür schwang auf.

Dahinter lag ein Raum, der aussah wie ein medizinisches Versorgungslager. Deckenhohe Holzregale voll von Desinfektionsmitteln, paketweise chirurgische Masken und Plastikhandschuhe. Weiter hinten sah Lorie verschiedene Geräte, die in Plastiktüten eingeschweißt waren. Auf den schnellen Blick sahen sie aus wie Optiken für Mikroskope, Skalpelle und andere chirurgische Werkzeuge. In einer Ecke des Raums standen mehr als fünfzehn längliche Sauerstoffflaschen mit unterschiedlich großem Fassungsvermögen.

Sam gab Lorie und Franz einen Wink, sich die anderen Türen vorzunehmen, und betrat den Raum dann selbst lautlos und mit erhobener Waffe, um sich umzusehen.

Auch die Tür gegenüber war unversperrt. Es gab nur eine einzige frei hängende Glühbirne. Gerümpel überall. Übereinandergestapelte Stühle und Tische. Aufgestellte Metallstäbe an der Wand, die aussahen wie Gleisteile.

»Ich sehe mich hier drin um«, sagte Lorie zu Franz. »Nimm du dir den nächsten Raum vor.«

Franz nickte und ging weiter.

Lorie betrat den Raum, ohne die Waffe abzusenken.

Sie ging langsam vorwärts. Der Raum wirkte verlassen.

Doch dann gelangte sie zur Mitte und erkannte, dass der Raum weit größer war als gedacht. Die hinteren Teile lagen im Halbdunkel. Lorie sah die groben Formen der Gegenstände dort, ohne sie benennen zu können. Bauteile für Gleise und Maschinen, deren Funktion sie nicht kannte. Auch sah sie eine Tür, die sie vom anderen Ende des Raums aus nicht bemerkt hatte. Je näher sie kam, desto beißender wurde der Geruch in der Luft. Nicht länger Alkohol und Desinfektionsmittel, sondern Schweiß und Urin.

Lorie überlegte, ob sie umdrehen und den anderen Bescheid geben sollte, entschied sich aber beinahe augenblicklich dagegen. Was auch immer hinter dieser Tür lag – alles war komplett still.

Sie bezweifelte, dass sich die Feinde dahinter versteckten. Wahrscheinlicher war, dass irgendwo eine tote Ratte verrottete.

Entschlossen legte Lorie die Hand auf die Klinke. Atmete tief durch. Richtete die Pistole auf das unbekannte Ziel vor sich und drückte die Klinke hinunter. Die Tür ließ sich nicht öffnen. Lorie senkte den Blick. Sah den Schlüssel, der im Schloss steckte, und drehte ihn vorsichtig um.

Sie kam nicht mehr dazu, die Klinke noch einmal zu drücken, denn in diesem Moment hörte sie die Schritte draußen auf dem Gang. Das laute Hallen von harten Sohlen. Es waren mehrere. Drei oder vier.

»Seht in den anderen Räumen nach«, hörte sie eine laute Männerstimme sagen. »Und schick Reicherer und Moll nach oben, um nachzusehen, warum sich die im Wagen nicht melden.«

Blitzschnell versteckte sich Lorie hinter einem Haufen aufgestapelter Ziegelsteine in einer dunklen Ecke des Raums.

Sie hielt den Atem an und die Pistole im Anschlag vor sich.

Durch eine Lücke in dem Haufen sah sie, wie ein Mann in Polizeiuniform den Raum betrat und dann stehen blieb. Er schien sich umzublicken. Er hatte eine Pistole in der Hand.

Lorie betete, dass er gleich wieder verschwinden würde.

Aber er beugte sich in Richtung Boden, als wäre ihm irgendetwas aufgefallen.

Lorie sah auf ihre Schuhe hinab. Sah die Erde und den Schmutz darauf. Das Gelände vorn war matschig gewesen.

Der Polizist hob den Kopf, und es war, als würde er Lorie durch die Lücke in dem Ziegelhaufen direkt anblicken.

Lorie zog den Kopf schnell zurück und machte sich starr.

Sie sah den Polizisten nicht mehr.

Hörte nur, wie er langsam näher kam.
Lorie richtete die Pistole auf die Ecke des Haufens.
Wenn sie schoss, würden alle Feinde von ihrer Anwesenheit wissen. Dann waren sie geliefert.
Allerdings war sie auch geliefert, wenn der Polizist sie erwischte.
Ihre Hände zitterten.
Sie lauschte auf die Schritte des Polizisten.
Hörte nichts außer ihr eigenes Herz in ihrem Brustkorb rasen. Sie biss sich auf die Lippen.
Kämpfte gegen den Drang an, wieder zu atmen.
Was als Nächstes geschah, hatte sie nicht kommen sehen.
Etwas Schweres, das auf einmal von oben durch die Luft flog. Sie riss den Kopf gerade noch rechtzeitig zurück, sodass der Ziegelstein sie nur am Oberschenkel traf.
Trotzdem bewirkte der plötzliche Schmerz eine Instinktreaktion. Sie sprang auf.
Worauf der Polizist auf der anderen Seite nur gewartet hatte.
Er packte sie an den Haaren und zog so fest, dass sie das Gleichgewicht verlor und bäuchlings zu Boden fiel.
Sie landete hart, die Luft wurde aus ihren Lungen gepresst. Sie verlor die Pistole. Hörte, wie sie auf dem Boden in die Dunkelheit schlitterte.
Der Angreifer packte Lorie an den Schultern und riss sie herum.
Kniete sich dann auf Lories Brustbein und hielt ihr seine eigene Pistole an die Schläfe.
Es war ein Mann mit massigem Körper, sein Blick wild und brutal.
»Sieh mal einer an, was man so hier findet.«
Mit der freien Hand holte er ein Messer aus der Hosentasche und ließ es aufspringen.
Er hielt es Lorie an die Kehle. So tief, dass es die Haut aufritzte.
Sie wagte nicht, sich zu bewegen. Atmete in kleinen, abgehackten Zügen.
Sie schloss die Augen, weil sie sich sicher war, dass er sie im nächsten Moment umbringen würde.
Dann fühlte sie einen brennenden Schmerz an der Stirn, der durch ihren gesamten Körper lief, und sie musste alle Energie aufbringen, um nicht laut zu schreien. Sie bäumte sich gegen den Mann auf, aber er war zu schwer, und sie konnte sich kaum

bewegen. Ihr eigenes warmes Blut floss ihr in die Augen, sodass sie die Lider noch mehr zusammenkniff.

Er hatte sie nicht umgebracht, aber er hatte sie mit dem Schnitt in die Stirn praktisch geblendet.

Das Gewicht hob sich von ihrem Brustkorb.

»Auf mit dir«, sagte der Mann gleichzeitig, packte Lorie am Kragen und riss sie mit einer erschreckenden Leichtigkeit hoch. Sie widersetzte sich nicht. Sie bekam immer noch kaum Luft. Das Blut floss frei aus ihrer Stirnwunde herunter. Durch das Blut in den Augen war es ihr unmöglich, scharf zu sehen.

Der Mann rammte ihr den metallenen Lauf seiner Pistole in den Rücken.

»Hände in die Höhe. Wenn du jetzt nicht genau das tust, was ich sage, mache ich dich sofort kalt.«

Lorie blieb nichts anderes übrig, als zu gehorchen. Die Tonlage des Mannes war unmissverständlich. Sie würde sterben, wenn sie schrie.

So könnte sie zwar die anderen warnen - aber gleichzeitig auch alle Feinde. Sie vermutete, dass ihr Angreifer aus dem gleichen Gedankengang heraus keinen Alarm schlug. Er wusste nicht, mit wie vielen Eindringlingen er es zu tun hatte.

»Vorwärts«, sagte er und stieß sie grob an. Lorie wagte nicht, das Blut abzuwischen, das ihr in die Augen lief. Ohne richtig sehen zu können, wäre ein Fluchtversuch Selbstmord. Aber was war die Alternative?

Wieder atmete sie tief ein - und blieb stehen.

»Weiter«, knurrte der Mann hinter ihr mit gesenkter Stimme.

Lorie bereitete sich in Gedanken darauf vor, sich auf den Mann zu stürzen, egal, was passieren würde.

»Weiter!«

Sie nahm die Schritte hinter ihnen wahr. Auch der Mann hörte sie, worauf er von Lorie abließ und herumwirbelte.

Im nächsten Augenblick vernahm Lorie ein Stöhnen, und dann einen dumpfen Knall. Ein weiterer, um einiges lauterer Knall, als der Körper des Mannes auf dem Boden aufschlug. Lorie wandte sich um und wischte sich gleichzeitig mit der Hand übers Gesicht.

Sie traute ihren Augen nicht.

Im fahlen Licht der Raumlampe stand Hanna. Lorie erkannte sie als Erstes an dem weißen Sommerkleid, das sie schon am Vortag getragen hatte - denn ihr Kopf war beinahe vollkommen einbandagiert. In den Händen hielt sie einen Gegenstand, der aussah wie ein Teil eines Abflussrohrs. Ihr Gesicht war zu einer grimmigen Maske verzogen.

Sie starrte auf den Mann am Boden und sah so aus, als würde sie sich gleich noch mal auf ihn stürzen wollen.

Aber das war nicht nötig.

Der Mann bewegte sich nicht mehr.

Hanna schien Lorie nicht zu erkennen. Auch dann nicht, als Lorie zu ihr lief und sie umarmte.

Ihre Haut war kalt, ihr Körper steif. Zuerst wehrte sie sich, aber Lorie hielt sie fest.

»Hanna«, flüsterte sie. »Hanna. Ich bin's. Lorie. Agentin … Steinfels. Hanna. Wir sind hier, um euch rauszuholen. Alles wird gut.«

Hannas Muskeln entspannten ein wenig. Ihr Körper zitterte.

»Was haben sie nur mit dir gemacht?«, flüsterte Lorie.

Hanna begann zu schluchzen.

»Es war so schrecklich«, sagte sie. »Es war so schrecklich.«

»Weißt du, wer ich bin?«

Hanna nickte.

»Wo haben sie dir das angetan?«, fragte Lorie und berührte Hanna sanft am Kopfverband. Hanna sah sie nur abwesend an. Lorie packte sie an den Schultern und blickte ihr ins Gesicht.

»Hanna«, sagte Lorie streng. »Wo haben sie dir das angetan? Hier drin?«

Hanna schüttelte den Kopf.

»Die Halle«, sagte sie leise. »Gleich nebenan. Eine riesige Halle in einem Kellergewölbe.« Lorie wischte sich erneut das Blut aus den Augen. »Kannst du mir diese Halle zeigen?«

Hanna bedeckte ihr Gesicht mit den Händen.

»Hanna!«, rief Lorie. »Es geht um Davids Leben, Hanna!«

Mit einem Mal wurde Hanna ganz ruhig. Ihr Zittern hörte auf, und sie sah Lorie direkt an. Ihr Blick war klar, und sie wirkte wie aus einer Trance gerissen. Sie deutete auf die Tür zum Flur hinaus.

Lorie bückte sich zu dem Polizisten am Boden. Hob ihre eigene Pistole auf und dann die des Mannes, die sie Hanna in die Hand drückte.

Hanna starrte die Waffe an.

»Die Sicherung ist draußen«, sagte Lorie. »Wenn du jemanden siehst, der weder ich noch Sam, Franz oder David ist, schießt du. Verstanden?«

Hanna hob den Kopf. Ihre Augen hatten sich geweitet.

»Franz ... ist auch hier?«

Lorie legte sich einen Finger auf die Lippen und nickte.

Sie steckte das Messer des Mannes ein. Er hatte eine hässliche Wunde auf der rechten Seite seines Kopfs. Lorie tastete den Bewusstlosen nach weiteren Waffen ab, fand aber nichts. Sie schnitt sein Hemd auf und einen Fetzen ab und band sich diesen um die Stirn, um das Blut aus ihrer Wunde aufzusaugen. Dann packte sie den Mann an den Beinen.

»Hilf mir«, sagte sie zu Hanna.

Wie einen schweren Sack schleiften sie ihn in den Raum, in dem Hanna gefangen gehalten worden war. Dort ließen sie ihn liegen, gingen wieder raus und versperrten die Tür hinter sich.

Jetzt blieb zu hoffen, dass die anderen Polizisten Franz und Sam nicht erwischt hatten. Aber bisher war draußen alles ruhig gewesen.

»Bleib hinter mir«, sagte Lorie, bevor sie den Raum verließen.

# 41

Jedes Mal, wenn der Chirurg die Bohrernadel aufs Neue durch Schädelknochen und Hirnhäute jagte, musste Singer unwillkürlich an ein heißes Schmiedeeisen denken, das in Wasser abgekühlt wurde.

Es war nicht der physische Schmerz. Die mentale Qual, was jeder Einstich mit ihm und seinem Wesen anstellen konnte, war viel schwerer zu ertragen. Der Chirurg stach blind, und das an mehreren Stellen.

Singer stellte sich vor, er wäre an einem anderen Ort. Lenkte sich ab. Ließ seinen Geist wandern, so gut er konnte. Egal, was passierte, er würde keine Schwäche zeigen.

Möglich, dass er kurzzeitig das Bewusstsein verloren hatte, denn auf einmal hörte er Elsa Meredith sagen: »So schlimm war es doch gar nicht, oder?«

Er öffnete die Augen. Stellte fest, dass keine Nadel mehr in seinem Kopf steckte. Der Chirurg war einige Schritte von ihm weggetreten.

Singer sah, wie er zu dem Beistelltisch ging. Fünf Plastikschälchen standen darauf. Der Chirurg hatte den Eingriff immer wieder unterbrochen, um das aus Singers Hirn gewonnene Biopsiematerial in den Behältern zu sammeln.

Jetzt hob er sie auf und stellte sie auf einem Tablett ab, das ihm eine von Elsas Merediths Soldatinnen hinhielt. Mit dem Tablett in der Hand ging die Frau an Meredith und den anderen vorbei.

Der Chirurg verschränkte die Hände mit den blutigen Handschuhen über dem OP-Kittel, den er sich übergestreift hatte. Er wartete.

Singer spürte, wie Blut aus den Bohrungswunden an seinem Schädel hinabfloss. Er konnte den Kopf immer noch nicht bewegen. Seine linke Hand war von Neuem an der Lehne angebunden, noch fester gezurrt als davor. Er spürte weder Hände noch Beine, aber das konnte genauso gut von den Fesseln kommen.

»Du wirst nichts erreichen«, sagte Singer laut in Elsa Merediths Richtung. »Du wirst die Welt gegen dich aufbringen, nichts anderes.«

»Niemand wird wissen, was geschehen ist«, sagte Elsa Meredith. »Die Welt wird niemals erfahren, wer das alles getan hat. Niemand außerhalb deines Instituts weiß überhaupt von der Möglichkeit, den LSPC zur Waffe werden zu lassen. Niemand weiß von seiner Fähigkeit, zum größten, stärksten Vernichtungsgerät zu werden, das die Welt jemals gesehen hat.«

»Und du sagst, du tust das alles für die Menschheit?«

»Stell dir das Chaos vor, das danach folgen wird!«, rief Elsa Meredith, mit einem Mal eigenartig euphorisch. »Aus diesem Chaos wird sich eine neue Weltordnung bilden, in der die Unterprivilegierten wieder eine Chance bekommen.«

»IARIA ist das bestüberwachte Institut in der westlichen Welt«, sagte Singer.

»Deine Westerzellen werden meinen Leuten nicht nur ermöglichen, lange genug in einer fremden Zeit zu überleben. Das Institut einzunehmen wird für sie ein Leichtes werden. Es sind nicht mehr als zweihundertvierzig Soldaten, die über die Sicherheit des Instituts wachen. Wir werden sie so schnell überwältigen, dass keine Information davon nach außen dringt. Ich verlasse mich voll und ganz auf deine Zellen. Wir wissen ja jetzt, was sie auch bei anderen Menschen erreichen können.«

Sie lächelte in Richtung Jona. Der nickte stumm.

»Denkst du wirklich, dass du die Menschen so für deine Sache gewinnen wirst?«, fragte Singer. »Dass du eine weltverändernde Revolution startest, indem du mehrere Millionen Menschen umbringst?«

»Hundert Millionen, um genau zu sein«, sagte Elsa Meredith leise. »Der Radius des schwarzen Lochs wird gute zweihundert Kilometer betragen. Alles in diesem Umkreis wird innerhalb eines Sekundenbruchteils einfach ... verschwunden sein. Das gesamte Städtedreieck von London, Paris und Brüssel, ausradiert in einem einzigen Augenblick.«

Sie sah Singer an, ihr Blick milde, beinahe mitfühlend.

»Niemand wird jemals von unserer Beteiligung ahnen«, sagte sie. »Die Welt wird glauben, es habe sich um einen Unfall gehandelt. Und wir werden dafür sorgen, dass sie auch wissen, dass diesen Unfall reiche, privilegierte Wissenschaftler durch ihre rücksichtslose Machtgier verschuldet haben. Der Tod von ein paar Millionen wird Milliarden an Menschen in den Slums und Vorstädten überall auf der Welt aufrütteln. Er wird der Masse zeigen, was möglich ist. Er wird sie auf die Straßen holen. Sie werden erneut dafür kämpfen, was ihnen zusteht. Freiheit, Gleichheit, Brüderlichkeit. Nichts davon gibt es mehr. Aber das wird sich bald ändern.«

»Wenn du das Städtedreieck auslöschst, werden die meisten Opfer in den Vorstädten sterben«, sagte Singer. »Und du sagst, du trittst für sie ein.«

Jona schnaubte.

»Jetzt auf einmal kümmert er sich um seine Mitmenschen.«

»Ihr führt einen Kampf gegen die angebliche Bourgeoise in den Städten«, sagte Singer. »Aber letzten Endes bringt ihr auch genau die Leute um, für die ihr zu kämpfen behauptet.«

Über Elsa Merediths Gesicht zog ein Schatten.

»Ja, und das bricht mein Herz«, sagte sie ernst. »Aber was sind hundert Millionen gegen die verbleibenden acht Komma neun Milliarden? Wir werden trauern. Nicht um die dreißig Millionen Städter, sondern um die siebzig Millionen Unschuldigen. Wir haben keine andere Wahl, als ihr Opfer in Kauf zu nehmen.«

Singer nahm eine Bewegung in den Augenwinkeln wahr. Dieselbe Frau, die den Raum mit den Gewebeproben verlassen hatte. Diesmal hatte sie einen blauen Tragebehälter dabei, der aussah wie eine Kühlbox. Sie blieb vor Elsa Meredith stehen.

»Das Ergebnis ist positiv«, sagte sie mit einem breiten Lächeln. »Achtzehn Zylinder mit hochgerechnet jeweils fünfzigtausend Zellen.«

Sie reichte Meredith die Kühlbox. Meredith schwieg. Öffnete den Deckel der Box. Betrachtete den Inhalt eine ganze Weile einfach nur, ehe sie in die Box fasste und ein verschlossenes Glasröhrchen hervorholte. Die Flüssigkeit, die darin schwamm, war gelblich. Elsa Meredith hielt das Röhrchen gegen das Licht. Musterte es ganz nahe. Ihre Augen leuchteten dabei.

»Hochgerechnet fast eine Million Westerzellen«, sagte die Botin. »In erwärmtem Zustand fallen die Zellen nach einigen Minuten aus, gekühlt bleiben sie in gelöstem Zustand.«

Elsa Meredith steckte das Glasröhrchen zurück und verschloss die Kühlbox.

»Bringt es zum Haus«, befahl sie der Frau. »Beginnt mit dem Austeilen. Wer in der ersten Runde noch nichts bekommt, muss sich keine Gedanken machen.«

Sie warf einen Blick auf Singer. Ihre Zunge leckte über die Oberlippe.

»Es wird bald mehr geben«, sagte sie. »Viel mehr. So viel, dass jeder etwas abbekommt.«

Die Botin verbeugte sich leicht und verließ mit der Box den Raum. Der Chirurg hatte die ganze Zeit über unbewegt neben Singers Stuhl gestanden.

»Phase zwei?«, fragte er.

Elsa Meredith nickte. Sie sah Singer an, entschuldigend und amüsiert zugleich.

Der Operateur stellte sich wieder mit dem Rücken zu Singer vor seinen Abstelltisch.

»Sieh es so«, sagte Meredith zu Singer. »Auch du bringst ein Opfer für die Menschheit. Ich bin niemand, der andere gern leiden lässt. Ich verabscheue die Bourgeoise, aber ich würde niemals einen langsamen, grausamen Tod über sie bringen wollen. Das schwarze Loch wird sich öffnen, innerhalb einer Billionstelsekunde wird alles in seinem Umkreis eingesaugt, bevor die Struktur zerfällt. Im Grunde hören hundert Millionen Menschen einfach von einer Sekunde auf die andere zu existieren auf. Sie lösen sich in ihre einzelnen Atome auf, schneller, als sie sich dessen bewusst werden könnten.

Du sollst wissen, dass ich auch dir einen schnellen Tod gewähren würde, wenn ich das könnte. Das Problem ist nur, dass ich es nicht kann. Töte ich dich zuerst und entnehme dir dann den Rest die Zellen, wissen wir nicht, wie viele Zellen durch den Sauerstoffmangel absterben. Selbiges mit Sedierung. Wir haben keine Möglichkeit, abzuschätzen, wie sich Narkose auf die Zellen auswirkt. Durch den Strom und das Chloroform vorhin haben wir genug riskiert.«

Sie zuckte mit den Schultern.

»Mehr Risiko kann ich nicht eingehen«, sagte sie nüchtern. »Deshalb wirst du, so leid es mir tut, wach sein müssen, während wir den Rest der Zellen entnehmen.«

Sie wandte sich an den Chirurgen.

»Möchten Sie das Prozedere erklären, Doktor?«

Grünspahn drehte sich langsam zu Singer um. Während er sprach, hielt er seinen Blick die ganze Zeit über auf den Boden gerichtet. »Zuerst werden weitere Löcher in den Schädel gebohrt«, sagte er. »Größere, die anschließend mit der Knochensäge verbunden werden.« Er verstummte.

»Doktor Grünspahn wird deine Schädeldecke abnehmen«, setzte Elsa Meredith für ihn fort. Das Gewebe wird anschließend Stück für Stück abgetragen, wobei der Hirnstamm mit seinen lebenserhaltenden Funktionen und die Hirngefäße so lange wie möglich unbeschädigt bleiben sollten. Das Ganze wird nicht länger als ein paar Stunden dauern, nicht, Doktor?«

Grünspahn nickte.

»Versprochen«, sagte Meredith und zwinkerte Singer ein weiteres Mal zu. Es war offensichtlich, dass ihr die Situation Freude bereitete.

»Ich frage mich, wie viele Westerzellen wir aus dir rausholen können«, sagte Elsa Meredith. »Wie viel Biopsiemasse hat Grünspahn jetzt wohl entnommen, ein Gramm? Was bedeutet, wenn dein Gehirn in etwa, sagen wir mal so, eins Komma vier Kilogramm an Masse besitzt, könnten sich Milliarden Zellen darin verbergen. Genug auf jeden Fall, um einen großen Teil der Menschheit damit zu versorgen.«

Sie lachte. »Sieh es als Chance an, die ich dir gebe, um deinen Egozentrismus wiedergutzumachen. Eigentlich solltest du mir dankbar sein.«

Sie verschränkte die Hände.

»Doktor Grünspahn - beginnen Sie mit Ihrem Werk.«

Der Chirurg nickte und hob seine Bohrmaschine von dem Abstelltisch auf. Dieselbe Maschine wie vorhin, nur mit fünf Mal so dickem Aufsatz.

»Je stiller Sie halten, desto präziser kann ich arbeiten, desto weniger müssen Sie leiden«, sagte der Chirurg.

»Was hat sie Ihnen versprochen?«, fragte Singer. »Eine gute Portion Zellen?«

»Wer würde nicht alles tun, um wieder jung zu werden?«, gab der Chirurg mit gesenkter Stimme zurück.

»Geh zur Hölle«, sagte Singer.

Der Chirurg zuckte mit den Schultern und ließ den Bohrer aufsurren.

# 42

Die Explosion erschütterte den Boden und die dünnen Wände des Plastikzelts.

Grünspahn schrie auf und duckte sich von der Druckwelle weg.

»Was zur Hölle war das?«, schrie jemand.

»Runter!«, schrie Jona im selben Augenblick, in dem das Feuer eröffnet wurde.

Singer konnte den Kopf nicht bewegen, aber dem Klang der Schüsse nach befand sich der Schütze nur wenige Meter hinter ihm.

Die Schützen. Ein Sturmgewehr im Dauerfeuer und drei Pistolen.

Die Kugeln zerfetzten die Plastikplane, vor der gerade eben noch Elsa Meredith und ihre Leute gestanden hatten.

Sie waren nicht mehr zu sehen.

Die Polizisten und die bewaffneten Hippies auf der anderen Seite erwiderten das Feuer, aber schienen die Angreifer hinter Singer nicht wirklich ausmachen zu können und blind zu schießen.

Die Menschen im Kittel liefen unterdessen geduckt in Richtung einer schweren Metalltür im hinteren Teil des Raums, durch die sie nach und nach verschwanden.

Ein plötzliches Röcheln ertönte neben Singer. Der Chirurg hielt sich beide Hände an den Hals, Blut spritzte zwischen seinen Fingern hindurch. Er ging zu Boden.

»Da ist er! Auf dem Stuhl!«

Es war Lories Stimme.

»Gebt mir Deckung!«

Eine neue Sturmgewehrsalve von hinten.

Sowohl einige der Polizisten als auch der bewaffneten Hippies zogen sich durch die Tür zurück. Die anderen hatten sich hinter umgekippten Tischen verschanzt.

Das Sturmgewehr hinter Singers Stuhl schoss mittlerweile im Dauerfeuer und durchlöcherte die Plane und alles dahinter und machte es den übrig gebliebenen Gegnern unmöglich, das Feuer zu erwidern.

Lories Gesicht tauchte vor Singer auf. Sie war blutverschmiert. Über die Stirn hatte sie sich einen Stofffetzen gebunden, der rot durchtränkt war.

Sie strich ihm mit der Hand übers Gesicht, einen Ausdruck der Erleichterung in ihren Augen.

»Du lebst«, sagte sie leise.

Sie zog ein Messer aus dem Gürtel und schnitt Singers Fesseln durch.

Zuerst an den Händen, dann an den Beinen.

»Sie haben die Zellen«, schrie Singer über das Rattern des Sturmgewehrs. »Mehr als genug davon. Wir müssen ihnen hinterher!«

Er stand auf, aber es setzte ein sofortiger Schwindel ein, und er musste sich hinhocken.

»Sam!«, hörte er Lorie schreien. »Gib mir gleich Deckung!«

Für einen Moment wurden die Schüsse aus dem Sturmgewehr eingestellt. Die Gegner auf der anderen Seite der Plane schafften es, drei oder vier Schüsse ins Nichts abzugeben, bevor das Sturmgewehr mit neuem Magazin wieder zu feuern begann.

Und Lorie rannte los, unter der Plastikplane durch.

Singer nahm wahr, dass es hinter dem Stuhl weitere Tische gab, die umgekippt waren. Sam feuerte von dahinter mit einer M16.

Franz und Hanna versteckten sich hinter dem umgekippten Tisch daneben, beide mit erhobenen Pistolen in den Händen.

Hanna hatte einen dicken Verband um den Kopf.

Singer fiel ein Stein vom Herzen.

»Ich brauche eine Waffe!«, schrie er.

Ohne zu zögern, griff Sam unter seine Jacke, zog eine Pistole hervor und warf sie Singer zu. Singer fing sie auf und rannte augenblicklich geduckt los, zwischen der Plane durch, Lorie nach.

Er erschoss zwei der verschanzten Gegner hinter den Labortischen, einen Hippie, einen Polizisten, die ihn beide nicht hatten kommen sehen.

Zwei waren noch übrig, die jetzt ihr Feuer auf Singer richteten, aber Singer hatte die Tür am Ende des Raums bereits erreicht und lief hindurch.

Von Elsa Meredith, Jona und dem Rest der Bande keine Spur.

Sie waren geflohen. Sie hatten nicht gewusst, wer sie überfiel. Es hätte auch eine ganze Armee sein können. Der Rest der Polizei Münchens mit allen übrig gebliebenen Männern.

Singers Blick war verschwommen, sein Kopf schmerzte wie die Hölle. Wenn es sich um eine größere Blutung in seinem Gehirn handelte, dann könnte er jeden Augenblick umkippen.

Aber er würde nicht umkippen. Nicht, bevor er Elsa Meredith gestoppt hatte, das schwor er sich.

Singer holte Lorie nach ein paar Schritten im Gang ein.

Lorie nickte ihm zu, und sie gingen gemeinsam rein. Bis auf ein kleines Licht an seinem Ende war der Gang dunkel.

Singer roch nichts außer Staub und Rauch und brennendes Öl. Ein dumpfes Dröhnen hatte an der linken Kopfseite eingesetzt. Seine Gesichtshälfte fühlte sich an, als wäre eine Walze darübergefahren.

Weiter.

Er stolperte über einen Balken auf dem Boden. Rutschte immer wieder auf dem Geröll aus.

Eine Explosion, die die Wände erzittern und Schutt von der Decke rieseln ließ.

Das Licht kam näher. Singer lief schneller. Lorie war dicht hinter ihm.

Der Raum, der sich vor ihnen auftat, war ein Durchgangsraum. Der Gang setzte sich dahinter fort.

Die nachfolgende Explosion war so heftig, dass Singer das Gleichgewicht verlor. Er schwankte. Knallte mit der Schulter gegen die Wand. Sah den Raum vor sich und den Gang dahinter. Sah, wie die Decke dort im Begriff war, einzustürzen.

Er sprintete los. Raus aus dem Gang, in den Raum, wieder in den Gang.

Er kam zu spät.

Nach drei Metern war der Gang so verschüttet, dass es kein Durchkommen gab. Dachschrägen, Steine, Wände. Alles war in sich zusammengefallen.

Durch einen Schlitz hörte er die Schritte der Feinde auf der anderen Seite, weit entfernt. Sie hatten die Zellen, und sie waren im Begriff, zu entkommen. Singer lief zurück – doch er blieb wie vom Blitz getroffen stehen und riss seine Waffe hoch.

Lorie stand mit erhobenen Händen in der Mitte des Raums, die Augen weit aufgerissen.

Ihre Waffe lag einige Meter vor ihr auf dem Boden.

In dem fahlen Licht der einzigen Lampe sah Singer Zepter hinter ihr. Er hatte sie dicht zu sich gezogen und hielt sich direkt hinter ihrem Körper geduckt.

Singer hatte keine freie Schussbahn.

Er sah das raubtierhafte Grinsen auf Zepters Gesicht. Seine langen Zähne, die an einen Wolf erinnerten.

»So endet es also«, sagte Zepter.

»Lass sie los, oder du bist ein toter Mann«, sagte Singer kalt.

»Das weiß ich«, antwortete Zepter. »Aber das bin ich so und so.«

»Wenn du sie loslässt, lasse ich dich laufen.«

Zepter lachte.

»Ich kümmere mich nicht mehr darum, ob ich lebe oder tot bin«, sagte Zepter. »Du verstehst nichts, Singer.«

»Lass sie los.«

»Als ich als Hundertzwanzigjähriger in meinem Fünfzehn-Quadratmeter-Zimmer lag und vor mich hinvegetierte, weil mein Körper nicht mehr konnte, aber mich der Staat aus ach so noblen, und angeblich menschlichen Gründen nicht sterben lassen wollte, habe ich oft an dich gedacht, Singer. Ich habe deine Storys im Virtual Social Network aufmerksam verfolgt, während ich in meiner eigenen Scheiße gelegen habe, weil ich vom staatlichen Gesundheitssystem abhängig war. Die haben vielleicht alle zwei Tage mal einen Pflegeandroiden vorbeigeschickt.«

»Lass sie gehen, und ich ergebe mich«, sagte Singer. »Du hast mein Wort.«

Aber Zepter ignorierte ihn.

»Und das alles, obwohl ich mein Leben lang brav gearbeitet habe, für den Staat, wohlgemerkt. In einer solchen Lage, Singer, verliert man den Glauben an die Menschheit. Der Hass, den man empfindet, verändert einen.«

Lorie bewegte sich leicht zur Seite. Zepter folgte ihren Bewegungen unmittelbar.

Er umfasste ihren Hals von hinten grob mit der Hand und hielt sie so fest, dass er ihr jeglichen Bewegungsspielraum nahm.

»Sie haben eine neue Chance bekommen«, sagte Singer. »Elsa Meredith hat Ihnen die Insertion in diese Zeit ermöglicht. Sie können dieses Mal einen anderen Weg einschlagen.«

Zepter lachte abfällig.

»Und so werden wie du, zum Beispiel? Ein Polizist, der seine Seele an eine private Firma verkauft, um das große Geld zu machen?«

»Sie haben die Wahl«, sagte Singer. »Sie können diesmal andere Entscheidungen treffen.«

»Das habe ich bereits«, sagte Zepter. »Ich habe Elsa Meredith geholfen, ihr Ziel zu erreichen, und damit habe ich endlich etwas getan, das wirklich von Bedeutung war.«

Eine weitere Explosion irgendwo in den Tiefen des Hauses.

»Wirf dein Leben nicht weg«, sagte Singer.

»Das habe ich nicht«, sagte Zepter lächelnd. »In vierundzwanzig Stunden wird sich der Zeittunnel öffnen, und Elsa Meredith wird mit einer Armee an Supersoldaten hindurchmarschieren, und niemand wird es verhindern. Mein Zweck hier ist erfüllt.«

Singer sah nur eine Hälfte seines Gesichts. Sah, dass sich der Mundwinkel noch weiter nach oben zog und sein Gesicht zu einer irren Maske entstellte.

»Und ich habe so viel Spaß gehabt wie seit siebzig Jahren nicht mehr!«, schrie Zepter auf einmal. »Was macht mehr Spaß, als den Bonzen, die mir mein Leben versaut haben, ihre gerechte Strafe zukommen zu lassen?!«

Der Knall seiner Pistole in dem kleinen Raum war ohrenbetäubend.

Zepter lachte, als sich Lories Augen weiteten und sie auf den Boden sank.

Er lachte noch immer, als drei von Singers Kugeln ihn in die Brust trafen.

Er fiel nach hinten und blieb reglos liegen.

Singer stürzte vor und kniete sich neben Lorie.

Die Kugel war in der Mitte ihres oberen Rückens eingetreten und befand sich nach wie vor irgendwo in ihrem rechten Brustkorb. Sie hatte auf ihrem Weg Lories Rückenmark zerfetzt, war höchstwahrscheinlich in der Lunge stecken geblieben, und wenn eine größere Arterie verletzt war …

Lories Atem ging schnell. Ihr Gesicht war so weiß wie Leinwand. In ihrem Blick spiegelte sich blanke Panik.

»Ich bin getroffen«, hauchte sie mit zitternder Stimme. »Ich kann meine Beine nicht bewegen. Ich … ich spüre nichts.«

»Atme«, sagte Singer.

»Ich kann meine Arme nicht bewegen. Ich bin gelähmt.«

»Lorie«, sagte Singer und blickte ihr in die Augen. »Konzentriere dich auf deine Atmung. Das ist jetzt das Wichtigste. Okay?«

Er steckte seine Pistole in den Hosenbund und hob Lorie hoch.

Sie stöhnte laut auf.

»Es tut mir leid«, flüsterte Singer.

Er lief den Gang entlang, zurück in die Halle.

Keiner der Feinde war auf der Laborfläche übrig.

Das Feuergefecht hatte sich auf den anderen Teil der Halle verlagert. Dort, wo Lorie und Sam und die anderen hergekommen waren.

Neben der Hallentür dort lagen mittlerweile drei Leichen von Polizisten. Sam hatte gegenüber der Tür Stellung bezogen und feuerte. Franz und Hanna kamen Singer entgegengelaufen.

Singer legte Lories schlaffen Körper auf dem Boden ab.

Hanna lief vor, kniete sich neben sie.

»Was sollen wir tun?!«, schrie sie, während eine weitere Explosion direkt über ihnen krachte.

Der Beistelltisch mit den Operationsgeräten kippte um. Ein tiefes, dumpfes Grollen ertönte, das klang, als ob eine Lawine abgehen würde. Der Boden begann zu zittern und hörte nicht mehr auf. Das Haus über ihnen war im Begriff, in sich zusammenzufallen.

»Gasleitung«, schrie Sam. »Wir müssen hier raus, und zwar schnell!«

»Nehmt sie hoch«, sagte Singer zu Hanna und Franz. »Ich übernehme gleich wieder.«

Er sprang auf und lief zurück zum Laborareal. Dorthin, wo die Laboranten die Westerzellen zusammengemixt hatten. Er suchte auf den Tischen, die noch standen, und er suchte den Boden ab.

Er fand nichts. Kein übrig gebliebenes Reagenzglas. Keinen Rest irgendwo. Er schrie auf und trat gegen den nächsten Tisch. Brachte ihn mitsamt allen Laborutensilien darauf zum Kippen.

Er lief zurück. Franz und Hanna trugen Lorie, Sam ging mit seiner M16 vorn und stellte sicher, dass der Weg frei war.

Der Geruch von Rauch und Feuer lag schwer in der Luft.

Hanna mit ihrer zierlichen Statur kämpfte sichtlich mit dem Gewicht von Lories bewegungslosem Körper. Singer hob Lorie wieder hoch, Franz machte das Schlusslicht. Sie verließen die riesige Gewölbehalle des Kellers durch die Tür.

»Mir ist kalt«, flüsterte Lorie. »Mir ist so kalt.«

»Wir sind bei dir«, keuchte Singer. »Halte durch. Versprichst du mir das?«

Lorie antwortete nicht.

»Lorie. Versprich mir, dass du durchhältst.«

Ohne die Augen zu öffnen, nickte sie nur schwach und legte den Kopf an seiner Brust ab. Ihr Brustkorb hob und senkte sich unsymmetrisch, aber er bewegte sich.

Was von dem schmalen Gang draußen übrig war, war voller Rauch und Geröll von dem eingestürzten Dach. Die Schrägen waren so gefallen, dass ein Mensch geduckt durchkam.

»Das war der Sauerstoff, den sie gebunkert hatten«, sagte Sam, als könnte er Singers Gedanken lesen. »Verdoppelte die Wirkung des TNT. Dazu kamen die Gasleitungen, die direkt durch den Raum liefen, wie es aussieht.«

Über ihnen war der Nachthimmel teilweise sichtbar. Singer spürte die kühle Luft auf der Haut, die sie davor bewahrte, in dem engen Gang zu ersticken. Sam führte ihn die Treppen hoch. Erschoss am Treppenabsatz einen von Elsa Merediths Leuten, der eine Kalaschnikow auf sie gerichtet hatte. Sie liefen die Treppe weiter, an deren Ende sich ein Raum befand, der wie eine eingestürzte Bahnhofshalle aussah.

Es gab Fenster in dem Raum, was bedeutete, sie befanden sich mittlerweile im Erdgeschoss. Rauch und Feuer überall. Anstatt den Hauptausgang dieser Halle anzusteuern, lief Sam in einen der

Nebenräume. Singer folgte ihm. Sam kletterte aus einem eingeschlagenen Fenster. Lorie stöhnte, als sie ihren Körper durch die Öffnung hievten.

Sam schlich entlang der Hausmauer und blickte um die Ecke. Singer sah nur, wie er seine Waffe hob und ohne zu zögern schoss. Er hörte das Splittern von Glas und einen absterbenden Automotor. Ein Schuss schlug in der Hauswand ein. Sam ging in Deckung und schoss erneut.

Wieder splitterte Glas. Diesmal wurden keine Schüsse erwidert.

»Gebt mir Deckung«, sagte Sam und verschwand um die Ecke. Franz lief nach vorn, hob die Waffe.

Singer folgte seinem Blick. Sam hatte den Fahrer eines VW Busses erschossen. Der Bus war von allein stehen geblieben. Sam lief darauf zu. Das Feuer hinter ihnen erleuchtete das umliegende Gelände beinahe taghell. Der Bus war der einzige Wagen auf dem Parkplatz.

»Hinter dem Kotflügel!«, schrie Singer.

Franz zielte und schoss. Der Mann, der Sam auflauern wollte, brach zusammen. Sam lief weiter und riss die Beifahrertür des VW Busses auf. Im Licht der Flammen sah Singer, wie er den leblosen Körper eines Mannes herauszerrte und die Tür wieder schloss. Er tat dasselbe auf der anderen Seite mit der erschossenen Fahrerin. Stieg dann in den Bus ein und schob zurück, bis er direkt vor dem Bahnhofsgebäude zum Halten kam.

Franz lief vor und öffnete eine der hinteren Autotüren. Singer legte Lorie sanft auf der Rückbank ab und stieg auf der anderen Seite ein. Die anderen folgten. Sam fuhr los. Zwischen den Hallen hatten sich eine Reihe von Arbeitern versammelt, die fassungslos auf den Bus und das brennende, einstürzende Haus dahinter starrten.

»Elsa Meredith und der Rest ihrer Leute haben das Weite gesucht«, sagte Sam.

»Müssen wohl gedacht haben, dass sie eine ganze Einheit überfällt, so, wie es hier aussieht«, sagte Franz, der mit Hanna eng umschlungen auf der Bank saß und sie immer wieder auf den verbundenen Kopf küsste.

»Sie haben bekommen, was sie wollten«, sagte Singer mit gesenkter Stimme. »Sie haben die Zellen.«

»Zellen?«, fragte Hanna.

»Was wollten sie denn von uns, um Gottes willen?«, rief Franz. »Warum haben sie Hanna und dir diese Kopfwunden … und dir haben sie anscheinend auch in den Kopf gebohrt! Warum?«

»Lange Geschichte«, sagte Singer. »Zu lang.«

Das Tor zum Gelände stand offen.

Sam fuhr hindurch und hielt neben seinem eigenen geparkten Wagen.

»Ich kann den nicht hier stehen lassen«, sagte er. »Ich fahre hinter euch her.«

»Ich übernehme«, sagte Franz. »Hanna, du gehst in Position und schießt, wenn sich einer von denen blicken lässt. Wie ich es dir gezeigt habe, okay?«

Sam stieg aus, Franz nahm seinen Platz ein und drückte aufs Gas.

Hanna kurbelte das Fenster herunter, die Waffe feuerbereit. In der Ferne waren näher kommende Sirenen zu hören.

Lories Stirn war nass und kalt. Singer prüfte Atmung und Puls alle paar Sekunden. Fand beides, aber schwach. Er strich über ihr Haar.

»Wohin?«, schrie Franz.

Die Zufahrt mündete wenige Meter vor ihnen in eine größere Straße.

»Krankenhaus Schwabing«, sagte Singer. »Und zwar so schnell wie möglich.«

Franz nickte und beschleunigte.

Singer hatte einen Teil von Lories Kleid abgerissen und presste ihn auf die Einschusswunde in ihrem Rücken. Mit der anderen Hand griff er zu der Plane auf dem Boden des Wagens und deckte sie damit zu. Er fühlte sich hilflos, weil er nichts tun konnte.

»Wir sind gleich da«, sagte er. »Halte durch.«

Auf der anderen Straßenseite fuhr eine ganze Kolonne von Fahrzeugen mit Blaulicht an ihnen vorbei. Vier Polizei- und zwei Feuerwehrwagen.

»Die fahren zum Frachtbahnhof«, sagte Hanna. »Sollten wir uns nicht zu erkennen geben?«

»Ich habe noch keinen Krankenwagen gesehen«, sagte Singer. »Wir können es uns nicht leisten, Zeit zu verschwenden. Lorie kann es sich nicht leisten.«

Franz raste die leere Straße hinunter. Bog nach links ab, ohne die Geschwindigkeit zu drosseln, riss das Steuer herum, und der

Wagen schlitterte in die Kurve hinein. Hanna schrie auf, aber Franz gewann die Kontrolle über das Auto zurück und fuhr weiter.

Sie erreichten die Zufahrt zur Notaufnahme nur wenige Minuten später. Die rote Ampel an der letzten Abzweigung überfuhr Franz.

Kurz vor dem Ziel bat Singer ihn, zu halten.

»Wir sind doch gleich da!«, rief Franz und deutete auf das Schild mit der Aufschrift »Krankenhaus Schwabing – Notaufnahme«, das direkt über der Einfahrt vor ihnen prangte.

»Halte den Wagen an«, wiederholte Singer ruhig. »Tu, was ich dir sage.«

Franz stieg auf die Bremse. Der Bus hielt.

Singer sah Hanna an.

»Du bringst Lorie in die Notaufnahme, und auch du musst dich durchchecken lassen. Du brauchst dringend Antibiotika, um zu verhindern, dass sich die Wunden entzünden.«

Hanna nickte.

»Die Polizei wird kommen, die richtige Polizei, und du erzählst ihnen alles, was vorgefallen ist. Von der Entführung und von wem und wo man dich festgehalten hat.«

Er sah Hannas zweifelnden Blick.

»Elsa Meredith wird dich nicht mehr angreifen«, sagte Singer. »Außerdem ist Nathan Zepter tot.«

»Ich werde vom Krankenhaus aus direkt meinen Chef anrufen«, sagte Franz.

»Wenn du sie begleitest, ist das nach wie vor ein Risiko«, sagte Singer. »Sie könnten versuchen, dich zu entführen. Das ist ein Fakt.«

Franz starrte ihn verständnislos an, und Singer verstand, dass es sinnlos war, ihn überreden zu wollen. Und deshalb sagte er nur: »Vergiss es.«

»Keine Chance, dass ich Hanna nach all dem, was vorgefallen ist, hier allein lasse«, sagte Franz.

Singer kannte den Blick in Franz' Augen nur zu gut. Jede weitere Diskussion war zwecklos.

Ein letztes Mal prüfte er Lories Atmung, dann küsste er sie auf die feuchte Stirn. Hanna drehte sich in ihrem Sitz um. Trotz allem, was passiert war, war ihr Blick nicht weniger klar als vor ihrer Entführung

»Sehen wir uns wieder?«, fragte sie.
»Bald«, sagte Singer und stieg aus.

Er sah zu, wie Franz in die Notaufnahme einfuhr. Es dauerte nur einen Augenblick, bis weiß gekleidetes Personal aus dem Krankenhaus gelaufen kam.

Singer lief zu Sams Wagen. Der Wind blies kalt über seinen nackten Oberkörper. Sam öffnete die Fahrertür.

»Du musst mit ihnen gehen«, sagte Singer. »Ich werde polizeilich gesucht. Du nicht.«

»Auch du solltest deine Wunden versorgen lassen«, sagte Sam.

Singer winkte ab.

Sam zog die Handbremse und stieg aus dem Wagen. Er streifte seine Jacke ab, beugte sich in den Wagen und holte einen Hut von der Rückbank. Er reichte Singer beides, Jacke und Hut.

»Mit nacktem Oberkörper und Bohrlöchern im Schädel wirst du wohl eher aufgehalten werden.«

Singer zog die Jacke an und setzte den Hut auf. In knappen Sätzen erzählte er Sam von Elsa Merediths Plänen.

»Ich gehe zurück zum OS-Haus in Nymphenburg«, sagte Singer. »Akar hat die Sprenger gerettet. Auch wenn es sich höchstwahrscheinlich als zwecklos erweisen wird, wir müssen eine Nachricht verfassen und sie an das Institut ins Jahr 2051 senden.«

»Ich werde Vera gleich von drinnen aus kontaktieren«, sagte Sam. »Sie wird noch mehr Leute schicken. Lorie und deine Eltern sind in Sicherheit, darauf hast du mein Wort.«

Singer legte Sam eine Hand auf die Schulter.

»Danke, Sam. Für alles.«

Sam nickte.

»Ich werde Vera auch sagen, dass sie ein Antibiotikum für dich besorgen soll. Wir sollten hier nichts riskieren.«

»Okay«, sagte Singer, drehte sich um und ging zur Fahrertür des Wagens. Dann hielt er inne und drehte sich noch einmal um.

»Wie habt ihr mich gefunden? Elsa Meredith hat damit geprahlt, dass sie den Tracker im U-Bahn-Tunnel zurückgelassen hat.«

»Die Schuhe«, sagte Sam.

Singer sah ihn fragend an.

»Ich habe dir meine Schuhe geliehen, weil deine sich aufgelöst hatten.«

»Und?«

»Vor einiger Zeit hat Akar damit angefangen, meine Schuhe mit seinen Trackern zu versorgen, um seine eigene Technologie besser testen zu können. Seine Vision für die nahe Zukunft ist es, solche Tracker in die Schuhe unserer zu observierenden Zielpersonen einzubauen. Würde uns die Arbeit auf jeden Fall um vieles erleichtern.«

Ein seltenes Lächeln erschien auf Sams Lippen.

»Jetzt weiß er wohl, dass seine Tracker auch auf lange Distanzen funktionieren.«

Die Straße war menschenleer, der Himmel immer noch dunkel. Es war nicht kalt, und trotzdem bebte Singer innerlich.

Jetzt legte Sam ihm die Hand auf die Schulter.

»Wir alle haben getan, was wir konnten, Major«, sagte er. »Uns jetzt Vorwürfe zu machen wird uns nicht weiterbringen.«

Singer sagte nichts.

»Wir sehen uns«, sagte Sam.

Singer nickte, stieg in den Wagen und fuhr los.

# 43

Singer saß am Fenster des Zimmers in Nymphenburg und beobachtete, wie draußen vor dem Fenster die ersten Streifen von Sonnenlicht den Nachthimmel durchdrangen. Er hatte Schweiß und Blut unter lauwarmem Wasser abgeduscht. Das Desinfektionsmittel, das er sich danach über den Kopf geschüttet hatte, brannte in den Wunden.

Das Erste, was er nach seiner Ankunft getan hatte, war gewesen, eine Nachricht mit Vera und Akar zusammen zu verfassen. Vera hatte geschrieben und den ganzen Sachverhalt erklärt, und sie hatten die Koordinaten ihres Standorts hinzugefügt. Sie hatten zu dritt unterschrieben, den Brief in ein Kuvert gesteckt und mit Bleischeibchen beschwert.

Dann hatte Akar einen der Sprenger aktiviert.

Er legte den Schalter auf der Steuerplatine in der Mitte des Röhrensystems im ersten der Aktenkoffer um. Auch dieses Haus war mit einer Starkstromleitung verbunden, die Akar an den Koffer angeschlossen hatte. Sie warteten mehrere Minuten. So lange, dass Singer bereits dachte, das Ganze werde nicht funktionieren.

Aber dann, mit einem Mal, begannen die Drähte zu glühen, und von einer Millisekunde auf die andere war der Sprenger verschwunden. An seinem Platz befand sich eine kreisrunde schwarze Öffnung. Ähnlich den Tunnelöffnungen, durch die Singer Hunderte Male gegangen war, mit dem Unterschied, dass der Durchmesser der aktuellen Öffnung nicht größer war als der eines Fußballs.

Akar packte das Kuvert mit einer anderthalb Meter langen Greifzange und schob es in die Öffnung. Das Kuvert verschwand in dem schwarzen Nichts des Tunnels. Akar schob die Zange so weit vor, bis sich seine Hand kurz vor der Öffnung befand. Dann öffnete er die Zange, ließ das Kuvert damit fallen und zog die Zange zurück. Keine halbe Minute später hatte sich das Fenster wieder geschlossen.

»Du bist sicher, dass du das Kuvert nicht irgendwo im Tunnel hast fallen lassen?«

»Ist noch nie zuvor passiert«, hatte Akar gesagt. »Wir haben oft Rückmeldungen vom Institut bekommen. Es gibt keinen Grund, warum es jetzt passiert sein sollte.«

»Im Grunde wird es keinen Unterschied machen«, hatte Singer gesagt. »Das Kuvert wurde in Professor Nowaks Büro geschickt. Nowak arbeitet für Meredith. Es wäre ein Wunder, wenn das Kuvert jemand anderes finden und öffnen würde, und ich glaube nicht an Wunder.«

Die anderen hatten geschwiegen.

Singer wartete. Eine dumpfe Leere füllte ihn aus. Er fühlte keine Müdigkeit. Draußen vor dem Fenster ging die Sonne auf. Es war kurz vor sechs Uhr morgens.

Elsa Meredith konnte überall sein. Sie hatte mehr als zweihundert Anhänger, deren Namen und Wohnorte dem OS nicht bekannt waren. Sie hätten die ganze Stadt absuchen können, ohne sie zu finden. Das ganze Land. Ganz Europa.

Er blieb sitzen.

Die Stunden verstrichen. Zwei, drei.

Immer wieder wurde er abwechselnd von Vera und Akar mit Updates versorgt. Elsa Merediths Haus in Bogenhausen war nach wie vor verlassen. Der OS war dabei, alle bekannten Immobilien Elsa Merediths unter die Lupe zu nehmen, in Deutschland wie auch in England. Jeder Ort, an den potenziell ein Tunnel gelegt werden konnte, wurde durchsucht und analysiert.

Zehn von Vera und Akars Leuten hatten sich im gesamten Krankenhaus verteilt und behielten alles im Auge. Lorie war aus dem OP raus, ihr Zustand war stabil. Auch Hannas Zustand war stabil. Singer spürte eine ungemeine Erleichterung bei diesen Nachrichten.

Vier Stunden verstrichen, dann fünf.

Nichts geschah.

Singer ging zu Vera und Akar nach unten. Er sah die Besorgnis in ihren Gesichtern.

»Laut Zepter wird Elsa Merediths Spitzel im Institut also in ein paar Stunden einen Zeitgang öffnen, über den sie mit ihren Leuten ins Jahr 2051 gelangen wird«, sagte Vera. »Uns bleibt nicht mehr viel Zeit. Wir sollten eine neue Nachricht senden.«

»Die wieder in Nowaks Büro landet.«

»Was können wir sonst tun?«

Also wiederholten sie das Spiel von vorhin. Sie schrieben den Brief. Verwendeten den zweiten von drei Sprengern, um den fußballgroßen Zeittunnel zu öffnen. Akar gebrauchte die Greifzange, um den zweiten Brief aus dem Jahr 1969 ins Jahr 2051 zu befördern.

Dann warteten sie erneut.

Wieder vergingen Stunden.

Wieder passierte – vorhersehbarerweise – nichts.

Der OS hatte mittlerweile jede von Elsa Merediths Immobilien abgesucht und nichts gefunden. Die Agenten hatten davor Stellung bezogen, aber es tat sich nichts. Das Haus, von dem Elsa Meredith gesprochen hatte, in dem sie ihren Leuten die Westerzellen verabreichen wollte und in das ihr Verbündeter im Institut aller Wahrscheinlichkeit nach den Tunnel legen würde, fanden sie nie.

# 44

Stunden wurden zu Tagen, in denen nichts geschah. Elsa Meredith war aller Wahrscheinlichkeit nach längst ins Institut gelangt.

Singer saß immer noch in der falschen Zeit, und war zur Untätigkeit verdammt.

Er konnte weder schlafen noch essen. Der Gedanke daran, dass er durch sein Versagen womöglich den millionenfachen Tod von Menschen zu verantworten hatte, war nur schwer erträglich.

Es war der dritte oder vierte Tag, an dem Singer das Zimmer in Nymphenburg nicht verlassen hatte. Er roch den Tabak von Akars Pfeife, noch bevor dieser an der Zimmertür klopfte.

»Herein«, sagte Singer nur.

Akar folgte der Aufforderung. Schloss leise die Tür hinter sich. Kam in den Raum, setzte sich auf das ungemachte Bett.

»Wie geht es ihnen?«, fragte Singer.

Akar legte die Stirn in Falten.

»Hanna geht es gut«, sagte er. »Es scheint immer mehr so, als hätte sie keinerlei Schäden davongetragen. Ein Wahnsinnsglück.«

»Und Lorie?«

Akar senkte den Blick.

»Ihr Zustand hat sich verschlechtert«, sagte er leise. »Ihre Vitalwerte sind nicht so gut, wie sie sein sollten. Noch ist es nicht kritisch, aber es könnte sich in eine schlechte Richtung entwickeln.«

Er wandte den Blick ab. Zog mit zitternden Händen seine Pfeife aus der Hemdtasche und steckte sie an.

Für eine ganze Weile saßen sie schweigend nebeneinander.

»Hundert Millionen Menschen«, sagte Singer. »Und jetzt auch noch Lorie, die in Lebensgefahr schwebt.«

»Es gibt Hoffnung«, sagte Akar mit einem schwachen Lächeln. »Vielleicht waren die verabreichten Zellen noch nicht ausreichend funktionsfähig. Vielleicht wurden Merediths Leute mittlerweile alle vom kosmischen Druck des anderen Universums vernichtet.«

Singer schwieg.

»Wir können nicht mehr tun, als unser Bestes zu geben«, sagte Akar.

Singer sagte nichts.

»Vielleicht klingt es banal, vielleicht radikal«, sagte Akar. »Aber ich meine es im Ernst. Lass die Dinge ruhen, die du nicht mehr ändern kannst. Nur so hast du ausreichend Energien für das, was du tatsächlich tun kannst.«

Singer blickte aus dem Fenster. Fühlte die bleierne Erschöpfung in sich. Er hatte an Lorie gedacht und Akar nicht wirklich zugehört. Deshalb dauerte es einige Zeit, bis Akars Worte vollends in sein Bewusstsein drangen.

Ausreichend Energien für das, was du tatsächlich tun kannst.

Mit einem Mal durchfuhr es Singer wie ein Stromschlag. Akar redete noch weiter, aber Singer hörte ihn nicht mehr.

Dinge ruhen, die du nicht mehr ändern kannst. Ausreichend Energien für das, was du tatsächlich tun kannst.

Radikal.

Singer stützte sich mit einer Hand auf der Bank vor dem Fenster ab, umgriff mit der anderen den Vorhang. Knetete den Stoff.

»David?«, hörte er Akar hinter sich sagen. »Ist alles in Ordnung?«

Singer drehte sich langsam um. Er blickte Akar an und stand auf. Seine Bewegungen fühlten sich wie ferngesteuert an. Er setzte sich neben Akar aufs Bett.

»Du siehst seltsam aus«, sagte Akar und stand auf. »Ich bringe dir ein Glas Wasser.«

»Bleib hier«, sagte Singer.

Akar blieb wie angewurzelt stehen.

»Du hast recht«, sagte Singer. »Ich sollte mich auf das konzentrieren, was ich tun kann. Und die Tatsache ist, ich kann etwas tun.«

»Wovon sprichst du?«

»Ich kann nichts daran ändern, was Elsa Meredith in meiner Zeit getan hat. Aber ich kann etwas anderes. Ich kann dafür sorgen, dass Lorie überlebt. Mehr noch. Dass sie das Krankenhaus so schnell wie möglich verlässt. Selbstständig, auf eigenen Beinen gehend.«

Akar starrte ihn an.

»Wie willst du das anstellen?«, fragte er leise. In dem Moment, in dem er den Satz ausgesprochen hatte, wurden seine Augen groß. »Die Zellen«, sagte er tonlos.

Singer nickte.

»Aber Elsa Meredith hat die Proben doch an einen unbekannten Ort bringen lassen«, sagte Akar. »Wir haben keine Zellen mehr zur Verfügung.«

»Richtig«, sagte Singer. »Die Proben, die Meredith gestohlen hat, sind verloren.« Er tippte sich auf die Stirn. »Aber wo diese Proben herkommen, gibt es noch viel mehr.«

»Das kannst du nicht ernst meinen.«

»In einer einzigen Biopsienadel befanden sich fünfzigtausend Zellen«, sagte Singer. »Zweitausend reichten aus, um Jona ins Leben zurückzuholen.«

»Du willst dir freiwillig noch mal Zellen entnehmen lassen?«, fragte Akar ungläubig. »Noch mal das Risiko in Kauf nehmen, dass dein Gehirn geschädigt wird?«

»Lorie hat ihr Leben für mich riskiert«, sagte Singer. »Das Mindeste, was ich tun kann, ist es, ihr ihres zurückzugeben.«

Akar atmete tief ein und aus. Er klemmte die Pfeife zwischen die Zähne, verschränkte die Hände hinterm Kopf und starrte an die Decke.

»Dann müssten wir jemanden finden, der die Zellen da rausholt und aufbereitet, und zwar ohne Schaden anzurichten«, sagte er irgendwann. »Ich mache das nämlich sicher nicht.«

Singer lächelte.

»Ich weiß, dass du handwerklich begabt bist, Akar. Aber alle Begabungen haben irgendwo ihre Grenzen.«

»Gut, dass du das auch so siehst.«

Singer blickte aus dem Fenster.

»Ich habe so eine Idee, wie wir vorgehen können«, sagte Singer. »Hör mir genau zu.«

# 45

Es gab Tage, an denen Rita ihren Job hasste. Tage wie diesen. Ihre Kollegin Johanna lag selbst im Krankenhaus, weil sie auf dem Weg zur Arbeit vom Fahrrad gestürzt war und sich das Bein gebrochen hatte.

Natürlich konnte so kurzfristig kein Ersatz für die Nacht organisiert werden, was bedeutete, dass Rita Johannas Arbeit einfach mitübernehmen musste. Was bedeutete, sie musste sich um zehn Patienten mehr kümmern.

Es war neunzehn Uhr.

Rita hatte ihre Schicht erst vor zwei Stunden angetreten und hatte trotzdem das Gefühl, schon den ganzen Tag gelaufen zu sein. Ständig klingelte einer. Und solange sie selbst klingelten, war es sogar noch etwas Gutes. Das bedeutete, sie konnten ihre Hände bewegen oder wenigstens die Finger. Sie hatte fünf Patienten, die sich gar nicht mehr bewegen konnten. Sie alle hatten gefüttert werden müssen.

Ivett saß im Zimmer der unbekannten Patientin mit der Schussverletzung fest, die Doktor Bissinger gestern operiert hatte,

Marianne im Zimmer der Polizistenfrau mit den bizarren Schädelverletzungen, und so war Ritas einzige Hilfskraft Ines.

Dann war da noch dieser unverschämte Polizist, der im Gang saß und ihr beim Vorbeigehen an den Hintern gefasst hatte. Sie hatte sich bei Doktor Bissinger darüber beschwert, der sogar mit dem Polizisten gesprochen hatte, aber dann in seinem Zimmer verschwunden und bisher nicht wieder aufgetaucht war. Als leitender Oberarzt musste er in der Nacht natürlich für gewöhnlich nicht im OP stehen. Dazu hatte er seine Untergebenen. Der einzige Grund, aus dem man ihn stören durfte, war, falls sich der Zustand der zwei Patientinnen verschlechterte. Sie alle ahnten, dass die Frauen etwas mit den mysteriösen Vorfällen vom Frachtbahnhof zu tun hatte.

Es war nur eine Frage der Zeit, wann die Presse davon Wind bekommen – und Doktor Bissinger als behandelnder Arzt der Patientinnen im Rampenlicht stehen würde.

Nachdem sie gemeinsam die Essenstabletts eingesammelt hatten und als Ines sie zur Küche zurückbrachte, erlaubte sich Rita ihre erste Pause an dem Abend.

Sie ging ins Schwesternzimmer, ohne die Tür hinter sich zu schließen. Sie ließ sich auf den Stuhl fallen und legte die Beine hoch. Es tat gut zu sitzen. Die engen weißen Absatzschuhe waren Gift für ihre Füße.

Ein Klopfen an der Tür ließ sie zusammenfahren. Sie hatte gerade noch Zeit, die Beine vom Stuhl zu nehmen und aufzustehen, bevor der Arzt das Zimmer betrat. Ein neues Gesicht. Sie hatte ihn noch nie gesehen. Sie war sich auch ziemlich sicher, dass er nicht im Haus arbeitete. Kein Arzt, der hier arbeitete, wäre so schüchtern und würde am Schwesternzimmer klopfen.

»Guten Abend«, sagte der Arzt.

»Guten Abend«, sagte Rita und musterte ihn. Er war groß und nicht älter als fünfunddreißig. Er hatte breite Schultern, um die sein Kittel spannte, und einen Kopf voller dicker Locken. Unter seinen schönen Augen lagen tiefschwarze Ringe. Nichts Ungewöhnliches. Im Gegenteil. Es war selten, dass ein junger Arzt heutzutage nicht überarbeitet war.

Rita senkte den Blick.

»Kann ich Ihnen helfen, Doktor?«

»Rita Streicher?«, fragte der Arzt.

Rita nickte.

»Doktor Thal mein Name. Frederick Thal. Hat Doktor Bissinger Sie von allem in Kenntnis gesetzt?«

Rita blickte ihn verwundet an.

»Nein, ich … ich weiß von nichts.«

»Ich bin hier wegen der beiden Patientinnen, die gestern Nacht eingeliefert wurden«, sagte Doktor Thal. »Eine Patientin mit Schussverletzung im Rückenmarksbereich, postoperativ, die andere mit Schädelverletzung. Ich komme aus dem Klinikum Großhadern. Doktor Bissinger hat ein neurologisches Konsil angefordert. Deshalb bin ich hier.«

Rita runzelte die Stirn.

»Aber das ist doch heute schon gelaufen«, sagte sie. »Zwei Mal. Doktor Fischer von der Neurologie …«

»Doktor Bissinger hat mich um eine weitere Meinung gebeten«, unterbrach der Arzt sie. »Der Fall ist zu heikel, um auch nur eine Kleinigkeit zu übersehen.«

»Natürlich«, sagte Rita und stand auf. Strich ihr mausgraues Schwesternkleid glatt. Richtete sich die siebenfaltige Haube zurecht.

»Es ist eine wirklich tragische Sache«, sagte sie dann. »Beide Patientinnen sind noch so unglaublich jung.«

»Wie ist ihr aktueller Zustand?«

»Die Frau des Polizisten, also die Patientin mit den Schädelverletzungen, ist unauffällig. Die Wunden sind reizlos, aktuell bekommt sie eine Antibiotikatherapie. Ihr Mann ist bei ihr im Zimmer. Es handelt sich um das Ehepaar, das in den letzten Tagen polizeilich gesucht wurde. Man nimmt an, sie sind entführt worden, aber uns sagt man ja nichts Genaueres.«

»Und die andere Patientin?«

»Doktor Bissinger konnte die Wunde operativ sanieren«, sagte Rita. »Es ist zwar keine Arterie getroffen worden, aber sie hat einen Querschnitt ab unterer Hals-, oberer Brustwirbelsäule. Zudem schwankt der Kreislauf recht stark. Heute morgen musste ihr sogar einmalig Adrenalin verabreicht werden, um ihre Vitalwerte in einen normalen Bereich zu bekommen. Aktuell ist sie zum Glück stabil.«

»Weiß man schon mehr über ihre Identität?«

»Nichts«, sagte Rita. »Sie spricht nichts und hatte auch keine Papiere bei sich.«

»Der Polizist am Gang ist für ihren Schutz zuständig?«

»Der Einfachheit halber wurden die Patientinnen in zwei nebeneinanderliegenden Zimmern untergebracht. So brauchen sie nur einen Polizisten, der auf sie aufpasst.«

Der Neurologe nickte.

»Dann führen Sie mich jetzt bitte zu den Patientenzimmern, Schwester Rita.«

»Kommen Sie«, sagte Rita und stand auf.

»Doktor Bissinger ist übrigens in seinem Zimmer, wenn Sie ihn sprechen möchten.«

»Ich werde mich nach der Patientenvisite mit ihm über den Fall unterhalten«, sagte der Arzt.

Rita ging vor. Der Polizist vor dem Raum sagte nichts, als sie und der Arzt an ihm vorbei in das erste Patientenzimmer traten.

Es war ein großer hoher Raum, in dem nur ein einziges Bett belegt war. Der Geruch von Desinfektionsmittel mischte sich mit dem Essensgeruch, der von dem Tablett neben dem Patientenbett ausging. Der Teller sah unberührt aus. Ivett saß auf einem Stuhl neben dem Patientenbett. Sie stand auf, als Rita und der Arzt eintraten.

»Alles ruhig«, sagte Ivett mit gesenkter Stimme. »Aber sie wollte nicht essen.«

Rita stellte sich vor das Bett und nahm das Tablett hoch. Warf einen Blick auf den Monitor neben dem Bett, der synchron mit dem Puls der Patientin piepte.

»Das ist Doktor Thal aus dem Klinikum Großhadern, ein Kollege von Ihrem Chirurgen, Doktor Bissinger«, sagte sie zu der Patientin. »Er wird Sie jetzt noch mal untersuchen.«

Die Frau im Bett beachtete sie gar nicht, sondern hatte ihren Blick auf Doktor Thal gerichtet.

»Ich würde mich jetzt gern einen Augenblick mit der Patientin allein unterhalten«, sagte der Arzt höflich, aber bestimmt. Dabei blickte er zuerst Rita, dann Ivett an. Rita nickte.

»Wenn Sie irgendetwas benötigen, klingeln Sie einfach«, sagte sie.

Mit dem Tablett in der Hand verließ sie den Raum. Ivett folgte ihr und schloss die Tür hinter ihnen.

Lorie lag zusammengesunken in ihrem Bett. Sie war bleich, aber ihr Blick war wach. Um die Stirn trug sie einen Verband.

Singer setzte sich an ihr Bett und nahm ihre Hand in seine. Sie war warm, und er fühlte ihren Puls, wenngleich schwach.

Eine Träne löste sich von Lories Augenwinkel und lief ihr die Wange hinab.

»Wie bist du hier reingekommen?«, fragte sie.

»Die Leute hier sind noch überraschend gutgläubig«, sagte Singer. »Ich brauchte nur einen Kittel, und sie haben mich zu dir ins Zimmer gelassen.«

»Die Perücke steht dir«, sagte Lorie leise und zwang sich zu einem Lächeln. »Ich hatte auf ein Wunder gehofft«, sagte sie. »Aber es sieht nicht unbedingt danach aus.«

Singer griff nach einem Taschentuch auf dem Nachtisch und hielt es ihr vor. Lorie schnäuzte sich hinein.

»Entschuldige«, sagte sie. »Es ist so schrecklich.«

»Du musst dich für nichts entschuldigen.«

»Ich weine nicht wegen meiner Situation«, sagte Lorie. »Sie hat die Westerzellen, nicht wahr?«

Singer senkte den Blick.

»Das Wichtigste ist jetzt einmal, dass du lebst und in Sicherheit bist.«

»Du weißt genauso gut wie ich, dass das nicht das Wichtigste ist.«

»In diesem Moment ist es das.«

Lorie lehnte sich auf ihrem Kissen zurück und schloss die Augen.

Singer stand auf.

»Versprichst du mir, dass du etwas essen und trinken wirst? Dein Körper braucht die Kraft.«

»Versprichst du mir, dass du bald wiederkommen wirst?«

»Ja«, sagte Singer. »Das verspreche ich dir.«

Lorie lächelte, ohne die Augen zu öffnen.

»Vertrau mir«, sagte Singer. Dann verließ er das Zimmer.

Ivett wartete am Gang und unterhielt sich mit dem Polizisten. Rita stand etwas abseits mit verschränkten Armen.

Singer nickte ihr zu.

Ivett ging zurück auf ihren Posten neben Lorie. Rita klopfte an die Tür nebenan, ohne einzutreten. Mit einem abschätzigen Blick auf den Polizisten sagte sie: »Wenn Sie mich bei der Visite nicht brauchen, Doktor Thal, finden Sie mich im Schwesternzimmer.«

Singer dankte ihr und trat ein. Das Zimmer sah nicht anders aus als Lories, nur spiegelverkehrt und mit zwei Krankenplätzen statt einem. Die Betten standen nebeneinander, Hannas am Fenster, Franz' an der Tür. Franz stand sofort auf und sagte:

»Guten Abend, Herr Doktor.«

Dann erst erkannte er Singers Gesicht, und auf seinen Lippen erschien ein unwillkürliches Lächeln. Singer wandte sich an die pummelige Wachschwester im Zimmer, stellte sich als Doktor Thal vor und bat sie um etwas Zeit allein in dem Zimmer. Die Schwester nickte verständnisvoll und ging hinaus. Singer schloss die Tür hinter ihr.

Franz kam auf ihn zu und schüttelte seine Hand lange und herzlich. Hanna stand auf, sah Singer an und fiel ihm um den Hals.

Es war eine Geste, mit der Singer nicht gerechnet hatte. Die Nähe überwältigte ihn. Hannas Geruch ließ so viele Erinnerungen gleichzeitig vor seinem geistigen Auge aufziehen. So plötzlich und unerwartet, dass sein Körper im ersten Augenblick erstarrte.

Hanna ließ sich davon nicht abschrecken. Sie klammerte sich so fest an ihn, als würde sie ihn nie wieder loslassen wollen. Singer schloss die Augen und erwiderte die Umarmung. Atmete den Duft ein, den er als Kind für immer verloren geglaubt hatte. Er hatte sich nicht verändert. Kein bisschen. Er dachte an den Ausflug auf die Insel im Starnberger See, damals, als Kind. Seine Mutter neben ihm im Boot, den Arm um ihn gelegt.

Der glücklichste Tag in seiner Kindheit.

Irgendwann löste er die Umarmung sanft und berührte Hanna an beiden Armen.

»Wie geht es dir?«, fragte er.

»Gut«, sagte sie leise, ohne ihre Augen von Singer zu nehmen.

»Den Umständen entsprechend gut«, sagte Franz. »Die Ärzte haben ihre Tests gemacht und keine Einschränkung gefunden. Was ein Wunder ist, denn die Schweine haben ihr sieben Löcher in den Kopf gebohrt.«

»Wie geht es Lorie?«, fragte Hanna. »Noch durften wir nicht nach ihr sehen.«

»Kommt Zeit, kommt Rat«, sagte Singer.

»Ich habe meinem Chef die ganze Geschichte erzählt«, sagte Franz. »Alles, bis ins kleinste Detail. Alles über den Verrat von Zepter, dessen Leiche sie ja ohnehin schon am Frachtbahnhof gefunden haben. Er hat gesagt, er kümmert sich um die

Angelegenheit, und was ist bisher passiert? Sie haben uns einen einzigen Wachpolizisten geschickt und uns verboten, das Zimmer zu verlassen.«

»Zwei von ihnen sitzen in Zivil vor der Station«, sagte Singer. »Sie kontrollieren die Ausweise von jedem, der die Station betritt. Noch ist die Presse nicht informiert. Wahrscheinlich will die Polizei das auch noch eine Weile so beibehalten.«

»Kann ich mir denken«, sagte Franz. »Was wir hier erlebt haben, war der größte Skandal in der Nachkriegsgeschichte der Münchner Polizei.«

»Ihr habt beide überlebt«, sagte Singer. »Und dafür sollten wir dankbar sein.«

Hanna umfasste Franz' Hand und hielt sie fest.

»Wir sind mehr als dankbar«, sagte sie. »Für alles, was du für uns getan hast.«

»Ich habe euer Leben gerettet und ihr meines«, sagte Singer. »Wenn ihr mich da nicht rausgeholt hättet, wäre ich jetzt tot.«

»Mein Chef sagt, das ganze Land sucht nach Elsa Meredith«, sagte Franz. »Die Polizei wird sie finden und festnehmen. Früher oder später, davon bin ich überzeugt.«

Franz hatte den Arm um Hanna gelegt, Hanna hielt seine Hand immer noch fest umklammert.

Singer sah sie lange an.

»Ich möchte euch eine Geschichte erzählen«, begann er dann. »Es ist wichtig.«

Sowohl Hanna als auch Franz blickten Singer verwundert an, sagten aber nichts.

»Es ist eine Geschichte, die ich mal gelesen habe«, sagte Singer. »Es ging um eine Familie mit einem Kind. Einem Sohn, um genau zu sein. Er hat seine Eltern sehr geliebt. Vor seiner Geburt hatten sie lange erfolglos versucht, Kinder zu bekommen. Es passierte, als sie es schon fast aufgegeben hatten. Die Eltern liebten ihren Sohn sehr, und sie liebten einander sehr. Hatten sich die ganze Zeit geliebt, aber die Geburt des Sohns vertiefte die Liebe noch.«

Er machte eine Pause. Erwartete schon fast, dass Franz ihn unterbrechen werde, doch als er den Blick hob, machte keiner von beiden Anstalten, etwas zu sagen. Also erzählte Singer weiter.

»Kurz nach seinem zehnten Geburtstag erfuhr der Sohn, dass seine Mutter schwer krank war. Lungenkrebs, von den ganzen Zigaretten, die sie ihr Leben lang geraucht hatte. Niemand sagte dem Sohn, dass ihre Überlebenschancen gering waren – aber natürlich spüren Kinder so etwas. Von da an änderte sich alles. Der Vater zog sich immer mehr zurück. Begann zu trinken, hurte herum, anstatt für seine Familie da zu sein. Was der Mutter das Herz brach. Irgendwann hörte sie auf, zu kämpfen. Starb eines Nachts allein in ihrem Bett. Ihr Junge war es, der sie am nächsten Morgen fand, in ihrem eigenen Erbrochenen liegend, ihre Haut so kalt wie Eis.«

Hanna durchfuhr ein Schauder. Franz zog sie zu sich.

»Der Junge wuchs allein unter der strengen Hand des Vaters auf – der ihn von da an hauptsächlich ignorierte. Je älter der Sohn wurde, desto größer wurde sein Hass auf den Vater. Letzten Endes kam es zum Bruch, als der Sohn die Krankenakte der Mutter zehn Jahre nach ihrem Tod in die Hände bekam.«

Er machte eine Pause. Sein Mund fühlte sich mit einem Mal sehr trocken an.

»Und … was stand in der Krankenakte?«, fragte Hanna vorsichtig.

»Dass seine Mutter zum Zeitpunkt ihres Todes krebsfrei gewesen war«, sagte Singer leise. »Der Sohn las das, und erst dann kamen die Erinnerungen wieder. An die leeren Medikamentenboxen auf dem Nachttisch neben seiner Mutter an dem Morgen, an dem er sie gefunden hatte. Er sah sogar die Aufschrift mit einem Mal wieder klar vor Augen: Valium.«

Singer atmete tief ein.

»Als ich die Geschichte zum ersten Mal hörte, verstand ich nicht viel davon«, sagte er. »Wie jeder normale Mensch konnte ich das Verhalten der Eltern nicht nachvollziehen. Die Untreue des Vaters. Die Schwäche der Mutter. Aber das hat sich geändert, als ich euch kennenlernte.«

Erst sahen sie ihn fragend an, dann tauschten sie gegenseitig verwirrte Blicke aus.

Franz lächelte unbeholfen. »Wie … meinst du das?«

»Ich sehe euch an«, sagte Singer, »und verstehe, wie sehr sich zwei Menschen lieben können. Meine Erklärung für die Geschichte war immer gewesen, dass der Mann die Frau nie wirklich geliebt haben kann, aber ich lag falsch. Er hat seine Frau so sehr geliebt, dass er den Gedanken an ein Leben ohne sie nicht ertragen konnte. Und den Sohn hat er deshalb wie Luft behandelt, weil er es wohl nicht ertragen konnte, dass sein Kind ihn jeden Tag aufs Neue an seine Frau erinnerte.«

Er sah in Franz' und Hannas unverändert verwirrte Gesichter, aber er kümmerte sich nicht darum, was sie über ihn dachten. Seine Augen brannten, er presste sie unwillkürlich zusammen, und dann sagte er:

»Versprecht mir eines. Gebt niemals das auf, was ihr habt. Lasst niemals los, und kämpft bis zuletzt.«

Damit atmete er tief ein und aus. Er hatte er alles gesagt, was er sagen wollte, wandte sich um und ging zur Tür.

Hanna ging ihm nach.

»David«, sagte sie. »Warte.«

Singer drehte sich zu ihr um. Sie stellte sich vor ihm auf. Sie hatte Tränen in den Augen.

»Wer bist du?«, fragte sie leise, fast flüsternd.

»Das werdet ihr wissen«, sagte Singer. »Eines Tages werdet ihr das wissen.«

Sie schüttelte kaum merklich den Kopf.

»Hör auf zu rauchen«, sagte er, bevor er sich umdrehte und das Zimmer verließ.

Draußen strich er seinen Kittel zurecht. Auf dem Weg zum Schwesternzimmer atmete er tief, um sich zu fokussieren. Blieb nach ausreichender Entfernung zum Polizisten vor einem Telefon an der Wand stehen und wählte die vereinbarte Nummer.

Sam meldete sich nicht mit dem Namen, sondern mit dem abgesprochenen Wort. »Operation?«

»Positiv«, antwortete Singer.

»Fortfahren in zehn.«

Dann legte er auf und betrat den Schwesternstützpunkt. Schwester Rita, deren Namen Singer vom Portier erfahren hatte, blickte auf.

»Wären Sie bitte so freundlich, mir den Raum zu nennen, in dem sich Doktor Bissinger aufhält?«, fragte Singer.

»Natürlich«, sagte Rita und wollte aufstehen, aber Singer bedeutete ihr, sitzen zu bleiben.

»Es reicht, wenn Sie mir die Richtung nennen«, sagte er.

»Raum 223«, sagte Rita. »Wenn Sie rausgehen, links, durch die Glastür am Ende des Gangs durch. Das zweite Büro auf der rechten Seite.«

Singer dankte ihr und verließ den Raum. Ging den Gang entlang, wieder vorbei am Polizisten, der seinem Blick auswich.

Er fand Bissingers Büro ohne Probleme. Warf einen Blick auf die Uhr.

Seit dem Anruf waren fünf Minuten vergangen.

Genug Zeit.

Singer klopfte an die Tür und trat ein, ohne eine Antwort abzuwarten.

# 46

Als Susanne Bissinger von einem kurzen Einkauf nach Hause zurückkam, ließ sich der Schlüssel nicht ins Loch der Eingangstür stecken.

Sie stellte die Tüten ab, versuchte es noch einmal. Der Schlüssel ließ sich nicht vorschieben. Wie war das möglich? Er hatte doch gerade eben einwandfrei funktioniert. Erst als sie es in einem anderen Winkel von oben nach unten versuchte, hatte sie Erfolg. Der Schlüssel rastete ein, Susanne drehte ihn um, die Tür glitt auf.

Sie hob die Tüten wieder auf, ging ins Haus, stieß die Tür mit einem Bein zu.

»Peter! Uschi! Kommt runter und räumt eure Sachen vom Tisch! Gleich gibt's Essen!«

Der Lärm laut spielender Kinder von oben. Natürlich hatten sie sie nicht gehört. Ohne die Tüten abzustellen, streifte sie die Schuhe ab und betrat das Wohnzimmer, an dessen Ende sich die Küche befand.

Vor Schreck ließ sie die Tüten fallen, als sie den fremden Mann auf dem Sofa sah.

Der Mann legte den Finger auf die Lippen und schüttelte den Kopf.

Susanne schrie nicht.

Mit einer schnellen Bewegung stand der Mann auf. Er war sehr muskulös. Sein Gesicht war hart und grimmig.

»Guten Abend, Frau Bissinger«, sagte er mit ruhiger Stimme und einem Akzent, den Susanne nicht einordnen konnte. »Ich möchte Ihnen vorweg versichern, dass ich nicht die geringste Absicht habe, Ihnen oder Ihren Kindern etwas zuleide zu tun. Dennoch muss ich Sie bitten, meinen Anordnungen Folge zu leisten.«

Susannes Knie zitterten, aber sie konnte sich vor Angst nicht bewegen. Zusätzlich zu seinem einschüchternden Äußeren ließen sowohl der Ton als auch der Gesichtsausdruck des Mannes keinen Zweifel aufkommen, dass er ernst meinte, was er sagte.

»Wer sind Sie, und was wollen Sie von uns?«, brachte sie hervor. »Ich habe Geld und Schmuck. Ich hole es Ihnen, es befindet sich im Schlafzimmersafe. Nehmen Sie alles, was wir haben, aber ich bitte Sie, um Gottes willen, tun Sie uns nichts an.«

Der Mann schüttelte den Kopf.

»Wie ich schon sagte, Ihnen und Ihren Kindern wird nichts zustoßen. Aber ich möchte Sie bitten, Uschi und Peter jetzt sofort in den Keller zu schicken und ihnen aufzutragen, sich ruhig zu verhalten. Peter, wenn ich mich recht erinnere, ist elf, Uschi sechs. Beide sind also in einem Alter, wo man eine solche Bitte an Kinder richten kann.«

Er hatte gerade geendet, als Poltern auf der Treppe ertönte. Peter erschien als Erster in der Tür – und erstarrte, als er den fremden Mann sah. Uschi kam gleich als Nächste, in der Hand hielt sie einen Teddybär. Sie versteckte sich hinter dem Rahmen. Susanne löste sich aus ihrer Starre und lief auf ihre Kinder zu, während sie den Mann nicht aus den Augen ließ.

»Wer ist das, Mutter?«, fragte Peter schüchtern.

»Ein Freund, mein Schatz«, sagte Susanne schnell. »Tu mir einen Gefallen, mein Großer: Nimm deine Schwester und geh mit ihr in den Keller.«

»In den Keller?«, fragte Peter verdutzt.

»Ja«, sagte Susanne. »Jetzt gleich.«

»Ich habe Hunger«, sagte Peter trotzig.

»Eure Mutter wird euch das Essen gleich hinunterbringen können«, sagte der fremde Mann streng.

»Heute probieren wir mal etwas Neues aus«, sagte Susanne an Peter gewandt und versuchte ein Lächeln. Peter wirkte unsicher und musterte den Fremden. Dieser sah ihm direkt in die Augen, und Peter wandte den Blick ab. Susanne nahm ihn an der einen und Uschi an der anderen Hand.

»Mama«, protestierte Peter, aber auch Susannes Ton war streng geworden.

»Geht jetzt in den Keller«, sagte sie. »Bitte, sei ein großer Junge. Machst du das für mich?«

Peter nickte widerwillig und nahm seine Schwester an der Hand. Als sie im Keller verschwunden waren, schloss Susanne leise die Tür hinter ihnen. Dann drehte sie sich zu dem Fremden um.

»Was wollen Sie?«, fragte sie mit zugeschnürter Kehle und versuchte, die Tränen zurückzukämpfen.

»Nicht viel«, sagte Sam. »Sie können ruhig schon das Essen für die Kleinen zubereiten, während wir warten.«

»Worauf warten wir?«

»Auf den Anruf. Ihr Mann wird sich gleich melden, und Sie werden ihm sagen, dass es Ihnen und Ihren Kindern gut geht. Dann werden Sie ihm davon erzählen, dass ich in Ihrem Wohnzimmer sitze.«

»Ich soll ihm von Ihnen erzählen?«, fragte sie verwundert.

»Nur das und nichts weiter«, sagte der Fremde. »Dann werden wir auf einen weiteren Anruf warten. Eine Stunde in etwa, bis Sie mich wieder los sind. Das Ganze wird schneller vorüber sein, als Sie denken. Ich gebe Ihnen mein Wort, und entschuldige mich sehr für die Unannehmlichkeiten.«

Der Blick in seinen Augen war freundlich und unterstrich das Gesagte.

Susanne merkte, wie sie sich ein wenig entspannte.

»Was wollen Sie von meinem Mann?«, fragte sie vorsichtig.

Der Fremde sah sie eingehend an, und Susanne senkte den Blick sofort wieder. Sie hatte schon nicht mehr damit gerechnet, als der Fremde antwortete:

»Ich möchte Ihren Mann dazu bringen, ein Leben zu retten. Keineswegs also will ich ihm schaden. Auch darauf gebe ich Ihnen mein Wort.«

Susanne starrte ihn an. Der Mann ging zurück zur Couch und setzte sich.

»Ihre Kinder sind hungrig«, sagte er. »Nur zu. Bereiten Sie ihnen das Abendessen zu. Sie haben nichts zu befürchten.«

## 47

Doktor Bissinger war ein kleiner Mann Mitte fünfzig. Das graue Haar war streng gescheitelt, an den Schläfen im Verhältnis zu seinem flach gekämmten Haupthaar seltsam lang und wellig. Er trug eine breite Brille mit dicken Gläsern, die ihn gut zehn Jahre älter aussehen ließen.

Er saß hinter seinem Schreibtisch und las in einem Buch mit Abbildungen des menschlichen Gehirns. Er trug Hemd und Krawatte. Sein weißer Kittel hing an dem Kleiderständer neben der Tür. Als Singer eintrat, blickte er ihn verdutzt an und stand auf.

»Wer sind Sie?«, fragte er mit autoritär erhobener Stimme. Singer schloss die Tür hinter sich und nahm auf einem der zwei Stühle am Schreibtisch gegenüber von Bissinger Platz.

»Setzen Sie sich«, sagte er. »Wir müssen uns unterhalten.«

Er sah, wie Entrüstung in den verwunderten Ausdruck des Arztes trat. Innerhalb weniger Augenblicke war die Wut in dem Mann so weit aufgestiegen, dass sich sein Kopf rot verfärbte. Er setzte an, etwas zu sagen, aber Singer unterbrach ihn:

»Keine Vorträge jetzt«, sagte er. »Tun Sie, was ich Ihnen sage, und setzen Sie sich. Ich habe keine Zeit für lange Diskussionen.«

Bissinger wusste offensichtlich nicht, wie er reagieren sollte. Sein Blick glitt von Singer zur Tür und wieder zurück. Dann setzte er sich. Starrte Singer feindselig an.

»Wer sind Sie, und was wollen Sie?«

»Sie sind Neurochirurg«, sagte Singer. »Und ich brauche einen Neurochirurgen, der einen Eingriff an mir vornimmt.«

»Dafür können Sie nicht einfach unangemeldet in mein Büro hereinplatzen, schon gar nicht um diese Uhrzeit!«, sagte Bissinger ungehalten und erhob sich erneut von seinem Stuhl.

»Kommen Sie morgen noch mal vorbei, lassen Sie sich sachgemäß aufnehmen, und dann werden wir sehen, was wir für Sie tun können. Wenn ich Sie jetzt bitten dürfte …«

»Setzen Sie sich«, sagte Singer, und etwas in seiner Stimme ließ Bissinger der Aufforderung augenblicklich Folge leisten.

»Der Eingriff ist dringend«, sagte Singer.

»Sie sehen nicht gerade wie ein neurochirurgischer Notfall aus«, sagte Bissinger.

»Ich bin zwar der, den Sie operieren werden – aber jemand anderer wird davon profitieren.«

»Ich habe keine Ahnung, wovon Sie sprechen«, sagte Bissinger aufbrausend und nahm den Telefonhörer neben sich von der Gabel. »Ich werde jetzt den Sicherheitsdienst rufen. Sie haben absolut nichts auf der Station zu suchen. Den Kittel, den Sie da anhaben, haben Sie wahrscheinlich geklaut.«

Er begann, das Wählrad zu betätigen. Singer drückte auf die Gabel und unterbrach die sich aufbauende Verbindung. Er blickte Bissinger direkt in die Augen.

»Vielleicht sollten Sie zuerst zu Hause anrufen«, sagte er und lehnte sich in seinem Stuhl zurück. »Ihre Frau wird Ihnen sagen, dass es ihr gut geht. Dass es den Kindern gut geht. Sie wird Ihnen auch sagen, dass sie gerade Besuch hat, und zwar von einem fremden Mann mit militärischem Äußeren.«

Bissinger starrte ihn an. Die Verwirrung in seinem Blick war nun wieder stärker ausgeprägt als die Wut darin. Er verharrte bewegungslos in seiner Position. Arm in der Luft, Telefonhörer in der Hand.

»Nur zu«, sagte Singer und deutete aufs Telefon. »Sie kennen die Nummer, nehme ich an. Wählen Sie.«

Bissinger wählte. Presste den Hörer ans Ohr. Eine Stimme am anderen Ende der Leitung meldete sich. Bissinger hatte den Hörer so fest umgriffen, dass seine Fingerknöchel weiß geworden waren.

»Susanne«, sagte er. »Alles in Ordnung bei euch? Sind die Kinder zu Hause?«

Die Stimme am anderen Ende der Leitung sagte etwas, Bissinger hörte zu. Seine Augen wurden groß, richteten sich auf Singer.

»Sagen Sie ihr, dass sie tun soll, was er ihr sagt. Dann wird Ihrer Familie nichts geschehen.«

»Tu, was er sagt«, wiederholte Bissinger ins Telefon hinein. »Ich komme, so schnell ich kann.«

Singer lehnte sich vor, drückte die Gabel des Telefons herunter und unterbrach die Verbindung. Bissinger legte den Hörer auf. Alle Restfarbe war aus seinem ohnehin schon bleichen Gesicht gewichen.

»Wenn Sie ihr etwas antun ...«

»Wenn Sie machen, was ich Ihnen sage, wird Ihrer Familie kein Haar gekrümmt.«

»Was wollen Sie?«, fragte der Arzt leise.

»Im Grunde möchte ich nur, dass Sie mein Gehirn biopsieren«, sagte Singer. »Sie haben die dafür nötigen Geräte zu Ihrer Verfügung. Sie kennen das menschliche Gehirn.«

»Ich soll Sie ... was?«

»Biopsieren, Doktor Bissinger. Noch heute.«

Singer nahm die Perücke vom Kopf, legte seinen kahl geschorenen Schädel frei und deutete auf die Wunden an seiner Schläfe, über die sich mittlerweile schon wieder dichtes Kollagengewebe gebildet hatte.

»Alles, was Sie tun müssen, ist, einen Stanzzylinder aus meinem Gehirn zu holen. Und zwar so, dass Sie mir dabei möglichst wenig Schaden zufügen. Für einen Mann mit Ihrem Ruf sollte das kein größeres Problem darstellen, oder?«

Bissinger starrte ihn an.

»Erst gestern wurde eine Patientin mit sehr ähnlichem Verletzungsmuster eingeliefert«, sagte er tonlos. »Wer …? Sind Sie auch in die Schießerei am Frachtbahnhof …«

»Nachdem Sie die Probe gewonnen haben, werden Sie sie unter dem Mikroskop untersuchen«, unterbrach ihn Singer. »Sie werden feststellen, dass sie höchst ungewöhnliche Zellen enthält. Sie werden die Probe mit Kochsalz verdünnen und dann zentrifugieren. Die Zellen werden sich in der Lösung auf dem Boden absetzen. Den Überstand kippen Sie weg und verdünnen die Zellen ein weiteres Mal mit Kochsalz. Selbstverständlich arbeiten Sie die ganze Zeit über steril. Das beschriebene Gemisch ziehen Sie dann in eine ebenso sterile Spritze auf, die Sie mir übergeben werden.«

»Und was haben Sie damit vor?«, fragte Bissinger.

»Das werden Sie dann sehen.«

Bissinger zeigte keine Reaktion.

»Wenn Sie nicht genau das tun, was ich Ihnen sage, bringen Sie Ihre Familie in unnötige Gefahr«, sagte Singer. »Das wollen wir vermeiden, nicht wahr?«

Bissinger hob hilflos die Hände in die Höhe.

»Denken Sie an Ihre Familie«, sagte Singer. »Ich meine es ernst.«

Damit stand er auf.

»Wohin wollen wir gehen?«, fragte er. »Ich nehme nicht an, dass Sie es hier in Ihrem Büro tun wollen.«

»Das darf doch alles nicht wahr sein«, sagte Bissinger. »Was hat man mit Ihnen gemacht? Warum haben Sie gottverdammte Löcher im Schädel?«

Doch er stand auf.

»Wohin wollen wir gehen?«, wiederholte Singer.

»In den Operationssälen wird operiert«, sagte Bissinger resigniert. »Nicht in allen, aber trotzdem würden die Leute, die uns sehen, hinterfragen, wer Sie sind und was ich hier mit Ihnen tue.«

»Was sind die Alternativen?«

»Mir fällt nur eine ein. An dem Ort, wo es noch Biopsiegeräte und auch Mikroskope gibt und der um diese Zeit leer sein wird. Die alte Pathologie. Die ziehen gerade um.«

»Gehen wir«, sagte Singer.

Bissinger ging schweigend vor bis zur Tür. Nahm seinen Kittel vom Kleiderständer und zog ihn so langsam an, als wäre er in Trance.

»Doktor? Denken Sie dran, wenn Sie auf dem Weg auch nur ein Wort gegenüber irgendjemandem verlieren, involvieren Sie Ihre Familie auf eine Weise in die ganze Angelegenheit, die nicht sehr wünschenswert wäre, für alle Beteiligten. Wenn mein Kamerad nicht alle fünfzehn Minuten einen Anruf von mir erhält ...«

»Ich habe verstanden, dass Sie es ernst meinen«, sagte Bissinger trocken. »Folgen Sie mir.«

# 48

Singer öffnete die Augen und wusste im ersten Moment nicht, wo er sich befand. Er ertastete das Kissen unter seinem Kopf, die Decke über und die Matratze unter sich. Mit einem Satz fuhr er hoch und blickte sich um. Erkannte das Zimmer und wurde ruhiger.

»Von den Toten erwacht«, hörte er eine Stimme neben sich und drehte den Kopf. »Willkommen zurück.«

Vera hatte sich in dem Stuhl vorgelehnt und lächelte ihn an. Die Sonne draußen vor dem Haus stand tief, der Raum war in Zwielicht getaucht.

Singer starrte auf seine Uhr, laut der er fast vierundzwanzig Stunden geschlafen hatte.

»Irgendwann haben wir begonnen, uns Sorgen zu machen, und regelmäßig deinen Atem geprüft«, sagte Vera. »Ganz schön tiefer Schlaf, muss ich sagen.«

Singer rieb sich übers Gesicht. Starrte eine ganze Weile gegen die Wand. Die Szenen im Sezierraum spielten sich vor seinem geistigen Auge erneut ab. Er fühlte das kalte Desinfektionsmittel wieder auf der Haut. Hörte das leise surrende Biopsiegerät dicht an seinem Ohr.

Bissinger brauchte nicht länger als eine halbe Minute, aber Singer kam es vor, als wären es Stunden. Noch einmal eine halbe

Stunde, bis der Doktor die Zellen mit der Lösung im Nebenraum aufbereitet hatte, sie in eine kleine Spritze aufzog und Singer reichte.

In der Zwischenzeit hatte Singer nur so getan, als würde er Sam in Bissingers Haus anrufen. Bissinger musste ja nicht wissen, dass die Mission bei fehlender Kooperation abgebrochen worden wäre.

»Und was haben Sie jetzt damit vor?«, fragte Bissinger.

»Sie erinnern sich an die Patientin, die Sie gestern Nacht operiert haben«, sagte Singer. »Die Patientin, die mit Schusswunde im Rücken eingeliefert wurde.«

Bissinger nickte kaum merklich.

»Ich möchte nicht akzeptieren, dass sie den Rest ihres Lebens als querschnittsgelähmter Pflegefall verbringt«, sagte Singer. »Sie wird die Spritze mit meinen Zellen erhalten.«

»Das können Sie nicht ernst meinen«, sagte Bissinger, und seine Stimme klang mit einem Mal keuchend. »Was Sie vorhaben ... ein menschlicher Körper reagiert doch auf fremdes Gewebe! Sie werden die Frau umbringen!«

»Das wird nicht passieren.«

»Ich weiß nicht, was Sie denken«, sagte Bissinger mit erstickter Stimme. »Ich selber habe besagte Patientin operiert, und zwar mehrere Stunden lang. Es ist mir gelungen, die Kugel aus ihrem Körper zu entfernen, aber ihr Rückenmark ... Der Vorfall mag für sie ein harter Schlag sein, und es ist sicherlich nicht leicht, die Tatsachen zu akzeptieren, aber die Kugel hat ihr Rückenmark im unteren Hals- und oberen Brustwirbelbereich zu drei Vierteln durchtrennt. Ich bedaure es sehr, aber ich muss Ihnen sagen, dass es undenkbar ist, dass Ihre Freundin sich abwärts des Halses noch einmal bewegen wird.«

Er schüttelte den Kopf. Wischte sich mit dem Kittelärmel den Schweiß von der Stirn.

»Als mittlerweile fünfundzwanzig Jahre tätiger Chirurg versichere ich Ihnen, dass das niemand auf der Welt ändern kann. Nicht ich, kein anderer Chirurg weltweit, und schon gar nicht Sie mit diesen seltsamen Zellen, die in Ihrem Gehirn wachsen. Wissen Sie, wie schwerwiegend der Körper reagieren kann, wenn fremdes Gewebe in ihn eingebracht wird? Ich spreche von Abstoßungsreaktionen und Blutvergiftungen, alles ist möglich. Wollen Sie das etwa? Wollen Sie Ihrer Freundin tatsächlich das Leben nehmen? Sie sollten Gott dafür danken, dass sie überhaupt noch selbstständig atmen kann.«

»Es gibt keine Abstoßungsreaktionen auf die Zellen«, sagte Singer.

Bissinger hob hilflos die Hände in die Höhe.

»Sie haben keine Wahl, Doktor, so leid es mir tut, Ihnen das sagen zu müssen. Los jetzt.«

Gemeinsam gingen sie hoch in den Patiententrakt, vorbei an dem Polizisten und hinein in Lories Zimmer. Der Polizist kümmerte sich nicht um sie. Singer trug wieder Kittel und die Perücke, die den Verband an seinem Kopf verdeckte. Er schickte die Wachschwester raus auf den Flur und schloss die Tür. Lorie drehte den Kopf in ihre Richtung und starrte sie mit großen Augen an.

»Fräulein, ich kann alles erklären ...«, begann Bissinger, aber Lorie unterbrach ihn.

»Was hast du getan?«, fragte sie an Singer gewandt.

Singer setzte sich an ihr Bett. Nahm ihre Hand unter der Bettdecke hervor. Krempelte den Ärmel hoch, bis ihr Oberarm freigelegt war. Dann holte er die Spritze mit dem gelblichen Inhalt aus der Kitteltasche und hielt sie hoch.

»Was ist das?«, fragte Lorie tonlos.

»Sie ist entkommen«, sagte Singer leise. »Aber wir sollten den Zellen auch die Chance geben, Gutes zu tun.«

»David«, sagte Lorie, und ihre Stimme bebte. »Woher hast du diese Zellen?«

Singer steckte die mitgebrachte Kanüle an die Spritze. Er lächelte sie an.

»Diesmal hatte ich wenigstens einen vertrauenswürdigeren Neurochirurgen, der sie da rausgeholt hat.«

»Du hast ... du hast ...«

»Schsch«, sagte Singer und stach die Kanüle sanft in ihre Ellenbeuge. So wie es die Schwestern in IARIAs Medizinfakultät all die Male bei ihm getan hatten. Es war kein Hexenwerk.

Er zog den Stempel erst zurück. Blut floss in die Spritze, was bedeutete, er hatte die Vene getroffen. Er injizierte das Blut mit der gelblichen Zellflüssigkeit zusammen zurück in ihre Vene. Zog die Nadel heraus und legte sie auf den Nachttisch. Drückte mit einem bereitgehaltenen Tupfer auf die Wunde und band einen Klebestreifen zur Befestigung darüber. Dann stand er auf.

»Die Wirkung wird schnell eintreten«, sagte er. »Aber es kann dauern, bis die Zellen ihre maximale Leistung entfalten. Hab Geduld, okay?«

»David, ich ...«

»Versuch, ein wenig zu schlafen«, sagte Singer. Er wandte sich um. Blickte in Bissingers entsetztes Gesicht.

»Sie haben sie umgebracht«, sagte der Chirurg fassungslos. Aber Singer schüttelte den Kopf.

»Begleiten Sie mich noch zum Eingang, bitte.«

»Ich muss hierbleiben, falls ich gleich wiederbeleben muss.«

»Die Schwester wird sie beobachten«, sagte Singer. »Gehen wir.«

Widerwillig folgte ihm der Arzt aus dem Zimmer, aber nicht ohne die Nachtschwester zu beauftragen, besonders aufmerksam zu sein.

Vor einem Telefon nahe dem Hauptausgang hielt Singer Bissinger noch einmal an.

»Ich arbeite für eine große Organisation, Doktor«, sagte er. »Wir wissen jetzt, wo Sie und Ihre Familie wohnen. Ein einziges Wort über das, was heute Abend geschehen ist, und Ihr Familienglück könnte sich schnell wenden.«

Dann rief er bei Bissinger zu Hause an und gab Sam grünes Licht zu verschwinden. Er reichte Bissinger den Hörer, damit dieser mit seiner Frau sprechen konnte, und ließ ihn stehen. Den Kittel zog er aus und warf ihn in den nächsten Mülleimer.

Sam hatte ihn ein paar Straßen weiter aufgegabelt, Bissingers Haus befand sich nicht weit von der Klinik. Zusammen waren sie zum OS-Stützpunkt nach Nymphenburg gefahren.

»Wie geht es ihr?«, fragte Singer nun.

Als Antwort verbreiterte sich Veras Lächeln.

»Jetzt sag schon!«

»Ich habe Bissinger angerufen«, sagte sie. »Vor etwa zwei Stunden. Lorie geht es deutlich besser. Sie kann sowohl die Arme als auch die Beine wieder bewegen. Sie hat selbst zu Abend gegessen und ist sogar schon eigenständig zur Toilette gegangen.«

Singer lehnte sich im Bett zurück. Eine Wärme stieg in seinem Inneren auf und breitete sich aus. Er kam nicht umhin zu lächeln.

»Bissinger spricht von einem Wunder«, sagte Vera weiter. »Er habe so etwas noch nie zuvor gesehen.«

»Ich würde sie gern besuchen«, sagte Singer. »Aber ich weiß schon, dass das nicht geht.«

Vera schüttelte den Kopf.

»Selbst wenn Bissinger wirklich niemandem etwas von dem Vorfall erzählt hat. Irgendwann schöpfen die Leute Verdacht. Die anderen Kollegen, die Schwestern, die Polizei, irgendwer. Lorie ist eine Unbekannte, die verdächtigt wird, in eine der größten Schießereien verwickelt zu sein, die München jemals erlebt hat. Außerdem wirst du immer noch polizeilich gesucht.«

Singer nickte und blickte aus dem Fenster.

»Unsere Leute behalten die Situation im Auge«, sagte Vera. »Sie beobachten, wie sich ihr Zustand entwickelt. Dann können wir überlegen, wie wir weiter vorgehen.«

Vera legte ihm die Hand auf den Arm.

»Du hast Lorie ihr Leben zurückgegeben«, sagte sie. »Ich kenne nicht viele, die sich für andere in ihr eigenes Gehirn bohren lassen würden. Wahrscheinlich bist du der selbstloseste Mensch, den ich jemals getroffen habe.«

»Das hat vorher noch nie jemand zu mir gesagt«, sagte Singer.

»Vielleicht, weil es bisher nie gestimmt hat«, sagte Vera.

# 49

Es vergingen vier Tage bis zu Lories vollständiger Genesung. Und das war nicht alles.

»Es ist, als hätte überhaupt nie ein Trauma stattgefunden«, sagte Doktor Bissinger zu Singer am Telefon. Aus seiner Stimme klangen Ungläubigkeit und Begeisterung gleichermaßen. Davon, dass Singer vor nicht allzu langer Zeit seine Familie bedroht hatte, war nichts mehr zu spüren.

»Ihr Körper ist beweglich wie der einer Tänzerin, und in den mentalen Tests schneidet sie jeden Tag besser ab. Dann ist da noch die Wunde an ihrem Rücken, mit der sie eingeliefert wurde. Die Schusswunde, die fast ihr gesamtes Rückenmark durchtrennt hatte. Die Wunde – sie ist einfach weg! Nichts mehr da, kaum noch eine Narbe! Selbiges mit der Schnittwunde an ihrer Stirn, die bis zum Knochen gereicht hat. Das kann doch nicht möglich sein!«

»Sie sehen, dass es möglich ist«, sagte Singer.

»Hören Sie«, sagte Bissinger am anderen Ende der Leitung. Seine Stimme klang beschwörend. »Ich weiß nicht, was Sie ihr verabreicht haben. Ich weiß es einfach nicht. Aber ich glaube Ihnen jetzt. Ich glaube Ihnen alles, was Sie gesagt haben.«

»Schön.«

»Wie von Ihnen angeordnet habe ich die andere Probe bisher nicht angerührt. Sie ist jederzeit bereit, sollte sich Hanna Singers Zustand verschlechtern. Auch wenn es momentan absolut nicht so aussieht.«

»Gut.«

»Ich möchte ich Sie fragen ... Würden Sie in Erwägung ziehen, sich noch einmal von mir untersuchen zu lassen? Die Zellen in Ihrem Körper, die Sie erwähnt haben ... sie könnten auch an anderen Stellen als Ihrem Gehirn vorkommen. Sie könnten diese Zellen untersuchen lassen, vielleicht einen Teil davon spenden. Unheilbare Krankheiten könnten innerhalb kürzester Zeit ...«

»Danke für alles, Doktor«, sagte Singer und legte den Hörer auf.

Jegliches Lebenszeichen vom Institut blieb nach den Sprengernachrichten aus. Die Leute in dem Haus in Nymphenburg waren weniger geworden, nachdem Vera die Hälfte von ihnen wieder an ihre eigentlichen Posten geschickt hatte. Die andere Hälfte suchte weiter nach Meredith, auch wenn niemand mehr wirklich damit rechnete, dass sie sich nach wie vor in dieser Zeit befand.

Akar hatte sich die meiste Zeit des Tages in den Keller des Hauses zurückgezogen. Niemand wusste, was er dort unten tat. Die Ringe unter seinen Augen waren tief und schwarz geworden, aber er war voller positiver Energie wie immer.

Zwei Tage nach Singers Telefongespräch mit Doktor Bissinger, frühmorgens, noch bevor die Sonne ganz aufgegangen war, klingelte es an der Haustür.

Vera warf einen Blick aus dem Fenster, sah Singer an und lächelte.

»Vielleicht möchtest du zur Tür gehen, David«, sagte sie.

Singer öffnete. Der Mund blieb ihm offen stehen.

Lorie stand vor ihm.

Sie lächelte das schönste strahlende Lächeln, dass er jemals gesehen hatte. Nicht nur ihr Lächeln strahlte, sondern auch ihre Augen, ihr Gesicht, ihr ganzer Körper. Sie trug ein Kleid, das beige war, halblang und schulterfrei. Das Dekolleté war mit aufwendigen Stickereien verziert. Lorie sah aus, als würde sie von einem Ball kommen, nicht aus dem Krankenhaus.

Sie fiel Singer so stürmisch um den Hals, dass er für einen Moment beinahe das Gleichgewicht verloren hätte. Singer gelang es gerade noch, die Tür zu schließen.

Vera und Akar standen hinter ihnen. Lorie umarmte sie beide genauso lange und innig.

»Ich habe bisher nie an Wunder geglaubt«, sagte Vera. »Aber dich so zu sehen kann man nur schwer anders beschreiben.«

Lorie gab Vera einen Kuss auf die Wange. In ihren Augen standen Tränen.

Vera lächelte.

»Hübsches Kleid.«

Lorie stellte sich in die Mitte des Raums, drehte sich einmal im Kreis.

»Schön, nicht wahr?«, sagte sie. »Das hab ich aus der Schwesternumkleide geklaut. Jeder hat mich angesehen, als ich aus dem Krankenhaus raus bin. Niemand hat angenommen, dass ich die bin, die vor einer Woche angeschossen wurde.« Sie blickte an dem Kleid hinab. »Ich hoffe nur, dass niemand darin heiraten wollte.«

»Wir werden es an seinen Platz zurückbringen lassen«, sagte Vera.

»Wie bist du an dem Polizisten vorbeigekommen?«, fragte Singer.

Lorie stemmte die Hände in die Hüfte und hob die Brauen.

»Tu nicht so, als hätte der wirklich ein Problem dargestellt«, sagte sie. »Alles ist so unglaublich leicht. Alles geht so einfach auf einmal. Meine Gedanken, sie sind um so vieles schneller. Es ist, als sähe ich die Welt das erste Mal in aller Schärfe. Ich sehe alles, einfach alles!«

Sie seufzte und grinste und ging auf Singer zu.

»Ich fühle mich so lebendig wie nie zuvor«, sagte sie.

»Die Westerzellen haben ganze Arbeit geleistet«, sagte Singer.

Lorie blickte ihm direkt in die Augen, ohne etwas zu sagen. Singer erwiderte ihren Blick.

Lorie sagte:

»Ich sollte mir was anderes anziehen gehen.«

Sie hörte nicht auf, Singer anzusehen. Singer konnte gar nicht genug von ihrem Anblick bekommen. Lorie, auf eigenen zwei Beinen stehend, lächelnd und glücklich.

Aus den Augenwinkeln sah er, wie Vera und Akar sich dezent zurückzogen.

»Gehen wir hoch«, sagte Lorie. »Ich brauche jemanden, der mir den Reißverschluss öffnet.«

Sie nahm seine Hand und führte ihn die Treppe hoch. Hinein in das Gästezimmer, in dem sie gesessen hatten, bevor sie in den Club aufgebrochen waren.

Lorie schloss die Tür hinter ihnen.

Sie standen einander gegenüber. Lories Augen wirkten noch größer als zuvor, ihre braunen Locken sahen im Licht der aufgehenden Sonne beinahe blond aus.

»Du hast dir noch mal in den Kopf bohren lassen«, sagte Lorie mit gesenkter Stimme. »Für mich.«

»Klingt absurd, wenn du es so sagst«, sagte Singer.

»Ich weiß nicht, ob die Aktion das Unheimlichste ist, was ich jemals erlebt habe, oder das Romantischste.«

Lorie streckte die Hand aus. Berührte sanft sein Gesicht. Singer legte seine Hand auf ihre, ohne den Blick abzuwenden. Lorie beugte sich vor und küsste ihn. Ihre Lippen waren warm und weich, die Berührung zaghaft.

»Warum hast du das getan?«, flüsterte sie.

Singer zuckte mit den Schultern.

»Ich würde es noch mal tun«, sagte er. »Um dich so sehen zu können, wie du jetzt bist.«

Sie küsste ihn erneut.

Es dauerte nur wenige Sekunden, bis sie ihrer Leidenschaft freien Lauf ließen. Er zog sie näher an sich, und sie krallte ihre Finger in sein Hinterteil. Er küsste ihren Mund, ihre Wangen, ihren Hals. Sie biss ihn leicht, und sie kicherte und stöhnte gleichzeitig und zog seinen Kopf fester zu sich. Er wanderte mit den Fingern über ihren Körper. Fand den Reißverschluss des Kleids am Rücken und zog ihn hinunter. Ganz langsam, während seine anderen Finger sanft über ihren Rücken glitten. Das Kleid fiel zu Boden, sie trug nichts darunter.

Ein Schauder durchfuhr ihren Körper, als sie mit einem Mal nackt vor ihm stand.

Für einen Moment hörte Singer auf, sie zu küssen. Machte einen Schritt zurück. Sie strich sich eine Strähne aus dem Gesicht. Ihr Blick war leidenschaftlich und spielerisch und verletzlich.

Sie legte den Kopf schief. Ließ es zu, dass er ihren Anblick voll und ganz in sich aufnahm. Das Lächeln, das auf ihren Lippen erschien, war herausfordernd und schüchtern zugleich.

»Wow«, sagte Singer nur. Dann zog er sie erneut zu sich und hob sie hoch.

Sie lachte, und er küsste sie, und ohne damit aufzuhören, ging er hinüber zum Bett. Er legte sie darauf ab, und sie ließ sich zurückfallen.

Er küsste sich an ihrem Körper hinunter. Als er bei ihrem Bauchnabel angekommen war, begann sie auf einmal zu kichern.

»Nicht da«, sagte sie. »Ich bin kitzlig.«

Stattdessen drückte sie seinen Kopf noch weiter hinunter. Er küsste ihre Oberschenkel. Zuerst die Außenseite, dann innen. Spielte mit ihr, bis sie vor Lust ihr Stöhnen nicht mehr unterdrücken konnte. Ihre Hüften begannen, zu kreisen, immer schneller und wilder. Ihr Stöhnen wurde lauter und lauter, bis sie sich selbst ein Kissen nahm und es sich aufs Gesicht drückte.

Es dauerte nicht lange, bis sie eine Pause brauchte.

Währenddessen zog sie ihn aus. Musterte ihn genauso, wie er sie gemustert hatte, als er nackt vor ihr stand. Berührte dann seine Brust. Seine Oberschenkel. Seinen Po.

Auf einmal lachte sie los.

»Ich bin schon so lange hier in dieser Zeit, dass ich ganz vergessen hatte, dass ihr Männer der Zukunft alle ausseht wie Vorpubertierende.«

»Wie bitte?«

»Dort unten«, sagte sie.

Es dauerte einen Augenblick, bis Singer verstand, was sie meinte.

»Ich …«

»Ja?«

»Ich mag es, ordentlich zu sein.«

Sie lachte noch einmal, schüttelte den Kopf. Legte sich neben ihn aufs Bett und streckte ihre Arme nach ihm aus, und er folgte der Aufforderung.

Die Zeit blieb stehen.

Es war ein seltsames Gefühl. Zwischen ihnen war eine Vertrautheit, als würden sie sich schon Jahre kennen.

Hinterher lagen sie eine ganze Weile fest umschlungen, ohne zu sprechen.

Lorie hatte ihr Gesicht an Singers angelehnt. Mit den Fingerspitzen streichelte er über ihren Rücken. Von der Stelle, an der die Kugel über ihrer Wirbelsäule eingedrungen war, war nichts mehr übrig außer einer winzigen narbigen Hautunebenheit.

»Wenn ich jetzt ein Kind bekomme«, sagte Lorie schließlich, »wäre sein Vater im Jahr 1994 geboren. Ich habe schon viele verrückte Dinge erlebt, aber die Zeit mit dir übertrifft alles.«

»Ich wünschte, ich könnte das ändern«, sagte Singer.

Sie lächelte und drückte ihm einen Kuss auf die Wange.

»Würde ein Westerbaby werden«, sagte Lorie.

Singer sagte nichts.

»Ich mache nur dumme Witze«, sagte Lorie. »Die Zellen sind nun mal ein Teil von dir. Unabhängig davon, was geschehen ist.«

»Okay«, sagte Singer und drehte sich zu Lorie. »Vielleicht würde unser Baby schneller wachsen als gewöhnliche Babys. Vielleicht sollten wir es einfach so lange versuchen, bis es klappt. Der Wissenschaft zuliebe.«

Lorie lachte und gab ihm einen sanften Schlag auf die Schulter.

»So, wie es aussieht, stecke ich hier ohnehin noch eine ganze Weile fest«, sagte Singer. »Vielleicht für immer. Wir haben also Zeit.«

Lorie richtete sich auf, und ihr Blick war ernst geworden.

»Was meinst du damit?«, fragte sie.

Also erzählte Singer ihr alles, was sie noch nicht über Elsa Merediths Plan wusste.

»Sie hat hundert Millionen Menschen getötet und dabei den Light Speed Particle Collider zerstört, deshalb sitze ich hier fest«, endete er.

Lories Blick war starr geworden.

»Elsa Meredith ist dort auf freiem Fuß«, sagte sie tonlos. »Sicher hat sie sich mit ihren Westersoldaten vor der Explosion in Sicherheit gebracht, und die hundert Millionen waren erst der Anfang. Wenn es ihr gelingt, eine Revolution zu starten, werden noch weitere Millionen Menschen ihr Leben lassen.« Sie schüttelte den Kopf. »Und wir sitzen hier fest und können nichts tun.«

»Warten wir ab«, sagte Singer.

# 50

Zwei Tage später rief Akar sie zu sich in den Keller.

Vera stand neben ihm, die Arme verschränkt, die sonst so glatte Stirn besorgt in Falten gelegt.

Der Tisch, an dem Akar stand, war einer der wenigen Einrichtungsgegenstände in dem Raum. Handgezeichnete Pläne überall: an die Wände gehängt, auf dem Boden, auf dem Tisch, dazwischen Unmengen an Werkzeugen. Das Zentrum des Tischs aber bildete der aufgeklappte Aktenkoffer, in dem sich der dritte und letzte Sprenger befand.

Akar trug eine Lupenbrille um den Kopf, die er hochklappte, als sie eintraten.

»Was … was ist das hier?«, fragte Lorie überrascht.

Akar atmete tief ein und aus, bevor er zu sprechen anfing.

»Wir hatten drei Sprenger vom Institut gestellt bekommen«, sagte er. »Wir haben zwei dafür benutzt, Nachrichten ans Institut zu schicken. Zwei vergebliche Versuche der Kontaktaufnahme. Der letzte Sprenger ist übrig geblieben. Wir hätten es noch mal mit der Kontaktaufnahme versuchen können, aber wenn unsere Befürchtungen zutreffen, gibt es im Jahr 2051 nichts und niemanden mehr, mit dem wir Kontakt aufnehmen können. Was bedeutet, wir würden den dritten Sprenger praktisch verschwenden.«

»Klingt nach einem Aber«, sagte Lorie.

»Ich bin Teilchenphysiker«, sagte Akar. »Wenn auch nicht im Ansatz ein so genialer wie Murakami. Ich hätte niemals auch nur annähernd das erfinden können, was er erfunden hat. Seine Gedankengänge sind so abstrakt, absurd und gleichzeitig genial wie die keines anderen.«

»Du schweifst ab, Schatz«, sagte Vera ungeduldig.

»Richtig, richtig, tut mir leid. Was ich damit sagen möchte, ist, dass ich seine Technologien zwar niemals hätte erfinden können, aber ich verstehe sie.«

Er deutete auf den Sprenger.

»Der Grund, warum bei der Aktivierung bisher immer nur ein sehr kleiner Zeittunnel entstand, liegt in einer von Murakami eingebauten Funktion im Schalterstück, das die Teilchengeschwindigkeit drosselt. Was zur Folge hat, dass unter kontrollierten Umständen der einprogrammierte Tunnel geöffnet werden kann. Wenn man es sich genau überlegt, ist es zweifellos eine große

Errungenschaft, dass sich nicht nur mit dem dreiundsechzig Kilometer langen LSPC ein Zeittunnel schaffen lässt, sondern auch mit diesem verhältnismäßig winzigen Ding.«

»Ein Zeittunnel, durch den Briefe übergeben werden können«, sagte Lorie. »Viel zu klein für einen Menschen.«

Akar sah sie lange an. Dann sagte er:

»Ich habe die Drosselfunktion des Sprengers deaktiviert.«

In dem Raum wurde es sehr still.

Singer starrte Akar an. Lorie starrte Akar an.

»Und was bedeutet das?«, fragten Singer und Lorie gleichzeitig.

»Das ist das Ding«, sagte Akar. »Ich weiß es nicht.«

»Was heißt das, du weißt es nicht?«, sagte Lorie.

»Die Drosselfunktion ist auch eine Art Schutzmechanismus«, sagte Akar. »Die Drähte bestehen aus Magneten, die die Teilchen in dem Hohlraum beschleunigen. Dasselbe Prinzip wie beim LSPC, nur dass beim LSPC die KI und zusätzlich Mitarbeiter auf ihren Computern ständig kontrollieren, dass keine Grenzen überschritten werden.«

»Mit Grenzen meinst du, dass die Teilchen nicht zu schnell werden?«

»Exakt«, sagte Akar. »So kann die Größe der geöffneten Zeittunnels kontrolliert werden und ihre Öffnungsdauer.« Er senkte den Blick. »Und so konnte man bisher immer sicherstellen, dass nicht aus Versehen ein schwarzes Loch entsteht, das die ganze Welt einsaugt.«

Lories Mund öffnete sich ein wenig. Sie bewegte die Lippen, aber es dauerte, bis die Worte aus ihrem Mund kamen.

»Das bedeutet, dass bei der Aktivierung des Sprengers ohne Drosselfunktion das Risiko besteht, dass ein schwarzes Loch aufgeworfen wird?«

»Das – oder ein größerer Zeittunnel, den auch ein Mensch passieren kann«, sagte Akar.

»Aber die Größe des schwarzen Lochs wäre verschwindend gering im Gegensatz zu einem schwarzen Loch, das mit dem LSPC geöffnet wird«, sagte Singer.

Akar nickte.

»Wenn tatsächlich ein schwarzes Loch entsteht, wäre das so klein und instabil, dass wir womöglich nicht einmal etwas davon mitbekommen würden«, sagte er. »Das ist nicht das, worüber ich mir Sorgen mache.«

»Worüber dann?«

»Viele Dinge«, sagte Akar. »Gesetzt den Fall, dass der geöffnete Tunnel tatsächlich so groß ist, dass Menschen hindurchgelangen könnten, heißt das noch lange nicht, dass die Tunnelöffnung auch stabil genug ist, um die komplette Passage von Menschen zu ermöglichen. Das Risiko besteht, dass der Tunnel einfach kollabiert.«

»Klingt beruhigend«, sagte Lorie.

»Außerdem ist die Frage, wohin er sich öffnet«, sagte Akar. »Wir kennen das Ausmaß der Zerstörung des IARIA und in seinem Umkreis nicht. Es ist sehr wahrscheinlich, dass es die Insel von Alrouillers nicht mehr gibt. Möglich auch, dass es den gesamten Ärmelkanal und alles rundherum nicht mehr gibt. Wir haben keinerlei Erfahrungswerte, weil glücklicherweise zuvor noch niemand auf eine ähnlich schreckliche Idee wie Elsa Meredith gekommen ist. Vielleicht ist an der Stelle, an der sich das Institut befunden hat, nichts mehr als eine Steinwüste – und das Ende des Tunnels liegt irgendwo in hundert Meter Höhe, irgendwo in der Luft, wo einmal das Institut gewesen war.«

»Wie hoch schätzt du die Wahrscheinlichkeit ein, dass die Tunnelpassage für Menschen nutzbar wäre?«, fragte Singer.

Akar sah ihn an.

»Wenn sich ein so großer Tunnel überhaupt öffnet, und das ist ein großes Wenn, dann ehrlicherweise eher gering. Vielleicht dreißig Prozent. Vielleicht vierzig. Wahrscheinlich weniger als vierzig.«

»Also dreißig Prozent, dass alles gut geht«, sagte Singer.

»Vielleicht mehr«, sagte Lorie.

»Ein Risiko«, sagte Singer.

»Aber eines, das sich auszahlen könnte, einzugehen«, gab Lorie zurück. »Vielleicht ja, vielleicht nein. Wie alles im Leben eine Fünfzig-Prozent-Chance.«

»Du hast recht«, sagte Singer. »Mit etwas Glück könnte ich die Welt darüber aufklären, wer Schuld an der Katastrophe hat. Möglich, dass wenigstens Elsa Merediths Pläne von der Weltrevolution noch verhindert werden können. Wenn man sie nicht schon längst verhaftet hat.«

»Nach all dem, was geschehen ist, zweifele ich daran«, sagte Lorie.

»Werden wir hier auf jeden Fall nicht erfahren«, sagte Singer. »Und deshalb muss ich versuchen, zurückzugehen.«

Lorie nickte.

»Dann komme ich mit dir.«

»Nein, Lorie.«

»Du wirst jede Unterstützung brauchen, die du bekommen kannst«, sagte Lorie. »Ich bin hier die Einzige neben dir, die Westerzellen in sich trägt. Ich bin die Einzige, die in einer anderen Zeit überleben kann.«

»Wenn wir die Passage durch den Tunnel überleben«, sagte Singer. »Mit einer dreißigprozentigen Wahrscheinlichkeit.«

»Pessimistisch gesehen«, sagte Lorie. »Ich bin Optimistin, und meiner Meinung nach liegen unsere Chancen bei fünfzig Prozent. Entweder wir haben Erfolg oder nicht. Ja oder nein. Fünfzig Prozent.«

Singer wollte etwas sagen, aber er sah die Entschlossenheit in Lories Blick und schwieg.

»Ihr werdet Ausrüstung brauchen«, sagte Vera und wandte sich zur Treppe. »Ich werde ein paar Anrufe machen.«

## 51

Es war gegen Abend, als Vera Lorie und Singer raus aus der Stadt fuhr. Es dauerte eine Stunde, und die Sonne war schon fast untergegangen, als sie ihr Ziel erreichten. Ein riesiges Feld, über das Strommasten liefen. Und um das sich in einem Umkreis von zwei Kilometern nichts anderes befand. Keine Häuser, keine Menschen. Zur Sicherheit, um niemanden sonst zu gefährden. Niemand hatte zuvor jemals einen Sprenger ohne Drosselfunktion gestartet.

Vera war mit ihrem Pick-up von der Landstraße zuerst auf einen Feldweg eingebogen, und hatte schließlich auch den verlassen, um direkt über das Feld zu fahren.

In nächster Nähe zu einem Strommasten stand ein Geländewagen, davor war ein Klapptisch aufgebaut.

Schon aus der Ferne war Akar zu erkennen, und die dicken Kabel, die von den Stromleitungen auf den Masten direkt zu dem Klapptisch und dem in der Sonne glitzernden silbernen Aktenkoffer darauf hinunterführten.

Vera parkte neben Akars Geländewagen, und sie stiegen aus.

Lorie und Singer trugen Pilotenjumpsuits, darunter Neoprenanzüge, darüber eine Schwimmweste und auf dem Rücken einen Fallschirmrucksack. Beide hatten Helme und Schutzbrillen auf dem Schoß. Der Rest der Ausrüstung befand sich in den Taschen ihrer Anzüge. Vera hatte sichergestellt, dass sie so gut wie möglich vorbereitet waren, egal auf welches Terrain sie trafen.

»Der Observation Squad wird weiterhin nach deinen Eltern sehen«, sagte Vera. »Du hast mein Wort, dass ihnen nichts geschehen wird.«

Singer nickte.

»Danke für alles, was ihr getan habt«, sagte er.

Sowohl Vera als auch Akar umarmten Lorie lange und innig.

Lorie salutierte.

Vera wischte sich die Tränen aus den Augen. Dann kam sie auf Singer zu und umarmte auch ihn.

»Es war uns eine Ehre«, sagte Vera.

»Die Ehre ist auf meiner Seite«, sagte Singer und umarmte sie und dann Akar.

»Lasst Sam von mir grüßen«, sagte Singer.

Dann ging Akar rüber zu dem Klapptisch, auf dem der Sprengerkoffer stand.

»Es ist der 12. Juli 1969«, sagte Akar. »Was bedeutet, ihr solltet am 12. Juli 2051 aus dem Tunnel kommen. Ihr müsst diesen Schalter umlegen, und der Sprenger macht den Rest. Er ist mit der Stromleitung dort oben verbunden, wie unschwer zu erkennen ist, also um ausreichend Energie müssen wir uns wohl keine Sorgen machen. Einfach den Schalter umlegen. Mehr ist es nicht.«

»Bekommen wir hin«, sagte Lorie.

»Vielleicht passiert auch gar nichts, und ich habe das Teil zerstört«, sagte Akar. »Vielleicht gibt es in der Umgebung eine kurze Störung des Stromnetzes, was auch noch zu verkraften wäre. Vielleicht aber …«

Er brach ab und schüttelte den Kopf.

»Wir bleiben in der Nähe und kommen in einer halben Stunde wieder, um zu sehen, ob ihr noch da seid.« Er nickte, um sich selbst zu bestätigen.

Damit stiegen Vera und Akar in ihre Autos.

»Gute Reise, Kameraden«, sagte Vera, bevor sie aufs Gas trat und hinter Akar herfuhr.

Lorie und Singer blieben allein zurück.

Sie lauschten, wie das Geräusch der Automotoren leiser wurde. Die Vögel um sie herum zwitscherten. Ein warmer Wind blies sanft über das Feld. Lorie atmete tief ein und blies die Luft durch den Mund wieder aus.

»Du kannst immer noch hierbleiben«, sagte Singer.

»Das würde mir noch mehr Angst machen als das hier«, sagte Lorie. »Hierzubleiben und nichts zu tun.«

Sie küssten sich lange. Singer genoss jeden Augenblick. Die Wahrscheinlichkeit, dass es ihr letzter Kuss sein würde, war hoch.

»Du bist das Beste, was mir in der letzten Zeit passiert ist«, sagte Singer.

Lorie hob eine Augenbraue.

»Das ist ja süß von dir«, sagte sie in ironischem Ton. »Unter all dem Tod und dem Leid und den Gehirnbohrungen bin ich das Beste, was dir passiert ist.«

Singer grinste.

»Möchtest du es noch mal versuchen?«, fragte Lorie. »Mir vielleicht etwas Nettes sagen, meine ich, bevor wir gleich in einem ultrainstabilen Tunnel durch die Zeit reisen und wahrscheinlich während der Passage von kosmischem Druck erdrückt werden?«

Er nahm ihre Hand und küsste sie.

»Die Möglichkeit besteht«, sagte er, »dass unsere Begegnung das Beste ist, was mir in einer sehr, sehr langen Zeit passiert ist.«

Lorie nickte.

»Klingt ein bisschen besser«, sagte sie. »Auch wenn es sich sehr stark nach Floskel anhört. So was, was du jeder deiner Frauen sagst, sodass sie den Mund halten.«

Singer küsste sie erneut.

»Ich habe das noch nie zu einer Frau gesagt«, sagte er, und es war die Wahrheit.

Sie blickten auf den Sprenger vor ihnen. Auf die winzigen drahtähnlichen Röhrchen, die aussahen wie ein Knäuel.

»Bereit?«, fragte Singer.

Lorie nickte.

»Während du dich im Tunnel befindest, musst du die Luft anhalten«, sagte er. »Es gibt keinen Sauerstoff darin. Außerdem solltest du die Schutzbrille dicht aufsetzen, um die Netzhaut nicht zu überlasten. Ich habe Leute gekannt, die während einer Tunnelpassage erblindet sind.«

»Okay«, sagte Lorie mit gesenkter Stimme.

Singer legte den Startschalter des Sprengers um. Dann stellte er sich neben Lorie. Rasch zogen sie ihre Helme an, klappten die Schutzbrillen herunter und schlüpften in ihre Handschuhe.

Blickten beide auf den Koffer hinunter.

Nichts geschah.

Zehn Sekunden verstrichen, dann zwanzig, dreißig.

»Ist das Ding kaputt?«, fragte Lorie.

Singer schwieg. Eine volle Minute verstrich, ehe sie die Frage wiederholte.

Singer schwieg.

Nach einer weiteren Minute begann Lorie zu fluchen.

»Das darf doch nicht wahr sein!«, rief sie. »Das …«

»Sieh hin«, sagte Singer, und Lorie verstummte augenblicklich.

Die Drähte hatten zu glühen begonnen. Orange zuerst, dann gelb und letztendlich weiß.

»Die Teilchen brauchen etwas Zeit, um eine ausreichende Geschwindigkeit zu erreichen, um zu …«

Mit einem Mal begann der Koffer zu vibrieren. Lorie umfasste Singers Hand. Der Koffer wackelte hin und her. Schlug gegen den Tisch, immer schneller, immer heftiger. Der Knall selbst war nicht lauter als der eines Korkens beim Öffnen einer Sektflasche. Dann waren der Koffer und der Tisch und ein Teil des Felds dahinter einfach verschwunden. Stattdessen schwebte dort eine Scheibe. Nur dass es keine Scheibe war, sondern eine undefinierbare formlose Unterbrechung in der Luft, gut zwei Meter breit.

Der Innenteil sah aus wie ein bläulich weißer Strudel und strahlte gelblich aus seiner Mitte. Er sah anders aus als sonst. Kein Gang diesmal. Es war ein Loch.

Aber gleichzeitig geschah noch etwas anderes.

Die Starkstromleitung in zwanzig Meter Höhe, an die Akar das Kabel geklemmt hatte, um Strom für den Sprengerkoffer abzuzweigen, explodierte in einem lauten Knall.

Akars Kabel fingen Feuer, und nur eine Millisekunde später schossen zwei Elektrizitätsbälle die Kabel entlang in Richtung Erde und Sprengerkoffer herab.

»Jetzt oder nie!«, schrie Singer.

»Dann los!«, schrie Lorie zurück, und Singer packte ihre Hand und sie rannten los. Kurz vor dem Loch umschlang Singer Lories Körper. Lorie synchronisierte ihre Bewegungen mit seinen. Sie sprangen gleichzeitig vom Boden ab und stürzten sich vor in das farbige Nichts.

# 2051

## 52

In dem Loch herrschte ein Sog, den Singer bei keiner anderen Reise zuvor erlebt hatte. Anstatt selbstständig zu gehen, rasten ihre Körper schwebend nach vorn. Schneller und schneller, der Druck im Tunnel wuchs innerhalb von Augenblicken ins Unerträgliche. Singers Brust wurde so stark zusammengepresst, dass er nicht anders konnte, als zu schreien. Kein Laut kam hervor.

Er spürte, dass es das Ende war.

Dass sein Körper keine Sekunde länger standhalten würde.

So erging es also den Leuten, die von einer Reise nicht mehr zurückkehrten. So fühlte es sich an, dem kosmischen Druck zu erliegen. So fühlte es sich an, wenn sich der Körper auflöste in seine einzelnen Teilchen.

Doch dann, plötzlich, strömte Luft in seine Lungen. Gleichzeitig schlug er mit der Schulter auf etwas Hartem auf. Ein brennender Schmerz durchfuhr seinen Körper. Er riss die Augen auf. Dunkelheit umgab ihn, aber er befand sich nicht länger im Tunnel.

Er fiel erneut.

Stechende Schmerzen im Gesicht und an den Händen.

Instinktiv kniff er die Augen wieder zusammen, griff blind vor sich.

Bekam mit seiner rechten Hand etwas Hartes, Stabiles, Metallenes zu fassen.

Sein Fall wurde gebremst, aber durch die plötzlich abgestoppte Geschwindigkeit fühlte es sich an, als würde sein Arm aus dem Schultergelenk gerissen. Er konnte sich nicht länger als einen Moment halten. Fiel weiter ins schwarze Nichts unter sich.

Er riss an der Leine an seinem Rucksack. Er hörte, wie der Schirm sich hinter ihm öffnete, und dann wurde sein Fall mit einem jähen, unsanften Ruck gebremst. Er segelte in Richtung Boden, fünf Meter, vielleicht mehr, in der Dunkelheit war es schwer abzuschätzen.

In Vorbereitung auf einen abrupten Bodenkontakt winkelte Singer die Beine an.

Die Landung war sanft. Singers Füße kamen auf der Erde auf. Er lief noch einige Schritte mit dem Schirm mit, bevor er den Rucksack abwarf.

Er sog die Luft in die Lungen. Es roch nach Bäumen und feuchter Erde. Nicht ausschließlich nach kargem Fels. Ein gutes Zeichen.

Was allerdings kein gutes Zeichen war, war die Dunkelheit um ihn herum. Auf dem Feld vorhin war die Sonne gerade eben untergegangen, aber hier herrschte tiefe Nacht.

Die Frage war, welche Auswirkung die Überlastung der Starkstromleitung auf die Tunnelverbindung gehabt hatte.

Auch befand er sich nicht in Alrouillers, so viel stand fest.

Singer bewegte seinen Körper vorsichtig. Beide Schultern schmerzten dumpf – das Gelenk an der Seite, mit der er den Fall abgefangen hatte, und Muskeln und Knochen an der anderen, wo er aufgeschlagen war.

Aber alles funktionierte. Er drehte den Kopf zur linken und dann zur rechten Seite und bewegte seine Beine.

Die Dunkelheit, die ihn umgab, war vollkommen.

Singer holte die Taschenlampe aus der Jackentasche. Das Licht funktionierte, der Pegel weit und stark, was nach der Passage durch den Tunnel und dem anschließenden Fall erstaunlich war.

Singer hatte gewusst, dass er sich in einem Wald befand. Nicht aber, dass er gerade an einem Sendemast heruntergestürzt war. Er musste irgendwo zwischen den Metallstreben aus dem Zeittunnel gefallen sein. Und wenn Lorie mit ihm gefallen war – wo war sie?

Mit der Lampe begutachtete er das Gebilde neben sich. Es stand auf einer Betonplatte und ragte so hoch in den Himmel, dass der

Lichtkegel sich irgendwann in den Metallbalken verlor. Dreißig Meter, vielleicht mehr.

Hinter ihm raschelte es in einem Baum.

Die Luft war so klar, dass er ihre Kleidung riechen konnte.

Er richtete den Strahl der Lampe darauf. Ließ ihn nach oben wandern. Sah, wie Lorie sich die Äste des Baums herunterhangelte und schließlich elegant zu Boden sprang.

»David, alles in Ordnung?«, rief sie, lief auf ihn zu und umarmte ihn. »Wir leben.«

»Ja«, sagte Singer.

»Wir sind nicht auf Alrouillers«, sagte Lorie.

»Wir müssen rausfinden, wo dann«, sagte Singer.

»Und in welcher Zeit«, sagte Lorie. »Hier ist es Nacht.«

Aus der Jackentasche holte Singer den Kompass.

»Wir könnten einfach den Stromleitungen folgen«, sagte Lorie, nachdem sie sich umgeblickt hatte. »Irgendwann werden sie wohl zu einer Siedlung führen.«

»Möglich«, sagte Singer. »Oder sie führen zuerst fünfzig Kilometer durch den Wald.«

Er schloss die Augen. Sog die Luft tief in die Lunge ein. Eine sanfte Brise wehte durch die Bäume.

Nadelbäume.

Feuchtes Tierfell.

Es hatte gerade eben geregnet.

Er roch Rehexkremente und Getreide.

Er öffnete die Augen.

Getreide.

Kein starker Geruch, nur eine kaum wahrnehmbare Note. Kein Feld also. Eine plausiblere Erklärung war Wildtierfutter. Wildtierfutter bedeutete Förster. Förster bedeutete Straße. Straße bedeutete Zivilisation.

Singer deutete in Richtung Nordosten.

»Versuchen wir es da lang«, sagte er. »Wenn wir nichts finden, können wir immer noch zu den Stromleitungen zurück.«

Es dauerte eine Stunde, bis sie an eine Straße kamen. Vierzig weitere Minuten, bis sie zur nächsten Ortschaft gelangten. Die Luft war kühl, aber sie waren in Joggingtempo verfallen, wodurch sie davon nichts mitbekamen. Die Schwimmwesten und die Neoprenanzüge hatten sie ausgezogen und zurückgelassen.

In einem Wäldchen vor der Ortschaft zogen sie letzten Endes auch ihre Jumpsuits aus. Darunter hatten beide einen Jogginganzug an.

Sie trugen die mitgebrachten Pistolen in einem Schulterhalfter unter der Jacke und steckten sich die wichtigsten Ausrüstungsgegenstände in die Taschen ihrer Anzüge.

Die anderen ließen sie bei den Jumpsuits unter einem Haufen Äste versteckt zurück.

Lorie hatte auch ihr Messer zurücklassen wollen.

»Ich hasse Messer als Waffe«, sagte sie. »Ich wurde während meiner Zeit bei der Militärpolizei ein paar Mal damit bedroht, und ich war jedes Mal froh, dass ich Pistole und Pfefferspray dabeihatte. Messer sind fiese, heimtückische Waffen, und ich kann und möchte damit nicht umgehen. Außerdem habe ich keinen Platz dafür.«

»Du bist nicht mehr bei der Militärpolizei«, sagte Singer. »Und wir haben kein Pfefferspray. Ich für meinen Teil war in so einigen Situationen mehr als dankbar, dass ich mein Messer dabeihatte.«

»Beim Sonderkommando ist das was anderes.«

Singer zuckte mit den Schultern.

»Ich habe keinen Platz dafür«, wiederholte Lorie, fast trotzig.

Singer hob das linke Hosenbein und zeigte Lorie den Messerhalfter, den er sich um den Knöchel gebunden hatte.

Widerwillig beugte sie sich hinunter und tat es ihm nach und band sich ihr eigenes Messer auch um den Knöchel.

Die Ortschaft hatte kein Schild und war weniger ein zusammenhängendes Dorf als ein loser Verbund aus vereinzelten Gebäuden. Bunte kleine Hütten mit selbst gemachten Zäunen um den Hof.

Ein Hauch von Salz in der Luft. Das Meer konnte nicht allzu weit entfernt sein. Am Nachthimmel zeigten sich die ersten hellen Strähnen der aufgehenden Sonne.

Sie gingen zum ersten Haus. Das Licht schaltete sich an. Über dem Sensor an der Klingel war ein Schild aus fein poliertem Gold angebracht: »Angus McLeod«.

Singer starrte den Sensor an der Klingel an.

»Was ist los?«, flüsterte Lorie.

»Wir tragen keine QV-Linsen«, sagte er.

»Na und?«

»Es ist allein schon ziemlich auffällig, um diese Zeit an der Tür eines komplett Fremden aufzukreuzen. Ohne Identifizierungsmöglichkeit wird man uns kein Vertrauen entgegenbringen.«

»Ich hatte schon fast vergessen, dass man ohne QV-Linse hier ziemlich aufgeschmissen ist«, sagte Lorie.

»Wir müssen eine sehr, sehr überzeugende Geschichte erzählen«, sagte Singer.

Lorie drückte mit dem Finger auf das Sensorfeld, das grün aufleuchtete.

Eine ganze Weile passierte nichts.

Lorie drückte erneut auf das Feld, das wieder aufleuchtete. Erst ging das Licht im oberen Stockwerk an, dann im unteren.

»Wer ist da?«, ertönte die Stimme eines alten Mannes aus dem Lautsprecher neben der Tür. Die Sprache war Englisch, der Akzent stark schottisch.

»Wo sind eure QV-Linsen? Ich kann nicht sehen, mit wem ich es zu tun habe.«

»Wir sind Wanderer, die sich verlaufen haben, Sir«, sagte Lorie.

»Schon mal etwas von Navigationsgerät gehört?«, fragte der Mann ungehalten. »Dafür gibt es Apps.«

»Es war ein Unfall, Sir«, sagte Singer. »Wir waren gezwungen, unsere Linsen herauszunehmen.«

Der Mann erwiderte nichts. Die Sprechanlage blieb stumm.

»Komm«, sagte Singer zu Lorie. »Versuchen wir es beim nächsten Haus.«

Er nahm sie am Arm und wollte sich umdrehen, als das Schloss der Tür mit einem Mal klickte. Der Mann, der vor ihnen stand, war um die siebzig, hatte einen Morgenmantel an und wirres Haar, das ihm in alle Richtungen stand. Er blickte sie misstrauisch an.

Ohne Frage hatte er den Notrufknopf in seiner Linse groß vor sich. Singer hoffte nur, dass er ihn noch nicht aktiviert hatte.

»Seid ihr Junkies?«, fragte der Mann.

»Negativ, Sir«, sagte Singer.

»Habt ihr jemanden überfallen?«

»Wir wurden überfallen«, sagte Lorie, ihre Stimme mit einem Mal gesenkt und schluchzend. »Männer mit Masken.«

»Sie haben gedroht, uns umzubringen, wenn wir unsere Linsen nicht herausnehmen und knicken«, ergänzte Singer.

Die Augen des Mannes wurden groß.

»Dort drüben? Im Kinloch Forrest?«

»Genau dort«, sagte Singer.

Schottland, dachte er. Isle of Skye.

Ein weiteres Mal musterte der Mann sie.

»Sie kommen mir bekannt vor«, sagte der Mann zu Singer. »Woher kenne ich Sie?«

»Mein Name ist David Singer, Sir«, sagte Singer. »Ich bin Agent im IARIA Insertion Squad. Sehen Sie im Internet nach, wenn Sie daran zweifeln, was ich Ihnen sage.«

»Suche ›David Singer‹!«, sagte der Mann, und für einen Moment wurde sein Blick starr. Als er Singer das nächste Mal ansah, spiegelte sich darin eine Mischung aus Ehrfurcht und Staunen.

»Sie sind ja eine ganz schöne Nummer«, sagte er. »Sie sind wirklich einer von denen, die menschliches Bewusstsein in einen anderen Körper transplantieren? In eine jüngere Version desselben Körpers … in der Vergangenheit?«

»Das ist korrekt, Sir.«

Der Alte schüttelte immer wieder den Kopf.

»Und Major David Singer klopft um halb vier Uhr morgens an die Tür meines Hauses, in einem der abgelegensten Winkel des Landes, weil er überfallen wurde. Zufälle gibt's, Donnerwetter.«

Bei der Erwähnung der Uhrzeit tauschten Singer und Lorie Blicke aus. Die Verschiebung zwischen den Zeiten betrug damit fast sechs Stunden.

Singer setzte an, etwas zu sagen, aber da sagte der Mann:

»Kommt rein. Ich mache euch Tee.« Freundlicher als gerade eben, und er trat zur Seite.

»Danke, Sir«, sagte Singer.

»Danke, Sir«, sagte Lorie.

Sie traten ein. Der Mann führte sie durch einen kleinen Vorraum in ein Wohnzimmer. Es gab einen Esstisch, einen Kamin, eine Couch und einen breiten Lehnstuhl. Der Mann forderte sie auf, auf der Couch Platz zu nehmen.

Singer und Lorie setzten sich.

Erstarrten gleichzeitig, als sie die an die Wand projizierte Digitaluhr hinter dem Mann sahen.

»Bleibt sitzen«, sagte der Mann. »Ich mache Tee.«

Seine Worte klangen wie aus weiter Ferne. Singer registrierte nicht einmal mehr, dass der Mann in die Küche verschwand.

Die Uhr an der Wand zeigte 3:23 an, daneben die ablaufenden Sekunden.

Darunter den Wochentag.

Darunter das Datum.

4/7/2051.

»Sir?«, rief Singer durch den Flur. »Welches Datum haben wir heute?«

»Den 4. Juli, wie es groß und breit auf der Uhr steht!«

Lorie und Singer starrten sich an.

Sie hatten den Zeittunnel am 12. Juli 1969 betreten. Was bedeutete, die Verschiebung zwischen den Zeiten wich nicht nur sechs Stunden von den gewöhnlichen zweiundachtzig Jahren ab, sondern achteinhalb Tage und ein bisschen was.

Es machte keinen Unterschied, ob sich durch die plötzliche Überlastung der Stromleitung der Zeittunnel verlängert hatte oder ob es eine andere physikalische Erklärung dafür gab. Fakt war, dass sie an diesem Ort gelandet waren.

Singer sprang von seinem Platz auf und ging dem Gastgeber nach. Er bemühte sich, seine Stimme ruhig zu halten.

»Entschuldigen Sie, Sir?«

Der alte Mann streckte den Kopf aus der Küche, sein Blick wieder argwöhnisch.

»Die Frage wird Ihnen merkwürdig erscheinen«, sagte Singer und atmete tief durch. »Gab es eine Explosion, Sir? Eine Explosion im IARIA, in Alrouillers, eine Explosion, die viele Menschen das Leben gekostet hat?«

Der Alte sah ihn fragend an.

»Im Institute of Applied Researches International Alrouillers«, sagte Singer. »Auf der Insel im Ärmelkanal.«

»Ich weiß, wovon Sie sprechen«, sagte der Alte mit gerunzelter Stirn. »Aber ich weiß nichts von einer Explosion. Ich verfolge die Nachrichten sehr genau.«

Singer und Lorie, die sich neben ihn gestellt hatte, tauschten Blicke aus. Lories Mund hatte sich leicht geöffnet.

»David«, sagte sie, ihre Stimme nicht lauter als ein Flüstern. »Es ist noch nicht zu spät.«

Singer sah den Mann eindringlich an.

»Was ist die nächstgrößere Stadt von hier?«, fragte Singer.

»Portree, natürlich«, sagte der Alte. »Halbe Stunde Richtung Nordosten mit dem Auto. Fünf Minuten mit dem Flugtaxi.«

Was bedeutete, die Luftlinie nach Dover betrug weniger als achthundertfünfzig Kilometer. Nach Alrouillers noch mal knapp zwanzig Kilometer mehr.

Mit einem Jet könnten sie in zwei Stunden an der Südküste Englands sein. Die Flugroute des Taxis würde nicht über Städte führen, also konnten sie die ganze Zeit über nahe der Höchstgeschwindigkeit fliegen.

»Sir«, sagte Singer. »Wie schon gesagt sind wir nicht länger im Besitz unserer QV-Linsen. Trotzdem müssen wir so schnell wie möglich zurück nach Alrouillers. Bitte glauben Sie mir, dass eine ganze Menge davon abhängt.«

»Ihr braucht ein Taxi«, sagte der Alte.

»So ist es«, sagte Singer. »Würden Sie mich an Ihren Computer lassen, damit ich mich einloggen und eines bestellen kann?«

Der alte Mann schüttelte heftig den Kopf.

»Kommt nicht infrage«, sagte er.

Singer hatte schon damit gerechnet. Niemand auf dieser Welt würde einen Fremden, der angab, seine QV-Linse verloren zu haben, einfach an sein Internet lassen. Nicht in Zeiten von Malware, die sich bei jedem falschen Schritt auf dem Rechner ausbreiten und innerhalb von Sekunden ganze VR-Existenzen zerstören konnte.

Aber wenn der Alte ihm keinen Zugang zum Computer gewährte, war das ein Problem. Sie würden schnell sein müssen. Ihn ablenken und ihn dann daran hindern, den Notrufbutton in seiner Linse zu aktivieren, um …

»Bitte verstehen Sie, dass ich Angst um meine Privatsphäre habe«, unterbrach der Mann seinen Gedankengang. »Ich zweifle nicht daran, dass Sie ein anständiger junger Mann sind. Ich bewundere, was Sie tun, Major Singer. Ich wünschte, ich selbst hätte die Möglichkeit, mit meinem jetzigen Wissen noch mal in meinem zwanzigjährigen Körper zu stecken.«

Singer zwang sich, ruhig zu bleiben und bedächtig zu nicken.

»Danke, Sir.«

Der alte Mann seufzte.

»Eigentlich sollte ich die Behörden über den Verlust Ihrer Linse verständigen«, sagte er. »Soll ich das tun?«

»Wir haben es sehr eilig, Sir. Wir werden den Verlust selbst melden, sobald wir wieder zu Hause sind, zuerst müssen wir allerdings etwas sehr Wichtiges erledigen. Aber dazu brauchen wir ein Taxi.«

»Das Sie allerdings nicht selbst zahlen können, weil Sie ja keine Linse haben.« Der alte Mann rieb sich die Backen. »Soso«, sagte er, und sein Lächeln verbreiterte sich zu einem schelmischen Grinsen. »Sie sagen also, Sie müssen dringend nach London.«

»Alrouillers«, sagte Singer.

»Wohin auch immer«, sagte der Alte langsam. »Und Sie haben es so eilig, dass Sie es nicht schaffen, den lokalen Behörden den Verlust Ihrer Linsen zu melden, wie es eigentlich Ihre Pflicht wäre. Und Sie brauchen meine Hilfe.«

»Sir ...«

Der Alte verschränkte die Arme und grinste und zeigte dabei seine gelben Zähne.

»Was bieten Sie mir?«, fragte er.

»Das Dreifache des Taxipreises, wenn Sie uns einen Flug organisieren«, sagte Singer.

Der Mann lachte.

»Ich kann mir denken, auf wie vielen Millionen Sie sitzen, Major Singer«, sagte er. »Wenn ich Ihnen helfen soll, müssen Sie sich wohl ein bisschen mehr anstrengen.«

»Sir«, sagte Singer und bemühte sich, den aufwallenden Ärger und die Ungeduld zu unterdrücken. »Es geht hier um Menschenleben. Wenn Sie also ...«

»Ich verstehe, dass Sie sicherlich edel handeln, was auch immer Sie tun«, unterbrach der Mann ihn. »Ich bin davon überzeugt, dass Sie ein edler Mensch sind. Aber denken Sie auch an einen armen alten Mann wie mich, der seinem Vaterland ein Leben lang brav gedient hat und jetzt dennoch vom Grundeinkommen abhängig ist.«

Singer atmete tief durch.

»Schön«, sagte er. »Ich kaufe Ihnen einen eigenen Flugjet. Wie klingt das? Dann sind Sie von jetzt an mobil und können überall hinfliegen, wenn Ihnen danach ist.«

»Hmmm«, machte der Alte. »Das alles geht in eine schöne Richtung. Aber Sie müssen bedenken, dass ich nicht über große Mittel verfüge. Nicht mal über das Geld, so einen Jet regelmäßig laden zu können.«

Singer musste sich stark zusammenreißen, dem Mann nicht gleich eine zu verpassen. Wenn er das tat, würde die QV-Linse automatisch einen Notruf absetzen, und innerhalb von Minuten wären ihnen die Behörden auf den Fersen.

»Wie wäre es dann mit einem Haus dazu«, sagte Singer. »Hier in der Gegend. Mit einem kleinen eigenen Reaktor, mit dem Sie energieautark sind und Ihren Jet so oft laden können, wie Sie wollen?«

»Hmmm«, machte der Alte erneut. »Das ist in der Tat ein sehr großzügiges Angebot. Die Sache ist nur die, genau genommen mache ich mich strafbar, wenn ich den Behörden nicht über den Verlust Ihrer Linsen Bescheid gebe, und das ist ein großes Risiko, wie Sie sicher verstehen werden. Um dieses Risiko auf mich zu nehmen, nehme ich den Jet gerne, aber machen Sie aus dem Haus ein kleines, energieautarkes Schlösschen. Ich habe mein Leben lang geträumt, in einem Schloss zu wohnen, und ...«

Lorie machte unwillkürlich einen Schritt vor.

»Sie unverschämter, widerlicher Kerl!«, rief sie. »Wir sind hier, um Menschen zu retten, und Sie ...«

Singer hielt sie zurück und sagte zu dem Alten:

»In Ordnung.«

Die Augen des Alten weiteten sich auf einmal vor Ungläubigkeit.

»Sie bekommen all das, was Sie gerade gefordert haben, wenn Sie uns einen Flug nach Alrouillers zahlen«, sagte Singer.

»Das heißt, wir haben einen Deal?«

Singer nickte.

»Können Sie das wiederholen, sodass ich es auf Video habe?«

Singer wiederholte sein Versprechen.

Er hielt dem Alten die Hand hin, und dieser schüttelte sie fest.

»Danke«, murmelte der Mann, sein Blick auf einmal nicht länger schelmisch, sondern wie in Trance. Er fragte sich vermutlich gerade, ob er wirklich wach war oder das alles nur träumte.

# 53

Als sie zwei Stunden und zwanzig Minuten später die Marine Parade in Dover erreichten, war es kurz nach sechs Uhr morgens.

Angus McLeod hatte ihnen ein Taxi nach Dover bestellt, nachdem Singer ihm noch einmal versichert hatte, dass ihr Deal trotzdem galt. Beim Auswählen von Alrouillers als Ziel war immer wieder eine Fehlermeldung gekommen, was alles andere als ein gutes Zeichen war.

Das Ufer lag nur wenige Meter vom Straßenrand entfernt, aber der dichte Nebel in der Bucht verhinderte den Blick hinaus aufs Meer. Die Sonnenstrahlen, die durch die Wolkendecke drangen, waren schwach und tauchten die Häuser in ein dunkelgraues tristes Licht.

Sie landeten auf einem der Jetports, die als Ausbuchtung der Straße in Richtung Meer hinausliefen.

Singer zeigte auf den viktorianischen Prachtbau vor ihnen, der einmal ein Yachtclub gewesen war.

»Mae Beths Haus«, sagte Lorie.

»Du kennst sie«, sagte Singer.

»Kannte sie. Ich habe sie noch kennengelernt, aber ich war zu diesem Zeitpunkt bereits eine sehr alte Frau. Ich bezweifle, dass sie mich wiedererkennt.«

Ein vier Meter hoher Zaun grenzte das Grundstück von der Straße ab. Singer betätigte die Klingel am Tor.

Nichts geschah. Singer klingelte erneut, mehrmals hintereinander diesmal. Ein Klicken ertönte im Lautsprecher.

»Klingeln Sie noch ein einziges Mal, und ich rufe die Polizei«, erklang eine griesgrämige Stimme vom anderen Ende der Anlage. Singer beugte sich etwas hinab und blickte direkt in das Kameraauge.

»Mae«, sagte er. »Ich bin's, David Singer. Es ist dringend.«

»David!«, rief sie aus, ihre Stimme schlagartig verändert. »Komm rein, komm nur! Aber mach schnell. Seit einer Stunde belästigen sie mich, obwohl ich auf Hochtouren arbeite.«

Die Tür surrte.

Singer stieß sie auf, schlüpfte mit Lorie auf das Grundstück und drückte die Tür hinter ihnen zu. Sie folgten dem Weg durch den gepflegten Vorgarten. Die hohe Doppeltür zum Haus öffnete sich, und Maes kleine, breite Gestalt erschien darin. Sie hatte Lockenwickler im Haar und war ungeschminkt. Sah jünger aus als mit ihrer für gewöhnlich dicken Make-up-Schicht. Sie trug einen Morgenmantel, rosa Pelzpantoffeln und hielt eine dampfende Kaffeetasse in der Hand.

Singer wollte etwas sagen, aber Mae schüttelte schnell den Kopf und winkte sie herein.

»Sprechen wir drinnen, Major«, sagte sie, machte einen Schritt zurück und ließ sie eintreten. Wie immer roch sie nach Zigarettenrauch und ihrem intensiven exotischen Parfüm.

Sie schloss die Tür und führte sie in einen breiten hohen Gang mit Steinboden und Ritterrüstungen auf beiden Seiten in die Küche. Die Decke hier war ebenso hoch wie draußen, die Fensterfront blickte hinaus auf den Rosengarten hinter dem Haus. Die hölzerne Zwölf-Leute-Tafel in der Mitte des Raums war leer bis auf ein einziges Tablet.

»Setzt euch doch, bitte«, sagte Mae und wies unbestimmt auf die Stühle an der Tafel.

Sie setzten sich nicht. Mae selbst lehnte sich gegen die Küchenanrichte und blickte Lorie an.

»Wir haben uns noch nicht kennengelernt, meine Liebe«, sagte sie. »Mae Beth mein Name. Ich bin Reiseagentin hier in Dover, und mein Hauptgeschäft ist es, mit unseren Fähren und Zügen günstige Transportmöglichkeiten besonders für Pendler, Patienten des IARIA-Institutskrankenhauses und Schulklassen zu bieten, die IARIAs Museen besuchen wollen. Also für Besucher, die sich keine Flugtaxis leisten können oder wollen.«

Lorie nickte und lächelte.

»David hat mir alles erzählt«, sagte sie. »Ich weiß, dass Sie mit Ihren Unternehmen der Hauptvertragspartner des Instituts sind.« Lorie stellte sich mit einem erfundenen Namen vor.

Mae musterte sie eindringlich.

»Sie kommen mir irgendwoher bekannt vor«, sagte sie und ließ ihren neugierigen Blick von Lorie zu Singer schweifen, aber Singer sagte:

»Wir sind hier, weil wir glauben, dass IARIA in diesen Augenblicken von Terroristen eingenommen wird.«

Maes Pupillen weiteten sich, und sie wurde bleich.

»Ist das ein schlechter Scherz?«

»Ich fürchte, nein«, sagte Singer.

Mae ließ sich auf den nächsten Stuhl nieder. Sie legte die Hände auf der Tischplatte vor sich ab, verschränkte die Finger und sah Singer eindringlich an.

»Ist deshalb der Kontakt zur Insel abgebrochen?«, fragte sie.

Singer beugte sich vor und berührte ihren Arm.

»Abgebrochen?«

»Die Nachttransporte auf die Insel verliefen noch ohne Probleme«, sagte die Frau. »Aber dann, vor ungefähr einer Stunde, ist der Kontakt mit Alrouillers vollkommen abgebrochen.«

»Was heißt, vollkommen abgebrochen?«

»Kein Lebenszeichen mehr von der Zentrale!«, rief Mae. »Das ist noch nie, ich wiederhole, noch nie vorgekommen, seitdem ich in dem Job bin, also seit fast zehn Jahren. Meine Fähren stehen im Hafen, voll mit Personal und Patienten, und ich kann sie nicht auslaufen lassen, weil ich kein grünes Licht von Alrouillers erhalten habe. Selbiges mit den Zügen. Stehen noch immer hier in Dover und können nicht abfahren. In Calais drüben ist es nicht anders. Ich habe alle Nummern der Insel durchprobiert. Jegliche ID im System. Zentrale, alle Privatpersonen, die ich kenne. An jede erdenkliche Mailadresse geschrieben. Ich habe mich über Funk gemeldet. Nichts. Keine Antwort.

Es ist, als wäre das gesamte Institut wie vom Nebel verschluckt. Ich habe mir das Ganze bisher nur mit einem gewaltigen Stromausfall erklären können, aber ein Hightech-Institut wie das IARIA muss doch über ausreichend Notstromaggregate verfügen. Nur einen Augenblick, bevor ihr geklingelt habt, wollte ich tatsächlich schon die Küstenwache einschalten.

Wie kommen Sie zu der Annahme, dass Terroristen involviert sein könnten, David?«

Ihre Hände zitterten, als sie einen Schluck aus ihrer Tasse nahm.

»Hören Sie mir zu«, sagte Singer und erzählte Mae innerhalb von drei Minuten alles Essenzielle. Er ließ auch den zur Bombe umfunktionierten LSPC nicht aus.

Maes Gesicht wurde immer bleicher.

»Wie ...«, sagte sie flüsternd, als Singer geendet hatte, »... ist das möglich? Auf Alrouillers sind zweihundertfünfzig internationale Soldaten stationiert. Warum hat niemand von ihnen rechtzeitig Alarm geschlagen?«

»Weil sie überrascht wurden«, sagte Singer.

»Wir müssen die Behörden verständigen«, sagte Mae. »Sofort.«

»Nein«, gab Singer zurück. »Nicht sofort. Wir haben keinerlei Beweise und müssen schnell handeln. Schalten wir jetzt die Behörden ein, ist die Wahrscheinlichkeit hoch, dass alles zu lange dauern wird. Man wird uns anhören, wir müssen alles erklären, man wird daran zweifeln, dass es unbekannten Terroristen gelungen sein soll, ganz Alrouillers einzunehmen und die gesamte

Institutseinheit zu übermannen. Man wird abwarten und weiterhin versuchen, Kontakt aufzunehmen, und ehe wir uns versehen, ist es zu spät.«

»Wir müssen es trotzdem versuchen«, sagte Mae.

»Es geht um Zeit, die wir sehr wahrscheinlich nicht mehr haben, Mae«, sagte Singer.

»Aber wir können doch nicht einfach dasitzen und abwarten, wie irgendwelche Fremden alles zerstören!«, rief Mae aufgebracht.

»Wir werden etwas tun«, sagte Singer ruhig. »Deshalb sind wir auch hier.« Mae sah ihn eindringlich an.

»Sie müssen uns nach Alrouillers bringen«, sagte Singer. »Meine Partnerin und mich.«

Maes Blick war skeptisch.

»Nur euch zwei?«, sagte sie.

Singer nickte.

»Vertrauen Sie mir«, sagte Singer. »Ich habe einen Plan. So etwas in der Art, jedenfalls.«

Mae atmete tief ein und dann wieder aus und hob hilflos die Hände.

»Aber ich kann doch nichts tun!«, sagte sie. »Wenn ich keine Einwilligung besitze, dürfen die Fähren, die zu nahe an die Insel heranfahren, von der IARIA-Inselwache beschossen und versenkt werden. Die Züge werden ohne ausdrückliche Erlaubnis vom System nicht mal durchgelassen, die Flugtaxis ebenso wenig. Überhaupt dürften alle unbekannten Flugobjekte, die sich der Insel unerlaubt nähern, nach internationalem Recht beschossen werden, egal ob bemannt oder unbemannt. Und wenn da womöglich tatsächlich Terroristen an den Flugabwehrsystem sitzen, dann ist der Luftweg ohnehin keine Option.« Sie überlegte.

»Dasselbe trifft auf dem Wasserweg auf Boote zu. Und bis zur Grenze des Institutsgebiet vorfahren und den Rest des Wegs schwimmen ist auch keine Option. Abgesehen von der Entfernung ist da noch die Strömung vor der Insel. Ihr würdet elendiglich ertrinken.«

Aber mit einem Mal sog sie scharf die Luft ein.

»Was?«, fragte Singer.

»Es gibt tatsächlich noch einen anderen Weg«, sagte sie. »Aber ich weiß nicht …«

»Welchen anderen Weg?«

»Der Servicetunnel«, sagte Mae. »Einen Moment.«

Sie sprang von ihrem Stuhl auf und verschwand aus dem Raum. Nach weniger als einer Minute kam sie zurück. Legte einen streichholzgroßen Projektor auf den Tisch. Einen Augenblick später erschienen ein holografisches Bild des Eurotunnels darüber.

»Die Gelegenheiten, zu denen ich Kunden auf einem anderen Weg als mit dem Zug durch den Tunnel gebracht habe, kann ich an einer Hand abzählen«, sagte Mae. »Hat sich immer um Notfallpatienten gehandelt, die wegen Sturmwarnungen weder durch die Luft noch über das Wasser transportiert werden konnten. In den Monaten, bevor der Zug nach IARIA in Betrieb genommen wurde. In solchen Notfällen konnten wir den Servicetunnel nutzen.«

Sie wechselte das Bild.

»Seht her, er verläuft direkt zwischen den zwei Eurotunnelröhren. Nach Norden fahrende Züge passieren die westliche Röhre, nach Süden fahrende Züge die östliche. Die vor zehn Jahren hinzugebaute Röhre nach Alrouillers kann von beiden Seiten durch Kreuzungssektionen erreicht werden. Der Servicetunnel nach Alrouillers ist nicht viel kleiner als der zwischen den Eurotunnelröhren. Er verläuft unter der Kreuzungspassage hindurch und dann wieder zwischen den Tunnelröhren zur Insel. Genauso zweispurig. Bis zur IARIA Underground Station sind es fast siebzehn Kilometer. Im Servicetunnel kann man dorthin also auch mit dem Auto fahren.«

Sie verstummte. Sah Singer an.

»Von Folkestone dauert es eine halbe Stunde, ungefähr.«

»Okay«, sagte Singer. »Bleiben zwei Fragen. Wie kommen wir unbemerkt in den Servicetunnel, und wie kommen wir an ein Fahrzeug, das uns nach Alrouillers bringt?«

Mae nickte.

»Ich kann nichts versprechen«, sagte Mae. »Ich kann nur mein Bestes geben und es versuchen.«

Sie befahl ihrer QV-Linse, den Kontakt »Hutchens« zu wählen.

# 54

Singers Uhr zeigte drei Minuten nach halb acht, als sie die selbstfahrende Transportmaschine in Folkestone bestiegen und in Richtung Alrouillers aufbrachen.

Sie trugen Warnwesten und Helme, die ihnen Hutchens, Chef des Tunnelserviceteams, gegeben hatte. Offiziell waren sie externe Gutachter, die den Tunnel inspizierten. Alle Informationen waren in den QV-Linsen gespeichert, die Mae ihnen der Form halber gegeben hatte.

Aber außer am Tunneleingang begegneten sie keinem anderen Menschen. Mae hatte ihnen versichert, dass die Instandhaltung des Tunnels zu achtundneunzig Prozent von Robotern übernommen wurde. Der Gang um sie herum war eine Röhre, die Deckenlichter über ihnen in mehreren Metern Abstand befestigt. Die Atemmasken, die sie trugen, verdeckten ihre Gesichter. Laut Hutchens keine Standardmaßnahme bei einer Tunnelinspektion, aber wenn jemand danach fragte, konnte es als Vorsichtsmaßnahme erklärt werden. Um den Überwachungskameras an der Decke so wenige Anhaltspunkte wie möglich zu bieten, hielten sie den Blick zusätzlich zu Boden gerichtet.

Singer atmete erst auf, als ihr Transporter den allgemeinen Teil des Eurotunnels verließ und in den neuen Tunnelteil nach Alrouillers einfuhr. Die Grenze war nicht zu übersehen, denn der neue Tunnel war stockdunkel.

Nicht einmal die Notstromlichter waren an. Der Scheinwerfer ihres Fahrzeugs war die einzige Lichtquelle.

Was nicht das Schlechteste war, was ihnen passieren konnte.

Keine Elektrizität im Tunnel bedeutete keine funktionierenden Überwachungskameras. Damit konnten keine Bilder aus den unterirdischen Gängen an die Sicherheitszentrale des Instituts geschickt werden. Was wiederum das unbemerkte Eindringen potenziell um vieles erleichterte.

Singer merkte die Anspannung in sich steigen. Der Fahrzeugroboter hielt sich konstant an seine Höchstgeschwindigkeit von 30 km/h.

Jeder Augenblick, den sie länger brauchten, konnte einer zu viel sein.

Dass Elsa Merediths Überfall der Grund für IARIAs Funkstille war, stand außer Zweifel. Es war nur eine Frage der Zeit, wann es ihrem Helfer im Institut für angewandte Physik gelingen würde, den Collider umzuprogrammieren.

Sie hielten ihre Waffen schussbereit. Es war möglich, dass Meredith auch hier unten im Tunnel Wachen platziert hatte.

Nowaks Gesicht erschien vor Singers innerem Auge. Er verdrängte den Gedanken, was Meredith mit Professor Murakami gemacht haben könnte. Möglich war es trotzdem, dass sie ihn am Leben lassen würde, bis ihr Werk vollendet war. Als Back-up, falls Nowak versagte. Der LSPC war Murakamis Lebenswerk. Egal, wie gut Nowak oder ein anderer von Merediths Maulwürfen ihn bedienen konnten, Murakami blieb der renommierteste Teilchenphysiker der Welt.

Der alles tun würde, um Elsa Merediths geplanten Massenmord zu verhindern.

»Gehen wir unseren Plan noch mal durch«, sagte Singer, und seine Stimme klang seltsam dumpf in dem Tunnel.

»Im Prinzip ist es ganz einfach«, antwortete Lorie flüsternd. »Wir verschaffen uns unbemerkt Zugang zu dem Physikinstitut, vorbei an zwei- bis fünfhundert von Elsa Merediths Westerzellmenschen. Wir hoffen, dass Murakami noch lebt, und helfen ihm, den Particle Collider zu entschärfen. Ist ein gutes Wort, oder? Entschärfen.«

Sie zuckte mit den Achseln.

»Dabei haben wir die ganze Zeit Elsa Meredith und ihre Bande im Rücken, die natürlich mit allen Kräften versuchen werden, uns so schnell wie möglich zu stoppen. Wird ein Kinderspiel werden.«

Hatte ihre Stimme am Anfang sarkastisch geklungen, schwang am Ende Hoffnungslosigkeit darin mit. Sie seufzte. Singer nahm ihre Hand in seine.

Für mehrere Minuten fuhren sie, ohne zu sprechen.

»Hätte der LSPC keinen eigenen, vom Stromnetz unabhängigen Generator, wäre ihr ganzer Plan nicht aufgegangen«, sagte Lorie.

»Sie ist eingehend gebrieft worden«, sagte Singer.

Lorie wollte noch etwas sagen, aber mit einem Mal hielt der Roboter abrupt an.

»IARIA Underground Station«, verkündete er.

Sie stiegen aus und ließen das Fahrzeug stehen. Singer knipste die Taschenlampe an.

Sie befanden sich in einer Erweiterung des Tunnels, in zwanzig Metern die Mauer, die sein Ende markierte. Ein Lastenaufzug befand sich dort, ebenso wie mehrere Notausgangstüren in unregelmäßigen Abständen.

»Kein Strom, kein Aufzug«, sagte Lorie.

Keine Spur von Elsa Merediths Leuten irgendwo.

Singer deutete auf die stählerne Brandschutztür in der Wand.

Er legte die Hand auf die längliche Klinke der Tür und hielt seine Pistole im Anschlag.

Er knipste die Taschenlampe aus, und sie befanden sich erneut in vollkommener Dunkelheit.

Vorsichtig drückte Singer die Klinke nach unten. Die Tür ließ sich geräuschlos öffnen. Der Tunnelschacht dahinter war stockdunkel. Singer lauschte. Hörte nichts. Er knipste die Taschenlampe wieder an.

Vor ihnen lag der Bahnschacht. Es roch nach Eisen und abgestandener Luft. Mit dem Stromausfall standen auch die Lüftungsanlagen still.

Sie schlichen über die Magnetplatte der Station. Keine zehn Meter, bis sie die verlassene IARIA Underground Station erreichten.

Trotz der Dunkelheit war die Weite des Gewölbes deutlich zu spüren. Sie kletterten hoch auf den Bahnsteig. Singer nahm Lories Hand und führte sie durch die Dunkelheit. Ihre Schritte hallten leise von den Wänden wider.

Sie gingen quer durch den Schacht, vorbei an den Registrierungsgeräten. Kein Androide weit und breit in Sicht.

Je näher sie den stillgelegten Rolltreppen kamen, desto mehr konnten sie erkennen. Das Tageslicht aus dem gläsernen Atrium oben fiel zum Fuß der Treppen herab.

»Wenn sie es bisher nicht getan haben, werden ihre Leute dort aufgestellt sein, um unerwünschte Gäste zu empfangen«, sagte Lorie.

Singer deutete auf eine stählerne Tür neben den Aufgängen. Das Treppenhaus dahinter war fensterlos und erstreckte sich dreiunddreißig Stockwerke bis direkt unter das Dach des Institutsgebäudes. Wände und Treppen sahen aus, als wären sie zur selben Zeit aus demselben Beton gegossen worden. Alles war blank und grau. Nichts ließ Zweifel daran aufkommen, dass es sich um eine Nottreppe handelte.

Singer ging vor, Taschenlampe in der einen und Pistole in der anderen Hand. Lorie folgte dicht dahinter.

Sie erreichten ein Zwischenstockwerk mit Brandschutztür in der Wand und gingen weiter. Zwei Treppenabsätze, bevor sie auf Höhe des Atriums vor einer weiteren Brandschutztür standen.

Singer stellte sich direkt an die Tür. Lauschte. Hörte nichts.

»Zu dick«, sagte er. »Ich kann auch nichts riechen.«

Lorie sah ihn verdutzt an. Singer zuckte mit den Schultern.

»Ist von allen Sinnen mein schärfster«, sagte er.

»Warte mal«, sagte Lorie. Sie stellte sich neben Singer und legte ihr Ohr an die Tür. Verharrte eine volle Minute in dieser Position.

Dann blickte sie Singer an.

»Ich meine, ich höre Stimmen«, flüsterte sie. »Einige Männer, mehrere Frauen.«

»Wie viele?«

Lorie legte ihr Ohr erneut an.

»Drei Männer«, sagte sie, lauschte weiter und fügte dann hinzu: »Sechs Frauen. Vier von ihnen unbewegt, zwei in Bewegung. Sie tragen schwere Schuhe, und die klickenden Geräusche klingen sehr nach Metall. Ich denke, sie tragen Schusswaffen, wahrscheinlich auch Sturmgewehre.«

Singer legte sein Ohr an die Tür. Hörte nichts.

»Bist du sicher?«, fragte er.

»Ich habe gehört, was ich gehört habe«, sagte Lorie.

»Beeindruckend«, sagte er.

»Ich kann dir auch sagen, dass das Treppenhaus gerade eben bis obenhin leer ist.«

»Gut«, sagte Singer. »Dann weiter.«

Sie stiegen hoch bis in den dritten Stock. Lorie lauschte erneut an der Tür. Hörte nichts dahinter.

Singer öffnete die Tür langsam und leise.

Der Geruch von Blut schlug ihnen entgegen. So ausgeprägt, dass es Singer den Atem verschlug.

So intensiv, wie er ihn noch nie zuvor gerochen hatte. Nicht einmal in der Kommune.

»Alles in Ordnung?«, flüsterte Lorie.

»Gehen wir«, sagte Singer. Der Gang lag verlassen vor ihnen. Büros auf der einen Seite. Der zum Atrium hin offene Balkon auf der anderen Seite.

Sie schlichen vor zur Brüstung. Durch die Glasdecke in mehr als sechzig Metern Höhe fiel das Sonnenlicht ein. Kreisrunde Emporen bildeten die einzelnen Stockwerke.

»Was auch immer du siehst«, flüsterte Singer. »Keinen Mucks.«

Lorie nickte. Reckte den Hals und blickte nach unten. Singer sah, wie ihr Körper augenblicklich erstarrte. Ihr Atem ging immer schneller, und im nächsten Augenblick sank ihr Körper wieder nach unten.

Sie presste die Augen zusammen und vergrub ihr Gesicht an seiner Schulter.

Er wartete, bis sie sich beruhigt hatte, eher er selbst einen Blick nach unten warf. Die Helligkeit der einfallenden Sonnenstrahlen wurde durch den weißen Grundton des Atriums noch verstärkt.

Jeden Tag hatten an die zwanzig Putzroboter die alleinige Aufgabe, die riesige Empfangshalle sauber zu halten. Deshalb wirkte das, was Singer unten sah, zuerst unwirklich. Surreal wie das Gemälde eines Künstlers, dessen Arbeit er nicht verstand.

Im ersten Moment traute er seinen Augen nicht. Im zweiten wurde ihm übel.

Weiß war nicht länger die dominierende Farbe des Atriums.

Überall lagen Menschen regungslos auf dem Boden.

Überall war Blut. Auf dem Boden, unter den Leichen und dazwischen. An Wänden, in dunklen Flecken und als Spritzer.

Es gab kaum eine Leiche, die ganz war.

Den meisten von ihnen fehlten Gliedmaßen. Hände, Arme, Beine. Einigen von ihnen war der Kopf abgetrennt worden. Singer sah einen Oberkörper ohne Beine, der an das Nikola-Tesla-Monument in der Mitte der Halle gebunden war. Daneben war ein Mann aufgehängt worden, sein Kopf bläulich schwarz verfärbt. Einige der Leichen trugen die militärischen Uniformen des IARIA Peace Corps, einige die gewöhnliche weiße IARIA-Mitarbeiteruniform.

Die meisten trugen Zivilkleidung. Menschen, die das Institut über Nacht besucht hatten, die meisten von ihnen aller Wahrscheinlichkeit nach das Institutskrankenhaus.

Der Gestank lag wie eine Wolke über dem Gemetzel. Blut, Schweiß, Urin, Exkremente, Tod.

Bewaffnete gingen zwischen den Leichen auf und ab.

Singer zählte an die fünfzig von ihnen. Sie trugen alle zivile Kleidung, Stiefel, Jeans und Lederjacken.

Einige von ihnen erkannte er trotz der Entfernung. Polizisten, die die Kommune gestürmt hatten. Zwei von Elsa Merediths Leuten, die vor dem Haus auf Franz und Hanna gewartet hatten. Die anderen hatte er noch nie gesehen, aber in diesem Moment sahen sie alle gleich aus.

Sie trugen Gewehre und Pistolen und Macheten und Messer. Ihre Blicke waren wachsam, ihre Bewegungen federnd und kontrolliert. Sie sahen wie ferngesteuert aus. Der Ausdruck in ihren Gesichtern war hart und emotionslos.

Singer bedeutete Lorie, sich zurückzuziehen. Gebückt gingen sie ins Treppenhaus und schlossen die Tür hinter sich. Lorie sog hörbar die Luft ein. Sie keuchte. In ihren Augen spiegelten sich Fassungslosigkeit und Trauer und Wut zu gleichen Teilen.

»Wer tut so etwas?«, flüsterte sie. »Ich habe einhundertachtzig Leichen gezählt, David. Grausamst niedergemetzelt. Kinder, David. All die Kinder und …« Ihre Stimme stockte. Mit aller Kraft versuchte sie, die Tränen zurückzuhalten. »Wer tut so etwas, David?«, fragte sie noch einmal.

Singer zog sie zu sich und umarmte sie.

»Westerzellen bringen das hervor, was schon vorher in dir ist«, sagte er leise.

»Aber Elsa Meredith, sie …« Lorie suchte nach Worten. »Sie möchte diese Welt doch zu einem besseren Ort machen. Das ist ihr Ziel. Deswegen tut sie doch das alles. Aber wie konnte sie dieses Gemetzel …« Ihre Stimme brach.

»Worte und Taten sind zwei unterschiedliche Dinge«, sagte Singer.

»Wie um alles in der Welt sollen wir an diesen Bestien vorbeikommen?«, fragte Lorie. »Wenn schon allein fünfzig von ihnen dort unten sind, müssen wir mit zehnmal mehr Leuten im Rest des Instituts rechnen. Wir werden es niemals schaffen, es zu zweit mit ihnen aufzunehmen.«

»Komm mit mir«, sagte er und wollte Lories Hand nehmen.

Aber plötzlich weiteten sich ihre Augen.

»David!«, sagte sie im selben Moment, als die Tür neben ihnen aufgestoßen wurde.

Vor ihnen stand eine Frau mit Gewehr in den Händen. Sie reagierte ohne Verzögerung. Riss ihre Kalaschnikow in einer fließenden Bewegung hoch und schrie gleichzeitig:

»Keiner bewegt sich!«

# 55

Singer sprang vor, riss den Lauf des Gewehrs in die Luft und trieb der Frau gleichzeitig Zeige- und Mittelfinger der anderen Hand ins Auge. Die Frau schrie auf, diesmal vor Schmerzen.

Singer zog sie ins Treppenhaus hinein, riss ihr das Gewehr aus den Händen und versetzte ihr mit dem Kolben einen Schlag auf den Kopf, der sie zu Boden gehen ließ.

Lorie bückte sich und nahm das Reservemagazin und die Pistole aus dem Gürtel der Frau. Dann rannten sie los. Die Treppen hoch, so schnell sie konnten.

Kein Zweifel, dass die Leute unten die Schreie der Frau gehört hatten. Und sie reagierten schnell, wie sich herausstellte.

Singer und Lorie waren im vierten Stockwerk angelangt, als weiter unten eine Tür aufgestoßen wurde und das Trampeln von schwerem Schuhwerk hörbar wurde.

»Wo zum Teufel sollen wir hin?«, fragte Lorie panisch.

»Weiter hoch«, gab Singer zurück. »Ich habe einen Plan.«

»Wenn sie von oben kommen, sind wir eingekesselt!«

»Weiter!«

Bei der nächsten Brandschutztür lief er vor und stieß sie auf. Sie befanden sich im Zwischengeschoss von sechster und siebenter Etage. Der Servicebereich. Dort, wo sich die wenigen verbliebenen menschlichen Handwerker ihre Räume mit den Maschinen teilten. Dort, wo sich die Institutsandroiden über Nacht einfanden, um ihre Batterien zu laden.

Wenn Elsa Merediths Soldaten den Strom früh genug abgestellt hatten, würde die Mehrzahl der Institutsroboter keinen Marschbefehl erhalten haben und sich demnach noch immer an ihren Plätzen befinden.

Singer lief durch die Vorhalle der Etage, Lorie dicht hinter ihm. Die Tür zum Servicebereich war ebenso aus Metall wie die Brandschutztüren, aber doppelflügelig und verstärkt. Der Scanner hing rechts daneben an der Wand.

Singer legte seinen Finger auf das Scanfeld.

»Aber ...«, wollte Lorie sagen, doch in diesem Augenblick leuchtete das Feld grün, und die Tür öffnete sich automatisch.

»Batteriebetrieben«, sagte Singer und sie stürzten hinein. Hinter ihnen schloss sich die Tür wieder.

Sie liefen weiter, und es dauerte nur einige Augenblicke, bis hinter ihnen Schüsse von draußen in das Panzerglas am oberen Türende einschlugen. Aber das Glas hielt stand. Singer betete, dass das möglichst lange der Fall sein würde.

Sie nahmen die zweite Tür in dem langen dunklen Gang. Singer legte seinen Finger erneut auf den Sensor. Wieder öffnete sich die Tür automatisch.

Dahinter lag weniger ein Raum als eine ganze Halle. Zwanzig mal zwanzig Meter. Über einen Großteil der Fläche verteilt standen die Androiden in Reihen nebeneinander. Jeder einzelne von ihnen in Menschengröße. In ihren weiß polierten Hüllen spiegelte sich das Licht aus ihren Taschenlampen wider. Wie eine riesige Armee standen sie da, unbewegt, respekteinflößend. Vierundzwanzig Reihen, je vierundzwanzig Roboter.

In einer Ecke des Raums befand sich eine riesige Schaltfläche mit ausgeschalteten Computern.

»Sie haben noch keinen Marschbefehl erhalten«, sagte Singer. »Deshalb sind sie noch alle hier versammelt.«

»Nur ein Offizier des IARIA Peace Corps mit ausreichender Freigabe kann einen solchen Befehl …« Lorie stockte mitten im Satz. »Du bist ein Offizier des IARIA Peace Corps.«

»Korrekt«, sagte Singer.

»Die Roboter sind darauf programmiert, jede Person mit unautorisiertem Waffenbesitz festzunehmen«, sagte Lorie.

»Ich kann sie nicht zentral aktivieren, weil …«, sagte Singer.

»Stromausfall, schon klar«, sagte Lorie. »Aber die Androiden selbst sind batteriegesteuert – also kannst du versuchen, einem einzigen von ihnen den Marschbefehl manuell einzuprogrammieren, sodass dieser eine den Befehl an alle anderen weiterleitet.«

»Und genau das hatte ich vor«, sagte Singer.

Kugeln schlugen in diesem Augenblick im gepanzerten Fenster vor der Halle ein. Mit jeder Kugel splitterte etwas Glas ab. Die Türen davor hatten die Feinde nicht lange aufhalten können.

Singer und Lorie rannten los. Wählten den Androiden, der am weitesten von der Tür entfernt am anderen Ende des Saals stand.

Singer beugte sich auf Höhe der kleinen Scannerkamera an der Rückenplatte hinab.

Die winzige Kamera leuchtete auf. Singer betete, dass sie auf den Scan seiner Iris programmiert war, wie es bei einer solchen Art Freigabe im ganzen Institut normalerweise der Fall war. Aber er hatte sein Auge noch nie ohne QV-Linse scannen lassen. Auch möglich, dass der eingebaute Alarmmechanismus aktiviert wurde, wenn keine Linse getragen wurde.

Der Scanvorgang dauerte zehn lange Sekunden. Die Lichtstrahlen scannten Singers Auge immer und immer wieder, bis es unangenehm wurde, und Singer hatte sich in Gedanken schon fast damit abgefunden, dass der Plan nicht aufgehen würde, als die Computerstimme aus dem Mund des Androiden verkündete:

»Authorized.«

Es folgte metallenes Klicken, als sich die Rückenplatte öffnete und zur Seite ausfuhr. Der Steuerungsbildschirm dahinter erschien, das IARIA-Logo auf einem blauen Screensaver.

»David Singer«, sagte Singer. Der Screensaver verschwand und gab die manuell bedienbare Kommandozeile frei.

»Sie sind gleich drin«, flüsterte Lorie neben ihm. »Uns bleiben Sekunden.«

Singer versuchte, die Schreie und Schüsse der Verfolger draußen auf dem Gang auszublenden. Legte all seine Konzentration auf den Bildschirm vor sich. All sein Wissen über die Programmierung eines Androiden beruhte auf einer Cafeteriakonversation mit zwei Ingenieuren vor eineinhalb Jahren.

Singer tippte und bestätigte und hoffte.

»Process denied«, erschien auf dem Bildschirm.

Das Glas der Tür am anderen Ende des Raums splitterte und die Feinde drängten herein. Teilten sich auf, auf beide Seiten des Raums.

Dreißig von ihnen. Lorie nahm Singers Kalaschnikow auf und versteckte sich hinter dem nächsten Androiden, Waffe im Anschlag.

»Ich versuche, sie ein wenig aufzuhalten«, flüsterte sie.

Singer musste es gelingen, den Androiden primär im Securitymodus hochzufahren. Er hatte die Kommandos der Ingenieure vor Augen, die sie als holografisches Bild über einen kleinen Projektor beim Mittagessen analysiert hatten. Aber sie hatten damals über eine andere Fragestellung gesprochen.

Singer tippte so schnell, wie er in seinem Leben noch nicht getippt hatte:

»defensemode(android) -tt=9875 –g68 --activate«

Nichts.

»start defensemode(android) -tt=9875 –g68«

Lorie schrie und feuerte in dem Moment, als die Feinde um die Ecke des Roboterkarees kamen. Sie zogen sich augenblicklich zurück. Lorie riss ihr Gewehr herum und feuerte auf die andere Seite.

Die Feinde erwiderten das Feuer. Die Kugeln pfiffen dicht an Singer vorbei, aber er nahm sie kaum wahr.

»start defensemode(android) -tt=9875 –g68 -gr -pcl«

Nichts.

»arrestingmode(android) -tt=9875 –g68 -gr -pcl -activate«

Nichts.

»arrestingmode(android) -tt=9875 –g68 -gr -pcl /active«

»Guten Morgen, Major Singer!«, verkündete der Androide mit einem Mal lautstark. »Wie kann ich Ihnen behilflich sein?«

Singer wollte antworten, aber Lorie rammte ihn in diesem Moment so hart von der Seite, dass er hinein in die Reihen der Androiden fiel.

Dort, wo er gerade noch gekniet war, schlugen die Kugeln von beiden Seiten in den Roboter ein.

»Wecke alle verfügbaren Androiden!«, schrie Singer, sprang auf und riss seine Pistole aus der Tasche. »Alle unautorisierten Bewaffneten in diesem Institut sind sofort festzunehmen!«

Aber nichts geschah.

Lorie feuerte auf einen Mann, der zwischen den Roboterreihen auf sie zugelaufen kam. Traf ihn in der Brust. Der Mann stolperte und fiel.

Singer und Lorie standen Rücken an Rücken.

Die Feinde kamen von allen Seiten. Wenn einer zu Boden ging, folgte der nächste gleich dahinter. Eine Frau mit wilden Augen und Kalaschnikow tauchte an der Seite hinter einem Roboter auf. Singer zielte und schoss. Die Frau tauchte hinter dem Androiden weg.

Als Singer erneut abdrückte, war die Waffe leer. Lorie hörte es, und sie sprangen gleichzeitig zur Seite. Kugeln prallten von den Metallkörpern der Androiden um sie herum ab und wurden quer durch den Raum verteilt.

Singer warf sich gegen den Androiden neben ihm, der wie ein Dominostein auf den nächsten fiel und dann wieder auf den nächsten. Für einen Augenblick wurde der Frau mit Kalaschnikow und den Leuten hinter ihr der Weg versperrt. Aber sie kamen nach wie vor von allen Seiten. Immer mehr von ihnen.

Singer steckte das Reservemagazin an. Mit jedem, den sie erschossen, kamen zwei neue nach.

Lorie warf ihre leere Kalaschnikow dem nächsten Feind an den Schädel, zog ihre Pistole und schoss damit weiter.

Es waren zu viele.

Als Singer plötzlich von der Seite eine Bewegung wahrnahm, hatte er keine Zeit, seine Waffe auf die nächste Feindin zu richten. Die Frau schoss. Singer sprang nach vorn. Ein stechender Schmerz durchfuhr seine Schulter. Er landete hart auf dem Boden, aber er ließ seine Pistole nicht los.

Er war getroffen, aber es war nur ein Streifschuss.

Zwischen den Roboterbeinen sah er die Füße der Gegnerin, die auf ihn zugerannt kam. Er schoss. Die Frau schrie auf, stürzte zu Boden. Singer drückte erneut ab. Diesmal durchdrangen die Kugeln ihren Schädel.

Singer sah, wie Lorie einen der Feinde von hinten ansprang und mit ihm zu Boden fiel. Sie war unter ihm, sein Körper auf ihr, und sie hatte ihn in einem Würgegriff. Der Mann war mit dem Rücken zu ihr, sein Gesicht hochrot. Sein massiver Körper verdeckte Lorie darunter beinahe vollends. Was ihr das Leben rettete, denn vor den am Boden Ringenden standen drei der Gegner, alle mit Gewehr im Anschlag. Zielend. Wartend, dass Lories Körper unter ihrem Kameraden auch nur kurz eine ausreichend große Zielfläche bot. Einer von ihnen schoss. Lorie riss ihren Kopf zur Seite. Die Kugel prallte vom Boden neben ihr ab und gegen die Wand.

Singer näherte sich von hinten. Schoss dem ersten der drei Gegner in den Rücken und dem zweiten in die Brust, als dieser sich zu ihm drehte. Auch der dritten Gegnerin schoss er in die Brust, und ihr Körper sackte zu Boden. Der Mann über Lorie, dessen Körper sie als menschliches Schutzschild benutzt hatte, bewegte sich mittlerweile nicht mehr. Sein Gesicht war erst rot, dann blau angelaufen.

Singer half Lorie, den schweren Körper zur Seite zu schieben. Er streckte die Hand aus und wollte ihr aufhelfen – aber er war zu langsam.

Der Mann war plötzlich vor ihnen aufgetaucht und zielte mit seiner Kalaschnikow direkt auf Singers Herz.

Auf seinen Lippen lag ein hässliches Lächeln.

Singer bewegte sich nicht. Wusste, dass der Mann in einer besseren Position war. Das wusste der andere auch, und er genoss die Situation offensichtlich.

»Eine Bewegung, und ihr seid beide tot. Waffen fallen lassen, und zwar sofort.«

Seine Augen waren fokussiert, die Pupillen weit. Singer wusste, dass wenn die Zellen die Reaktionen des anderen auch nur ein kleines bisschen verbessert hatten, er den Kugeln aus der Kalaschnikow nicht entkommen würde.

Singer warf seine Pistole weg, Lorie stand mit erhobenen Händen auf. Hinter dem Mann näherten sich zwei weitere Feinde, und auch hinter Singer und Lorie fanden sich immer mehr ein.

»Beweg dich, und ich jage dir eine Kugel durch den Körper«, hörte Singer einen von ihnen sagen.

Der erste Mann vor ihnen richtete sein Gewehr langsam auf Lorie. Sein höhnisches Grinsen wurde breiter. Der Zeigefinger wanderte an den Abzug.

Es war in diesem Augenblick, dass Singer eine Bewegung hinter ihm wahrnahm. Kaum merklich und so schnell, als wäre sie nie passiert.

Aber Singer hatte gesehen, was er gesehen hatte.

»Wo deine Zellen herkommen, gibt es bestimmt noch mehr«, sagte der Mann mit der Kalaschnikow zu Singer gewandt. »Deine Freundin hier ist überflüssig.«

»Erklär das dann Elsa Meredith«, sagte Singer.

Auf dem Gesicht des Mannes erschien ein fragender Ausdruck.

Singer schüttelte nur den Kopf und lachte abfällig.

»Nur weil du jetzt Westerzellen in dir hast, denkst du vielleicht, du hättest irgendeine Art von Überblick«, sagte Singer und deutete auf Lorie. »Sie ist die Einzige, die die Informationen hat, die Elsa Meredith zu ihrem Ziel führen können. Ohne sie werdet ihr alle in eurem Vorhaben scheitern.«

Das Lächeln verschwand aus dem Gesicht des Mannes. Seine Waffe senkte sich dabei ein Stück weit ab. Nur für einen einzigen Moment, bevor einer der anderen sagte:

»Der blufft doch nur!«

Aber das kurze Zögern hatte ausgereicht.

Es war nur ein weißer Blitz von hinten zu sehen, und mit einem Mal lag der Mann auf dem Boden.

Er schrie auf. Er war direkt auf seinem Gewehr gelandet. Der Androide über ihm kniete auf seinem Rücken. Die Bewegungen waren so geschmeidig wie die einer Katze. Ähnliches geschah mit den anderen Gegnern hinter ihm, und auch mit denen hinter Lorie und Singer.

Einer wurde von einem Androiden zu Boden geworfen. Der andere wurde von einem dritten Androiden gepackt und so gezwungen, seine Waffe fallen zu lassen.

Westerzellen hin oder her, gegen die Kraft eines Roboters kam kein Mensch an.

Die Androiden sprachen gleichzeitig, acht oder neun von ihnen, aber leicht versetzt, sodass es wie ein Echo klang.

»Nach Paragraf vierzig des internationalen Gesetzbuchs von I-ARIA, der Unbefugten im gesamten Gebiet von Alrouillers das Tragen von Waffen untersagt, sind Sie festgenommen.«

Ihre Stimmen waren ernst und klangen identisch.

»Sie werden jetzt in Ihre Zelle gebracht, in der sie so lange bleiben, bis die Überstellung aufs Festland organisiert ist. Widerstand ist zwecklos und führt zu eventuellen Verletzungen Ihrerseits, die wir sehr zu vermeiden wünschen.«

Die Androiden fixierten die Arme der Feinde an deren Rücken. Dann zogen sie sie mit sich, vollkommen unbeeindruckt von ihren Schreien und Protesten. Die Bewegungen der Roboter waren mühelos. Ohne Singer, Lorie oder den Leichen auf dem Boden weitere Beachtung zu schenken, eskortierten sie die Männer zum Ausgang der Halle.

Sie waren erst einige Schritte gegangen, als ein Schuss fiel. Einer der Androiden wurde im Kopf getroffen, aber er ging weiter, als wäre nichts geschehen. Schreie von zwei Frauen. Das metallene Geräusch von fallen gelassenen Gewehren. Diesmal sprachen zwei Androiden exakt gleichzeitig.

»Nach Paragraf vierzig des internationalen Gesetzbuchs von I-ARIA, der Unbefugten im gesamten Gebiet von Alrouillers das Tragen von Waffen untersagt, sind Sie festgenommen.«

»Du erdrückst mich, du Schwein!«, schrie die eine Frau.

»Loslassen! Sofort!«, kreischte die zweite. Die Androiden zerrten sie mit sich und reihten sich hinter den anderen ein. Folgten ihnen in Richtung Tür. Die verhafteten Gegner schlugen und kickten. Eine der beiden Frauen stolperte, aber der Androide kümmerte sich nicht darum. Er schleifte sie einfach mit sich.

Das ganze Schauspiel wiederholte sich etliche Male. Von überall aus der Halle ertönten die Schreie. Festnahmebelehrungen folgten. Dann der sinnlose Widerstand der Festgenommenen. Die Androiden, die die Feinde in Gewahrsam genommen hatten, verließen den Raum.

Singer und Lorie bewegten sich anfänglich überhaupt nicht.

Erst nach einiger Zeit bückte sich Singer, um eine der Pistolen aufzuheben. Als Lorie es ihm nachtun wolle, drehte sich einer der Androiden augenblicklich zu ihr um.

»Sie ist eine Freundin«, sagte Singer. »Ich autorisiere ihren Waffengebrauch.«

»Verstanden, Major Singer«, sagte der Androide.

Lorie hob eine Pistole auf. Die Kalaschnikows musste sie liegen lassen: Sie waren auf der Liste der im Institut verbotenen Waffen, was bedeutete, selbst Singer durfte sie nicht tragen.

Als die Gefangenen einzeln abtransportiert waren, setzte sich die Roboterformation in Bewegung. Singer hatte es mehrmals miterlebt, wie sich die Androiden morgens formierten und ins ganze Institut ausschwärmten. Jetzt passierte dasselbe. Die Roboter bildeten eine Dreierreihe und begannen, aus der Halle zu marschieren. Um Ordnung zu schaffen. Um etwaige Unruhestifter und alle unautorisierten Waffenträger zu verhaften.

Hoffentlich. Normalerweise wurden die meisten von ihnen als Putzroboter eingesetzt, während menschliche Soldaten für die Sicherheit des Instituts verantwortlich waren.

Normalerweise.

Singer stellte sich vor einen der Androiden auf.

»Ich möchte, dass fünf von euch mit uns ins Institut für angewandte Physik mitkommen«, sagte Singer.

»Verstanden, Major Singer.«

»Drei von euch vor uns, zwei hinter uns. Joggingtempo.«

»Verstanden, Major Singer.«

Die Androiden setzten sich in Bewegung, drei vorn, Lorie und Singer dahinter, zwei als Nachhut.

Auf dem Weg zum Institut trafen sie auf einen weiteren Gegner, der gerade beim Rauchen war und sich seine Kalaschnikow um den Rücken gehängt hatte. Einer der Androiden nahm ihn fest, ehe sich der Mann versehen konnte, und sie liefen mit vier Androiden weiter.

Zehn Minuten über die Verbindungsgänge, bis sie vor den Hauptaufzügen in Tower A, dem Institut für angewandte Physik, standen. Vor Aufzügen, die aufgrund des Stromausfalles nicht funktionierten.

Singer und Lorie gingen vor und beleuchteten das Treppenhaus mit ihren Taschenlampen, und die Androiden leuchteten zusätzlich.

Die Androiden hielten ohne Weiteres mit ihrer Geschwindigkeit mit. Der Plastikpanzer an ihren Füßen klackte, und das Geräusch hallte von den kahlen Wänden. Zwischen dem Erdgeschoss und dem Collidergeschoss in zwanzig Meter Tiefe gab es nicht viel außer Treppen und Beton. Keine Tür und schon gar keine Fenster. Eine Aufzugfahrt dauerte weniger als fünf Sekunden. Über die Treppe brauchten sie dreieinhalb Minuten, bis sie das unterste Geschoss erreichten. »LSPC Time Door Level«, stand über der Brandschutztür.

Lorie legte ihr Ohr daran und lauschte. Aber dann schüttelte sie den Kopf.

»Die Tür ist diesmal zu dick«, sagte sie. »Ich höre nichts. Ich kann unmöglich sagen, wie viele Leute da hinter der Tür sind.«

»Es gibt nur eine Möglichkeit, um es herauszufinden«, sagte Singer und wandte sich an die Androiden.

»Ihr geht vor«, sagte er. »Sehr wahrscheinlich, dass sich in dem Raum mehrere Bewaffnete befinden. Zwei von euch werden sie kampfunfähig machen. Zwei von euch bleiben vor uns und schützen uns vor Kugeln.«

»Verstanden, Major Singer.«

Dann legte der erste Androide seine Roboterhand auf die Klinke und stieß die Tür auf.

# 56

In dem Raum befanden sich sieben Menschen.

Vier von Elsa Merediths bewaffneten Soldaten im Raum verteilt. Sie hoben augenblicklich ihre Gewehre.

Die Controllertische dazwischen waren leer.

Jona stand neben der Schleusentür am Kontrollpult des LSPC. Auch er brachte sein Sturmgewehr in Anschlag. Keine Kalaschnikow aus den Fünfzigerjahren, sondern eine Special Operations Assault Rifle der Firma FN Herstal, die zur Standardausrüstung eines jeden IARIA-Soldaten gehörte.

Neben ihm stand Professor Nowak. Daneben Professor Murakami.

Als dieser sich umwandte, sah Singer den Schmerz in seinen Augen.

Zwei der Roboter liefen unmittelbar auf die Bewaffneten zu. Die Feinde feuerten auf die Roboter, aber die Kugeln prallten an deren Panzer ab.

»An alle Androiden: Stehen bleiben!«

Die Androiden verharrten abrupt in ihrer Position, keinen Meter vor ihren Zielen.

»Stimmidentifizierung erfolgreich: Professor Mishio Murakami«, sagten sie zeitgleich.

Murakami trat von dem Steuerungspanel weg und kam auf die Roboter zu.

»Bewaffnete Unruhestifter detektiert«, verkündeten die Androiden zeitgleich. »Erwarte Befehl zur Verhaftung.«

»Dreh dich um«, sagte der Professor ruhig. »Dort stehen die Unruhestifter, die verhaftet werden sollten.«

Blitzschnell hatte sich der Androide umgewandt. Blickte Singer an. Blickte Lorie an. »Interessenskonflikt detektiert«, sagte der Androide.

»Professor!«, schrie Singer. »Was tun Sie?«

Murakami ignorierte ihn und wandte sich an die Androiden.

»Verzieht euch«, sagte er. »Sofort. Verlasst das Institut für angewandte Physik.«

»Verstanden, Professor Murakami«, war das Letzte, was die Androiden sagten, bevor sie sich umdrehten.

»Ihr bleibt hier!«, schrie Singer, aber die Androiden ignorierten ihn und verließen den Raum durch die Tür.

Lorie und Singer standen jetzt ohne Deckung da. Zwei Pistolen gegen fünf auf sie gerichtete Sturmgewehre.

»Lasst eure Waffen fallen«, sagte Professor Murakami ruhig.

»Ich möchte nicht, dass Jona oder einer der anderen Genossen dich auch noch erschießen muss, David.«

Singer starrte ihn an.

»Tu, was ich dir sage, David«, sagte Murakami. »Du weißt, dass die Mündungsgeschwindigkeit eines Sturmgewehrs um ein Vielfaches höher ist als die einer Pistole.«

»Waffen auf den Boden und zurücktreten!«, schrie Jona sie an. »Eine falsche Bewegung, und ich durchlöchere euch.«

Also warfen sie ihre Pistolen vor sich auf den Boden und traten mit erhobenen Händen zurück.

Singer ließ den Blick von Professor Murakami zu Nowak neben ihm gleiten, der die Augen zu Boden gesenkt hielt.

»Sie ... beide?«

Nowak fuhr hoch, schüttelte heftig den Kopf.

»Niemals würde ich unterstützen, was diese Schweine vorhaben«, sagte er. »Niemals.«

Jona machte einen Schritt nach vorn und zog Nowak eins mit dem Kolben seines Gewehrs über. Eine schnelle, präzise Bewegung. Nowak fiel um wie ein Baum, der offene weiße Kittel umfächerte ihn.

»Redet schon die ganze Zeit zu viel«, sagte Jona.

Murakamis Blick wanderte von Jona zu Nowak und zurück zu Singer. In seine Augen war eine Apathie getreten, die Singer an ihm nicht kannte.

»Anscheinend ist der Sprenger für einige Überraschungen gut«, sagte Murakami.

»Wir haben Nachrichten geschickt«, sagte Singer tonlos.

»Zwei hintereinander sogar, in Professor Nowaks Büro«, sagte Murakami. »Ein Glück, dass er damit nur zu mir gegangen ist und zu niemand anders.«

»Sie haben mich absichtlich in Elsa Merediths Haus zurückgeschickt«, sagte Singer. »Das war kein Unfall.«

»Das, was die Welt über den LSPC weiß, kratzt nur an der Oberfläche«, sagte Murakami. »Dieses Wissen ist nur die Spitze des Eisbergs. Die winzige Spitze eines riesigen Bergs.«

Auch Lorie stand der Schreck ins Gesicht geschrieben. Auch sie hatte Murakami gekannt. Sie hatte miterlebt, wie Murakami das Institut gegründet und die Reisen durch die Zeit erfunden hatte.

Er war der Verräter. Ausgerechnet er, der berühmteste, renommierteste Mitgründer des Instituts, der sein Leben in seiner Nobelpreisrede dem Fortschritt gewidmet hatte, hatte sich von Elsa Meredith um den Finger wickeln lassen.

»Sie wissen nicht, was Sie tun«, sagte Singer.

Murakami musterte Singer mitleidig.

»Du solltest nicht hier sein, David.«

»Und Sie sollten diesen Leuten nicht dabei helfen, hundert Millionen Menschen umzubringen, Professor«, gab Singer zurück.

Murakami lächelte traurig. Dann blickte er Lorie an.

»Lorie Steinfeld«, sagte er. »Schön, Sie wiederzusehen. Mir wurden Informationen zugetragen, laut denen sie tot oder mindestens querschnittsgelähmt sein müssten.«

Er sah Singer an.

»Aber sie ist offensichtlich nichts von alldem«, sagte er. »Das kann nur bedeuten …«

Ein Lächeln umspielte seine Lippen. Dasselbe wissende, beruhigende Lächeln, das Singer so oft auf seinem Gesicht gesehen hatte.

»Sie muss dir wirklich etwas bedeuten, David. Schön, das zu sehen.«

»Wäre schön, zu sehen, wie Sie sich eine Pistole in den Mund stecken und abdrücken«, sagte Lorie.

»Auch das würde nichts mehr ändern«, gab Murakami zurück. »Der Collider fährt bereits hoch. In fünfundzwanzig Minuten und achtunddreißig Sekunden ist es so weit. Dann wird die Welt, so wie wir sie kennen, zu existieren aufhören.«

»Sie sind vieles, Professor«, sagte Singer und versuchte, seine Stimme ruhig zu halten. »Aber ganz bestimmt kein Massenmörder. Stoppen Sie diesen Wahnsinn.«

»Wahnsinn, David?«, fragte Murakami mit aufrichtiger Verwunderung in der Stimme. »Nichts, was die Welt in ihre normale Ordnung zurückbringen wird, hat irgendetwas mit Wahnsinn zu tun.«

»Ich weiß nicht, was Elsa Meredith Ihnen erzählt hat, aber es geht hier um …«

»Du vergisst, mit wem du sprichst«, sagte Murakami, mit einem Mal verärgert. »Ich selbst war es, der Elsa Meredith den Plan vorgestellt hat. Ich habe damit etwas geschafft, was keinem ihrer Gefolgsleute davor jemals gelungen ist. Ich habe sie von mir überzeugen können.«

Die Augen von Jona neben ihm hatten sich unwillkürlich geweitet, aber Singer nahm die Reaktion nur am Rande wahr.

Murakamis Worte trafen ihn wie ein Schlag.

»Das meinen Sie nicht ernst, Professor.«

»Es ist nur eine Zahl, David«, sagte Murakami. Seine Augen waren weit aufgerissen, was in seltsamem Kontrast zu seinem Lächeln stand. »Hundert Millionen. Eine kleine Zahl, wenn man bedenkt, welche Veränderung sie mit sich bringen wird.«

»Elsa Meredith hat Sie manipuliert und ausgenutzt.«

Aber Murakami schüttelte den Kopf.

»Sie war es, die mich als jungen Mann gefördert hat«, sagte er. »Das ist richtig. Ohne ihre finanziellen Mittel hätte ich aller Wahrscheinlichkeit nach nicht das erreicht, was ich erreicht habe. Ich wäre niemals in der Position gewesen, die Physikfakultät im IARIA als treibende Kraft aufzubauen. Ich hätte niemals meine als verrückt angesehenen Ideen verwirklichen und Tunnel in andere Zeiten erschaffen können. Und dafür bin ich ihr dankbar. Aber wir hatten auch immer dieselben Ansichten geteilt, und zur Umwälzung der Gesellschaft werden wir beide in gleichem Maße beitragen. Genossen auf einer Ebene, so viel steht fest.«

»Es geht um das Leben Millionen Unschuldiger.«

»Niemand ist unschuldig«, sagte Murakami. »Die Bourgeoisie der Stadt trifft natürlich die Hauptschuld, indem sie Politik, Wirtschaft und Medien so offensichtlich beherrscht wie nie zuvor. Indem sie die Menschen in den Vororten einsperren wie in Käfigen, was gesellschaftlich nicht nur geduldet, sondern gewünscht ist. Mir wird übel, wenn ich daran denke, wie die Menschenrechte von reichen, einflussreichen Leuten mit Füßen getreten werden.«

»Wenn Sie den LSPC zum schwarzen Loch werden lassen, sterben genauso die Menschen in den Vororten«, sagte Singer. »Das wissen Sie.«

»Ich sage dir, David, dass auch die unterdrückte Mehrheit unserer Weltbevölkerung eine Schuld trifft«, sagte Murakami ernst. »Sie sind die, die sich unterdrücken lassen. Die sich einlullen lassen von leeren Versprechungen über eine schöne, neue Welt. Und sie lassen sich bereitwillig neutralisieren, nur weil man ihnen einen Gratiszugang zu ihrer VR-Pseudowirklichkeit zur Verfügung stellt. Es ist widerlich, mit welcher Hingabe sie sich von ihrem perspektivenlosen Leben ablenken lassen, anstatt für ihre Rechte aufzustehen und zu kämpfen.«

»Aber du und Meredith seid Messiasse und erlöst die Menschen von dem Bösen?«

Murakami zuckte mit den Schultern.

»Die Chance, dass erwachsene Menschen sich aus sich selbst heraus ändern, ist verschwindend gering. Eine Ausnahme davon sind schwere Traumata, die einen Neustart erzwingen. Glaub mir, auch ich kann es nur schweren Herzens mit mir vereinbaren, so viele Menschenleben zu nehmen. Ihr Tod wird tragisch sein, aber er wird einen wichtigen Zweck erfüllen. Er wird die Massen dazu bringen, sich gegen die Unterdrücker zu wehren. Es wird eine neue Weltordnung entstehen, besser und gerechter als all das, was jetzt ist.«

»Hast du gesehen, was eure Leute mit den Menschen dort oben gemacht haben?«, fragte Singer. »Hast du das Massaker gesehen?«

»Alles hat seinen Sinn und Zweck«, sagte der Professor. »Wir müssen Elsa vertrauen.«

»Deshalb willst du dich auch opfern?«, fragte Singer. »Weil du ihr vertraust?«

»Das ist richtig«, sagte der Professor. »Weil ich garantiere, dass mein Part in dem Vorhaben planmäßig ausgeführt wird.«

Singer sah Jona an.

»Wo ist sie denn, eure Elsa?«

»An einem sicheren Ort, von dem aus sie alles lenken wird«, gab Jona zurück.

»Sie opfert auch dich«, sagte Singer zu ihr.

»Ich gebe gern mein Leben für eine große Sache.«

»Sie benutzt dich. Sie hat mehrere Dutzend Westersoldaten, und von all denen lässt sie dich hier und verschwindet selbst über alle Berge.«

Singer blickte sich demonstrativ um.

»Meiner Einschätzung nach befindet sie sich weit außerhalb des Explosionsradius. Für sie ist die Zerstörung erst der Anfang. Nur ein erster Schritt in einem weitaus größeren Plan, den sie mit ihren Westerzellsoldaten erreichen will. Nur ein Bruchteil ihrer Leute ist aktuell noch hier im Institut, darauf traue ich mich wetten.«

»Sie weiß, was sie tut«, sagte Jona.

»Du weißt, dass sie in dieser Welt verheiratet ist, nicht?«, sagte Singer. »Ihr Name ist Acacia Blackwell.«

»Eine Zweckgemeinschaft«, gab Jona zurück. »Elsa hat sie nur geheiratet, weil sie die Premierministerin Großbritanniens ist.«

Singer lachte.

»Das lässt sie dich vielleicht glauben.«

Jonas Augen funkelten wütend.

»Denkst du wirklich, du bist etwas Besonderes für sie?«, fragte Singer. »Sie hatte in ihrem Leben so viele Affären wie wenige andere Frauen auf diesem Planeten. Hunderte, und durch die Presse ließ sie die ganze Welt daran teilhaben. Von all denen meinst du wirklich, du wärst etwas Besonderes?«

Singer lachte abfällig.
Jona machte unwillkürlich einen Schritt nach vorn.
Singer zuckte mit den Schultern.
»Aber kein Wunder«, sagte er. »Sieh sie dir an. Sie kann alles haben, was sie möchte, und das nimmt sie sich auch. Du warst einfach nur eine Bettgeschichte damals, aber sie hat sich erinnert, wie dumm und manipulierbar du bist, und deshalb hat sie dich ausgewählt. Sieh dich an. Denkst du, du kannst mit einem Kaliber wie Elsa Meredith mithalten?«
»Halts Maul!«, schrie Jona und machte einen weiteren Schritt vor.
Professor Murakami wollte ihn zurückhalten, aber das reizte ihn nur noch mehr. Er riss sich los. Er hob seine Waffe und zielte damit direkt auf Singers Brust.
»Und feige bist du auch noch«, sagte Singer. »Erschießt Unbewaffnete, weil du weißt, dass du ohne Waffe keine Chance hast.«
Jona riss sich das Sturmgewehr vom Körper und legte es auf die Ablage des Kontrollfelds. Zog seine Pistole aus dem Holster und legte sie daneben.
»Jona«, sagte Murakami.
Aber Jona hörte nichts. Er zog sein Messer aus dem Gürtel und kam auf Singer zu.
»Keiner von euch rührt sich!«, schrie er seine bewaffneten Kameraden an. »Er gehört mir.«
Singer lächelte innerlich und kam Jona entgegen.
Jona machte einen Satz nach vorn und ließ sein Messer in einem Halbkreis durch die Luft schwingen. Singer wich aus und schlug Jona ins Gesicht.
Jona stach zu, wieder und wieder – aber Singer sprang jedes Mal zurück.
Es dauerte nicht lange, bis die Wut in Jonas Gesicht aufflammte. Er schrie und rannte auf Singer zu, zielte mit der Klinge direkt auf Singers Herz. Singer hielt seine Messerhand mit beiden Händen auf.
Die Westerzellen hatten Jona stark gemacht, aber er befand sich in der falschen Zeit.
Da war nicht nur Wut, die Singer in Jonas Augen brennen sah. Er sah Verletztheit und blinde Loyalität, die meistens mit bedingungsloser Liebe einherging. Der Mann war Elsa Meredith verfallen.

»Sie benutzt dich«, sagte Singer. »Lass das nicht zu.«

Jona schrie und fasste mit seiner freien Hand zurück, und Lorie schrie:

»David, pass auf!«

Singer sprang gerade noch rechtzeitig zurück, als Jona ein zweites, kleineres Messer aus seinem Hosenbund hervorriss und gegen seine Kehle fahren ließ.

Jona traf dennoch, und ein brennender Schmerz durchfuhr Singers Körper.

Aber es war nicht mehr als ein kleiner Ritz.

Diesmal griff Singer an.

Er trat Jona das kleinere Messer aus der Faust, und als Jona das größere erneut auf ihn niederfahren ließ, fing Singer sein Handgelenk auf und schlug ihm gleichzeitig so fest in den Magen, dass Jona das Messer mit einem Schrei fallen ließ.

Singer verpasste ihm einen Kniestoß und einen geraden Fußtritt gegen die Brust, und Jona segelte zu Boden.

Er stützte sich blitzschnell auf, warf Singer einen hasserfüllten Blick zu und gab einem seiner bewaffneten Soldaten ein Zeichen.

Und dieser reagierte im Bruchteil einer Sekunde. Er zog seine Pistole aus dem Gürtel und warf sie Jona zu.

Jona fing sie auf und richtete sie auf Singer, ein Lächeln auf den Lippen.

Es gab nichts, wo Singer sich hätte verstecken können, und Singer wusste in diesem Augenblick, dass das sein Ende war.

Sein Ende gewesen wäre – denn Jona kam nie dazu, abzudrücken.

Singer sah alles in Zeitlupe vor sich geschehen.

Es war derselbe Augenblick, in dem sich Jonas Finger um den Abzug spannte, dass sich seine Augen mit einem Mal weiteten und er ein stumpfes Stöhnen ausstieß, als das Messer in seiner Brust stecken blieb.

Er konnte seine Hand nicht mehr in der Luft halten, sie fiel einfach herab, und die Pistole schlitterte im selben Augenblick über den Boden, in dem Jonas Körper zurückfiel.

Singer sah Lorie noch, mit ausgestreckter Hand, mit der sie das Messer gerade geworfen hatte. Die Bewaffneten waren so auf den Kampf zwischen Singer und Jona fokussiert gewesen, dass sie sie für einen Moment aus den Augen gelassen hatten.

Mit dem Messer, das sie letzten Endes doch noch eingesteckt hatte, hatte sie ihm das Leben gerettet.

Lorie sprang zur Seite, auf die Pistole zu, die Jona gerade hatte fallen lassen. Und auch Singer stürzte vor. Sprang, die Hände nach den auf dem Boden liegenden Pistolen ausgestreckt, die Lorie und er gerade eben hatten wegwerfen müssen. Er bekam beide zu fassen. Rollte sich um die eigene Achse und eröffnete das Feuer. Zwei Pistolen, doppelte Wirkung.

Er arbeitete sich von außen nach innen. Zwei Kugeln für jeden der Bewaffneten, Bauchschuss, Brustschuss, noch bevor sie reagieren konnten.

Er erwischte drei von ihnen, die beinahe zeitgleich zu Boden gingen.

Lorie traf den vierten. Zweimal, einmal am Hals, einmal in den Kopf, worauf er augenblicklich zusammenbrach.

Singer und Lorie richteten ihre Pistolen zeitgleich auf Professor Murakami, der Jonas FN Scar in den Händen hielt und damit auf sie zielte.

Es war nicht das Sturmgewehr, das Singer am meisten irritierte. Es waren die Tränen in Murakamis Augen.

»Du bist wie ein Sohn für mich, David«, sagte der Professor leise. »Trotz deinem offensichtlichen Unwillen, die Probleme der Welt zu verstehen. Nie zuvor in meinem Leben habe ich für einen Menschen eine ähnliche Liebe empfunden wie für dich.«

Singer bewegte sich nicht.

»Du solltest nicht hier sein. Und ich sollte nicht gezwungen sein, eine Waffe auf dich zu richten.«

»Dann tu es nicht«, sagte Singer. »Leg die Waffe hin und stoppe den Collider.«

»Du weißt, dass ich das nicht kann.«

»Dann musst du mich wohl erschießen«, sagte Singer. »Denn ich muss jetzt an dieses Kontrollfeld und den Wahnsinn beenden.«

»Geh einfach«, sagte Murakami. »Ich gebe dir die Chance. Geh jetzt. Verschwinde von hier. Nimm deine Freundin mit. Bring dich in Sicherheit. Mein Jet steht dort, wo er immer steht. Du hast etwa zehn Minuten, um aufs Dach zu kommen. Dann bleibt noch genügend Zeit, den Jet zu starten. In fünf Minuten bist du außerhalb des Explosionsradius. Das ist die einzige Option zu überleben. Ich bin der Einzige, der den Collider noch stoppen kann, und das werde ich nicht tun. Allein hast du keine Chance.« Er schüttelte den Kopf. »Geh, David.«

Singer blickte auf Nowak, der regungslos auf dem Boden lag. Um seinen Kopf hatte sich eine Blutlache gebildet.

Singer blickte Murakami an. Blickte Lorie an. Blickte wieder zurück. Die Uhr auf dem Display hinter dem Professor zeigte 17:49:46 an, wobei aus 46 45 und aus 45 44 wurde.

»Ich gebe dir eine Chance, dein Leben weiterzuführen«, sagte Murakami.

»In der Gewissheit, dass ich hundert Millionen andere Menschen habe sterben lassen«, antwortete Singer.

»Du kannst an ihrem Schicksal nichts mehr ändern«, sagte Murakami. »Egal, was du tust. Bring dich in Sicherheit.«

Singer sah ihn und schüttelte den Kopf.

Murakami hob das Gewehr.

»Dann tut es mir leid, David«, sagte er.

Und er drückte ab.

Nichts geschah.

Murakamis Augen weiteten sich.

»Die Sicherung, Professor«, sagte Singer und schoss.

Die erste Kugel traf Murakami ins Herz, die zweite in den Kopf. Der Professor schrie nicht. Kippte einfach vor und blieb auf dem Boden liegen.

Singer lief an ihm vorbei und starrte auf die Schaltfläche des Kontrollfelds vor sich. Auf einem riesigen Bildschirm war ein schwarzes Feld mit winziger weißer Schrift darauf zu erkennen. Er hatte es schon etliche Male gesehen. Es war das Feld, das der Professor benutzte, kurz bevor er einen Zeittunnel öffnete. Lorie stellte sich neben ihn.

»Weißt du, wie das funktioniert?«, fragte sie keuchend. Singer tippte auf dem Bedienfeld Befehle ein, die auf dem Computerbildschirm erschienen.

Stopp all processes.

Immediate stop.

Collider shutdown.

Nichts geschah.

Lorie versuchte, Nowak wachzurütteln, aber der Professor bewegte sich nicht.

Unter jedem von Singers Eingabebefehlen erschienen zwei Wörter: Invalid Input.

»Du hast keine Ahnung, wie das Ding funktioniert, richtig?«, sagte Lorie. Singer atmete tief ein.

»Was zur Hölle sollen wir jetzt tun?«, schrie Lorie.

Singer senkte den Blick auf Murakamis Leiche.

Der Jet.

Er war ihre einzige Möglichkeit. Alles andere als ein sicherer Weg, aber der einzige.

Singer blickte auf die Uhr auf dem Display. Acht Minuten, sechsundfünfzig Sekunden.

Lorie starrte ihn mit weit aufgerissenen Augen an.

»Was hast du vor?«

»Keine Ahnung, ob es gelingt«, sagte Singer. »Aber es ist unsere einzige Chance, das alles hier zu stoppen. Das einzige Problem ist, dass wir dafür erst hundertsechzig Meter hochlaufen müssen und dafür nicht mehr als neun Minuten brauchen dürfen. Maximal.«

»Dann lass uns sehen, was die Westerzellen draufhaben«, sagte Lorie und lief los.

Sie nahmen drei Stufen auf einmal. Nach dem zweiten Stockwerk brannten Singers Oberschenkel wie Feuer. Lorie blieb ihm dicht auf den Fersen. Sie liefen ohne Pause, obwohl jede Faser ihres Körpers danach schrie. Singer unterdrückte die Schmerzen überall. Unterdrückte den Brechreiz. Lief weiter und weiter. Konzentrierte sich nicht auf das Ziel, sondern auf die einzelnen Stufen vor sich. Er verlor jegliches Zeitgefühl. Als sie die Brandschutztür im obersten Stockwerk aufstießen, hätten sie nach seiner Einschätzung fünfzehn Minuten unterwegs sein können.

Es waren fünfeinhalb gewesen.

Sie hatten keine Zeit zu verschnaufen. Das Flugdeck draußen war von dem gleißenden Licht der Morgensonne überflutet. Der Himmel war wolkenlos, das Meer um sie herum tiefblau. Alrouillers lag unter ihnen. Im hinteren Drittel der Insel erkannte er das mit Sicherheitsdraht umzäunte Generatorgebäude für den LSPC.

Auf dem Deck parkten fünf Flugzeuge.

Singer lief auf Murakamis weinroten Jet zu, Lorie dicht hinter ihm. Singer stürzte die fahrbare Treppe hoch, die am Jet angelehnt stand, und riss die Cockpithaube auf. Dann erst drehte er sich zu Lorie hinter sich um.

»Wenn ich drinsitze, ziehst du die Treppe weg«, sagte Singer. »Das kann ich nicht allein. Es ist alles andere als sicher, aber ich habe einen Plan, um diese Explosion zu verhindern.«

»Ich komme mit dir«, sagte Lorie.

»Wenn mir gelingt, was ich vorhabe, werde ich das nicht überleben. Aber wenn es mir gelingt, dann wirst du leben. Deshalb bleibst du hier.«

»Ich komme mit dir«, sagte Lorie trotzig.

Singer beugte sich zu ihr hinunter und drückte ihr einen Kuss auf die Lippen.

»Ohne dich wäre ich nicht halb so weit gekommen«, sagte er. »Du hast alles getan, was du konntest.«

Er küsste sie noch einmal, dann lief er hoch und sprang ins Flugzeug.

Schloss die Cockpithaube und legte die Gurte an. Lorie zog die Treppe weg vom Flugzeug. Singer ließ den Motor zum Leben erwachen, dessen Rotoren immer schneller und immer tiefer dröhnten. Er drückte auf den Startknopf, und der Jet hob augenblicklich senkrecht ab. Die ersten zehn Meter langsam, dann immer schneller.

Das Deck unter ihm erschien bald winzig, die Institutshäuser von IARIA waren nicht mehr größer als Puppenhäuser.

Singer schob den Steuerknüppel nach vorn. Das Flugzeug beschleunigte, und Singers Körper wurde in den Sitz gedrückt.

Er flog eine Schleife, bis das Flugzeug eine gute Geschwindigkeit erreicht hatte.

Der externe Stromgenerator, der die Versorgung des Colliders sicherstellte, war das kleinste Haus, das verlassen am Nordende der Insel stand. Singers Uhr zeigte fünfzig verbleibende Sekunden an, bis der LSPC das Städtedreieck und hundert Millionen Menschen darin auslöschen würde. Der Jet würde zehn Sekunden brauchen, bis er den Generator erreichte.

Singer richtete die Spitze des Jets direkt darauf aus und atmete tief durch.

Er dachte an Lorie und an Hanna und an Franz.

Er dachte an Garcia.

Noch einmal atmete er tief ein und wieder aus.

Dann sah er nur mehr das Generatorgebäude vor sich, und wie es mit rasender Geschwindigkeit näher kam.

# Epilog

Der Mann in Uniform blickte Lorie für eine lange Zeit an, ohne ein Wort zu sagen. Lorie lehnte sich in ihrem Stuhl zurück und hielt seinem Blick stand. So lange, bis ein Lächeln auf dem Gesicht des Offiziers erschien und seine stechend grünen Augen weicher wurden.

Er griff in seine Tasche, holte eine kleine Schatulle hervor und öffnete sie. Darin befand sich eine brandneue QV-Linse.

Der Offizier schob Lorie die Schatulle hin.

»Sie sollten die Linse immer tragen, egal wohin Sie gehen«, sagte er. »Sie wissen ja, sie fungiert als Ihr Personalausweis, Ihr Reisepass, Ihre Kreditkarte, Krankenversicherungskarte und so weiter. Alles, was Sie zum Leben brauchen. Sie können Ihre Eingangstür damit öffnen und jederzeit auf das Internet oder das Virtual Social Network zugreifen.«

»Zurück in der Zukunft«, sagte Lorie lächelnd und nahm die Schatulle an sich.

»Gratulation«, sagte der Offizier. »Sie sind nun erneut offizielle Bürgerin des Städtedreiecks, Frau Steinfels. Diesmal nicht Colonel, sondern Zivilistin.« Er lächelte. »Nennen wir es Wiedereinbürgerung. Alle Details zu Ihrer neuen Identität sind in Ihrer Quantum-Vision-Linse eingespeichert. Tun Sie sich selbst und uns den Gefallen, sie zu verinnerlichen. Je mehr Unstimmigkeiten Presse und Privatpersonen in Ihrem Lebenslauf detektieren, desto mehr Arbeit machen Sie sich selbst und uns auch.«

Lorie nickte und setzte sich die Linse ins Auge ein.

»Niemand weiß zu diesem Zeitpunkt, wann der LSPC wieder seinen Betrieb aufnehmen kann«, sagte der Offizier. »Ob er das überhaupt jemals wieder tun wird. Durch den Crash wurde nicht nur der Generator zerstört. Es kam zu einer Überladung des gesamten Systems, wodurch ganze Abschnitte des Colliders einen Totalschaden erlitten haben. Es sieht demnach nicht so aus, als könnten wir Sie in absehbarer Zeit in Ihre alte Zeit zurückschicken. Aber ich möchte Ihnen versichern, dass wir alles tun werden, um Ihnen den Aufenthalt hier so angenehm wie möglich zu gestalten.«

Lorie blickte den Mann an. Er war Mitte vierzig, und seine Respekt einflößende Aura passte zu dem Rang eines Obersten, als den ihn das Brustschild mit seinem Namen auswies.

Der Oberst räusperte sich.

»Ich kann Ihnen mitteilen, Frau Steinfels, dass die Regierung von Frankreich als Dank für Ihre Taten Ihre alte Wohnung in Paris zurück in Ihren Besitz überschrieben hat. Hinzu kommt ein unlimitiertes Guthaben für jedes verfügbare Flugtaxiunternehmen im Dreieck. Wie klingt das für Sie?«

»Das ist sehr großzügig«, sagte Lorie.

Sie schwiegen einen Augenblick, bevor sie fragte:

»Gibt es Neuigkeiten bezüglich Elsa Merediths Aufenthaltsorts?«

»Sie wissen, dass ich Ihnen diesbezüglich nichts sagen darf, Frau Steinfels.«

»Und Sie wissen, dass all das um uns herum hier nicht mehr existieren würde, wenn ...«

Der Offizier hob die Hand.

»Okay. Okay. Die Antwort auf Ihre Frage ist: Nein, gibt es nicht.«

»Als ich 2045 von hier weg bin, war alles überwacht«, sagte Lorie. »Jeder Winkel. Warum ist es so schwer, eine Verbrecherin ausfindig zu machen?«

»Es ist nicht so einfach, Frau Steinfels.«

»Was ist nicht so einfach?«

Der Offizier warf einen schnellen Blick nach rechts und dann nach links.

»Das, was Sie jetzt hören, haben Sie nicht von mir«, sagte er. »Okay?«

Lorie nickte.

»Vielleicht ist sie gar nicht mehr in unserer Zeit.«

»Wie bitte?« Wieder blickte der Offizier nach links und nach rechts. »Sie erinnern sich an den Sprenger, mit dem Sie von Ihrer in unsere Zeit gegangen sind.«

»Natürlich.«

»Das Institut besaß mehrere davon.« Er atmete tief durch. »Etwa die Hälfte davon ist nicht mehr auffindbar. Wir müssen davon ausgehen, dass sie gestohlen wurden.«

Lorie blickte aus dem Fenster. Die Tropfen des Nieselregens flossen die Scheibe herab. Der Blick auf die Hochhaustürme und die kleinen Flugzeuge dazwischen verwirrte sie jedes Mal aufs Neue. Sie dachte an David. Wünschte sich, er wäre jetzt bei ihr.

»Niemand ist sicher, solange Elsa Meredith auf freiem Fuß ist«, sagte Lorie.

»Die Suche nach ihr läuft auf Hochtouren«, sagte der Offizier. »Vertrauen Sie uns, Frau Steinfels.«

Lorie nickte. Der Offizier stand auf und sie mit ihm.

»Oben auf dem Flugdeck stehen Taxis bereit«, sagte er. »Wenn Sie weitere Fragen haben, wenden Sie sich an unsere Abteilung, und wir werden Ihnen weiterhelfen.«

Er lächelte freundlich. Begleitete sie zu den Aufzügen.

»Genießen Sie Ihr Leben«, sagte er. Dann fügte er mit ernster Stimme hinzu: »Und halten Sie sich an die besprochenen Vorgaben. Wir geben Ihnen alle Freiheiten, die es auf der Welt gibt – und Sie verzichten im Gegenzug darauf, mit irgendjemandem über die Vorfälle zu sprechen. Folgen Sie meinem Ratschlag, und vertrauen Sie dem Staat. Ist für alle Beteiligten die angenehmste Lösung.« Er nickte ihr zu.

Ohne ihn aus dem Blick zu lassen, stieg Lorie in den Aufzug ein. Der Offizier bewegte sich nicht. Die Aufzugtüren schlossen sich, die Kabine fuhr hoch.

Durch die Glaswände sah sie, wie sich der Mann umdrehte und zurück in Richtung seines Büros ging.

Das Taxi legte direkt am privaten Flugdeck der Wohnung an. Lorie stieg aus und blickte hinab in die Tiefe. Sechzig Meter bis zur Straße. Menschen mit Höhenangst hatten in dieser Zeit eher weniger Glück.

Die Flächengrenzen des Londoner Richmond Parks unter ihr verschwammen mit dem Grün der Stadt. Eine Stadt ohne Parkplätze und Hochhäuser mit bepflanzten Fassaden und Dächern waren ein seltsamer Anblick. Ein Anblick, den sie mochte. Sie war nicht mehr gewohnt, dass die Luft in einer Großstadt so frisch roch wie in einem Wald.

»Ich kann von dem Ausblick auch nicht genug bekommen«, hörte sie seine Stimme hinter sich. »Gibt einem das Gefühl, die Welt liegt dir zu Füßen.«

Lorie wandte sich um.

Er grinste. Soviel er es eben in seinem Zustand konnte. Die Schwellung im Gesicht war zurückgegangen, und er trug keine Krücke mehr. Er sah sie an.

Sie legte den Kopf schief.

»Alles in Ordnung mit dir?«

Singer hörte nicht auf zu lächeln und kam auf sie zu.

»Alles in Ordnung«, sagte er, nahm ihr Gesicht in beide Hände und küsste sie. »Alles in Ordnung.«

Sie setzten sich auf die Bank unter dem Dach des Flugdecks, und Lorie erzählte ihm von dem Gespräch.

»Paris passt zu dir«, sagte Singer. »Ich wusste gar nicht, dass du dort eine Wohnung hattest.«

Sie schwiegen eine Weile.

Nahmen den Anblick in sich auf. Singer legte den Arm um sie, Lorie lehnte den Kopf an seine Schulter und schloss die Augen.

»Gut, dass du mich hier nicht allein gelassen hast«, sagte sie. »Es wird eine Weile dauern, bis ich mich wieder an all das gewöhnt habe.«

Singer zuckte mit den Schultern.

»Ich erfülle das Klischee nicht ganz«, sagte er.

Lorie sah ihn fragend an.

»Ein wahrer, selbstloser Held hätte sein Leben tatsächlich geopfert«, sagte er.

»Ein bisschen Egoismus ist schon in Ordnung«, sagte Lorie und lächelte. »Und wenn es einen funktionierenden Schleudersitz gibt, warum ihn nicht nutzen.«

Sie legte den Kopf an seine Brust.

»Was tun wir jetzt?«, fragte Lorie.

»Da ist etwas, das ich erledigen muss«, sagte Singer.

»Angus McLeod sein Schloss kaufen?«

Singer hob die Brauen und lächelte.

»Das ist schon passiert. Nein, ich spreche von etwas anderem. Und wenn das erledigt ist, sehen wir weiter.«

Sie blieben noch eine ganze Weile sitzen und beobachteten schweigend den Regen.

Das Flugtaxi landete auf demselben Dach desselben Gebäudes wie bei Singers letzten Besuch in der Vorstadt.

Diesmal gab es keine Demonstration. Durch den Regen waren die Straßen leer, die Verkäufer hatten ihre Stände mit Plastikplanen abgedeckt. Das Wasser lief die betonierte Fläche hinunter in Richtung des nächsten Abflusses.

Singer überquerte die Straße und stellte sich vor die überdachte Tür des Hauses.

Diesmal trug er keine Maske.
Er atmete tief durch und klingelte dann bei »Garcia«.

# Dank

Ich wollte Bücher schreiben, seit ich ein Kind bin. Schon immer habe ich es geliebt, in fremde Welten einzutauchen und mich darin zu verlieren - und das ist bis heute so geblieben. Ich habe im Laufe meines Lebens bereits viele Welten erschaffen, einige davon auch auf Papier gebracht, aber Wester ist das erste Projekt, das bis zur Veröffentlichung gediehen ist. Die grobe Idee dazu hatte ich vor knapp vier Jahren, und ich hätte sie wohl nicht ansatzweise so verfolgen können, wenn mich auf dem Weg bis hierher nicht unglaublich viele tolle Menschen unterstützt hätten.

Zuallererst möchte ich meinen Vater danken, der mir nicht nur Mut zugesprochen und mich oft aufbaut hat, sondern auch Testleser für alle meine bisherigen Projekte war. Er ist der Erste, der die unbearbeiteten Texte zu Gesicht bekommt - und damit auch die Person, die mich auf die gröbsten Unstimmigkeiten und Fehler aufmerksam macht. Was eine mordsaufwendige Arbeit ist, besonders weil ich dazu neige, mir die kompliziertesten Themen auszusuchen.

Danke an meine Freundin Katrin, die mich bei meinen Vorhaben unterstützt, wo es nur geht, Bussis.

Danke an meine Mutter, meine Schwester und meine Großmutter aus denselben Gründen - ihr seid die Besten, und ich bin mehr als dankbar, euch zu haben.

Julia Kröhn ist mit ihrer unglaublichen Arbeitsmoral, ihrer Disziplin und ihrem Output an tollen Büchern, die sie jährlich veröffentlicht, nicht nur ein großes Vorbild für mich - sie ist auch zu meiner Mentorin geworden, die mich durch den ganzen Prozess der Buchentstehung begleitet und mir wahnsinnig viel über das Erzählen und den Aufbau von Geschichten beigebracht hat. Danke, Julia.

Danke an Benjamin, meinen YouTube-Kollegen, dem mit seiner ausgeprägten physikalisch-mathematischen Denkweise einige sehr wichtige, bis dahin noch unentdeckte Unstimmigkeiten in der Story aufgefallen sind. Bist ein cooler Bre.

Meine Lektorin Marion Voigt hat mir geholfen, das Buch »in Form« zu bringen, und mir wichtige Tipps gegeben, sowohl stilistisch als auch zum Thema Selfpublishing, vielen Dank dafür! Vielen Dank auch an Axel Voigt für die Druckdatei des Buchs und die Anpassung des Covers.

Auch danke ich natürlich all meinen Testleserinnen und Testlesern. Ihr Input hat mir sehr geholfen, die Story zu formen und mich beim Schreiben auf das Wesentliche zu konzentrieren.

Danke an Günther Wuzella, der sich das ganze Buch zum Abschluss noch mal vorgenommen hat.

Maximilian Schiff, Rebekka Mirlach, Philipp von Derschau - danke für die tollen Brainstorming-Sessions. Robert Laimer, Michael Laimer, Johanna Seiser, Livia Filip - danke für eure frühe Einschätzung zur ersten Fassung und eure tollen Anmerkungen.

Danke an Stefanie Goldbach, die die Geschichte noch mal durch ihr Lehrerinnenauge begutachtet hat, und an Ede Zweigardt, der mir zu jeder Zeit mit Rat und Tat zur Seite gestanden hat.

Danke an Alex Mende, Tobias Kathe, Carmen Schindele, Elena Schwenk, Mareike Mannewitz, Alex Wieland und Moritz Thölke für eure Einschätzung bezüglich Cover und Klappentext.

Danke an Franz Six, den alten Hippie, meinen ehemaligen Nachbarn, der mir viele wilde Storys aus dem München der 60er-/70er-Jahre erzählt und mir dabei geholfen hat, eine Idee dieser Zeit zu bekommen. Danke an Otto Grokenberger, der ebenfalls viele faszinierende Geschichten erzählt hat und mir mit seinem Insiderwissen aus der Filmwelt storytechnisch oft weiterhelfen konnte.

Und zum Schluss auch noch mal natürlich: Danke an alle Leserinnen und Leser, dass ihr euch die Zeit für dieses Buch nehmt.

Schreibt gerne eure (guten ;) ) Bewertungen auf amazon, die schlechten mir als Mail - ich werde beides lesen.

Alles Gute Euch!

# Über den Autor

Nikolas Rovint, geboren 1993 in Wien, studierte in München Medizin. Wester ist sein Debütroman. Inspiriert wurde der Text durch die Lektüre verschiedenster Zeitreise-Geschichten, die ihn von Kindheit an fasziniert haben.

# Impressum

1. Auflage 2023


N. M. Wimmer
c/o Praxisraum München
Guntherstraße 19
80639 München
info@nikolasrovint.com


Lektorat: Marion Voigt, www.folio-lektorat.de
Druckdatei: folio · print & more, www.folio-print.de
Satz: LeseGlück
Umschlagmotiv: Open AI/ Dalle 3
Druck: Amazon Media Eu S.à.r.l., 8 avenue John F. Kennedy,
L-1855 Luxemburg

ISBN 9798868347047

www.nikolasrovint.com

Printed in France by Amazon
Brétigny-sur-Orge, FR

16554119R00198